Klarant Verlag

Bärbel Muschiol wurde 1986 in Weilheim, Oberbayern, geboren. Glücklich verheiratet lebt und arbeitet sie mit ihrem Mann und ihren zwei Kindern heute noch immer im tiefsten Bayern. Im Genre Erotik und in der Belletristik hat sich die Autorin mittlerweile einen festen Platz in den Bestsellerlisten geschaffen.

Bärbel Muschiol

Forbidden Seduction

8 erotische Kurzgeschichten

Klarant Verlag

Klarant Verlag, www.klarant.de
ISBN: 978-3-95573-874-7
1. Auflage, 2018
Umschlagabbildung: Klarant Verlag unter Verwendung von shutterstock-Bildern.

Printed in the EU.

Hot Nights in Paris

Prolog

Miri

Konzentriert kneife ich die Augen zusammen, während ich versuche, mit der Spitze meines rechten Zeigefingers meine Nasenspitze zu berühren.

Pia, meine beste Freundin, sitzt kichernd und klatschend vor mir, während sie darauf wartet, dass ihr Mann Tom die neue Champagnerflasche aufmacht.

Langsam winkle ich meinen ausgestreckten Arm ab, peile das gewünschte Ziel an und treffe, zack, in mein rechtes Auge.

Aua …

Lachend stellt sie sich nun ebenfalls hin. Anscheinend glaubt sie wirklich, dass sie noch in der Lage ist, dieses äußerst komplizierte und verflucht akrobatische Kunststück hinzubekommen. Die Kiste mit den leeren Pico-Champagnerflaschen ist randvoll, und auch wenn wir knapp zwanzig Mädels sind, ist das eine beachtliche Leistung, immerhin gibt es auch noch eine ganze Menge andere Schnäpse. Würdevoll hebt sie ihren Kopf an, zwinkert ihrem Mann liebevoll zu und bewegt ihren Finger in Zeitlupe zu ihrer Nase, dumm nur, dass ihre Hand eher auf der Höhe ihrer Lippen ist.

Nachsichtig den Kopf schüttelnd kommt Tom auf uns zu, schnappt sich den Finger seiner Frau und legt ihn ihr genau mittig aufs Ziel!

„Hey, das ist schummeln!“

Gut gelaunt beobachte ich, wie sich Tom zu Pia beugt, mir seinen Mittelfinger entgegenstreckt und ihr einen dicken Kuss auf die Lippen drückt.

In meinem Bekanntenkreis kenne ich verflucht viele verheiratete Pärchen, aber Tom und Pia sind mein absolutes Vorbild. Die beiden lieben sich nach all den Jahren immer noch sichtlich. Sie verbringen wahnsinnig viel Zeit miteinander und lassen sich dennoch ihren Freiraum. Ein bisschen neidisch schnappe ich mir eine Handvoll Chips und stopfe sie mir in den Mund.

Nachdem er seine Frau endlich wieder freigegeben hat, strubbelt er mir leicht durch die Haare und schenkt mir frech zwinkernd etwas von dem perfekt gekühlten Champagner ein. Pia lässt sich neben mir auf die Couch plumpsen und sieht sich zufrieden in ihrem Wohnzimmer um. Die Stimmung der vielen Partygäste um uns herum ist ausgelassen. Dank meines Alkoholkonsums bin ich zwar nicht mehr in der Lage, all die anwesenden Personen zu zählen, aber ich denke, dass es so um die dreißig sind, was eine sehr passende Zahl ist, denn wir feiern heute Nacht ja auch Pias dreißigsten Geburtstag!

„Also erzähl schon, wie war das Date mit Michi?“

Eigentlich hatte ich gehofft, dass sie das Thema schon wieder vergessen hat, aber keine Chance. Pia hat sich vor Jahren in den Kopf gesetzt, dass sie für mich den passenden Mann finden will, und bisher hat sie diese Aufgabe leider sehr ernst genommen.

Michi, mein Katastrophendate vom letzten Freitag, ist ein Arbeitskollege ihres Mannes.

Alleine bei der Erinnerung bekomme ich eine unangenehme Gänsehaut.

„Willst du das wirklich wissen? Ich meine, bis zur letzten schrecklichen Kleinigkeit?“

Ihr Gesicht verzieht sich schmunzelnd.

„So schlimm?“

„Schlimmer!“

Genussvoll nippe ich an dem Pico-Champagner, während ich mich in die weichen Kissen zurücklehne.

Pia stupst mich mit ihrem Finger in die Schulter, eine klare Aufforderung, dass ich ihr endlich erzählen soll, wie es war. Manchmal glaube ich, dass mir Pia absichtlich die schrecklichsten Männer zuspielt, damit sie sich dann, wenn sie mir die obligatorische Frage stellt, wie es denn so war, totlachen kann ...

Was habe ich nur für eine tolle, mitfühlende Freundin?

„Also, als Erstes zum Outfit. Ich meine, er kam in einer senfgelben Röhrenjeans, dazu trug er ein feuerwehrrotes T-Shirt und blaue Turnschuhe.“

Und wie nicht anders zu erwarten, fängt sie jetzt schon laut zu lachen an.

„Du könntest ruhig etwas Mitleid mit mir haben. Denn das Schlimmste war ja nicht mal dieses schreckliche Outfit, sondern dass nicht nur die Hose in der Mitte der Hosenbeine Bügelfalten hatte, oh nein, sogar die Ärmel seines Shirts wurden von einer Falte geziert ... Und das Beste an der Sache, der Herr bügelt nicht mal selber, sondern bringt seine ganze Wäsche noch zu Mutti. Zum Essen hat er sich Spaghetti Bolognese bestellt, weil er ja die anderen Sachen auf der Speisekarte nicht gekannt hat, und die Rechnung, tja, die wurde schön zwischen uns aufgeteilt!“

Pias Lachen verwandelt sich in ein lautes Grunzen, das in einem heftigen Schluckauf endet.

„Dieses Date war nicht einfach nur ein Reinfall, oh nein, es war die absolute Katastrophe! Also, meine Liebe, ich danke dir sehr, dass du mir diesen Antimann geschickt hast!“

Kopfschüttelnd schnappe ich mir noch mehr Chips, während ich darauf warte, dass Pia wieder zu Atem kommt.

„Schau nicht so sauer, Miri. Ich habe es wirklich nur gut gemeint.“

Leise seufzend leere ich das Glas in einem großen Schluck. Eigentlich ist es eine Todsünde, diese prickelnde Köstlichkeit so wegzukippen, und ich beschließe, dass ich das nächste mehr genießen werde.

Leicht wankend stehe ich auf, mache mich auf den Weg zur Küche und hole die Schampusflasche aus dem Kühlschrank.

Wieder bei Pia angekommen, schenke ich uns beiden nach und schaue sie ernst an.

„Vielleicht gibt es ja auf diesem Planeten nicht den richtigen Mann für mich. Vielleicht suche ich ja in den falschen Jagdgründen und ich sollte mir einfach eine Frau suchen?“

Hicksend sieht mich Pia an.

„Mhmmmh, vergiss die Idee, Süße. Ich kenne dich, du brauchst einen echten Kerl, der es dir jede Nacht so richtig besorgt.“

In dem Fall kann ich ihr leider nicht widersprechen. Leicht frustriert, weil die Partnersuche einfach eine verflixt schwere Angelegenheit ist, drehe ich die Pico-Flasche in meinen Händen.

Ein rotes Herz auf der Rückseite der Flasche lässt mich genauer hinsehen. Mit zusammengekniffenen Augen lese ich die viel zu kleinen Buchstaben:

‚Valentinstag-Aktion – Wir finden deinen Traummann‘.

Unter dem Herz steht ein vierstelliger Zahlencode, den ich laut den Anweisungen auf der Flasche auf der Pico-Homepage eingeben soll. Und mit ein bisschen Glück wäre ich dann die glückliche Gewinnerin, die mit dem von Pico ausgewählten Traummann ein Wellnesswochenende in Paris verbringen darf.

Pia liest sich ebenfalls den Text durch, doch während ich hauptsächlich an Wellness und Paris denken muss, redet sie nur von dem angeblichen Traummann.

„Das ist deine Chance, Miri!“

Noch bevor ich ahne, was sie vorhat, schnappt sie sich ihr Handy, klickt sich auf die angegebene Internetadresse und gibt den Code ein.

Ohne das alles zu kommentieren, halte ich mich an die Chipsschale. In meinem ganzen Leben habe ich schon an unendlich vielen Gewinnspielen teilgenommen, und ich habe nie auch nur eine

Kleinigkeit gewonnen. Also warum sollte das liebe Schicksal, jetzt, wo der Gewinn keine Million, sondern nur ein angeblicher Traumprinz ist, Mitleid mit mir haben und mich gewinnen lassen?

So viel Glück/Pech kann ich ja gar nicht haben.

Wenige Sekunden später zucke ich erschrocken zusammen, als Pia wie eine Verrückte zu kreischen anfängt.

„Oh nein!“

„Oh doch!“

Aufgeregt in die Hände klatschend hält sie mir ihr Handy unter die Nase.

„Süße, du hast gewonnen!“

Leicht entsetzt lese ich mir die ganze Sache durch:

Herzlichen Glückwunsch, Sie haben gewonnen

Zusammen mit Ihrem Traummann, den die Single-Plattform ‚Heartbeat‘ für Sie aussuchen wird, fliegen Sie für ein Wellnesswochenende in die Hauptstadt der Liebenden. Unter der Spitze des Eiffelturms werden Sie ein Glas prickelnden Champagner trinken und die Liebe für sich entdecken.

Ach du heilige Scheiße!

„Das klingt nicht nach einem Traumwochenende, sondern nach einer ausgemachten Katastrophe!“

Mehr als zufrieden mit sich nimmt sie mir die Chips aus der Hand und isst sie selber. Das breite Grinsen, das sich auf ihrem Gesicht ausbreitet, lässt mich entsetzt ausatmen.

„Hör mir jetzt gut zu, Pia. Ich werde da nicht hinfliegen! Schon gar nicht mit einem Kerl aus einer Singlebörse! Was soll das denn schon für einer sein? Alle Männer, die einigermaßen attraktiv und intelligent sind, haben es nicht nötig, sich bei so einer Idiotenseite anzumelden. Da sind nur die ganzen Übriggebliebenen dabei!“

Fest entschlossen, mich nicht von ihr überreden zu lassen, stelle ich die Champagnerflasche in die Mitte des Tisches. Ich hätte ahnen müssen, dass das nicht gut für mich enden wird. Immerhin habe ich früher schon beim Flaschendrehen immer nur Mist machen müssen. Flaschenspiele, völlig egal, welcher Art, sind einfach nicht gut für mich!

„Denk doch nur mal an Paris, den Eiffelturm und an das Louvre, ganz zu schweigen von der Sainte-Chapelle. Das ist doch fantastisch!“

Pia hat recht, Paris ist in meinen Augen eine der schönsten Städte der Welt, und ich wollte da auch schon immer mal hin. Aber nicht mit einem fremden Typen.

„Das mag ja sein, aber ich glaube nicht, dass ich da anrufen und den angeblichen Traummann einfach abbestellen kann!"

„Lass uns mal nachdenken. Ich meine, wie schwer kann es schon sein, den Kerl, der da dabei ist, loszuwerden?"

Auch wenn ich nie auf die Idee gekommen wäre, aber Pia hat recht. Eigentlich kann ich mir ein wunderschönes Wochenende in Paris finanzieren lassen, ich muss einfach nur dem angeblichen Traummann klarmachen, dass er mich in Ruhe lassen soll und dass ich an der großen Liebe nicht interessiert bin. Je länger ich darüber nachdenke, die Stadt der Liebe zu erkunden, desto aufgeregter werde ich.

Ohhhh jaaaa ...

Das wäre absolut fantastisch, am Samstag könnte ich mich verwöhnen lassen und Paris erkunden, und am Sonntag müsste ich einfach nur kurz diesen Idioten loswerden.

„Süße, du hast recht. Ich werde nach Paris fliegen und mir ein unvergessliches Wochenende gönnen, und wer weiß, vielleicht treffe ich ja einen heißen Franzosen, der mir das Wochenende versüßt."

Breit grinsend gibt sie mir die fast leere Chipsschale zurück und steht auf.

Glücklich genieße ich ihre restliche Geburtstagsparty, leere mit den anderen Mädels eine weitere Flasche prickelnden Champagner und fange langsam, aber sicher an, mich auf meinen Wochenendtrip zu freuen.

Das wird der absolute Wahnsinn!

Timm

Fuck! Mit solchen Freunden braucht man wirklich keine Feinde mehr.

Wie konnte ich nur so dumm sein, mit Alex um so einen Scheiß zu wetten?

„Wetten, du schaffst es nicht, in einer Nacht acht verschiedene Blondinen zu küssen!"

Tja, an sich nicht das Problem, aber es waren verflucht noch mal einfach keine Blondinen da. Ein kleines Detail, auf das ich vielleicht hätte achten sollen, bevor ich mich auf so einen Mist einlasse. Im nüchternen Zustand mag das ja auch alles ganz logisch sein. Aber betrunken? *Fuck!* Vielleicht ist es ganz allgemein nicht so besonders schlau, sich alkoholisiert auf Wetten einzulassen.

Fluchend beobachte ich, wie sich Alex über mich lustig macht. Dank der vielen Drinks weiß ich zwar nicht mehr so genau, wie wir auf diesen beschissenen Wetteinsatz gekommen sind, dass ich mich in einem Online-Partnersuch-Portal anmelden muss, aber da muss ich jetzt wohl durch.

Nachdem wir mein Profilbild hochgeladen und auch sonst alle Daten eingegeben haben, stellen wir mein Profil online.

„Shit, Timm! Vielleicht triffst du ja auf dem Weg die Frau deines Lebens!"

Wie ging dieses alte, jedoch wahre Sprichwort noch mal? Wer den Schaden hat, braucht für den Spott nicht zu sorgen? Mit Alex an meiner Seite ist es auf jeden Fall so.

„Im Gegensatz zu dir habe ich kein Problem damit, Frauen kennenzulernen."

Alex sieht mich gut gelaunt an, ihm macht diese ganze Sache so viel Spaß, dass er sich von mir einfach nicht provozieren lässt.

„Du verwechselst da etwas, Kumpel. Sie zu bumsen hat nichts mit kennenlernen zu tun."

Im Gegensatz zu mir hat er den Fehler gemacht, sich auf eine Beziehung einzulassen.

„Glaube mir, Kumpel, eine Frau beim Kommen zu beobachten, ist um einiges tiefgründiger, als sie zu einem Kaffee einzuladen."

Das helle Ping meines PCs bestätigt mir, was ich schon lange weiß: Mein Profil auf der Singlebörse ‚Heartbeat' ist soeben online gegangen.

„Wie lange, hatten wir noch mal gesagt, muss der Scheiß online bleiben?"

Alex räuspert sich ernst: „Vier Wochen!"

Oh Gott! Wer weiß, wer sich jetzt alles bei mir meldet?

Wütend auf mich selbst, weil ich mich auf so einen Bullshit eingelassen habe, schalte ich den PC aus und schlage spielerisch gegen Alex' Schulter.

„Komm schon, du Idiot, lass uns ein Bier trinken. Das habe ich nach der Aktion wirklich nötig."

Lachend reibt er sich über den Arm, während er sich seine Jacke schnappt und wir uns auf den Weg zu unserer Stammkneipe machen.

1. Kapitel

Es ist unfassbar, was eine durchzechte Nacht so alles nach sich zieht. Nicht nur, dass ich eine beschissene Wette verloren habe und mich in einem Onlineportal für Übergebliebene anmelden musste. Oh nein, jetzt wurde ich tatsächlich angeschrieben, dass ich mich, ohne es zu wissen, bei der Anmeldung für ein Gewinnspiel qualifiziert habe.

Fassungslos schaue ich auf die Mail. Soll das ein schlechter Witz sein?

Angeblich habe ich ein Wellnesswochenende in Paris gewonnen. Mal ganz davon abgesehen, dass ich kein Fan von Wellness bin, hat die ganze Sache einen ziemlich großen Haken. Denn dieses Wochenende ist quasi ein Blind Date. Alleine bei der Vorstellung, mit einer fremden Frau in einem Schickimicki-Wellnesstempel festzusitzen, wird mir schlecht.

Gerade als ich die E-Mail in den Papierkorb schieben will, kommt mir eine Idee. Vielleicht sollte ich mir einfach den Flug und das Hotel bezahlen lassen und mir eine geile Zeit machen. Ein Wochenende in Paris spendiert zu bekommen ist schließlich nicht das Schlechteste, was mir passieren kann.

Yes! Welcher Kerl träumt nicht seit seiner Jugend davon, eine heiße Französin flachzulegen?

Doch was mache ich mit dem Blind Date?

Ganz klar, das wird versetzt! Scheiß auf die Frau. Paris hat so viel mehr zu bieten als eine eingeflogene deutsche Singletussi.

Auf nach Frankreich ...

Miri

So langsam werde ich nervös, dieses Jahr fällt der 14.2. auf einen Sonntag, was bedeutet, dass mein Flieger nach Paris morgen früh um 7:30 Uhr am Münchner Flughafen startet. Mein Flugticket ist am Schalter für mich hinterlegt worden, jetzt wird es also wirklich ernst.

Pia sitzt quatschend neben meinem offenen Koffer auf dem Bett.

Und wenn sie mir nicht gerade aus dem Paris-Reiseführer vorliest, den sie extra gekauft hat, kommentiert sie die einzelnen Kleidungsstücke, die ich einpacke.

So langsam frage ich mich, ob sie mich in den Wahnsinn treiben will, doch ich spare mir meinen zickigen Kommentar und beeile mich einfach etwas mehr.

Nachdem Sie mir einen viel zu langen Vortrag über sexy Unterwäsche und Paris gehalten hat, lege ich noch eine aufreizende Spitzen-Dessous-Kreation zu meinem eh schon viel zu großen Kleidungsstapel. Zwar glaube ich nicht, dass die zum Einsatz kommen wird, aber Pia gibt zumindest endlich Ruhe.

Mit vereinten Kräften schaffen wir es, den Kofferdeckel zuzudrücken und den Reißverschluss zuzuziehen.

„Geschafft, ich denke, ich bin mehr als bereit für Paris!“

„Du meinst, dass du mehr als bereit für deinen Traummann bist!“

Die Art, wie sie versucht anzüglich mit ihren Augenbrauen zu wackeln, erinnert mich irgendwie an Kermit, den Frosch aus der Sesamstraße.

„Ich bezweifle zwar stark, dass mir dieses Wochenende mein Traummann über den Weg laufen wird, aber ja, falls der eher unwahrscheinliche Fall eintritt und ich ihm tatsächlich begegne, bin ich mehr als bereit ...“

„Sehr schön“, glücklich, dass sie mich mal wieder verkuppeln kann, hakt sie sich bei mir unter und führt mich Richtung Haustüre.

„Lass uns noch schnell ein Glas Wein trinken gehen, bevor du dich ins Pariser Nachtleben stürzt.“

Das nenne ich endlich mal eine gute Idee!

***

Ohne richtig meine Augen aufzumachen, schalte ich das nervtötende Piepen des Weckers aus. Schlaftrunken kuschle ich mich erneut in meine Bettdecke – nur noch fünf Minuten!

Eigentlich war es gestern gar nicht so spät. Um kurz nach 22:00 Uhr hat mich das Taxi vor meiner Haustüre abgesetzt.

Warum zum Teufel bin ich nur so müde?

Das nächste Mal, als ich meine Augen öffne, ist es 5:46 Uhr. Perplex sehe ich die schreckliche Uhrzeit auf dem digitalen Display des Weckers an. Warum zur Hölle klingelt mein Wecker nicht wie gewohnt um 6:30 Uhr? Ist er kaputt? Verwirrt lege ich mich zurück in mein Kopfkissen. Doch in genau dem Augenblick, in dem ich erneut die Augen schließen will, trifft mich fast der Schlag:

Das Gewinnspiel – mein Flug – Paris!

Oh Scheiße!

Leise vor mich hin schimpfend springe ich aus dem Bett. Eigentlich wollte ich um 6:00 Uhr am Flughafen sein, damit ich noch genug Zeit habe, um mich zurechtzufinden. Bis jetzt bin ich nur ein einziges Mal geflogen, und irgendwie erinnere ich mich noch gut daran, dass es eine kleine Ewigkeit gedauert hat, bis ich damals endlich an dem richtigen Gate angekommen bin.

Panisch schlüpfe ich in meine Lieblingsjeans, ziehe mir eine weiße Bluse an und renne ins Badezimmer. *So ein verfluchter Mist!*

Wenn dieser Morgen ein Omen für das komplette restliche Wochenende ist, sollte ich mich vielleicht schnell wieder zurück ins Bett legen ...

Völlig abgehetzt komme ich endlich am Flughafen an, das Taxi, das ich mir während des Haarekämmens gerufen habe, war zum Glück wenige Minuten später da und ich habe es mit nur dreißig Minuten Verspätung geschafft, mich durch die lästigen Sicherheitskontrollen zu quälen.

Nachdem ich mein Gepäck abgegeben und mich in den Wartebereich gesetzt habe, gönne ich mir eine Verschnaufpause.

Was für ein Stress!

Mein Magen knurrt laut, dank Pia und dem Kofferpacken ist mein gestriges Abendessen ausgefallen, dass es jetzt auch noch kein Frühstück gibt, ist alles andere als optimal.

Mein Kreislauf beschwert sich über den ungewohnten Koffeinmangel, doch mein Kaffee ist dank der Tatsache, dass ich verschlafen habe, ins Wasser gefallen.

Müde lehne ich mich in dem ungemütlichen Plastikstuhl zurück, schließe die Augen und warte darauf, dass endlich das Boarding beginnt.

Wenn das so weitergeht, brauche ich tatsächlich ein Wellnesswochenende ...

Gerade als ich mich ein wenig entspannt habe, höre ich den Aufruf über die Lautsprecher, dass wir in unser Flugzeug können.

Froh darüber, dass es endlich losgeht, schicke ich Pia eine schnelle Nachricht, in der ich ihr Bescheid gebe, dass ich mich wieder bei ihr melde, sobald ich gelandet bin.

Brav stelle ich mich in die Warteschlange und krame mein Flugticket aus der Handtasche. *Shit!* Tollpatschig, wie ich nun mal bin, fällt es mir aus der Hand und landet zwischen all den Füßen der wartenden Leute auf dem Boden.

Leise vor mich hin schimpfend beuge ich mich nach unten und suche das Ticket – was für ein blöder Start in den Tag!

Gerade als ich es entdecke, schiebt sich eine große, braun gebrannte Hand in mein Sichtfeld und schnappt sich mein Ticket.

Mein Blick gleitet über die langen Finger, hinauf über das Handgelenk bis hin zur Schulter.

Ohlala ...

Der Mann, der sich gebückt hat, um mir zu helfen, ist verdammt attraktiv. Seine markanten Gesichtszüge werden von einem Dreitagebart bedeckt. Die vollen Lippen, die sich in dem Augenblick, in dem sich unsere Blicke treffen, zu einem frechen Grinsen verziehen, werden von einer geraden Nase und dschungelgrünen Augen hervorgehoben.

Seine kurzen schwarzen Haare passen perfekt zu seinem ebenfalls schwarzen Hemd.

Hmmm, vielleicht kann ich den ja mit in mein Hotel nehmen?

So in der Art ich habe ihn gefunden und jetzt gehört er mir?

Aber alleine die Tatsache, dass er in ein Flugzeug nach Paris einsteigen will, ist doch eigentlich Beweis genug, dass er vergeben sein muss ... Wahrscheinlich ist er gerade kurz davor, seiner Freundin einen Antrag zu machen.

Oh Gott, wie fucking romantisch!

In meinem perfekten Tagtraum wollte ich immer, dass mich mein Freund nach Paris einlädt, damit er dann im Schatten des Eiffelturms vor mir auf die Knie zu sinken und mich fragen kann, ob ich mein restliches Leben mit ihm verbringen will.

Das Problem an der ganzen Sache ist, dass es bis jetzt leider nur ein wunderschöner Tagtraum geblieben ist.

Entsetzt stelle ich fest, dass ich den attraktiven Fremden geradezu anstarre. Verlegen senke ich den Blick und stehe wieder auf. Die Menschenmenge um uns herum hat sich bereits auf den Weg zum Flugzeug gemacht, sodass nur noch wir und die Stewardess hinter ihrem kleinen Tresen übrig geblieben sind.

„Wo ist denn Ihre zukünftige Verlobte?“

Oh Shit! Habe ich das gerade wirklich laut gefragt?

Verwirrt sieht er mich an, während er mir das Flugticket rüberreicht.

„Sorry! Aber ich weiß nicht, von wem Sie sprechen.“

Gott, ist das peinlich!

Unsicher nehme ich ihm mein Ticket ab und erwidere nervös seinen intensiven Blick.

„Na ja, ich dachte mir, da das das Valentinswochenende ist und Sie ja anscheinend in die Maschine nach Paris einsteigen wollen, werden Sie Ihrer Freundin bestimmt einen Heiratsantrag machen.“

Erneut verziehen sich seine sinnlichen Lippen zu einem sexy Draufgängergrinsen, bei dem mein dummes Herz gleich etwas schneller schlägt.

Ich sehe, wie er mich amüsiert ansieht, während er seinen Kopf schüttelt.

„Tja, da haben Sie sich leider getäuscht. Ich fliege alleine nach Paris. In meinem Leben gibt es keine Frau, der ich so einen Antrag machen könnte."

Mein Unterbewusstsein flüstert mir verschwörerisch zu, dass dieser verflucht heiße Kerl in derselben Maschine nach Frankreich fliegt wie ich, und dass er Single ist.

Ob er vielleicht der Mann ist, der von der Single-Plattform für mich ausgesucht worden ist?

Genervt schüttle ich den Kopf.

Das wäre wirklich viel zu großes Glück!

„Und was machen Sie dann in Paris?"

Ich weiß, dass ich gerade schrecklich neugierig bin, aber ich kann einfach nicht anders. Dieser Mann hat irgendetwas an sich, das mich magnetisch anzieht. Frech lasse ich meinen Blick über seinen breiten Brustkorb gleiten, wie er wohl ohne die störenden Klamotten aussieht? Ob er ein Sixpack hat oder vielleicht sogar tätowiert ist?

Vielleicht ist er ja einer von den Kerlen, die beim Sex hart zupacken und das seltene Talent besitzen, Frauen multiple Orgasmen zu schenken?

Anstatt mir zu antworten, zieht er nur eine Augenbraue nach oben und lässt seinen Blick von meinen Schuhen über meinen Bauch bis zu meinen Haaren gleiten. Täusche ich mich etwa oder spiegelt sich da sexuelles Interesse in seinen Iriden?

Auch wenn ich diesen Typen gerade das erste Mal sehe, weiß ich intuitiv, dass der Sex zwischen uns beiden eine wahre Naturgewalt wäre.

„Die Frage kann ich genauso gut Ihnen stellen. Denn Sie scheinen ebenfalls ohne Begleitung nach Paris zu wollen."

Schlagfertig ist er ja. Unsicher, was ich ihm sagen soll, jubiliere ich innerlich, als uns die nette Frau hinter dem Schalter unterbricht und uns freundlich daran erinnert, dass knapp dreihundert Leute darauf warten, dass wir endlich einsteigen und das Flugzeug abheben kann.

Die unfassbar sinnliche Ausstrahlung dieses Mannes lässt mich alles andere vergessen.

„Nach Ihnen."

Mit einer charmanten Geste bedeutet er mir, dass ich vorausgehen soll.

Während ich an ihm vorbeigehe, sehen wir uns tief in die Augen, mein Atem stoppt und die Zeit steht für eine kostbare Sekunde still.

Schmetterlinge tanzen fliegend durch meinen Bauch, während meine Lippen erwartungsvoll prickeln.

Und ab jetzt – ab ganz genau diesem kostbaren Moment ist zwischen uns beiden alles klar ...

Timm

Karamellbraune Augen, volle Lippen und schulterlange blonde Haare. Die Frau, die gerade vor mir steht, reicht mir gerade einmal bis unters Kinn. Die weiße Bluse, die sich verführerisch an ihre runden Brüste schmiegt, fesselt meinen Blick. Der Stoff ihrer leicht abgewetzten Jeans schmiegt sich wie eine zweite Haut an ihren Hintern, und ich kann an nichts anderes mehr denken als daran, sie zu packen und zu ficken.

Wie kann es sein, dass eine Frau wie sie am Valentinstag-Wochenende alleine nach Paris fliegt? Sind denn alle Männer blind? Ihre freche, neugierige Art gefällt mir. Und dennoch werde ich ihr nicht sagen, wie es dazu gekommen ist, dass ich ebenfalls alleine nach Frankreich reise.

Wütend darüber, dass uns die Stewardess unterbrochen hat, begleite ich sie in das wartende Flugzeug.

Shit! Die Begegnung mit ihr hat meinen eigentlichen Plan völlig durcheinandergebracht.

Denn anstatt dass ich mich jetzt auf viele heiße Französinnen freue, überlege ich fieberhaft, wie es mir gelingen kann, sie nach dem Flug wiederzusehen.

Nachdem wir endlich in dem Flugzeug angekommen sind, bleibt sie direkt vor mir stehen. Ihr knackiger Po stößt leicht gegen meine Oberschenkel, und ich spüre, wie meine Eier zu kribbeln anfangen.

Na klasse!

Was kann schlimmer sein, als mit einem Harten in den engen Sitzen des Airbusses zu sitzen?

Fuck! Am liebsten würde ich meinen Arm um ihre Taille schlingen, um sie hart gegen meinen Schwanz zu pressen, doch ich widerstehe dem Drang und atme stattdessen mit jedem meiner Atemzüge ihren süßen Geruch ein.

Eine weitere Stewardess begrüßt uns freundlich und begleitet uns zu unseren Sitzplätzen.

Frustriert muss ich dabei zusehen, wie sich meine schöne Unbekannte neben einen Kerl setzt, der sie regelrecht mit seinen Blicken verschlingt. Mein Sitz befindet sich direkt hinter ihr und ich höre, wie er gleich damit anfängt, sie auszufragen.

Wie lange dauert der Flug noch mal? Gute neunzig Minuten?

Das wird die Hölle!

2. Kapitel

Miri

Mir war nicht bewusst, dass dieser kurze Flug so anstrengend werden wird.

Eigentlich habe ich wirklich gehofft, dass ich am Fenster sitzen kann, es muss toll sein, von dieser Höhe auf Paris runterschauen zu können. Doch daraus ist leider nichts geworden, stattdessen habe ich einen unattraktiven Kerl neben mir, der, anstatt aus dem kleinen Fenster zu sehen, seinen Blick die meiste Zeit auf mein Dekolleté gerichtet hat.

Der aufdringliche Geruch von Schweiß und irgendeinem billigen Deo hüllt ihn ein wie eine Dunstwolke. Seine Augen werden von ungesund aussehenden und bläulich schimmernden Ringen hervorgehoben, während sein Atem nach Alkohol riecht.

Wieso konnte ich nicht eine Reihe weiter hinten sitzen? Denn direkt hinter mir befindet sich der heiße Kerl von vorhin.

Der orange aufleuchtende Fasten-Seat-Belt-Schriftzug ist das erste Anzeichen dafür, dass wir bald landen werden. Endlich habe ich es geschafft und komme in Frankreichs schönster Stadt an. Gespannt, wie es wohl in dem Hotel aussieht, schnalle ich mich an und frage mich, was das eigentlich bringen soll.

Bei einem Auto verstehe ich es ja, aber in einem Flugzeug? Ich bezweifle, dass mir die Gurte im Falle eines Absturzes das Leben retten werden ...

Angespannt spüre ich, wie das Flugzeug langsam an Höhe verliert.

Lieber Gott, lass mich das alles überleben!

Der widerliche Kerl neben mir, der sich mir als Lars vorgestellt hat, grinst anzüglich, während er sich ebenfalls anschnallt.

„Keine Sorge, wenn wir abstürzen, sind wir auf der Stelle tot.“

Echt jetzt?

Kann dieser Idiot nicht endlich seine Klappe halten?

Alleine bei der Vorstellung, dass er mein Blind Date sein könnte, dreht sich mir der Magen um.

Timm

Nachdem wir die Landung hinter uns gebracht haben, beobachte ich Miri – ihren Namen kenne ich, weil sie sich dem Arschloch neben sich vorgestellt hat – dabei, wie sie auf wackeligen Beinen aufsteht.

Ohne sie aus den Augen zu lassen, folge ich ihr bis zur Gepäckausgabe.

Seit mir diese kleine, faszinierende Frau über den Weg gelaufen ist, kann ich an nichts anderes denken als daran, sie zu ficken. Und es wird verflucht noch mal Zeit, dass ich endlich in die Gänge komme, denn wenn ich sie nicht bald anspreche, entwischt sie mir zum Schluss noch.

Fest entschlossen, sie für mich zu beanspruchen, gehe ich auf sie zu. Als sie mich kommen sieht, hebt sie ihren Kopf und unsere Blicke treffen sich.

„Willkommen in Paris!“

Das atemberaubende Lächeln, das sich auf ihren Lippen ausbreitet, lässt mich beinahe knurren. Miri ist eine dieser Frauen, die, ohne es zu beabsichtigen oder es zu provozieren, unfassbar sinnlich sind. Jede ihrer Bewegungen, jeder ihrer Blicke und die Art, wie sich mich ansieht, lassen mich verflucht geil werden.

Ohne auf das Gepäckband zu achten, stelle ich mich neben sie und strecke ihr meine Hand entgegen.

„Wir haben uns noch gar nicht vorgestellt, ich bin Timm.“

Ich sehe, dass sie kurz zögert, ehe sie meine Hand ergreift und mir ihren Namen nennt.

„Miri.“

Nicht bereit, sie entkommen zu lassen, gehe ich aufs Ganze.

„Da wir beide uns jetzt in Paris befinden, was hältst du davon, wenn ich dich zum Essen einlade?“

Das kurze Zögern und das Aufflackern von Unsicherheit in ihren wunderschönen schokofarbenen Augen lassen mich kurz innehalten.

Seit ich denken kann, habe ich unzählige Tussis angebaggert, sie eingeladen und gebumst. Doch bei dieser hier ist es anders. Bei ihr will ich, dass sie Ja sagt, ich will, dass sie sich von mir ganz genauso angezogen fühlt wie ich mich von ihr.

Meistens ist es mir egal, ob das Mädchen, das ich einlade, Ja sagt, denn wenn sie nicht will, suche ich mir eben eine andere. Wobei ich mich nicht daran erinnern kann, wann ich das letzte Mal eine Absage erhalten habe.

Doch dieses Mal ist einfach alles anders, ich will keine andere, keine der eigentlich vorgesehenen Französinnen – ich will einfach nur sie.

„Okay, aber ich würde gerne erst mein Gepäck ins Hotel bringen.“

Lust, Freude und Erleichterung strömen in einem gefährlichen Mix durch meine Venen.

„In welchem Hotel bist du?“

Wieder sehe ich, wie sie zögert, Miri scheint sich nicht dabei wohlzufühlen, einem fremden Mann so viele Infos zu geben.

Wir sehen uns an und ich kann erkennen, dass ihre Neugierde die Oberhand gewinnt.

„Ich bin im Shangri-La Paris, ich werde vom Hotel abgeholt.“

Als sie mir den Namen ihrer Unterkunft verrät, staune ich nicht schlecht. Wie hoch ist die Wahrscheinlichkeit, dass eine junge Frau am Valentinstag-Wochenende alleine nach Paris fliegt und dann auch noch im selben Hotel wohnt, in dem auch ich einquartiert wurde?

Kann es sein, dass sie mein Blind Date ist?

Ist sie etwa die Single-Traumfrau, die für mich ausgesucht worden ist? Wenn ja, muss ich Alex einen Kasten Bier spendieren, denn ohne ihn und diese beschissene Wette wäre das alles nie passiert und ich hätte Miri nie kennengelernt.

Die Frage ist nur, wie sie reagieren wird, wenn ich ihr eröffne, dass wir im gleichen Hotel wohnen.

„Tja, dann werden wir uns wohl des Öfteren über den Weg laufen.“

„Wie meinst du das?“

Noch immer stehen wir neben dem Gepäckband, um uns herum ist es mittlerweile menschenleer, da alle anderen ihre Koffer schon abgeholt haben.

„Wir wohnen im selben Hotel.“

Ihr überraschter Blick und die Art, wie sie sich unsicher auf die Lippe beißt, verraten mir, dass sie gerade versucht die ganzen Informationen zu sortieren.

„Langsam wird die ganze Sache wirklich verrückt!“

Ich sehe, wie sie mich nachdenklich ansieht, ehe sie sich umdreht und nach ihrem Koffer Ausschau hält.

Die Wahrscheinlichkeit, dass wir beide nur zufällig hier sind, erscheint mir immer geringer, es muss fast so sein, dass sie ebenfalls wegen des Gewinnspiels hier ist!

Miri

Langsam, aber sicher wird mir das alles etwas unheimlich. Es ist nämlich so, dass das Shangri-La Paris ein ziemlich kleines und verdammt nobles Hotel ist. Hätte ich dieses Wochenende nicht gewonnen, hätte ich es mir nie im Leben leisten können, mich da für ein paar Tage verwöhnen zu lassen.

Ganz davon abgesehen, dass Timm, und das ist wirklich nicht böse gemeint, einfach nicht zu dieser Unterkunft passt. Ich meine, er sieht eher sportlich und modern aus. Doch das Shangri-La ist eher romantisch und luxuriös. Für ein Liebeswochenende mit integriertem Heiratsantrag wäre es das perfekte Hotel. Aber für einen Single-Mann, der, weiß Gott warum, nach Paris geflogen ist, wirkt es in meinen Augen eher unpassend.

Um meine Gedanken zu ordnen, unterbreche ich unseren verwirrenden Blickkontakt und mache mich auf die Suche nach meinem Gepäck. Erschrocken stelle ich fest, dass wir die zwei Letzten sind, die sich noch hier aufhalten. Und alleine das beweist ja schon, dass dieser Mann eine verheerende Wirkung auf mich hat.

Mist! Ich war so auf ihn und seine Nähe fixiert, dass ich mein Umfeld völlig vergessen habe. Was hat dieser Kerl nur an sich, das mich so in seinen Bann zieht?

Nach einem kurzen Blick auf meine Uhr weiß ich, dass es 10:45 Uhr ist. Wahrscheinlich wartet der Abholservice schon lange auf mich beziehungsweise uns.

Nachdem Timm seinen silbernen Koffer vom Fließband genommen hat, sieht er mich eindringlich an, ehe er herausfordernd eine Augenbraue hochzieht.

„Was ist?“

„Gib mir deinen Koffer!“

„Warum?“

„Gott, Frau! Glaubst du wirklich, dass ich dir erlaube, ihn in meiner Nähe selber zu tragen? Ehrlich? Ich weiß ja nicht, mit was für Männern du bisher zu tun gehabt hast, aber ich bin kein Vollidiot, der dir dabei zusieht, wie du dir deine Gesundheit ruinierst!“

Sprachlos starre ich ihn an, während ich mich stumm frage, aus was für einem Märchen dieser Kerl entsprungen ist?

Ohne auf meine Zustimmung zu warten, stellt er sich direkt vor mich, beugt sich zu mir und streicht mit seiner Nase über meinen Hals. Von seiner plötzlichen Nähe überwältigt, spüre ich, wie er seine Finger durch den Tragegriff meines Koffers schiebt und ihn mir aus der Hand nimmt.

„So ist es besser.“

Der tiefe Klang seiner sonoren Stimme geht mir durch Mark und Bein. Noch immer spüre ich seine Berührung auf meiner Haut und ich habe das Gefühl, auf einer Wolke zu schweben.

Völlig verdattert betrachte ich seinen Knackarsch, während er mit meinem Gepäck vorausgeht.

Verflixt noch mal ... Dieser Mann macht mich völlig fertig!

3. Kapitel

Wahnsinn!

Natürlich habe ich zu Hause im Vorfeld das Hotel gegoogelt und mir die Fotos angesehen.

Aber verdammt! Die Realität ist einfach fantastisch. Das Shangri-La ist ein wunderschönes aristokratisches Gebäude. Der kunstvoll angelegte Vorgarten gleicht einem grünen Paradies und das Innere des Hauses ist einfach ein Traum. Ich habe noch keine zwei Schritte in mein Zimmer gesetzt, da fühle ich mich schon wie Aschenputtel höchstpersönlich. Der einzige Unterschied zu mir und dem Märchen ist nur, dass ich keine Fee gebraucht habe, um in diesem Paradies zu landen. Ich habe einfach nur eine verrückte Freundin Namens Pia, die wie ein Wirbelwind durch mein Leben fegt und zuverlässig und liebevoll Chaos stiftet.

Atemlos schließe ich die Türe hinter mir und lasse mich mit dem Rücken gegen das schwere Holz sinken.

So langsam habe ich das Gefühl, in einem Märchen gelandet zu sein.

Ich stehe vor einem traumhaft schönen Himmelbett, vor dem extrem großen Panoramafenster erstreckt sich der Eiffelturm in seiner ganzen faszinierenden Pracht und nur ein paar Zimmer weiter wartet ein unverschämt attraktiver Kerl darauf, dass ich mit ihm die Stadt erkunde.

Wenn das so weitergeht, wird dieses Wochenende phänomenal!

Tief durchatmend versuche ich einen klaren Kopf zu bekommen. Seit unserer ersten Begegnung will ich diesen Mann, ich will ihn schmecken, ihn berühren und ihn tief in mir haben.

Verfluchter Mist!

Ich kenne ihn doch gar nicht, also wie soll das gehen?

Pia würde mir raten, dass ich endlich aufhören soll zu denken. Die tollsten Erinnerungen sind nicht die, die man lange geplant hat. Sondern sie entstehen bei unüberlegten Abenteuern und spontanen Begegnungen.

Konzentriert versuche ich mich an meinen letzten Orgasmus zu erinnern, doch es gelingt mir nicht. Unruhig fange ich an meine Sachen auszuräumen, doch in Wirklichkeit ist das nur ein Vorwand, um nicht länger an Timm denken zu müssen.

Leise fluchend lasse ich meine Sachen zurück in den Koffer fallen.

Warum zum Teufel muss ich mir immer über alles den Kopf zerbrechen?

Warum kann ich nicht einfach mal alles so nehmen, wie es kommt?

Ich bin Single und alleine in der Stadt der Liebe.

Genau jetzt ist der richtige Zeitpunkt für eine hemmungslose und unkomplizierte Affäre! Also worauf warte ich noch?

Wie heißt es so schön: Was in Paris passiert, bleibt in Paris!

Oder war das etwa Las Vegas?

Ach, das ist doch auch scheißegal, wichtig ist nur der Sinn dieses Sprichworts und der passt zu hundert Prozent zu diesem Wochenende!

Fest entschlossen, ein Valentinswochenendabenteuer zu erleben, suche ich die sexy Spitzendessous aus dem Chaos in meinem Koffer, ziehe sie an und frische mein Make-up auf.

Nervös schnappe ich mir die Schlüsselkarte und mache mich auf den Weg zu Timms Zimmer. Im Gegensatz zu dem meinen liegt seines am anderen Ende des Flurs.

Schritt für Schritt überwinde ich die Distanz und spüre, wie meine Nervenenden zu glühen beginnen. In all den Jahren waren es immer die Männer, die auf mich zugekommen sind, denn bis jetzt hatte ich nie den Mut, den ersten Schritt zu wagen. Ein angenehmer, erwartungsvoller Schauer rieselt zwischen meinen Schulterblättern hinab und mein Herzschlag donnert durch meinen Körper.

Als ich endlich vor seiner Türe ankomme, hebe ich die Hand, doch in dem Moment, in dem ich anklopfen will, verlässt mich mein Mut.

Was ist, wenn ich einen Fehler begehe oder wenn er mich abweist?

Diese Situation, in der ich mich gerade befinde, ist einfach zu komisch ...

Frisch geschminkt und in meiner aufreizendsten Unterwäsche stehe ich in Paris, der Stadt der Liebe, vor dem Zimmer eines fremden Mannes und hoffe, dass ich gleich den Sex meines Lebens haben werde.

Innerlich von drei abwärtszählend atme ich tief durch und schaffe es endlich, genug Mut zusammenzubekommen, um anzuklopfen.

Oh Gott! Was habe ich nur getan?

Nervös überlege ich mir, ob ich mich nicht doch lieber einfach umdrehen und schnell wegrennen sollte. Doch ich habe anscheinend etwas zu lange überlegt. Denn gerade als mich der Mut verlässt und ich mich davonschleichen will, sehe ich, wie sich seine Türe öffnet.

Vermaledeiter Mist ...

Unsicher, was ich sagen soll, verschlägt es mir in dem Moment, in dem ich sehe, dass er barfuß und nur in einer sehr tief sitzenden Jeans vor mir steht, die Sprache.

Seine muskulösen Schultern münden in einem breiten Nacken, seine Arme wirken kraftvoll und ich bin mir sicher, dass er keine Probleme damit hätte, mich im Stehen und mit dem Rücken an der Wand zu bumsen. Auf seiner Brust befindet sich eine Spur dunkler Haare, die sich über sein Sixpack bis hinab in die Tiefen seiner Jeans erstreckt.

Mein Gaumen wird trocken, mein Herzschlag setzt für einen Moment aus und zwischen meinen Schenkeln beginnt es, gierig zu pochen.

Mich leise räuspernd, zwinge ich meine Augen wieder etwas weiter aufwärts, sodass sich unsere Blicke treffen!

Ganz ohne Worte, denn die sind in diesem Augenblick auch gar nicht nötig, öffnet er seine Türe ein Stückchen mehr, sodass ich eintreten kann.

Sein Blick gleitet gierig über meinen Körper, während er die Türe hinter uns schließt.

Langsam kommt er auf mich zu, etwas unsicher gehe ich einen Schritt zurück und spüre, dass ich mit dem Rücken zur Wand stehe.

Jetzt gibt es kein Entkommen mehr ...

Wir sind uns so nah, dass sich unser Atem vermischt. Timms Iriden funkeln, während seine Kieferpartie angespannt wirkt. Seine Bauchmuskeln zucken leicht, ich schnappe nach Luft.

„Du hättest nicht herkommen sollen ...“

Derselbe Gedanke zuckt ebenfalls gerade durch meinen Verstand.

„Denn jetzt werde ich dich nicht wieder gehen lassen!“

Das dunkle Timbre seiner Stimme vibriert in meinen Unterleib und noch bevor ich den Sinn seiner Worte verstehe, fängt er mich ein. Sein Kopf senkt sich zu mir, und ich lege meine Arme um seinen Nacken.

Für den Bruchteil einer Sekunde sehen wir uns an, ehe er mich wild und stürmisch küsst. Seine Zunge streicht über meine Lippen, drängt sie auseinander und schlingt sich um die meine. Das dunkle Knurren, das sich aus seiner Kehle löst, lässt mich leise wimmern.

Ich bin verloren ...

Seine Hände legen sich besitzergreifend auf meine Hüfte, graben sich in meine Haut und heben mich leicht an.

Immer drängender berühren sich unsere Körper, unser Atem kommt stoßweise und ich weiß, dass es nicht mehr lange dauern wird, bis ich ihn endlich tief und hart in mir spüren werde.

Timm

Dieses Hotel ist Luxus pur. Mein Zimmer, das eigentlich eher eine Suite ist, hat das größte Bett, das ich jemals gesehen habe.
Und was mache ich Idiot?

Ich verliere so langsam, aber sicher die Kontrolle ...

Am liebsten würde ich jetzt meinen Koffer ins Eck stellen, zu Miris Zimmer gehen und sie entführen. Ich würde sie mir über die Schulter werfen, mit ihr zurück in meine Suite gehen und sie in das Bett werfen. Und dann? Tja, man muss kein Genie sein, um zu wissen, was ich den restlichen Tag lang machen will.

Ungeduldig fahre ich mir mit der Hand durch die Haare. Wir haben gerade einmal nachmittags, was bedeutet, dass es noch verdammt lange dauern kann, bis ich sie endlich da habe, wo ich sie verflucht noch mal haben will!

Um mich etwas abzukühlen, steige ich unter die Dusche, doch selbst das hilft nicht. Mein Körper ist fest entschlossen, jetzt, und zwar ganz genau jetzt, Sex zu haben.

Frustriert trockne ich mich ab und ziehe mich wieder an. Gerade als ich mir eine Boxershorts und eine Jeans angezogen habe, klopft es an der Türe.

Schnell schließe ich die Hose und mache auf.

Miri steht vor mir, in ihren Augen sehe ich einen köstlichen Mix aus Sehnsucht, Lust und Unsicherheit. Unsere Blicke treffen sich und es bedarf keiner Wörter, um zu wissen, was jetzt passieren wird.

Wortlos lasse ich sie herein.

Endlich sind wir alleine, keine nervigen Stewardessen und auch sonst niemand, der uns stören kann. Nur sie und ich und das gigantische Bett, das nur darauf wartet, benutzt zu werden.

In ihren wunderschönen Augen spiegelt sich dasselbe Verlangen, das auch durch meine Adern rauscht, und ich kann es kaum erwarten, sie schreien zu hören.

Fuck! Ich will wissen, wie sie schmeckt, und ich will herausfinden, wie sie klingt, wenn ich sie langsam dehne und mich immer tiefer in ihr vergrabe!

Miri

Timms Hände halten mich bestimmend fest, während wir uns zügellos küssen. Seine Nasenflügel blähen sich, so als könnte er meine wachsende Erregung wittern.

Gierig vergrabe ich meine Finger in seinem vollen Haar.

Zwischen meinen Schenkeln wird es immer feuchter, und ich reibe meinen Schoß ungeduldig an seinem Schenkel.

Animalisch knurrend legt er seine Hände um meine Handgelenke, ehe er sie über meinen Kopf gegen die Wand presst.

Schutzlos und ihm völlig ausgeliefert gebe ich mich unserer Lust hin, während sich unsere Zungen umschlingen. Seine Atmung kommt langsam, aber sicher immer schneller, und obwohl ich spüren kann, dass er mich endlich ficken will, bewegt er sich langsam und kontrolliert.

Sein Knie schiebt sich zwischen meine Beine, kommt so meiner reibenden Bewegung entgegen. Schmerzlich erregt überlasse ich ihm die Führung.

Leise wimmernd spüre ich, wie er mit seiner linken Hand die Konturen meiner Brüste nachfährt. Seine Fingerspitzen umkreisen meine harten Brustwarzen, streichen sanft darüber, ehe er sie sinnlich zwirbelt. Nach Luft schnappend genieße ich den bittersüßen Lustschmerz, der direkt von meinen Nippeln hinab in meine Pussy zuckt.

„Ich will endlich in dir sein."

„Und ich will dich endlich in mir haben!"

Kleine Schweißtropfen sammeln sich in meinem Nacken, während sich unsere Zungen erneut duellieren. Nur am Rande spüre ich, wie er meine Gelenke wieder loslässt, seine Hände um meine Hüfte legt und mich mühelos hochhebt.

Kichernd schlinge ich meine Beine um seine Taille und lasse mich von ihm quer durch den Raum tragen.

Sein dunkler, animalischer Blick sieht direkt in die Seele und ich weiß instinktiv, dass das zwischen uns etwas Besonderes ist.

Süchtig nach seinem herben Geschmack presse ich meinen Mund wieder auf den seinen, während er sich mit mir aufs Bett fallen lässt. Während wir fallen, dreht er sich leicht, sodass ich auf ihm lande und nicht von seinem Gewicht erdrückt werde.

Schwer atmend sehen wir uns an, unsere Herzen beginnen im Einklang zu schlagen, während er damit beginnt, mich auszuziehen.

Seine braun gebrannten Finger bilden einen starken Kontrast zu dem weißen Stoff meiner Bluse.

Ich höre, wie er leise flucht, als er die kleinen Knöpfe nicht so schnell, wie er es gerne hätte, durch die Löcher bekommt. Lachend schiebe ich seine Hände weg und öffne sie selbst. Sein gieriger Blick, als er mir zärtlich die Bluse von den Schultern schiebt, lässt mich erbeben.

Seine Augen verweilen hungrig auf meinen Brüsten. Der elfenbeinfarbene Spitzenstoff schmiegt sich an meine Brustwarzen, deren Konturen sich durch den Stoff abzeichnen.

Gerade eben sitze ich noch rittlings auf ihm – eine Sekunde später liege ich auf dem Rücken. Timm ragt über mir auf, während er leise grollend meine Hose nach unten zieht. Mein String verschwindet ebenfalls in Windeseile und ich liege nur noch mit meinem Spitzen-BH unter ihm.

Der seidige Stoff der Tagesdecke streicht sanft über meine Haut.

Langsam und bedacht öffnet er den BH und wirft ihn achtlos auf den Boden.

Ich spüre, wie seine Zungenspitze sanft über meinen Nippel leckt, ehe er mich seine Zähne spüren lässt. Stöhnend biege ich den Rücken durch und biete mich ihm wortlos an. Feucht und pulsierend zucken meine Schamlippen erregt, als seine Finger zwischen meine Beine wandern und mit genau dem richtigen Druck über meinen Kitzler streichen.

„Ich will dich."

Mit jedem seiner eindringlichen Blicke, mit jedem leidenschaftlichen Kuss und jeder noch so erregenden Berührung lässt er mich spüren, wie sehr er mich begehrt.

Von Lust erfüllt lege ich meine gespreizten Hände auf seine muskulöse Brust.

Ich spüre, wie er sich aufrichtet und zu meiner großen Freude seine Hose auszieht.

Hart und dick springt mir sein wunderschöner Schwanz regelrecht entgegen. Seine dicke Eichel wird von den ersten Tropfen seiner Lust gekrönt und seine trainierten Oberschenkel zucken ungeduldig, so als könnten sie es gar nicht erwarten, endlich in einem harten Rhythmus zuzustoßen.

Ungeduldig und bis in die Zehenspitzen erregt kralle ich mich in seinen Haaren fest und ziehe ihn zu mir herunter. Endlich treffen sich unsere Lippen, wir verschlingen uns regelrecht.

Mit jedem Zungenschlag, mit jedem geteilten Atemzug spüre ich, wie aus meinem zärtlichen Liebhaber ein dominanter Bad Boy wird.

Zitternd, feucht und atemlos sehe ich ihm tief in die Augen.

Dieser Mann ist nicht einfach nur ein Kerl, mit dem ich ficke und dessen Wege ich nie mehr kreuzen werde. Tief in meinem Inneren spüre ich, dass diese Vereinigung unserer Körper der Anfang von etwas Wundervollem ist.

Unser Kuss ist vorbei und ich brauche einen Augenblick, um wieder zu Atem zu kommen.

Langsam und aufreizend lässt er seine Finger über meine Beine tanzen, bis sie die empfindlichen Innenseiten meiner Oberschenkel erreicht haben.

Stöhnend schließe ich die Augen, genieße seinen dunklen, geradezu animalischen Blick und seine gekonnte Verführung.

Zentimeter für Zentimeter hinterlassen seine Hände eine glühende Spur auf meiner sensibilisierten Haut. Mein Bauch zuckt leicht, während mir ein leises Wimmern entschlüpft.

Dieser Mann, seine Finger und seine Lippen treiben mich in den sexuellen Wahnsinn ...

Im Inneren meines Schoßes findet eine Kernschmelze statt, er lässt seine Finger langsam in mich gleiten.

Stöhnend gebe ich mich ihm rückhaltlos hin, öffne meine Beine noch etwas weiter und kann es nicht erwarten, ihn so tief wie möglich in mir zu spüren!

Timm beugt sich über mich, seine Zunge umkreist meine rechte Brustwarze, ehe er sie langsam zwischen seine Zähne zieht. Züngelnd und saugend verwöhnt er mein williges Fleisch und schickt immer intensivere Wellen der Lust durch mein Nervensystem.

„Bitte, Timm – bitte nimm mich endlich!“

Stöhnend winde ich mich unter ihm, während meine Augenlider zufallen, als er einen weiteren Finger in meine enge Öffnung schiebt.

Atemlos presse ich den Kopf in die weichen Kissen, während ich ihm meinen Unterleib entgegenpresse.

Das ist einfach zu viel ...

„Schau mich an, Miri! Ich will, dass du mir in die Augen siehst, während du kommst!“

Wimmernd und zuckend tue ich, was er verlangt. Langsam, kreisend und rhythmisch dringt er in mich ein, massiert meine Lustperle und treibt mich in ungeahnte Höhen. Keuchend spüre ich, wie sich mein Inneres wild zuckend zusammenzieht. Der intensive Druck, der sich in mir ausbreitet, raubt mir den Verstand.

Stöhnend winde ich mich unter ihm, während ich von einem unglaublich intensiven Höhepunkt hinfortgerissen werde.

Ahhhh ...

Krampfartig ziehen sich meine Zehenspitzen zusammen, meine Atmung stockt, während sich meine inneren Muskeln zuckend um seine Finger anspannen. Mein lauter, verzweifelter Schrei erfüllt die Stille des Zimmers, während mich ein tsunamiartiger Orgasmus überrollt und in das süße Land der Erfüllung schwemmt.

Oh mein Gott!

Laut knurrend spreizt er meine zitternden Schenkel und lässt seinen gierigen Blick über meine geschwollene und zuckende Pussy gleiten. Seine Finger streichen durch meine Spalte, tanzen über meinen Kitzler und treiben mich in den Wahnsinn!

„Lass mich dich schmecken ..."

Atemlos schüttle ich den Kopf, ich will ihn endlich in mir spüren!

Mit seiner rauen Zungenspitze züngelt Timm sanft über meinen Eingang, umkreist meine Perle und saugt sich hart an ihr fest.

„Fuck, Miri, du schmeckst köstlich!"

Aufreizend und quälend langsam leckt er mich, knabbert an der empfindlichen Haut und treibt mich immer tiefer in meine Lust.

„Ich kann nicht länger warten, Miri!"

Seine Augen glühen vor Lust, während er eilig aus dem Bett steigt und in seinem Koffer herumwurschtelt.

Was zur Hölle macht er da?

Als er endlich wieder zu mir zurückkommt, sehe ich die silberne Verpackung des Kondoms zwischen seinen Fingern.

Gekonnt reißt er das Papier auf und rollt den schwarzen Gummi über seinen harten Schwanz.

„Jetzt werde ich dich tief und verdammt hart nehmen!"

Zärtlich liebkost er meine Schläfe, während er sich vor mir in Position bringt.

Dieser Kerl ist ein Lover der Superlative.

Er weiß ganz genau, was ich brauche ...

Die Spitze seiner breiten Eichel dringt wenige Zentimeter in mich ein, dehnt meine Pussy und nimmt mich endlich in Besitz. Unsere Blicke verhaken sich ineinander, während er immer und immer tiefer in mich gleitet. Sein breiter Schwanz dehnt meinen Körper und schickt Wellen der Lust durch meine vor Lust vibrierenden Nervenenden.

„Schau mich an, Miri."

Ich tue, was er sagt, und ertrinke in den Tiefen seiner Iriden.

„Deine Muschi ist das Paradies!"
Seine tiefen Stöße werden immer härter und sein Schwanz dringt so verflucht tief in mich ein, dass ein leichter, unfassbar angenehmer Schmerz entsteht.
Timm verändert seinen Winkel und touchiert bei jedem köstlichen Vorstoß meinen G-Punkt ...
Stöhnend verliere ich mich in meiner Lust.
Der Orgasmus, der über mich hereinbricht, ist wie ein Orkan, bestehend aus Gefühlen und Emotionen!
Die heftigen Kontraktionen, die meinen Körper erschüttern, schicken mich in einen komaähnlichen Zustand. Timms Atem kommt immer schneller, seine Stöße werden heftiger, seine Muskeln spannen sich an und werden stahlhart.
Brüllend fickt er mich, dringt tief in mich ein und ich fühle, wie er in mir zu pulsieren anfängt. Knurrend und keuchend legt er den Kopf in den Nacken und spritzt ab.
Was für ein genialer Fick!
Kraftlos kuschle ich mich in seine Kuschelecke, inhaliere den Geruch unserer Vereinigung und spüre, wie sich ein angenehmes Prickeln in mir ausbreitet.
Meine Glieder sind schwer und meine Schamlippen pochen befriedigt.
Wie in Trance sehen wir uns an, Timms Gesichtsausdruck wird sanft, während er mit seinem Handrücken zärtlich über meine Wange streicht.
Ich spüre, wie er sich aus mir herauszieht, den Gummi von seinem Schwanz zieht und auf den Boden fallen lässt.
„Das war wundervoll."
Grinsend beiße ich mir auf die Unterlippe und warte gespannt, wie er auf meine Äußerung reagiert.
„Nur wundervoll?"
Herausfordernd hebt er seine rechte Augenbraue an, während er mich amüsiert ansieht.
„Oh Baby, das war nur der Anfang."
Meint er damit den Sex oder das, was da gerade zwischen uns passiert?
Ich beschließe ihn zu necken, bewege mich langsam unter ihm und schlinge meine Beine um seine Hüfte, sodass ich meine Fersen in seine Pobacken graben und ihn fester an mich pressen kann.
„Nur der Anfang? Sososo ... Dann nehme ich das Gleiche jetzt sofort noch mal!"

Stöhnend verdreht er die Augen, während er zufrieden lächelt.
„Fuck, Frau, du bist ja unersättlich!“
Kichernd drücke ich ihm einen sanften Kuss auf die Brust, während ich spüre, wie er zwischen meinen Schenkeln erneut hart wird.
„Wer ist hier unersättlich?“
Aufreizend langsam reibt er mit seinem Schwanz über meinen empfindlichen Kitzler, mir fallen die Augen zu und meinen Lippen entschlüpft ein leises Keuchen.
Erneut bricht die Lust über uns herein, und ich spüre, wie dieser Mann nicht nur meinen Körper, sondern auch mein Herz berührt ...

4. Kapitel

Timm

Schwerelos, zutiefst befriedigt und mehr als zufrieden, ziehe ich den warmen, anschmiegsamen Frauenkörper in meine Arme.

Die Februarsonne hat ihre Reise gen Westen beendet und ist mittlerweile schon fast wieder dabei unterzugehen. Die funkelnden Lichter des Eiffelturms erhellen die zwielichtige Dunkelheit des Pariser Himmels und ich hauche Miri einen Kuss auf den Scheitel.

„Dieser Moment hat etwas Magisches an sich."

Für gewöhnlich bin ich kein besonders großer Romantiker, aber Miri hat recht, dieser Augenblick wird in meiner Erinnerung als der schönste meines Lebens seinen Platz finden.

Ein schlankes Bein legt sich über meine Körpermitte und ich weiß, dass ich meine Süße völlig erschöpft habe.

„Was hältst du davon, wenn ich dich jetzt wie versprochen zum Essen einlade?"

„Hmmm, das klingt köstlich. Ich habe einen Bärenhunger."

Lachend drehe ich mich mit ihr um, sodass sie unter mir liegt. Die Zufriedenheit, die mich aus ihren braunen Augen anstrahlt, lässt mein Herz höherschlagen. Ich weiß nicht, mit wie vielen Frauen ich in den letzten Jahren Sex hatte, aber ich weiß, dass es mit Miri anders ist. Dieses Mädchen hat mich innerhalb weniger Stunden um den Finger gewickelt.

Süchtig nach ihrem Geschmack presse ich ihr einen schnellen, jedoch intensiven Kuss auf die leicht geschwollenen Lippen, ehe ich aus dem Bett steige.

Gerade als ich im angrenzenden Badezimmer verschwinden will, drehe ich mich noch mal zu ihr um. „Timm."

Die Art, wie sie meinen Namen ausspricht, lässt mich beinahe schon wieder hart werden.

„Ja."

„Ich muss dir noch was sagen."

Alle meine Instinkte schlagen Alarm. Was auch immer sie mir gleich mitteilen wird, es wird mir nicht gefallen. Ist sie verheiratet? Aufmerksam sehe ich sie an.

„Und was?"

Ganz alleine in dem riesigen Bett wirkt sie zwischen all den Decken und Kissen irgendwie verloren.

„Ich bin eigentlich nur hier, weil ich dieses Wochenende gewonnen habe. Und zu dem Gewinn gehört ein Blind Date mit einem fremden Mann."

Die Erleichterung, die mich schlagartig heimsucht, lässt mich beinahe zu Boden gehen.

Ich hatte es mir ja schon fast gedacht, aber es jetzt aus ihrem Mund zu hören, zeigt mir erst, wie verrückt die ganze Situation ist, in der wir uns gerade befinden.

Maßlos erleichtert, dass sie nicht verheiratet ist, beschließe ich sie noch etwas zu ärgern.

„Und was willst du mir damit sagen? Dass du mich nach dem Abendessen abservierst?"

Verwirrt schüttelt sie den Kopf. „Nein ... ich meine, ich wollte eigentlich nur ehrlich zu dir sein. Ich hatte nie vor diesen Typen zu treffen. Ich wollte mir eigentlich nur dieses Wochenende spendieren lassen und den Kerl abservieren."

Langsam fällt es mir wirklich schwer, ernst zu bleiben. Sie hat mir gerade erzählt, dass sie sich bei mir dafür entschuldigt, weil sie morgen, ohne es zu wissen, ein Date mit mir hat und plant mich dann abzuservieren?!

Das ist wirklich schräg.

Für einen Moment spiele ich mit dem Gedanken, ihr jetzt noch nichts zu verraten und morgen einfach bei dem von Pico organisierten Blind Date zu erscheinen, doch diese Idee verwerfe ich wieder.

Ihre großen karamellbraunen Augen sehen mich unsicher an. Anscheinend hat sie echt Angst, dass ich jetzt wütend auf sie bin ...

Seufzend unterdrücke ich ein Grinsen, setze mich neben sie aufs Bett und streiche ihr eine verwirrte Haarsträhne aus dem Gesicht.

„Ich finde es zwar echt schade, dass du unser morgiges Blind Date absagen willst, aber wir können ja vielleicht trotzdem zusammen die Stadt erkunden?!"

Es dauert einen Moment, bis sie das Gesagte versteht. Doch ich erkenne ganz genau, in welcher Sekunde sie alles durchschaut hat.

„DU bist mein Blind Date? Der Typ aus der Loserbörse?"

Bei dem Wort Loserbörse muss ich lachen. „Jeep, der bin ich."

Kichernd lässt sie sich zurück auf die Matratze fallen, ihre Brüste wackeln dabei auf verflucht aufreizende Weise hin und her und ich überlege mir, ob wir das mit dem Essengehen vielleicht doch ausfallen lassen sollten.

„Oh Gott."

Stöhnend hält sie sich die Hände vors Gesicht.

„Wenn ich das Pia erzähle, die wird mir das alles nie und nimmer glauben!“

Auch wenn ich nicht weiß, wer Pia ist, kann ich ihre Worte dennoch nachvollziehen. Alex wird mir ebenfalls einen Vogel zeigen, wenn ich ihm von dem Wochenende berichte.

„Also was machen wir jetzt? Hast du Lust, mit deinem Blind Date zu dinieren?“

Ihre Wangen färben sich rot, während sie mir glücklich zunickt.

„Oh ja. Nach all dem Sex habe ich wirklich ein Loch im Bauch!“

„Na, dann wirst du aber verdammt viel essen müssen, denn ich habe vor, heute Nacht noch verflucht oft mit dir zu schlafen!“

Mit ihrem Zeigefinger lockt sie mich zu sich runter, schlingt mir einen Arm um den Nacken und küsst mich leidenschaftlich. Ihre Zunge umschlingt die meine und ich spüre tief in meinem Herzen, dass ich Miri nach diesem Wochenende nicht wieder aus meinem Leben verschwinden lassen werde!

Diese Frau ist etwas Besonderes, der Sex mit ihr ist fantastisch und ich bin mehr als bereit, alles dafür zu tun, dass wir, wenn wir wieder zurück in Deutschland sind, eine echte Chance haben!

Shades of Pleasure

Prolog

Mit einem gekonnten Schwung ziehe ich die Konturen meiner Lippen nach, der dunkle Lippenstift betont meine blasse Haut. Das katzenhafte Grün meiner Augen betone ich mit einem bronzefarbenen Lidschatten, meine Wimpern sind mit schwarzer Mascara umhüllt. Auch wenn es eher selten vorkommt, heute Abend finde ich mich wirklich attraktiv.

Aaron, mein Mann, ist nebenan im Schlafzimmer, bestimmt ist er schon so gut wie fertig, damit wir pünktlich zur Party aufbrechen können. Meine Freundin Natalie hat uns zu einer ihrer Feiern eingeladen, gespannt was in ihrem Haus auf uns wartet, bin ich schon leicht aufgeregt. Sie hat mir nicht verraten, was es für eine Party ist, doch wer Natalie kennt, der weiß, dass es sich um keinen Spieleabend mit Dip und Crackern handelt. Bei ihr ist immer alles etwas anders als bei anderen.

„Mia bist du fertig?“

Oh oh, habe ich getrödelt? Schnell werfe ich noch einen letzten prüfenden Blick in den Spiegel und antworte Aaron.

„Ja, müssen wir schon los?“

Sein männliches Lachen höre ich bis ins Badezimmer.

„Na ja Süße, du hast noch keine Handtasche und Schuhe ausgesucht. Also brauchst du noch mal eine halbe Stunde, bis wir wirklich loskönnen.“

So gerne ich ihm jetzt widersprochen hätte, ich weiß, dass er recht hat. Schnell schalte ich das Licht aus und mache mich auf die Suche nach passenden Heels. Aaron steht bereits fertig im Flur, seine schwarze Anzughose und sein mahagonifarbenes Hemd harmonieren mit seinen braunen Augen, er ist frisch rasiert und der Geruch seines Aftershaves steigt mir in die Nase. Wie gerne wäre ich jetzt über ihn hergefallen, meine Hand in seinem Nacken und seine Zunge zwischen meinen Lippen. Doch ich tue es nicht, stattdessen schlüpfe ich brav in meine Schuhe, während ich in Gedanken mit den Fingern durch sein volles braunes Haar fahre.

Am Anfang unserer Ehe konnte uns nichts von einem hemmungslosen Quickie auf dem Küchentisch abhalten, mittlerweile stehen wir uns selber im Weg.

1. Kapitel

Eine Nacht ohne Tabus ...

Nervosität breitet sich in meinem Inneren aus, während ich gespannt auf den restlichen Verlauf des Abends warte. Wir und noch vier weitere Pärchen unterhalten uns locker miteinander, während der eine oder andere suchende Blick durch den Raum huscht.

Das Abendessen war sehr lecker und die Gespräche am Tisch haben sich immer wieder um sehr interessante Themen gedreht. Bis jetzt war es ein normaler Abend, locker und entspannt. Doch meine Entspannung ist schlagartig verflogen, als mir Natalie eröffnet hat, um was für eine Party es sich heute Nacht handelt. *Partnertausch!*

Natalie ist glücklich verheiratet, Mitte dreißig und sehr attraktiv.

Sie ist offen und fröhlich. In der Vergangenheit habe ich sie schon öfters als einmal darum beneidet, dass sie das Leben in vollen Zügen genießt.

Ist das meine Chance? Die Möglichkeit auch mal etwas Wildes zu erleben? In den letzten paar Jahren ist die Leidenschaft in unserer Ehe langsam aber sicher eingeschlafen ...

Das verführerische Prickeln und die hemmungslose Erotik fehlen mir.

In einem Gespräch unter Frauen habe ich Natalie erzählt, dass ich nach einer Möglichkeit suche, wieder Schwung in unser Ehebett zu bekommen. So hat dieser ganze Spuk seinen Anfang genommen.

Im regelmäßigen Abstand von acht Wochen veranstaltet Natalie Dessous-Partys, vom schwarzen Fetisch-Latex-Outfit, bis zum braven rosa Babydoll hat sie alles, was sich die Frau von heute nur wünschen kann. Natürlich wurde dabei auch gleich das eine oder andere Toy vorgestellt und erklärt. Vom Buttplug aus Edelstahl mit glitzerndem Swarovski-Kristall bis zum realistischen Naturdildo mit der perfekten Länge, nichts hat in ihrem Repertoire gefehlt.

Auf ihren Unterwäsche-Partys herrscht immer eine ausgelassene Stimmung, Sekt fließt in Strömen und eine dekadente Unterhaltung ist dabei fast schon Pflicht. Bei der letzten Party habe ich ein sexy Spitzenset ergattert, und wenn ich bedenke, in was für einer Situation ich gerade stecke, bin ich heilfroh, dass ich es gerade trage. Ein rotes Spitzenbustier mit dem dazugehörigen Slip in Kombination mit halterlosen Strümpfen, die sich unter meinem knielangen grauen Rock dezent an meine Beine schmiegen.

Jeder der anwesenden Männer hat auf ein goldenes Kärtchen ein Wort geschrieben, ein Synonym, das seine Bedürfnisse für die heutige

Nacht beschreibt. Gespannt, welche Versprechungen diese Kärtchen bereithalten, nehme ich einen beruhigenden Schluck des angenehm herben Proseccos. Das im Licht glänzende goldene Tablett, das sich auf dem Tisch befindet, lockt immer wieder meine Aufmerksamkeit auf sich. Die fünf Kärtchen der Männer liegen einsam und unidentifizierbar auf dem dunklen Goldton.

Natalie hat uns ohne unser Wissen zu einer Swingerparty eingeladen. Ihr Ehemann Robert wirft mir schon den ganzen Abend begehrliche Blicke zu, die anderen anwesenden Männer, wie Sam, scheinen sich noch nicht festgelegt zuhaben.

Sam ist groß und in seinem ganzen Aussehen wirkt er wie ein Norweger, geschaffen um Wind und Kälte zu trotzen. Er ist groß, breitschultrig und hat blaue Augen. Sein dunkelblondes Haar steht verwuschelt in alle Richtungen ab, während sich auf seinem Gesicht zwei süße Grübchen bilden, wann immer er mich charmant anlächelt. Seine Wikinger-Hände wirken wie Pranken, daran ändert auch die Tatsache, dass sie perfekt manikürt sind, nichts. Sein dunkles Hemd wirkt zwar sehr zivilisiert, jedoch täuscht es nicht über seine wilde Seite hinweg.

Wenn wir uns also wirklich auf diese Nacht einlassen, und danach sieht es derzeit aus, wäre er schon mal eine Überlegung wert.

Auch wenn ich nicht wirklich weiß, was mich in der restlichen Nacht so alles erwartet, werde ich mir mit jeder weiteren Minute sicherer, dass ich es will. Bei genauerem Nachdenken könnte es auch an dem sich stetig leerenden Proseccoglas in meiner Hand liegen.

Es ist riskant, verboten und hat so gar nichts mit unserer vor Gott geschworenen Treue zu tun, und doch reizt mich die Versuchung - die verbotenen Freuden dieser Nacht locken mich.

Aaron kennt mich zu gut, ich bin mir sicher, dass er weiß, wie es um mich steht. Doch sind wir wirklich bereit das durchzuziehen?

Mein Motto war schon immer: ganz oder gar nicht. Und das gilt in allen Bereichen meines Lebens.

Dass es hier nicht darum geht, zusammen Bingo zu spielen ist mir nur allzu deutlich bewusst, nur wo enden die Regeln? Gibt es überhaupt welche? Verbringt ein neu zusammengewürfeltes Pärchen nur eine angenehme Nacht? Oder hat es heißen und wilden Sex? Alleine der Gedanke an einen fremden Typen zwischen meinen Schenkeln macht mich feucht. Diese Tatsache bringt mich zum Staunen, bisher war mir nicht klar, dass ich mir Sex mit einem anderen Mann, außer meinem Ehemann, wünsche.

Doch die Reaktionen meines Körpers kann ich nicht verleugnen, alle anwesenden Männer sind attraktiv, gepflegt und sexy.

Nach und nach mustere ich die offenen Möglichkeiten. Markus ist ebenfalls blond, doch wirkt er sehr akkurat und fast schon ein bisschen schleimig, was sehr gut zu seinem Beruf als Versicherungsvertreter passt. Kaum zu glauben, dass er mir während des Abendessens eine halbe Stunde lang erklärt hat, wie begeistert er darüber ist, dass es mittlerweile bei Auslandskrankenversicherungen möglich ist, den Rücktransport seiner eigenen Leiche mit zu versichern.

Obwohl das Thema nicht wirklich interessant war, eher makaber, und für das Abendessen etwas unpassend, habe ich es geschafft mich freundlich für seine Begeisterung zu interessieren.

Markus ist, wenn er die Klappe hält, bestimmt sehr penibel und gründlich im Bett. Mit Sicherheit würde er sich auch um mein Vergnügen kümmern. Ob er mir auch dafür eine Versicherung geben kann? Meine abstrusen Gedanken bringen mich zum Schmunzeln und somit zum nächsten Kandidaten.

Simon ist der geheimnisvollste Mann der heutigen Nacht. Er wirkt düster und gefährlich, seine rabenschwarzen Haare sind kurz und modern frisiert, seine türkisfarbenen Augen leuchten regelrecht, während sein markantes Gesicht von einem kantigen Kiefer dominiert wird. Er ist groß, bestimmt einen Meter neunzig und breit gebaut, er wirkt trainiert, jedoch nicht wie ein Fitnessstudio-Hengst, eher wie ein Kämpfer.

Seine natürliche Autorität erfüllt den Raum, er ist bestimmt ziemlich dominant im Bett.

Unsere Blicke treffen sich, verschlingen sich ineinander.

Mein Herzschlag beschleunigt sich, meine Atmung kommt stoßweise. Er sorgt mit nur einem einzigen intensiven Blick aus seinen wahnsinnig schönen Augen dafür, dass ich mich lebendig fühle.

Wie um alles in der Welt schafft er es, mich aus dieser Entfernung so aus der Bahn zu werfen? Sein Blick ist wie ein visueller Kuss, der meine schlafenden Fantasien geweckt hat. Wie lange wir uns gegenseitig angesehen haben, kann ich beim besten Willen nicht einschätzen. Es ist das erste Mal, dass ich in der Anwesenheit meines Mannes so offensichtlich mit einem anderen Kerl flirte.

Simon scheint kein Problem damit zu haben, dass es noch andere Anwesende in diesem Raum gibt, auch seine Begleitung, Miriam eine junge Frau, die als Model arbeitet, scheint er vollkommen ausgeblendet zu haben. Simon schafft es, meinen Körper zum Prickeln zu bringen, ich will ihn. All meine Unsicherheit ist verschwunden.

Mit einem schnellen Blick zu Aaron prüfe ich, wie es um ihn steht, ob er meinen stillen Flirt mitbekommen hat.

Aaron wirkt selbstsicher, meine Zweifel bezüglich der heutigen Nacht sind ausgeräumt, wir werden sie genießen - getrennt voneinander. Mit einem stummen Nicken signalisiert er mir seine Zustimmung, ich lächle ihn zuckersüß an, freue mich, dass wir uns einig sind. Jetzt steht diesem Abenteuer mit Simon nichts mehr im Wege, zumindest dann nicht, wenn ich seine goldene Karte erwische.

Simons Blick heizt mir ein, lässt meine Nippel hart wie Kieselsteine werden.

Wenn er in der Lage ist, mich nur mit seinen Augen zu erregen, wie wird es sich dann erst anfühlen, seine Finger und Lippen zu spüren, seinen Geruch zu atmen und sein herbes Aroma zu schmecken?

Jetzt gilt es nur noch, sein goldenes Kärtchen zu ziehen.

Er ist ein Mann, der weiß, was er will, der sich nimmt, was er braucht. Was für einen Wunsch, welches Synonym hat er aufgeschrieben? Köstliche Aufregung gepaart mit sinnlicher Vorfreude erfüllt den Raum. Natalie unsere Gastgeberin zwinkert mir verschwörerisch zu.

„Meine Damen und Herren, wie immer steht uns eine Nacht voller sinnlicher Freuden bevor. Noch kurz für alle Neulinge: Eurer Fantasie sind keine Grenzen gesetzt, keine Tabus und Regeln stehen fest. Sobald ihr eure Partner gefunden habt, seid ihr für diese Nacht frei. Lebt eure geheimsten Wünsche aus, lasst euch in den Armen des anderen fallen."

Mit einer kleinen jedoch bedeutungsvollen Pause unterstreicht sie die Signifikanz ihrer Worte. „Morgen früh um zehn Uhr treffen wir uns alle wieder hier. Jeder kehrt in die Realität seines Lebens zurück, mit der schönen Erinnerung an die vergangenen verruchten Stunden ..."

2. Kapitel

Verheißungen der Nacht...

Gleich ist es so weit, Anspannung und Vorfreude pulsiert durch den Raum, gespannt, wie es weitergeht, sehe ich kurz zu Simon.
Sein Blick ist noch immer auf mich gerichtet, es macht den Anschein, als wollte er mich auf der Stelle verschlingen. Dunkel und erotisch überzieht ein angenehmer Schauer meinen Körper. Es ist ambivalent, mein Mann befindet sich keine fünf Meter von mir entfernt und ich kann an nichts anders denken, als mit einem Fremden zu schlafen.
Ich wünsche mir heißen, erbarmungslosen Sex.

Aaron ist ein rücksichtsvoller Liebhaber, zärtlich und liebevoll bringt er mich nicht jedes Mal zum Höhepunkt. Auch wenn ich ziemlich gut darin bin, ihn zu täuschen, bin ich mir sicher, dass er es ahnt.

Aber heute Nacht wird eine Nacht ohne Regeln, eine Nacht in der wir unsere Sexualität neu entdecken können, unsere Sinne werden aus ihrem Winterschlaf gerissen, neu geschärft und vielleicht der eine oder andere Funke der Abwechslung entzündet.

Aaron und ich werden unsere sexuelle Lust mit einem anderen Partner ausleben. Vielleicht hilft uns das weiter, peppt unser eheliches Sexualleben wieder etwas auf.

Doch was, wenn nicht? Was passiert, wenn wir feststellen, dass wir mit anderen Partnern mehr Spaß haben, es intensiver knistert und wir uns mit dieser Nacht die Finger verbrennen?

Bevor ich dazu komme, meine Zweifel zu analysieren, tritt Samira an das goldene Tablett, ruhig und selbstsicher liest sie sich die Kärtchen durch. Sie ist groß und schlank eine wirklich attraktive Frau. Dass ihre Haare nicht von Natur aus blond sind, ist deutlich erkennbar, doch sie hat einen schönen Farbton, der gut zu ihrer gebräunten Haut passt.

Ihre vollen Lippen sind mit einer dicken Schicht Lipgloss überzogen, diese extra Zurschaustellung hätte ihr Mund nicht wirklich nötig gehabt.

Sie hat einen perfekten Mund für einen ausgiebigen Blowjob. Aaron liebt es, wenn ich ihn mit dem Mund verwöhne, mit ihr hätte er bestimmt sein Vergnügen. Es ist merkwürdig, doch ich spüre keine Eifersucht, insgeheim wünsche ich ihm sogar viel Spaß.

Ohne das Anzeichen eines Zögerns greift sie zu, ihre schlanken Finger mit den unechten Nägeln halten ihre Wahl nach oben. „Verbotene Praktiken ...“

Lasziv betont sie jeden Buchstaben, oh ja, ihre Lippen sind zum Blasen geschaffen. Gespannt, welcher Mann nach vorne tritt, frage ich mich, welche Spielart Aaron gewählt hat.

Robert gesellt sich zu Samira, legt seinen Arm um ihre Taille und entführt sie in die obere Etage des Hauses. Natalie zuckt nicht mit der Wimper, während sie zusieht, wie sich ihr Mann mit seiner Gespielin zurückzieht. Ob ich auch so ruhig bleiben kann?

„Mia erwähle deine Karte."

Oha, jetzt bin ich an der Reihe! Neugierig werfe ich einen Blick zu Aaron. Er hat ein spöttisches Lächeln im Gesicht, es wirkt fast so, als würde er damit rechnen, dass ich einen Rückzieher mache.

- Dominanz
- Unter den Sternen
- Hingabe
- Toys

Das Schlucken fällt mir schwer. Was hat Simon geschrieben?
Was ist von Aaron?

Toys verlocken mich schon sehr, doch das Wort Hingabe reizt mich noch mehr. Wie schön und zugleich spannend muss es sein, sich einem Fremden hinzugeben und sich ihm zu schenken?

Mit zitternden Fingern wähle ich das Kärtchen und lese das Wort laut vor.

Mit einem Blick zu Aaron bemerke ich, dass er sich nicht auf mich zubewegt, auch Sam rührt sich nicht von der Stelle. Mit ein bisschen Glück habe ich es tatsächlich geschafft, Simons Kärtchen zu erwischen. Der süße Geschmack der Vorfreude breitet sich auf meiner Zunge aus, am liebsten würde ich zu Schnurren anfangen, doch ich warte.

Er ist es. Simon kommt wie ein Wolf auf mich zu, er ist der geborene Jäger.

„Hallo Katzenauge, lass uns von hier verschwinden ..."

Der Kosename gefällt mir, nicht dieses ewige *Honey* und *Süße*, sondern eine persönliche, meinen Augen angepasste Anrede.

Ohne dass ich eine genaue Vorstellung davon hatte, wo er mich hinbringt, bin ich einfach in sein Auto eingestiegen und mit ihm mitgefahren. Die Stille zwischen uns ist erotisch aufgeladen, es bedarf keiner Wörter, keiner Planung oder oberflächlichem Geschwätz.

Wir wissen, was wir brauchen, und was wir mit der bereits angebrochenen Nacht anstellen.

Seine Augen wandern immer wieder zu meinen Beinen, durch das Sitzen hat sich mein Rock etwas nach oben gezogen und die seidene Bordüre meiner halterlosen Strümpfe lockt ihn, sich *endlich* weiter vorzuwagen.

„Wenn du nicht bald deinen Rock richtest, falle ich noch im Auto über dich her."

Seine Drohung klingt für mich wie ein verlockendes Angebot, das dunkle Timbre seiner Stimme heizt mir unheimlich ein.

„Ist das ein Versprechen?"

Lasziv spreize ich die Schenkel, öffne meine weiße Bluse gerade so weit, bis ich mir sicher bin, dass ich seine komplette Aufmerksamkeit habe. Am liebsten würde ich ihn gleich jetzt verführen, also warum eigentlich nicht? Ich habe diese eine Nacht, in der ich so frei sein kann, wie schon lange nicht mehr, also was soll's?

Ich lege meine Hand auf seinen Oberschenkel, fahre immer weiter nach oben, bis ich seine harte Erregung spüre. Kreisend erforsche ich seine Erektion, wie groß er wohl ist?

Wie er schmeckt? Ich kann und will nicht länger warten ...

Ich öffne den Reißverschluss und schicke meine Hände auf Wanderschaft. Sein Atem beschleunigt sich sofort. Im Auto ist es dunkel, nur die Scheinwerfer der entgegenkommenden Fahrzeuge erhellen sein Gesicht für wenige Sekunden. Immer mutiger werdend, schnalle ich mich ab, öffne seine Hose nun komplett und entblöße das Objekt meiner Begierde. Wagemutig rutsche ich immer näher zu ihm, beuge mich nach unten und bringe mich in Position. Erst lecke ich nur leicht über die saftige Spitze seiner Eichel, ehe meine Zunge sich lutschend immer weiter vorwagt.

Simon entfährt ein animalisches Knurren, angetörnt von seiner Erregung nehme ich ihn immer tiefer in den Mund. Sein Schwanz ist groß und breit, doch mein Körper ist jetzt schon so scharf auf ihn, dass ich mir sicher bin, dass er später passen wird.

Sein herbes Mandelaroma breitet sich auf meinem Gaumen aus. Saugend und züngelnd umspiele ich sein Glied, das durch meine feuchte Aufmerksamkeit noch etwas mehr anschwillt. Mein Kopf bewegt sich rhythmisch auf und ab, mit jedem Herabgleiten, lasse ich ihn etwas tiefer in meine Kehle gleiten. Seine langen Finger legen sich kontrollierend in meinen Nacken, zwingen mich bestimmend zu einer immer schneller werdenden Gangart. Simon dominiert mich gekonnt.

Durch die devote Stellung und seinem Glied in meinen Mund, bin ich ihm hilflos ausgeliefert. Sein Schwanz stößt in meine Kehle, während er mich immer weiter nach unten presst. Meine weit geöffneten Lippen und meine Zunge an seinem Schaft scheinen ihn unheimlich anzutörnen.

„Saug mein Kätzchen, saug fester."

Oh mein Gott, wie soll ich das denn anstellen? Er ist mit seiner kompletten Länge in meinem Mund und füllt so meinen Rachen vollständig aus. Ich kann kaum atmen, wie soll ich denn da saugen?

„Ich will, dass du so bleibst, versuch möglichst flach zu atmen und saug ihn immer tiefer in deine Kehle. Ich will, dass du dich nur noch auf meinen Schwanz konzentrierst!"

Seine Bestimmtheit turnt mich unheimlich an. Simon ist höchst erregt, und doch behält er die Kontrolle über mich und den Straßenverkehr. Das böse Mädchen in mir hat größte Lust ihn so lange auszusaugen, bis er die Beherrschung verliert. Mir gefällt die Idee und schon lege ich noch intensiver los.

Das Geräusch meines Speichels hallt durch den Innenraum des Autos, während ich immer weiter an ihm lutsche. Nach wenigen Minuten spüre ich, wie sich seine Oberschenkel anspannen und sein Bauch sich verhärtet. Mit der rechten Hand massiere ich seine prallen Hoden, bringe ihn so Stück für Stück dem Paradies etwas näher.

Ich muss zugeben, ich fühle mich herrlich verdorben ...

Verheiratet und doch unterwegs mit einem Fremden, dessen Schwanz zwischen meinen Lippen pulsiert, fahre ich mit ihm an einen unbekannten Ort, um dort heißen und tabulosen Sex zu haben.

Alle Verbote, alle anerzogenen Sitten von Moral fallen von mir ab.

„Wenn du nicht schlucken willst, solltest du jetzt aufhören."

Mit dem Schlucken von Sperma habe ich kein Problem - ganz im Gegenteil, es törnt mich unheimlich an, einen Mann mit meiner Zunge bis auf den letzten Tropfen auszusaugen. Mit einem finalen Zungenschlag schenke ich ihm die Erlösung, sein tiefes Knurren begleitet den heißen Schwall seiner salzigen Flüssigkeit.

Simon streicht mir sanft über die Haare, bis er wieder beide Hände ans Lenkrad legt. So ein Wagen mit Automatik hat durchaus seine Vorteile ... „Das war der Wahnsinn, dafür werde ich mich später revanchieren." Seine eh schon dunkle Stimme klingt durch seinen eben erlebten Höhepunkt rau und kratzig.

Durch den Blowjob bin ich selbst noch geiler geworden, mein Höschen ist feucht und meine Klit pocht.

„Ich kann es kaum erwarten, deinen Schwanz endlich in mir zu spüren.“ Bisher war ich immer zu schüchtern für Dirty Talk, doch in der heutigen Nacht gibt es keinen Platz für falsche Scheu.

Etwas derangiert kommen wir an unserem Ziel an, finstere Nacht umschließt sein Auto, der Geruch nach Sex liegt in der Luft.

„Katzenauge bist du dir wirklich sicher? Wenn du jetzt mit mir da hochgehst, werde ich dich auf jeder geraden und ungeraden Fläche ficken.“

Ich will ihn, ich will ihn tabu- und hemmungslos.

„Dann fang an, ich bin mehr als bereit für dich ...“

Ohne ein weiteres Wort steigt er aus, umrundet den Audi und öffnet mir galant die Tür. Wir sind mitten in München gelandet, in welchem Stadtgebiet kann ich nicht genau sagen, dafür ist es einfach schon zu dunkel. Das moderne Hochhaus, vor dem wir jetzt stehen, ist komplett neu. Die Eingangstür öffnet sich, nachdem Simon einen Code eingetippt hat. *Wow* wie modern. Fremd und doch so vertraut ergreift er meine Hand und führt mich zum Lift. Die Türen gleiten auf, sodass wir eintreten können. Noch bevor sie sich leise schließen, legt Simon wieder seinen Arm um meine Hüfte und zieht mich mit einem Ruck an seinen muskulösen Körper. Sein Angriff kommt überraschend, jedoch mehr als willkommen.

Im Nu pinnt er mich an die kühle Wand des Aufzugs, sein Knie drückt sich hart zwischen meine Schenkel, seine Zunge dringt fordernd in meinen Mund ein. Unser Kuss ist schmerzlich intensiv, sein Geruch vernebelt meine Sinne, während seine Finger meine Nippel stimulieren.

Bevor ich realisiere, was er vorhat, drückt er den STOP-Knopf, schiebt meinen Rock nach oben und zerreißt die Knopfleiste meiner Bluse. Kleine weiße Knöpfe fliegen durch die Luft, während er mit einem harten und fordernden Stoß in mich eindringt. Ein Stöhnen entschlüpft meinen Lippen, während sich unsere Blicke treffen. Immer wieder vergräbt er sein hartes Glied in meinen feuchten Falten. Zupfend und massierend verwöhnt er meine rechte Brust, bis sich meine Nippel zu festen Knospen zusammenziehen. Er verändert seinen Winkel, sodass er bei jedem Stoß meinen G.-Punkt reizt. Süßer Schmerz zuckt durch meinen Unterleib, mein sehnsüchtiges Seufzen verwandelt sich in ein tiefes Stöhnen.

„Komm für mich, Katzenauge.“

Seine Worte schicken mich über die Klippe. Zitternd spüre ich, wie er sich tief in mir ergießt. Für einen köstlichen Moment bleiben wir ineinander versunken stehen, kommen erfüllt in die Realität zurück.

Langsam entzieht er mir sein Glied, darauf bedacht, dass das Gummi nicht in mir stecken bleibt. Zum Glück hat er mitgedacht, ich war so im Rausch meines Verlangens gefangen, dass ich nicht im Geringsten an die Verhütung gedacht habe.

Doch wie es scheint, denkt Simon mit, zumindest einer von uns.

Sanft haucht er mir einen schmerzlich süßen Kuss auf die Lippen, „das war die erste Fläche.“ Frech zwinkert er mir zu, während sein Blick über meinen entblößten Oberkörper gleitet.

Mein Rock sitzt schief, mit nacktem Bauch und verschobenem BH stehe ich vor ihm, in seinen Augen kann ich erkennen, dass ihm gefällt, was er sieht.

Mit einem hellen *Ping* öffnen sich die lautlos gleitenden Türen, wir kommen glücklicherweise direkt in seinem Apartment an.

Warum hat er dann den Aufzug angehalten? Ich bin gespannt, was Simon noch so alles geplant hat.

Was Aaron wohl gerade so alles treibt? Irgendwie wüsste ich schon gerne, mit welcher Frau er die heutige Nacht verbringt ...

3. Kapitel

Feuchtes Fleisch ...

Sein Zuhause gefällt mir sehr, anscheinend ist seine Begleiterin auf Natalies Party tatsächlich nur eine Begleitung gewesen, denn in seiner Wohnung ist kein Anzeichen einer Frau zu erkennen. Das zweite Waschbecken in seinem Bad ist sauber und blitzt im Licht der Spiegellampe. Vorsichtig richte ich meine Haare wieder einigermaßen zurecht, das Zungenspiel im Auto und der Fick im Lift haben deutliche Spuren an mir hinterlassen.

Meine Augen funkeln befriedigt. Simon versteht es, einer Frau Lust zu schenken. Bevor ich mich für einen Moment entschuldigt und ins Bad gegangen bin, befand er sich in der Küche. Das vielversprechende *Ploppen* des Champagners lockt mich zurück zu ihm.

Wieder einigermaßen hergerichtet schließe ich die Badezimmertür auf, begebe mich auf die Suche nach ihm und den noch wartenden Abenteuern. In seinem dezent beleuchteten Wohnzimmer steht er, trägt eine schwarze Armani-Hose, und zwar nur die. Auf dem Glastisch befindet sich eine Augenbinde, ein schwarzer Dildo, eine Tube Gleitgel und zwei Champagnerflöten, in denen die goldene Flüssigkeit leicht bitzelt.

Langsam, aber sicher, wächst meine Neugierde ins Unermessliche.

„Was hast du vor?“

Sein Body ist so sexy, dass ich mich am liebsten wie eine Katze auf ihn stürzen würde. Die Vorstellung, mit meinen Fingernägeln über seinen Rücken zu kratzen und mit meiner Zunge über sein Sixpack zu lecken, macht mich unheimlich heiß.

„Als Erstes werde ich dich ausziehen, Stück für Stück, und wenn du dann endlich nackt vor mir stehst, werde ich dich über den Küchentisch beugen und dich hart von hinten nehmen. Ich will deinen geilen Hintern an meinen Lenden spüren, sehen, wie du dich unter mir aufbäumst, während ich dich mit dem Dildo und meinem Schwanz gleichzeitig ficke.“

Seine Worte bewirken, dass ich noch feuchter werde, als ich es eh schon bin, in seiner Nähe verwandle ich mich in eine unersättliche Nymphomanin. Langsam gehe ich näher zu ihm, lasse meine Bluse aufreizend über meine Arme gleiten, bis sie lautlos auf dem Boden landet.

„Warte.“

Einsam und bestimmend hängt dieses eine Wort in der Luft.

Ich verharre in meiner Bewegung, gespannt, was jetzt passiert ...

Mit der Augenbinde in der Hand kommt er auf mich zu, legt sie mir um, die Welt um mich herum versinkt in Dunkelheit. Beinahe zeitgleich spüre ich, wie sich meine übrigen Sinne schärfen.

Mein Geruchssinn wird sensibler und meine Haut empfindlicher für seine Berührungen. Simons Finger gleiten federleicht über meine Schulter, verweilen an dem Verschluss meines BHs. Gekonnt öffnet er ihn, befreit meine vor Erregung schweren Brüste. Sein trainierter Bauch presst sich an meinen Rücken, während seine Finger meine Nippel stimulieren. Seine Zähne graben sich in meinen Hals, süßer Schmerz durchfährt meinen Körper, während seine Zunge über die gepeinigte Stelle streicht und die Pein in pure Lust verwandelt. Vor Wonne stöhnend lasse ich mich gegen ihn sinken, Hingabe und Lust vermischen sich zu einer sinnlichen Mischung.

Mein Körper wird weich und feucht unter seinen Verführungskünsten.

Seine Hände wandern über meinen Bauch, umkreisen die kleine Kuhle meines Bauchnabels, ehe sie den Verschluss meines Reißverschlusses öffnen. Zitternd vor Lust warte ich darauf, dass er mich auszieht, seine sinnlichen Versprechungen umsetzt.

Die Strümpfe und mein Slip sind alle Kleidungsstücke, die ich noch trage, was für ein Bild ich wohl gerade abgebe?

„Du bist wunderschön, geschaffen um einen Mann in den Wahnsinn zu treiben.“ Seine Lippen saugen ein Stück Haut hinter meinem Ohrläppchen ein, während sein warmer Atem meinen empfindlichen Nacken streift. Er küsst mich, fordert Einlass. Ich öffne mich für ihn, genieße seinen Geschmack und das Gefühl der kratzigen Bartstoppeln, dir über meinen Hals kratzen. Unsere Zungen liefern sich einen wilden Tanz. Umschlingen sich, saugen und trennen sich, um sich danach noch leidenschaftlicher zu treffen. Er gibt mich für eine Sekunde frei und knabbert an meiner Unterlippe. Seine rechte Hand legt sich um meine Kehle, sofort fühle ich mich ihm schutzlos ausgeliefert.

Simon drückt nicht zu, sondern demonstriert mir dadurch nur seine Dominanz.

Seine Finger wandern hinab zu meinen Brüsten, zwicken leicht in das empfindliche Fleisch.

„Sag mir Katzenauge, was ist ein Tabu für dich?“

So erregt, wie ich jetzt gerade hier vor ihm stehe, war ich seit Langem nicht mehr, auch wenn er mir fremd ist, vertraue ich ihm. Diese Nacht ist ein besonderes Erlebnis, will ich diese wirklich mit Tabus belegen oder soll ich einfach alles auf mich zukommen lassen?

No Risk, no Fun - dieser abgedroschene Satz aus der Englischstunde der ersten Klasse beschreibt meine Einstellung perfekt. Ich will mich ihm hingeben, annehmen, was auch immer er mit mir vorhat.

„Tabus? Heute Nacht will ich mich dir hingeben ... Es gibt keine Tabus, nur unermüdliche Lust."

Die Antwort scheint ihm mehr als nur zu gefallen, seine Erregung wächst immer mehr, hart und fordernd drückt sich sein Schwanz durch den Stoff seiner Hose gegen meinen Unterleib.

Wie gerne würde ich ihn noch einmal schmecken. Fast nackt, auf Knien vor ihm, mit seinem Schwanz zwischen meinen Lippen ...

„Du lieferst dich mir zu einhundert Prozent aus? Katzenauge überlege dir das gut." Seine Stimme klingt bedrohlich, und doch habe ich keine Zweifel ...

„Nimm mich Fremder ..."

Sein tiefes dunkles Knurren fährt mir direkt ins Höschen, ohne seine Wärme an meinem Körper fühle ich mich ausgeliefert und alleine. Dadurch, dass ich nichts sehen kann, muss ich mich auf meine Ohren verlassen, leise Geräusche verraten, dass er sich noch im Zimmer aufhält. Etwas Kaltes berührt meine Unterlippe, „trink einen Schluck."

Kühle prickelnde Flüssigkeit rinnt meine Kehle entlang, während sein Finger mein Schlüsselbein streichelt. Feucht und mit Champagner benetzt, betteln meine Lippen um einen innigen Kuss. Simon weiß, was ich mir wünsche, spürt meine Bedürfnisse.

Es ist nicht nur einfach ein Kuss, der wilde Tanz unserer Zungen, seine Hände auf meinem Po. Die Kraft, die er ausstrahlt, ist unheimlich intensiv, mit Leichtigkeit hebt er mich auf seine Arme, bringt mich an einen weiteren unbekannten Ort. Wie gerne würde ich jetzt durch die seidene Binde, die meine Augen bedeckt, linsen. Mein Po wird auf eine kalte harte Fläche abgesetzt, wo sind wir?

Simon knabbert an meinem Ohrläppchen, während seine Hände meine Oberschenkel auseinanderschieben und mich so für ihn öffnen. Seine Berührungen sind nicht grob oder schmerzhaft, jedoch dominant und bestimmend. Es turnt mich unheimlich an, dass er mich so dringend besitzen will. „Wie sehr hängst du an deinem Slip?"

Seine Frage dringt langsam in meinen von Leidenschaft vernebelten Kopf durch.

„Er ist neu."

Mit einem kraftvollen Ruck zerreißt er den kostbaren Stoff.

„Ich kaufe dir einen neuen."

Mit gespreizten Beinen und verbundenen Augen sitze ich vor meinem Seitensprung, jedes winzige Fleckchen Haut auf meinem Schenkel wird von ihm liebkost und gestreichelt. Fordernd fährt er über die feuchten Falten meiner Scheide, verteilt mit seinen Fingern die Feuchtigkeit, bevor er anfängt rhythmisch und sanft meine Klit zu reizen. Zitternd schnappe ich nach Luft, genieße die süße Qual und ersehne mir mehr.

„Leg dich auf den Rücken und spreiz die Beine."

Ohne zu zögern, befolge ich seine Anweisung, öffne mich noch weiter für ihn.

Seine raue Zunge umkreist meinen Bauchnabel, während er mit einem Finger tief in mich eindringt, bebend und mich windend liege ich vor ihm, leise Seufzer meiner Erregung schweben durch die mir völlig unbekannte Umgebung. Simon entzieht mir seinen Finger, um dann mit einem weiteren in mich zu gleiten. Immer feuchter kann ich es kaum noch erwarten, dass er endlich in mich eindringt und mich fickt. Kraftvoll und bestimmend legt er seine rechte Hand an meine Kehle, drückt leicht zu und kontrolliert meinen Atem.

Ein Cocktail aus Erregung und Angst breitet sich in meinem Körper aus, schmerzlich süß und unglaublich erotisch. Bestimmend massiert er meinen Po, während er seine Finger immer näher an meinen engen Muskel lenkt. Sanft massiert er meine Rosette, dringt ein kleines Stück in die dunkle Enge ein, bevor er sich wieder zurückzieht.

Immer tiefer nimmt er mich in Besitz, sein Finger ist jetzt komplett in mir, dehnt meinen Eingang und bereitet mich auf seinen Schwanz vor. Das Gefühl ist unglaublich intensiv und erregend, ohne auf seine Reaktion zu achten, beginne ich mich zusätzlich zu streicheln, ich will endlich kommen.

„Du willst mehr Katzenauge? Das kannst du haben."

Seine Hand verschwindet von meiner Kehle, beinahe zeitgleich spüre ich, wie er mit dem Dildo über meine Hüfte streicht. Mühelos hält er meine Handgelenke umschlungen, die er über meinem Kopf auf die Tischplatte drückt. „Er ist schwarz, lang und verdammt dick ... Und ich werde ihn komplett in dich einführen."

Breit und fordernd spüre ich die künstliche Eichel des Toys an meinem feuchten Eingang. Durch seine Verführungskünste ist mein Körper weich und nachgiebig geworden und doch dehnt mich der Dildo, während er immer tiefer in mich geschoben wird.

Ohne zu zögern, führt Simon das Spielzeug in mich ein, pumpend und saugend umschließt mein Körper gierig, was er bekommt. Mein leiser Schrei bringt ihn zum Seufzen, sanfter Schmerz breitet sich in meinem Schoß aus, während er immer weiter und weiter vordringt.

„Entspann dich Baby, nimm ihn an, ich lasse dir keine andere Wahl. Du siehst so unfassbar geil aus. Fast nackt liegst du auf meinem Esstisch, deine Lippen sind wund von meinen Küssen, deine Schenkel sind weit gespreizt. Zwischen deinem feuchten Fleisch steckt der schwarze Dildo, der dich an deine Grenzen bringt."

Heißes, pures Verlangen pumpt durch meine Venen, wenn er mich nicht gleich zum Orgasmus bringt, drehe ich durch. Simon zögert meinen Höhepunkt absichtlich heraus, er will, dass ich mich gehen lasse und ihm die Führung übergebe.

„Keine Grenzen Katzenauge, gib dich mir hin." Fordernd bewegt er den Dildo in meinem Körper, rein, raus, rein, raus. Millimeter für Millimeter verschwindet das Toy tiefer in mir. Der Schmerz verwandelt sich in Lust, am Anfang habe ich versucht der harten Penetration auszuweichen, doch jetzt drücke ich mich gegen den fordernden Gegenstand, wünsche ihn bis zum Anschlag in mir.

Ich will es, bettle darum, heute Nacht gibt es keine halben Sachen. „Mehr, ich will ihn ganz."

Simon erfüllt mir den Wunsch, immer fester drückt er den Plastikschwanz in mich, während meine Hände noch immer wehrlos in seinem Griff gefangen sind. Ich spüre den Fremdkörper in mir, er füllt mich komplett aus, noch nie wurde ich so gedehnt, so erbarmungslos gefickt. „Mehr, gib mir mehr ... gib mir alles!"

„Ich schenke dir den kleinen Tod."

Plötzlich lässt er meine Hände los, kneift fest in meine Brustwarze und bringt mich so zum Wimmern. Mein Atem geht schwer, das Gefühl der Dehnung bestimmt mein Denken. Süße Pein durchfährt mich, der kleine Tod? Das klingt mehr als nur verlockend ...

Simon entzieht mir den Dildo, bis nur noch die breite Spitze meine Pforte ausfüllt. „Jetzt!" Langsam und kontrolliert dringt er wieder in mich ein, seine Hand legt sich führend um meinen Hals. Sein Griff wird immer fester, das Atmen fällt mir schwer, während er immer tiefer eindringt. Meine Klit beginnt zu pochen, meine Beine zittern, meine Lunge schreit nach Luft, während sich mein Körper seiner Dominanz unterwirft. *Tausend kleine Explosionen ...*

Berauschend und stürmisch überrollt mich der beste Höhepunkt meines Lebens. Zitternd fühle ich die totale Befriedigung, Simon nimmt seine Hand von meiner Kehle, ein Schrei der Erlösung durchbricht meine Lippen. *Wow* so etwas habe ich noch nie erlebt, und jetzt wo ich es kenne, weiß ich nicht, ob ich jemals wieder darauf verzichten kann. Flatternd öffnen sich meine Lider, ersteht vor mir, genießt meinen postkoitalen Anblick.

„Danke Katzenauge das war der Wahnsinn.“

Er bedankt sich bei mir?

Mein Verstand ist noch nicht wieder aktiv, also seufze ich einfach entspannt und genieße dieses unglaubliche Gefühl, das sich in mir ausbreitet.

4. Kapitel

Finale...

Das Zungenspiel im Auto, der Sex im Fahrstuhl und der kleine Tod auf dem Küchentisch, eigentlich müsste ich gesättigt sein, doch ich bin es nicht. Ich nehme mir die Augenbinde ab, unsere Blicke treffen sich, Simons Schwanz ist hart und prall, es wird Zeit ihn zu benutzen.
„Und was machen wir jetzt mit dir?“ Langsam richte ich mich auf, stelle mich vor ihn und öffne seinen Gürtel.

„Zieh mich aus, und dann beug dich über den Tisch.“

Oh ja, er hat seine Drohung noch nicht vergessen.

Genüsslich genieße ich den Augenblick, packe ihn entspannt aus, wie ein Geschenk an Weihnachten. Endlich ist er entkleidet, groß und saftig streckt sich sein Penis in meine Richtung. Ich suche Simons Blick, drehe mich langsam um und beuge mich lasziv über die Holzplatte. Unterwürfig strecke ich ihm meine Kehrseite entgegen und spreize meine Beine für ihn.

Warm und zärtlich zeichnet seine Hand meine Wirbelsäule nach, umschmeichelt meine Hüften und drückt meinen Oberkörper tiefer nach unten. Diese Stellung fordert meine Unterwerfung und meine Hingabe - ich bin mehr als bereit ihn in mich aufzunehmen.

Analsex ist etwas sehr Intimes. Das Gefühl, wenn sein Schwanz meinen engen Schließmuskel dehnt, ist intensiv. Ich mag es, dieses einzigartige Gefühl von hinten genommen zu werden ist für mich mit das Beste beim Sex. Simon ist stattlich gebaut, er wird mich an meine Grenzen bringen und ich bin mir sicher, dass ich jeden harten Zentimeter genießen werde.

Wie ein Künstler zeichnet er die Landschaft meines Rückens mit seinem Finger nach, folgt einem unsichtbaren Pfad zu meiner Rosette. Sanft dehnt er mich mit seinem Finger, lässt mich zappeln und auf mehr hoffen. Unglaublich erregt hämmert mein Puls durch meinen Körper, mein Atem beschleunigt sich, während ich mich an seine Finger drücke.

„Gib ihn mir Simon ... Bitte ich will deinen Schwanz ...“

Langsam und gefühlvoll dringt er in meinen Hintern ein. Eng und fest umschließt mein Körper sein Glied. Immer tiefer spüre ich ihn in mir, genieße unsere erneute Vereinigung. Seine Stöße beschleunigen sich, während seine prallen Hoden gegen meine Scheide klatschen. Kraftvoll und dominant nimmt er sich, was er braucht, während ich seufzend auf den Höhepunkt zustrebe. Verruchte Geräusche und unsere stöhnenden Seufzer durchschweben den Raum.

***

Das Gefühl, aus einem ziemlich versauten Märchen aufzuwachen, lässt sich nicht abschütteln. Die kuschelig weiche Decke, die meinen nackten Körper bedeckt, fühlt sich ungewohnt an. Braun und muskulös liegt ein Arm auf meinem Bauch, das erste Mal seit vielen Jahren wache ich neben einem anderen Mann als meinem Ehemann auf.
Die Adresse dieser Wohnung und der Nachname Simons sind mir völlig unbekannt, was für eine skurrile Situation. Langsam bewege ich meinen müden Körper, Muskelkater von den vielen verschiedenen Stellungen brennt in meinen Armen.
Etwas wund und zutiefst befriedigt drehe ich mich auf die Seite, betrachte sein markantes Profil. Er ist ein attraktiver Mann, der sexuell so einiges zu bieten hat, wieso ist er dann Single?
Sosehr ich diese Nacht auch genossen habe, das kann nicht alles sein.

Aaron und mich verbindet etwas Starkes, ein Gemisch aus Vertrauen, Liebe und Beständigkeit. Auch wenn die Erotik in unserer Ehe ziemlich lauwarm geworden ist, besteht noch immer die Möglichkeit sich etwas Würze zu holen. Unsere Ehe ist mir wichtig, und diese Nacht hat mir gezeigt, dass es Zeit wird, Aaron einzuheizen.

Oh Fuck, Aaron, wie spät ist es eigentlich?

Um zehn Uhr treffen sich alle Pärchen bei Natalie und Robert, um dort zu Ihren richtigen Partnern zu wechseln. Wie es sich wohl anfühlen wird Aaron in die Augen zu sehen?

Welche Frau hat die Nacht mit ihm verbracht und was haben sie getrieben? Fragen über Fragen beschäftigen meinen noch müden Verstand. Sanft küsse ich Simon auf seine stoppelige Wange, wuschle ihm durch die Haare und flüstere ihm ins Ohr.

„Danke für diese schöne Nacht ...“

Sein Arm zieht mich noch näher an seinen heißen Körper, seine Lippen liebkosen meinen Nacken und atmen meinen Geruch tief ein. „Du bist ein Hauptgewinn, hoffentlich weiß Aaron dich zu schätzen, Katzenauge.“

Für wenige Sekunden genieße ich noch seine Nähe, doch dann wird es Zeit sich herzurichten.

Häuser und Menschen – alles zieht schweigend vor der Autoscheibe an mir vorbei, meine Gelassenheit verwandelt sich langsam in Nervosität.

Was jetzt? Simon sitzt neben mir, gekonnt und souverän schlängelt er sein Auto durch das Stadtchaos, das auf der Straße herrscht.

Werden Aaron und ich jetzt öfters an solchen Veranstaltungen teilnehmen? Oder haben wir genug Blut geleckt und neue sexuelle Energie getankt? In wenigen Augenblicken treffe ich auf meinen Ehemann – ich bin aufgeregt und nervös wie bei unserem ersten Date.

Prickelnde Vorfreude schleicht sich in unsere monotone Ehe. Es ist ein angenehmes Gefühl, intensiv spüre ich, wie das Leben durch meinen Körper pulsiert.

Das leise Schnurren von Simons Audi verstummt, wir sind zurück in der Realität. „Katzenauge“ seine Hand legt sich auf meinen Schenkel. „Am liebsten würde ich dich behalten, jederzeit von dir naschen zu können muss purer Luxus sein.“

Süß und männlich, Simon ist die perfekte Kombination von einem Mann, und doch freue ich mich auf Aaron.

„Ja, es war eine geile Nacht!“

Meine Bluse mit einer Hand haltend, da alle Knöpfe abgerissen sind, stehe ich ohne Schlüpfer an der Haustür von meiner Freundin, mehr oder weniger bereit meinem Ehemann gegenüberzutreten.

Wumm – wumm – wumm mein Herz schlägt mir wie ein Presslufthammer gegen die Brust. Simon und ich waren so lange im Bett, dass wir beinahe verschlafen haben. Punkt zehn Uhr kommen wir höchst wahrscheinlich als letzte an.

Aaron sitzt auf der Couch, seine Haare sind feucht, er ist frisch rasiert und sieht einfach nur perfekt aus. Er hat frische Klamotten an, wo hat er die her?

Hat er es etwa mit einer anderen Frau in unserem Ehebett getrieben? Auch wenn das jetzt kleinlich erscheinen mag, der Gedanke gefällt mir überhaupt nicht. Perfekt gestylt kommt Aaron auf mich zu, mit meinen etwas chaotischen Sachen komme ich mir irgendwie ertappt vor, was ja blödsinnig ist, immerhin weiß er, dass ich letzte Nacht mit Simon verbracht habe. „Guten Morgen Mia, alles okay?“

Wir stehen uns gegenüber, sehen uns an und entdecken uns neu.

Es ist, als würde das rechte Auge meinen Ehemann sehen und das linke einen unbekannten Aaron, die Seite an ihm, die entweder in der Ehe verloren gegangen ist, oder die, die man einfach aus Gewohnheit übersehen hat. So vertraut wir uns auch sind, so fremd sind wir uns in diesem Moment.

Was soll ich jetzt sagen?

Ja, es geht mir gut, ich bin nur ziemlich wund gevögelt?

Ich entscheide mich für eine etwas unverfänglichere Antwort.
„Es ist schön, dich zu sehen.“ Gott wie peinlich, ich benehme mich albern, kindisch und unreif.
„Lass uns gehen Süße, es wird Zeit ...“
Ich weiß nicht genau, wofür es seiner Meinung nach Zeit ist, aber sein Vorschlag gefällt mir. Ich spüre Simons Blick in meinem Nacken, wie soll ich mich, wenn wir uns jemals wiedersehen, ihm gegenüber verhalten?

Heiß und prasselnd trifft der Wasserstrahl der Dusche auf meinen Körper, die letzten Beweise meines Seitensprungs verschwinden mit dem gebrauchten Wasser im Ablauf.
Aaron ist im Erdgeschoss. Keine Ahnung, was sich genau zwischen uns verändert hat. Doch ich spüre seine ungewöhnlich intensiven Blicke, die mich mit neuem Interesse mustern.
Das Wissen, das er mich wieder bewusster wahrnimmt, löst einen Schauer der Freude aus.
Die letzte Nacht hat uns aus unserem Alltagstrott gerissen, unsere Augen für das Alltägliche neu geöffnet und uns auf neue Ideen gebracht.
Erotik, Sinnlichkeit und mein Heißhunger auf ihn sind neu erwacht. Nachdem Duschen wickle ich mich in ein großes Handtuch und begebe mich auf die Suche nach Aaron ...

Ich will Sex, heißen geilen Sex, am helllichten Tag mit meinem Ehemann.

Epilog

Verzweifelt versuche ich die Schreie meiner Lust im Kissen zu dämpfen, doch es gelingt mir einfach nicht.
Aarons raue Zunge reizt unermüdlich meine Klit, während seine Hände den pinken Vibrator führen. Kontrolle, Selbstbeherrschung?
Diese Begriffe gehören der Vergangenheit an ...
Heiß und hemmungslos erkunden wir unsere Körper und schenken uns unbeschreibliche Lust. Begehren leuchtet aus unseren Blicken, wenn wir uns sehen. Vertraute Neugier bestimmt unsere sinnlichen Stunden.

Ladies Night

Prolog

Seit vierundzwanzig Jahren weiß ich, dass die Zeit schrecklich langsam vergeht, wenn man auf etwas wartet.

Und seit vierundzwanzig Jahren ärgere ich mich darüber ...

Ich mag ja viele gute Charaktereigenschaften haben, aber die liebe Geduld gehört mit Sicherheit nicht zu meinen Stärken.

Ich hasse es zu warten, doch was bleibt mir anderes übrig?

Heute ist erst Montag und die wilde Party, auf die ich mich so freue, findet erst am Freitag statt. Summa summarum bedeutet das, dass ich mich noch ganze 98,5 Stunden gedulden muss, bis es endlich an meiner Haustüre klingelt und mich meine Mädels für die Party des Jahres abholen.

Wie jedes Jahr veranstaltet das ‚P14' am ersten Freitag im August die legendäre Ladies Night.

In dieser Nacht öffnet der angesagteste Club Berlins nur für uns Frauen seine Türen.

Der Eintritt von zwanzig Euro ist zwar echt hoch, aber definitiv gerechtfertigt.

Alleine die Erinnerung an die Ladies Night vom letzten Jahr reicht aus, um mich kirschrot anlaufen zu lassen.

An der Bar im ‚P14' gibt es die besten Cocktails des Landes, und glaubt mir, wenn ich euch verrate, dass nicht nur die Drinks einen bleibenden Eindruck hinterlassen.

Letztes Jahr standen die Barkeeper nur in zerschlissenen Jeans und einer schneeweißen Fliege hinter der Theke.

Es ist also nicht besonders verwunderlich, dass ich mir einen von ihnen für eine heiße Nummer im Getränkelager ausgeliehen habe ...

Und Connor, so hieß mein heißer Barmann, konnte mit seinen geschickten Händen nicht nur Cocktails mixen.

In den vielen Käfigen, in denen sonst sexy Go-go-Girls ihre Körper zum Beat der Musik bewegen, stehen in der Ladies Night verdammt attraktive Kerle hinter den silbernen Gitterstäben ...

Und falls die Gerüchte stimmen, wird uns Ladys dieses Jahr auch noch eine ganz besondere Überraschung geboten.

Es heißt, dass die ‚Black Devils' auftreten werden.

Und bei Gott, diese Typen sind um einiges heißer als ihre Kollegen, die Chippendales.

Alleine bei der Vorstellung, die durchtrainierten Bad Boys in live strippen zu sehen, werden meine Knie weich.

Fuck me crazy!

Wenn ich so weitermache, verliere ich bis Freitag den Verstand! Vielleicht sollte ich mich endlich mal auf die Suche nach meinem Mister Perfect begeben?

Wenn ich regelmäßig Sex hätte, würde mich die Vorstellung von nackten, verschwitzten Männerkörpern vielleicht nicht so durcheinanderbringen.

Aber was soll ich sagen? Mir gefällt mein Singleleben ganz gut!

Ich liebe meine Freiheit, und wenn es um mein Sexualleben geht, na ja, wann immer mich meine biologischen Bedürfnisse überkommen, schnappe ich mir entweder meinen lila Rabbit-Vibrator oder ich mache mich auf die Suche nach einem wilden, jedoch unverbindlichen One-Night-Stand.

Ich für meinen Teil finde ja, dass Beziehungen und Männer im Allgemeinen völlig überschätzt werden. Natürlich ist es schön, nachts frisch gebumst neben einem warmen Körper einzuschlafen. Aber es ist noch viel schöner, morgens wieder alleine und in Ruhe aufzuwachen.

Tief durchatmend schüttle ich den Kopf und konzentriere mich wieder auf die vielen Gerichtsakten, die vor mir auf dem Schreibtisch liegen. In meinem Job als Rechtsanwaltsgehilfin kann ich es mir nun wirklich nicht erlauben, einen Fehler zu machen. Es wäre unentschuldbar, wenn mein Chef vor Gericht eine unvollständige Akte vor sich liegen hat, und das nur, weil ich es kaum erwarten kann, von einem heißen Stripper um den Verstand gevögelt zu werden ...

Denn jetzt mal ehrlich, für gewöhnlich bin ich um keine Ausrede verlegen, aber da würde selbst mir keine passende Entschuldigung einfallen ...

1. Kapitel

Ungeduldig zappe ich mich durch das TV-Programm, doch was mir da geboten wird, ist eine Unverschämtheit.

Wie kann es sein, dass ich über einhundert Fernsehkanäle habe, aber in jedem nur Mist läuft?

Seufzend schalte ich ihn wieder aus und werfe einen genervten Blick auf das Displays meines Handys. Es ist gerade mal 19:00 Uhr, und das bedeutet, dass es noch mindestens zwei ganze Stunden dauert, bis mich meine Mädels Lisa und Carola abholen.

Verflixt noch mal ...

Jetzt habe ich es tatsächlich geschafft, die ganze Woche darauf zu warten, dass es endlich heute ist, jetzt werde ich diese zwei dämlichen Stunden auch noch überleben!

Seit einem Jahr habe ich mich vom ‚P14' und dessen Barkeeper ferngehalten. Seit einem Jahr erlaube ich mir nur in schwachen Augenblicken eine bittersüße Erinnerung an Connor. Doch heute ist es endlich so weit, heute sehe ich ihn endlich wieder ...

Leise vor mich hin murmelnd mache ich mich auf den Weg in die Küche und hole mir die Flasche Prosecco aus dem Kühlschrank. Wenn ich jetzt noch hundertzwanzig Minuten zu Hause verbringen muss, dann habe ich mir mindestens zwei Gläser Prosecco verdient.

Mit dem Glas in der Hand wandere ich durchs Wohnzimmer in mein Schlafzimmer. Und dank der hohen Mietpreise, die in der Nähe der Stadtmitte herrschen, ist es nur ein sehr kurzer Weg. Meine Drei-Zimmer-Wohnung besteht gerade mal aus sechzig Quadratmetern. Aber das stört mich nicht weiter, ich als Langzeit-Single brauche auch nicht mehr Platz.

Wieder ein Vorteil meines testosteronfreien Lebens!

An dem herrlich prickelnden Sekt nippend, öffne ich meinen Kleiderschrank und durchstöbere die Regalfächer.

Mein heutiges Outfit soll allen Männern signalisieren, dass ich so was von dringend gevögelt werden will.

Vielleicht schnappe ich mir ja wieder den heißen Barkeeper vom letzten Jahr, falls das mit dem Stripper nicht klappen sollte, denn der hatte selbst in der Enge des Schnapslagers so einige Tricks drauf, für die ihm mein G-Punkt heute noch dankbar ist!

Kurz entschlossen schnappe ich mir den silbernen Paillettenrock und ein schwarzes Neckholdertop und werfe es mit einem schwarzen Spitzenstring und einem halterlosen BH auf das Bett. Jetzt fehlt nur noch etwas laute Musik zum Umziehen und die restliche Zeit wird wie im Flug vergehen.

Und wie heißt es noch mal so schön?

Vorfreude ist bekanntlich die schönste Freude!

Leise den Refrain meines Lieblingssongs mitsummend, ziehe ich gerade meinen Lidstrich nach, als es an der Wohnungstüre Sturm läutet.

Endlich! Die Mädels sind da ...

Prüfend checke ich ein letztes Mal mein Spiegelbild, ehe ich das Licht im Badezimmer ausschalte und mich auf den Weg mache, um das nervtötende Dauerläuten zu stoppen, indem ich die beiden reinlasse.

Kichernd und lachend trampeln Lisa und Carola das Treppenhaus hoch, und ich weiß sofort, dass sie sich die Wartezeit ebenfalls mit etwas Alkohol versüßt haben.

„Hey Tinkerbell, bist du bereit, dich auf die Suche nach deinem Peter Pan zu machen?"

Ach du je ...

Lisa scheint sich die Wartezeit ganz schön versüßt zu haben ...

„Oh ja, meine Libido kann es kaum erwarten, auf die Jagd zu gehen!"

Immer wenn Lisa etwas getrunken hat, bekommt sie die Macke, alle Menschen in ihrer Umgebung mit Spitznamen zu versehen.

Mich nennt sie immer Tinker, in Erinnerung an die kleine Fee Tinkerbell aus dem Disney-Kinderfilm Peter Pan.

Sie begründet ihre Wahl meist damit, dass ich ganz genauso aussehe wie die kleine Fee und dass ich die Männer ganz genauso umschwirre wie Tinkerbell ihren Peter.

Und irgendwie hat sie ja recht damit. Mit meinen blonden langen Haaren in Kombination mit meinen braunen Augen sehe ich der Fee zu meinem Leidwesen ziemlich ähnlich.

Auch meine Körpergröße von gerade mal 159 Zentimetern nominiert mich regelrecht für diesen Spitznamen.

Carola, die bisher nur lachend neben Lisa gestanden hat, verdreht amüsiert ihre Augen, ehe sie mich in eine enge, freundschaftliche Umarmung zieht und mir einen schnellen Kuss auf die Wange drückt.

„Hi Paula, das Taxi wartet unten."

Zumindest ist Carola noch nüchtern genug, um sich an meinen richtigen Namen zu erinnern ...

„Super, ich bin fertig. Wenn es nach mir geht, können wir sofort los. Ich muss nur noch meine Handtasche holen!"

Pure Vorfreude pulsiert durch meine Adern, während ich das Pfefferspray, eine Handvoll Kondome, mein Handy und meinen Geldbeutel in die kleine schwarze Lederhandtasche schmeiße.

„Lasst uns aufbrechen, ich kann es kaum erwarten, im ‚P14' anzukommen."

Carola sieht mich neugierig an.

„Du scheinst es ja gar nicht abwarten zu können, wieder im Schnapslager zu landen."

Oh nein, ich kann es kaum erwarten, Connor wiederzusehen ...

„Stimmt. Gegen einen kleinen, befriedigenden Abstecher ins dunkle Kämmerchen hätte ich nichts einzuwenden. Aber um ehrlich zu sein, habe ich mir für heute Nacht vorgenommen, mir einen der ‚Black Devils' zu schnappen. Scheiße! Diese Kerle sehen schon auf den Plakaten so schrecklich heiß aus. Was glaubst du, wie lecker die erst in live sind?!"

***

Ratschend und kichernd unterhalten wir uns über die Erinnerungen der vergangenen Ladies Nights.

Lisa hat sich für heute Nacht fest vorgenommen, sich einen gigantischen Rausch anzutrinken. Und auch wenn sie behauptet, dass sie über Max hinweg ist, weiß ich, dass sie in den letzten Wochen ziemlich gelitten hat. Soweit ich weiß, hat er vor knapp zwei Monaten wegen einer anderen Frau mit ihr Schluss gemacht.

Und alleine die Art und Weise, wie er sie abserviert hat, nämlich per WhatsApp-Nachricht, zeigt mir, dass sie verdammt froh sein kann, dieses Arschloch losgeworden zu sein!

Dieser Max ist so ein Feigling und er ist keine einzige von Lisas vielen Tränen wert.

Carola hingegen will einfach nur ihren Spaß haben. Soweit ich das in unseren letzten Gesprächen herausgehört habe, hat sie sich unsterblich in ihren Chef verliebt. Und wie meistens, wenn sich die Sekretärin in ihren Boss verliebt, endet das früher oder später in einer gigantischen Katastrophe.

Es ist also nur eine Frage der Zeit, bis sie ebenfalls weinend und mit Liebeskummer Rotwein trinkend auf meiner Couch sitzt und tafelweise Schokolade in sich reinstopft ...

Ich kann nur hoffen, dass Lisa bis dahin aus dem Gröbsten raus ist und den feigen Max endlich vergessen hat!

Lisa und Carola sind meine besten Freundinnen und ich liebe sie von ganzem Herzen.
Aber wenn es um Männer und Beziehungen geht, haben sie einfach kein Glück. Jedes Mal, wenn sie wieder mit gebrochenem Herzen zurückbleiben, während sich die angebliche Liebe ihres Lebens auf zum nächsten Abenteuer macht, lobe ich mich insgeheim für meine Cleverness.
Denn während die beiden von einem Mister Perfect zum anderen hüpfen, leihe ich mir die sexy Kerle, die mir über den Weg laufen, nur für eine Nacht aus. Und während ich ihnen meinen Körper für heißen und unkomplizierten Sex zur Verfügung stelle, halte ich mein Herz sicher unter Verschluss.

Kurz bevor uns das Taxi vor dem ‚P14' absetzt, wird es Zeit für unser alljährliches Ritual.
Laut mit der Zunge schnalzend wühlt sich Lisa durch die unendlichen Tiefen ihrer Handtasche, ehe sie drei Mini-Erdbeerlimes-Fläschchen triumphierend in die Luft hält ...
„Mädels ..." Sie ahmt einen Trommelwirbel nach. „Es ist mal wieder so weit! Die Ladysnacht wartet darauf, von uns gerockt zu werden!"
Geübt schrauben wir die winzigen goldenen Deckel ab, ehe wir die kleinen Fläschchen in die Luft halten und anstoßen.
„Auf geht's, Paula, es wird Zeit für unseren Trinkspruch!"
Carola zwinkert mir übermütig zu, während der arme Taxifahrer lachend den Kopf schüttelt.
Mich gespielt laut räuspernd, setze ich eine ernste Miene auf, lecke mir kurz über die Lippen und sehe meinen besten Freundinnen tief in die Augen:
„Auf alle Männer, die uns hatten! Auf alle Versager, die uns haben wollen und nie kriegen werden! Auf alle Idioten, die uns gehen ließen! Und auf alle Glücklichen, die uns noch begegnen werden ..."
Lachend stoßen wir mit unseren Mini-Erdbeerlimes-Flaschen an, ehe wir sie an die Lippen setzen und mit einem großen Schluck leeren.
Jetzt kann es endlich losgehen ...
Dieses Jahr bin ich sogar ganz besonders gut ausgerüstet. Denn die Gummis in meiner Handtasche sind die mit den kleinen Noppen, die rauen, die bei jedem Vorstoß so herrlich über den Kitzler reiben und süße kleine Blitze durch den Unterleib schicken ...

Nachdem wir knapp dreißig Minuten in der Schlange gestanden sind, haben wir es endlich in den Club geschafft. Und auch wenn Carola eigentlich nicht auf Männerjagd ist, konnte sie es sich nicht verkneifen, mit dem verdammt scharfen Türsteher zu flirten.

Aber bei Gott ...

Mit seinen kurzen rabenschwarzen Haaren, den breiten Schultern und seinen markanten Gesichtszügen ist er auch wirklich ein verflucht scharfer Kerl.

Aber ich bin eh voreingenommen.

Ich stehe einfach auf Männer, die breite Schultern und einen gut trainierten Body haben. Und wenn sie dann auch noch einen makellosen schwarzen Anzug tragen, oh Fuck! Ich glaube, es gibt keine Libido, die da nicht zum Leben erwacht.

Madonnas Stimme erfüllt das Innere des Clubs. Pinke Lichtspots surren über die bereits anwesenden Ladys, während die Männer in den Käfigen ihre Hüften lasziv kreisen lassen.

Und wie jedes Jahr weiß ich nicht, wo ich als Erstes meinen Blick festsaugen soll.

An den heißen Oben-ohne-Barkeepern?

An dem sexy Türsteher?

Oder an den attraktiven Männern, die nur für unser Vergnügen eingesperrt wurden?

„Mädels, willkommen im Paradies!"

Lisa scheint bei dem Anblick des heißen Sixpacks, das sich gerade direkt vor unseren Augen an den Gitterstäben reibt, sogar Max vergessen zu haben.

Vielleicht verdeutlicht ihr dieser Abend ja endlich, dass es kein Mann auf dieser Welt wert ist, sich das Herz brechen zu lassen.

Jetzt mal ehrlich ...

Wie viele Kerle laufen auf dem Planeten herum?

Drei Milliarden? Scheiße ... ich weiß nicht mal genau, wie viele Nullen diese Zahl hat. Also warum zur Hölle soll ich mein eh schon viel zu kurzes Leben mit einem einzigen verbringen?

Ich habe mir das mal ausgerechnet:

Sagen wir, es gibt drei Milliarden Männer auf dieser Welt. Davon sind vielleicht die Hälfte im richtigen Alter.

Schnell geraten, verliert die Durchschnittsfrau mit siebzehn ihre Jungfräulichkeit und wird sexuell aktiv. Dann bleiben ihr geschätzte vierzig Jahre, in denen sie regelmäßig Geschlechtsverkehr hat.

Das heißt, uns bleiben gerade mal vierzig lächerliche Jahre, um eineinhalb Milliarden Kerle nach unserem Mister Perfect abzusuchen ...

Seid mir nicht böse, aber das ist mir wirklich zu stressig!

Da verzichte ich lieber auf meinen Traummann, vor allem da es nicht einmal sicher ist, dass er sich auf demselben Kontinent wie ich befindet, und probiere mich durch das gigantische Angebot an Schwänzen.

Und wer weiß?

Falls mir doch mal der Richtige zwischen die Schenkel kommt, darf er vielleicht auch länger als eine Nacht dableiben – vorausgesetzt, er macht seine Arbeit gut!

2. Kapitel

Seitlich auf dem Barhocker sitzend, lasse ich meine Augen über Connor gleiten, und dabei kann ich nicht verhindern, dass mein Blick immer wieder zu seinen langen, sehr geschickten Fingern abrutscht.

Was hat dieser Kerl nur an sich, dass ich ihn einfach nicht aus dem Kopf bekomme?

Ganz genau wie im letzten Jahr trägt er auch heute Nacht wieder seine zerschlissene, sehr eng anliegende Jeans und eine weiße Fliege, die im Schwarzlicht grell leuchtet. Die braune Haut seines trainierten Körpers und das Spiel seiner Bauchmuskulatur, das sich bei jeder seiner Bewegungen in Gang setzt, lassen mir das Wasser im Mund zusammenlaufen.

Connor bemerkt natürlich, dass ich ihn beobachte, und ich weiß ganz genau, wo ich in wenigen Augenblicken landen werde – im Schnapslager.

Mehr als zufrieden mit meiner Welt, schiebe ich mir den schwarzen Strohhalm des Tequila Sunrise zwischen die Lippen und sauge einen großen Schluck in meinen Mund.

Der fruchtige Geschmack vermischt sich mit der Säure der Zitrone, während das köstliche Aroma des Tequilas meine Geschmacksnerven liebkost. Die viereckigen Eiswürfel glitzern leicht im grellen Licht des Scheinwerfers, der gerade über meinen Kopf gesaust ist.

Ich weiß nicht genau, woran es liegt, entweder daran, dass ich seit viel zu langer Zeit keinen Sex mehr hatte, oder an den drei Cocktails, die ich bereits getrunken habe und die definitiv nicht spurlos an mir vorbeigegangen sind, aber mein Kopfkino läuft auf Hochtouren.

Wenn ich nicht bald auf andere Gedanken komme, verliere ich noch den Verstand und durchnässe meinen String völlig.

Früher oder später wird Connor seine Pause machen und ich bin mir ganz sicher, dass er sie auch dieses Jahr wieder mit mir verbringen wird ...

Über meine Ungeduld schimpfend, wende ich den Blick von seinem Sixpack ab und drehe mich zur Tanzfläche um.

Wo stecken eigentlich Lisa und Carola?

Das letzte Mal, als ich Carola gesehen habe, war sie auf dem Weg zum Ausgang, und ich weiß, auch ohne sie zu fragen, dass sie nicht wegen der frischen Luft vor die Türe gegangen ist, sondern wegen eines sehr attraktiven Mannes im schwarzen Anzug.

Ob die Securitys auch Pausen haben?

Wenn ja, kann ich mir ziemlich sicher sein, dass er seine dazu nutzt, um meiner Freundin eine ganz besondere Sicherheitsanweisung zu demonstrieren. Und mit ein bisschen Glück vögelt er ihr gerade die dumme Idee mit ihrem Chef aus dem Kopf!

Auf der linken Seite der Tanzfläche entdecke ich Lisa, und das, was ich da sehe, verrät mir, dass sie in dieser Sekunde ganz bestimmt nicht an Max denkt ...

Einer der heißen Kerle aus dem Käfig öffnet gerade seine Gittertüre, schnappt sich Lisas Hand und zieht sie zu sich hinter die silbernen Stangen.

Lachend beobachte ich sie dabei, wie sie sich aufreizend an seinem Oberschenkel reibt. Und es dauert keine zwei Sekunden, da steht sie auch schon nur noch in ihrer Jeans und in ihrem BH bekleidet mitten in dem Käfig, während zwei große Männerhände besitzergreifend auf ihrem Arsch liegen.

Der DJ sorgt Song für Song für geniale Partystimmung und ich kann nicht anders, als mich ebenfalls ins Getümmel auf der Tanzfläche zu schwingen. Eine Party ist nur eine gute Party, wenn man danach eine Woche lang keine High Heels mehr tragen kann ...

Der tiefe Bass der Musik vibriert regelrecht durch mein Nervensystem.

Glücklich schließe ich die Augen und lasse mich völlig treiben.

Meine Arme über den Kopf rekelnd, lasse ich die Hüften kreisen, meine Füße bewegen sich wie von selbst und ich spüre, wie ich mich immer mehr entspanne.

Die Zeit vergeht wie im Flug, aus den Augenwinkel heraus beobachte ich, wie sich Lisas erst harmloses Tête-à-Tête mit dem Käfigmann in ein wildes Vorspiel verwandelt. Hemmungslos schiebt sie ihm ihre Zunge in den Mund, während seine Hand in ihrer Jeans verschwindet.

Doch wer jetzt denkt, dass sich die anderen Partygäste über das erotische Schauspiel, das sich ihnen bietet, aufregen, war noch nie auf einer wilden Ladies Night im ‚P14'. Denn in dieser einen Nacht im August gelten eigene Regeln.

Das Motto an diesem Abend lautet: je wilder es wird, umso besser ist es!

Tanzend drehe ich mich im Kreis, schließe die Augen und lasse mich treiben. Gerade als der Song endet und der DJ nahtlos in den nächsten wechselt, spüre ich lange Finger, die sich von hinten in meine Taille graben.

Ein leises, animalisches Knurren dringt in mein Ohr, während Connor seine harte Erektion an meinem Po reibt.

Endlich ist es so weit ...

Seine Hände halten mich besitzergreifend, während er mich bestimmend an seinen großen Körper zieht. Keiner meiner bisherigen Lover war so groß und so muskulös wie der Mann, der jetzt hinter mir steht.

Ein heftiger Schauer rieselt an meiner Wirbelsäule hinab und lässt meine erogenen Zonen zum Leben erwachen.

„Endlich kann ich dich wieder entführen!"

Das dunkle Timbre seiner Stimme schickt heiße Blitze in meinen Unterleib.

Tief in meinem Bauch beginnt es erwartungsvoll zu glühen, während sich meine Nippel lustvoll zusammenziehen.

Schnapslager, ich komme ...

Ich spüre, wie er seine langen Finger spreizt, und ich stelle fasziniert fest, dass seine Hände meine Taille beinahe komplett umfassen.

„Entführen?"

Connor ist der Wahnsinn. Und jetzt, wo ich ihn nach einem langen Jahr endlich wieder hinter mir stehen habe, frage ich mich unwillkürlich, warum zum Teufel ich so lange gewartet habe, bis ich wieder ins ‚P14' gekommen bin?!

Doch in Wirklichkeit kenne ich die Antwort bereits, ich habe mein Herz beschützt!

Seine Bartstoppeln kratzen verführerisch über die empfindliche Haut an meinem Hals, während er seine Hand unter meinen Rock schiebt.

Seine Lippen streifen an meiner Kehle entlang, seine Zähne knabbern an meinem Ohrläppchen und seine Hand presst meinen Unterleib immer fester gegen den seinen.

Noch immer befinden wir uns mitten auf der Tanzfläche, doch das ist meinem inneren Miststück scheißegal! Das kann es kaum erwarten, endlich mit dem Rücken gegen die Wand des Lagers gepinnt und gebumst zu werden.

„Oh ja, ich werde dich entführen und so lange ficken, dass du den restlichen Abend bei mir an der Bar sitzen musst, weil du keinen Schritt mehr laufen kannst. Und weil ich so ein netter Kerl bin, werde ich dich nach meiner Schicht nach Hause bringen. Wir werden in deinem Bett landen, und dort werde ich es dir so richtig hart von hinten besorgen!"

Sprachlos lasse ich zu, dass er meine Hand ergreift und mich den bekannten Weg zum Schnapslager hinter sich herzieht.

Schnell sperrt er das Schloss auf, öffnet die Türe und zieht mich in den dunklen Raum.

Genau wie das letzte Mal verschließt er die sie von innen, ehe er sich wieder zu mir umdreht.
„Ich habe gehofft, dass du heute Nacht wiederkommst! Seit der letzten Ladies Night konnte ich dich einfach nicht vergessen!“
Ungeduldig erobert er meinen Mund, öffnet die Verschnürung des Tops in meinem Nacken und schiebt es achtlos nach unten.
In dem Augenblick, in dem seine Hände über meine Rippen hinauf zu meinen Brüsten gleiten, schließe ich die Augen. Schwer und warm bedecken seine großen Handflächen meine vor Lust prickelnden Brüste.
Meine geschwollenen Nippel schicken einen Schauder der Lust direkt in das Epizentrum zwischen meinen Schenkeln. Stöhnend lasse ich den Kopf gegen seinen nackten Brustkorb sinken und genieße die heißen Wellen der Erregung, die durch meine Nervenbahnen rollen.
„Fuck, Kleines, diese Erinnerung hat mich so verdammt viele Nächte verfolgt!“
Sein derber Fluch beinhaltet so viel männliche Gier und unbefriedigte Lust, dass ich nicht verhindern kann, dass sich ein amüsiertes Grinsen auf meinen Lippen ausbreitet ...
Ich bin also nicht die Einzige, die hin und wieder an unseren Fick denken musste.
Mit seiner rauen Zungenspitze zeichnet er die Konturen meiner Lippen nach, ehe sie hart in meinen Mund eindringt.
Hungrig auf ihn, erwidere ich seinen Kuss, duelliere mich mit seiner Zunge und versinke in dem intimen Moment, der sich so ein bisschen wie ein Déjà-vu anfühlt.
Oh mein Gott!

Seine Nähe und dieser Kuss lassen mich völlig vergessen, dass das hier ganz unbedeutender, jedoch zugegebenermaßen sehr heißer Sex ist ...
Gierig und zutiefst erregt, spüre ich, wie sich unser Zungenspiel immer weiterentwickelt.
Aus dem sinnlichen Aufeinandertreffen zweier Münder ist ein tabuloses Vorspiel geworden.
Stöhnend lege ich ihm die Hände auf die Schultern, lasse sie immer weiter nach unten wandern, sodass ich meine Finger über die harten Konturen seiner Muskeln gleiten lassen kann.
Wow! Dieser Kerl ist der Wahnsinn!
Plötzlich löst er sich von mir. Schwer atmend sehen wir uns an.
Die kleine Leuchte, die leicht flackernd an der gegenüberliegenden Wand hängt, erhellt sein markantes Gesicht.

Das Azurblau seiner Iris hat sich in ein dunkles Schwarzblau verwandelt.

Das leichte Zucken seiner Kieferpartie und die Tatsache, dass jeder noch so kleine Muskel seines Körpers angespannt ist, verraten mir, dass er ganz genauso erregt ist wie ich.

Oh mein Gott ...

Ich will diesen Mann endlich tief und hart in mir spüren!

Der Ausdruck in seinen Augen verändert sich, er wird animalisch und gefährlicher. Doch noch bevor ich verstehe, was er vorhat, tritt er leise fluchend einen Schritt zurück.

Meine Kehle wird trocken und ich fahre mir mit der Zungenspitze über die Unterlippe.

Bums mich doch endlich ...

Connor betrachtet meinen Mund, ehe seine Augen hinab zu meinem Dekolleté gleiten. Zufrieden bemerke ich, wie sich seine Atmung schlagartig beschleunigt.

Seine Nasenflügel blähen sich, so als würde er meine wachsende Erregung wittern.

Dominant presst er mich mit seinem Gewicht gegen die Mauer, seine Atmung kommt nun immer schneller, und obwohl ich weiß, dass er mich gleich ficken wird, bewegt er sich langsam und kontrolliert.

Fast so, als würde er jede Sekunde genießen.

Undurchdringlich fesselt er meinen Blick an den seinen, während er meine Hände über meinen Kopf hebt und in einem unnachgiebigen Griff gefangen hält. Sein Knie schiebt sich zwischen meine Beine und zwingt mich so, meine Schenkel für ihn zu spreizen. Unfassbar erregt, überlasse ich ihm die Führung.

Oh ja, nimm mich doch endlich ...

Was gibt es Besseres als einen Kerl, der beim Sex die Kontrolle übernimmt?!

Laut stöhnend spüre ich, wie er mit seiner linken Hand die Konturen meines Körpers nachfährt. Seine Finger umkreisen meine harten Brustwarzen, streichen sanft darüber, ehe er sie hart zwickt. Keuchend genieße ich den bittersüßen Lustschmerz, der direkt von meinen Brüsten hinab in meinen Schoß schießt.

„Du hast so geile Tittchen ...“

Ungeduldig presse ich mich gegen sein Bein, in der Hoffnung, so etwas von dem Druck, der immer stärker wird, loszuwerden.

Kleine Schweißtropfen bilden sich in meinem Nacken, während er mir erneut einen harten Kuss schenkt.

Willig erwidere ich sein wildes Zungenspiel, gebe ihm alles und fordere zugleich immer mehr!

Ich will ihn endlich wieder in mir spüren, ich muss einfach wissen, ob es sich wirklich so phänomenal anfühlt, wie ich es in Erinnerung habe ...

Seine linke Hand legt sich auf die nackte Haut meines Oberschenkels und wandert langsam hinauf zum spitzenbesetzten Rand meines Strings.

Oben angekommen lässt er seine Fingerspitzen sanft über meine Schamlippen streichen.

Oh Fuck! Alleine diese eigentlich noch unschuldige Berührung lässt mich beinahe kommen.

Was macht dieser Mann nur mit mir? Wohin soll uns das führen?

Anstatt mich hart und hemmungslos zu ficken, verführt er mich nach allen Regeln der Kunst ...

Jede seiner Berührungen schickt heftige Stromstöße der Lust durch meine Nervenbahnen.

Endlich spüre ich, wie er seine Finger unter den dünnen Stoff des Strings schiebt und durch die nassen Falten meiner Schamlippen streicht. Sein Daumen legt sich auf meinen angeschwollenen Kitzler, reibt kreisend darüber und lässt mich aufschreien.

Die Frage, ob meine Überempfindlichkeit an Connor oder an der Tatsache, dass ich viel zu lange keinen Sex mehr hatte, liegt, schiebt sich in meinen lusttrunkenen Verstand, doch ich sehe mich gerade außerstande, sie zu beantworten.

Mein Hirn wurde von meiner Lust auf Stand-by geschaltet, während sich mein Körper nur noch aufs Fühlen konzentriert.

Wenn er mich nicht bald fickt, sterbe ich! Gerade als ich ihn darauf hinweisen will, schiebt er seinen Finger in meine feuchte Vagina.

Pure Lust überrollt meine Nervenbahnen.

Meine Möse ist vor Erregung und Lust so feucht und angeschwollen, dass es mir eigentlich peinlich sein müsste. Doch Connors Reaktion auf meine Nässe lässt mich meine letzten Zweifel vergessen.

Leise fluchend und zugleich laut knurrend, saugt er geräuschvoll frischen Sauerstoff durch seinen leicht geöffneten Mund.

Kreisend dringt er immer tiefer in mich ein, sein Daumen massiert gekonnt meine Klit, und mein Herzschlag setzt aus.

Was passiert hier gerade?

Das alles – dieser Moment und dieser Mann – ist so unheimlich intim, dass ich nicht weiß, wie ich damit umgehen soll.

Connor weiß ganz genau, wie sehr er mich foltert, und er genießt die Tatsache, dass ich unter seinen geschickten Fingern zerfließe.

Er ist absolut gnadenlos in seinem Begehren. Und während ich verzweifelt versuche, zumindest ein winziges bisschen meiner Selbstbeherrschung aufrechtzuerhalten, dringt er mit einem weiteren Finger in mich ein.

Ahhhhh ... Die lauten Bässe der Musik verschlucken meinen lauten Schrei.

Als erstes Anzeichen meines nahenden Höhepunkts spüre ich, wie sich meine Zehenspitzen fest zusammenkrümmen, meine Beine beginnen zu zittern und mein Keuchen wird immer lauter. Gleißende Blitze zucken grell vor meinen Augen, während Connor seinen Mund auf den meinen presst.

Ich spüre, wie er meinen Lustschrei schluckt – wie er meine Hingabe genießt und immer mehr von mir fordert.

Das hier ist nicht einfach nur ein schneller Pausenfick, das hier ist der absolute Wahnsinn!

Vor Lust völlig hemmungslos presse ich mich seinen Fingern entgegen. Noch immer hält er meine Hände mit seinem eisernen Griff gefangen, und mir bleibt nichts anderes übrig, als mich seiner Kraft zu ergeben.

Atemlos spüre ich, wie sich meine Pussy um seine Finger herum zuckend und krampfend zusammenzieht.

In meinem Schoß sammelt sich glühende Lava, während mein Epizentrum zu explodieren beginnt.

Heftig zitternd spüre ich, wie er mit seinen Fingern meinen G-Punkt touchiert.

Diese Berührung gibt mir den Rest und ich sacke kraftlos zusammen.

Erschöpft lehne ich mich an seinen breiten Brustkorb, sauge frischen Atem in meine Lunge und versuche, meine sieben Sinne wieder zu sammeln.

Das war einfach nur wow, und das, obwohl er noch nicht mal richtig in mir war!

„Sag mir, dass du mich willst! Sag, dass du es kaum erwarten kannst, dass ich mich bis zum Anschlag in dir versenke!“

„Ich will dich, Connor ...“

Sanft streicht seine Hand besitzergreifend über meinen Hüftknochen, umkreist meinen Nabel und wandert langsam zwischen meine noch immer zitternden Schenkel. Meine Lippen öffnen sich für ein leises Stöhnen, während er meine Handgelenke endlich loslässt.

Connors Hand teilt geschickt meine Schamlippen, seine Finger umkreisen meinen empfindlichen Kitzler und zupfen leicht an ihm.

„Ich werde dich jetzt ficken!“

Mehr geknurrt als gesprochen, raunt er mir ins Ohr, wie tief er sich in mir versenken wird.

Oh Fuck! Ich liebe Dirty Talk ...

Jede noch so kleine Falte, jede leichte Wölbung und jeder Zentimeter meiner Haut glühen unter seinen besitzergreifenden Bewegungen.

Es fühlt sich fast so an, als würde er meinen Körper in- und auswendig kennen, doch ich weiß, dass es nicht so ist.

Dieser Mann und ich harmonieren einfach fantastisch ...

Ich spüre, wie er mich immer härter anfasst, so als würde ihm seine Beherrschung langsam, aber sicher abhandenkommen.

Fluchend lässt er mich los, tritt einen Schritt zurück und schafft so etwas Abstand zwischen uns.

An der Schnelligkeit, mit der er seine Hose öffnet, erkenne ich den Grad seiner Erregung. Eilig zieht er die Jeans nach unten, sodass sie zwischen seinen Knöcheln hängt.

„Die Gummis sind in meiner Handtasche.“

Vor Lust und Ungeduld klingt meine Stimme rau und leise.

Ungeduldig beobachte ich, wie er zielsicher in meine Tasche greift und die silberne Verpackung des Kondoms aufreißt.

In dem Augenblick, in dem er feststellt, dass meine Verhüterlis nicht einfach nur irgendwelche Null-acht-fünfzehn-Kondome sind, zucken Connors Mundwinkel amüsiert.

„Pinke Noppengummis? Ernsthaft, Kleines?“

Plötzlich leicht verlegen, senke ich den Blick und nicke leicht.

„Gott, Frau, du treibst mich in den Wahnsinn ...“

Bestimmend umfasst er meine Taille und hebt mich an, sodass sich meine Pussy direkt über seinem Schwanz befindet.

Rau und feucht leckt er mit seiner Zunge über meine Brustwarze, saugt sie in seinen Mund und beißt zu.

Tabulose Begierde spiegelt sich in den schwarzen Tiefen seiner Iriden.

„Ich muss endlich in dir sein, sonst drehe ich durch!“

Selbstsicher erwidere ich seinen Blick, während ich die Beine hinter seinem Rücken verschränke.

Seine dicke Eichel stupst ungeduldig gegen meine Klitoris, seine Zähne graben sich in mein Schlüsselbein und sein heißer Atem streift meinen Hals.

Wimmernd versuche ich mich seinem Schwanz entgegenzupressen, doch sein Griff ist zu fest, sodass ich mit meinen verzweifelten Bemühungen, ihn endlich in mir zu spüren, rein gar nichts erreiche.
„Hör auf mich zu quälen ..."
Knurrend senkt er mich auf sein hartes Glied, seine Bauchmuskeln spannen sich an, und ich weiß, dass es endlich so weit ist, nur noch einen winzigen Augenblick und ich werde ihn endlich in mir haben ...
Connors dicker Schwanz stößt in meine Öffnung, die vielen kleinen Noppen des Kondoms streifen über die empfindlichen Innenseiten meiner Pussy.
Ein heftiger Schauer lässt mich erbeben, während er sich immer tiefer und tiefer in mir versenkt.
Nach Luft schnappend schließe ich die Augen und konzentriere mich ganz auf das unglaubliche Gefühl, von dem leicht noppigen Penis tief in meinem Inneren.
Was für eine unglaublich perfekte Kombination – Connors hartes Glied und diese vielen kleinen Erhebungen, die meine inneren Scheidenwände massieren.
Stöhnend presse ich mich seinen Stößen entgegen, gebe mich ihm hin und versinke im Strudel unserer Lust.
„Fuck, Baby, du fühlst dich so verdammt gut an."
Unter gesenkten Lidern beobachte ich das Spiel seines Bizeps, während sich mein Unterleib heftiger zusammenzieht.
Stoß um Stoß fickt er mich, unser Atem vermischt sich, während mein Rücken gegen die harte Wand des Schnapslagers gepresst wird.
Meine Finger legen sich nach Halt suchend auf seinen Rücken und meine Nägel graben sich in sein Fleisch.
Sein lautes Brüllen begleitet den phänomenalsten Orgasmus, den ich jemals hatte!

Immer heftiger in mich pumpend, jagt Connor seinem eigenen Höhepunkt nach, die vielen kleinen Noppen des Gummis streichen verführerisch über meine Nervenenden, sodass mein Orgasmus nie zu enden scheint.
Er stöhnt laut, seine Hoden klatschen rhythmisch gegen meinen Damm, seine Eichel beginnt zu pulsieren und sein Körper wird hart wie Stein.
„Ohhhhh Fuuuucckkkkkk!"
Er spritzt ab, flucht und boxt mit der Faust gegen die Mauer. Wir küssen uns, ich lehne meine Stirn an die seine.

Noch immer völlig weggetreten genieße ich seine Nähe und frage mich insgeheim, wie Connor es geschafft hat, mich mit diesem Fick so dermaßen umzuhauen.

In meinem Leben gab es schon so einige Männer, und jeder von ihnen war auf seine eigene Art und Weise äußerst befriedigend. Aber dieser Sex gerade hat alles, was ich jemals erlebt habe, in den Schatten gestellt!

Schweigend sehen wir uns an, während er sich langsam aus mir zurückzieht, und ich spüre instinktiv, dass er von der Intensität dieses Augenblicks ganz genauso überwältigt ist, wie ich es gerade bin ...

Ob das nur an dem Noppengummi gelegen hat?

In Anbetracht dieses Ficks bin ich durchaus bereit, Connor erneut die Möglichkeit zu geben, sein Können unter Beweis zu stellen – also so ganz uneigennützig, versteht sich ...

3. Kapitel

Das eben Erlebte hat mein ganzes Weltbild auf den Kopf gestellt.

Wie kann es sein, dass mich zugegebenermaßen grandioser Sex so aus der Fassung bringt?

Ich meine, jetzt mal ehrlich, es muss ganz einfach an den Noppenkondomen gelegen haben, kein Mann auf dieser Welt hat einen goldenen Schwanz, auch nicht Connor.

Vielleicht sollte ich mir ja doch noch einen der heißen Stripper aufreißen, um meine Noppenkondom-These zu testen ...

Woher soll ich denn jetzt bitte wissen, ob es an Connor oder an den Gummis gelegen hat?

Scheiße, bin ich durcheinander ...

Aufmerksam und ziemlich fürsorglich hat mir Connor, nachdem wir aus dem Schnapslager zurück an die Bar gegangen sind, einen neuen Tequila Sunrise vor die Nase gestellt. Und wenn ich seinen Blick richtig gedeutet habe, scheine ich den in seinen Augen wohl dringend nötig gehabt zu haben.

Noch immer etwas neben der Spur krame ich aus meiner Handtasche den kleinen aufklappbaren Spiegel hervor und betrachte mein Spiegelbild.

Doch anders als erwartet ist mein Make-up nicht im Geringsten verschmiert, nur meine Haare sehen leicht postkoital aus, doch das kann ich jetzt auch nicht mehr ändern.

Die heißen Nachbeben des gerade erlebten Höhepunkts – oder sollte ich lieber Höhepunkte sagen (denn es waren definitiv mehr als einer) – branden durch meinen Körper. Genussvoll genehmige ich mir einen großen Schluck des Cocktails und lasse meinen Blick durch das ‚P14‘ gleiten.

Was für eine wilde Ladies Night ...

Wo meine Mädels wohl gerade stecken?

Der Käfig, in dem vorhin noch Lisa und ihr Tänzer gewesen sind, ist jetzt vollkommen leer, was für mich ein klarer Beweis dafür ist, dass sie in diesem Augenblick ganz bestimmt keinen Liebeskummer mehr hat.

Ich kann nur hoffen, dass sie dieses Mal besser auf ihr Herz aufpasst, doch so wie ich Lisa kenne, ist sie mit Sicherheit schon wieder dabei, sich Hals über Kopf zu verlieben.

So gern ich sie auch habe, aber sie wird es einfach nie lernen, guten Sex und die wahre Liebe zu trennen ...

Sobald sie mit einem Typen schläft, ist sie der festen Überzeugung, dass er die nächste Liebe ihres Lebens ist.

Doch so ist es nun mal nicht!

Denn wenn es tatsächlich so wäre, dann wären alle Partnervermittlungen der Welt pleite und die Puffs wären keine Freudenhäuser, sondern Liebe-auf-den-ersten-Blick-Agenturen!

Natürlich streite ich überhaupt nicht ab, dass der Sex mit einem Menschen, für den man Gefühle empfindet, ganz besonders schön und intensiv ist, aber das bedeutet noch lange nicht, dass ich mich in jeden Mann, für den ich die Beine spreize, verknallen muss.

Das einzig Gute an der Sache ist, dass Lisa mit ein bisschen Glück Max nach dieser Nacht vergessen hat.

Aber wo zur Hölle steckt Carola?

Die kleine Stimme in meinem Kopf, die mir leise zuflüstert, dass es nicht so besonders ratsam ist, seinen Durst mit Getränken auf Tequilabasis zu löschen, ignorierend, leere ich die Hälfte des Cocktailglases und sehe mich nach meiner Freundin um.

Kann es wirklich sein, dass sie sich den sexy Security geschnappt hat? Zutrauen würde ich es ihr ja ...

Gerade als ich mich zurück zur Bar umdrehe, um Connor bei seiner Arbeit zu beobachten, sehe ich im Augenwinkel, wie einer der Anzug tragenden Türsteher auf mich zukommt.

„Bist du Paula?“

Neugierig, was er von mir will, wende ich mich ihm zu und sehe ihn an. „Ja, warum?“

„Ich soll dir von meinem Chef ausrichten, dass er sich die restliche Nacht um deine Freundin Carola kümmert und sie danach sicher zu Hause abliefert.“

Die restliche Nacht? Danach? Ach du heilige Scheiße!

Mit dieser Nachricht habe ich zwar nicht gerechnet, aber jetzt weiß ich zumindest, wo sie ist.

„Dein Boss?“

„Ja, der Sicherheitschef des ‚P14‘.“

Langsam verstehe ich das alles. Der heiße Typ, den wir für den Türsteher gehalten haben, war nicht einfach nur irgendein Security, sondern der Sicherheitschef des Clubs.

„Alles klar, danke. Dann weiß ich ja, dass sie in guten Händen ist.“

Kurz nickend, dreht er sich um und begibt sich wieder Richtung Eingangstüre, wahrscheinlich hat er jetzt den Posten seines Vorgesetzten übernommen.

Trotz meines postkoitalen Verstands und des vielen Alkohols – oder gerade wegen der vielen Endorphine und der Promille in meinem Blut, entgeht mir die Ironie der ganzen Sache nicht.

Trotz meiner schlagfertigen Argumente gegen Carolas unangebrachte Schwärmerei für Männer in Führungspositionen hat sie es tatsächlich geschafft, einen Chef um ihren kleinen Finger zu wickeln.

Wie würde Lisa es jetzt so treffend formulieren?

„Das Schicksal findet immer einen Weg, um dir eine völlig falsche Lösung zu präsentieren."

Und in diesem Fall muss ich ihr wirklich recht geben.

In meinen Augen hat das Schicksal wirklich gute Arbeit geleistet. Denn lieber bumst sie den Sicherheitschef des ‚P14' als ihren Abteilungsleiter.

Auf diesem Weg hat sie einen sehr attraktiven, gut durchtrainierten Kerl zwischen den Schenkeln und gerät nicht in die Gefahr, auf kurz oder lang ihren Job zu verlieren.

Ihr Abteilungsleiter hingegen ist alles andere als trainiert. Für mich sieht er eher aus wie ein Sudoku lösender Vollidiot, der es dank Papas Beziehungen in die Chefetage geschafft hat.

Von der Entwicklung des Abends etwas überrascht, drehe ich mich wieder zu Connor um und erstarre ...

Aber das liegt nicht an seinem sexy Knackpo, der in seiner engen Jeans verdammt heiß aussieht, oder an dem faszinierenden Spiel seiner Rückenmuskulatur, sondern an den frischen Kratzspuren, die seine Schulterblätter zieren.

Die roten Striemen sind selbst in dem schummrigen Licht des Clubs sehr gut zu erkennen. Jeder, der Connors Rücken sieht, erkennt auf den ersten Blick, dass diese Spuren von den Fingernägeln einer Frau stammen, und jeder Mensch, der auch nur halbwegs bei Verstand ist, weiß sofort, bei welcher Tätigkeit diese Kratzer entstanden sind.

Shit! Ich scheine wirklich heftig abgegangen zu sein ...

Das schlechte Gewissen, das sich gerade in mir ausbreiten will, verschwindet schlagartig wieder, als ich das Gespräch der beiden Frauen neben mir belausche.

„... was sagst du zu dem, der wäre doch ein Abenteuer wert?"

Die brünette, etwas fülligere Frau stupst ihre schwarzhaarige Begleitung an, deren Augen ziemlich gründlich über Connors Körper gleiten.

Laut mit der Zunge schnalzend, legt sie ihren Kopf schief und heftet ihren Blick auf Connors Hinterteil.

„Sehr lecker, vielleicht sollten wir bei dem unser Glück versuchen!?“

Gerade als sie sich vorfreudig über die Lippen leckt, lässt sie ihre Augen weiter rauf wandern und entdeckt, wie sollte es auch anders sein, meine Kratzspuren.

„Verflixt! Die sehen verdammt neu aus. Er scheint schon vergeben zu sein!“

Die Brünette wirft ebenfalls einen Blick auf seine Schulterpartie und verzieht frustriert ihren Mund.

„Scheiße, du hast recht, das Blut ist noch frisch.“

Oh ja, so was von frisch ...

Zufrieden genehmige ich mir noch einen Schluck meines Tequila Sunrise und belausche die beiden weiter.

„Es war vielleicht doch keine so gute Idee, auf die Ladies Night zu gehen, der eklatante Mangel an Kerlen ist echt scheiße!“

Die Schwarzhaarige nickt zustimmend.

„Und dann auch noch der viel zu überteuerte Eintritt!“

Meine wund geküssten Lippen verziehen sich zu einem schadenfrohen Grinsen.

Und während Carola mit ihrem Sicherheitschef und Lisa mit ihrem Tänzer beschäftigt ist, beobachte ich meinen zerkratzten Barkeeper und denke darüber nach, dass uns dieser eklatante Männermangel nicht im Geringsten aufgefallen ist.

Dank der Noppengummis kann ich es kaum erwarten, Connor erneut in das Schnapslager zu zerren ...

Immerhin bin ich es meiner Allgemeinbildung wirklich schuldig, herauszufinden, ob es an dem Mann oder an den Noppen gelegen hat, dass ich völlig die Kontrolle verloren habe und zur hemmungslosen, kratzenden Wildkatze mutiert bin.

Und solange diese Sache noch nicht geklärt ist, bin ich ganz froh über die deutlich sichtbaren Spuren, die ich auf seinem trainierten Körper hinterlassen habe!

Von meinen völlig untypischen Besitzansprüchen etwas verwirrt, überlege ich mir, wie ich das, was ich da vorhabe, einstufen soll.

Als investigative Single-Recherche vielleicht?

Wie dem auch sei ...

Sollte es wirklich nur an den Noppenkondomen liegen, werde ich gleich morgen früh losziehen und mir einen kompletten Einkaufswagen von den Dingern besorgen – ein Vorrat auf Lebenszeit sozusagen!

Und für den unwahrscheinlichen Fall, dass es nicht an den Gummis, sondern an dem Mann liegt, muss ich mir dringend eine Lösung einfallen lassen.

Obwohl ich nichts von festen Beziehungen halte, verlange ich doch die Exklusivrechte an diesem Sexgott.

Auch wenn er noch nichts von seinem Glück weiß, muss er mir für unbestimmte Zeit als Versuchsobjekt, bei meiner wichtigen Recherche helfen ...

4. Kapitel

Die nächsten sechzig Minuten vergehen wie im Flug und so langsam frage ich mich wirklich, ob meine völlig durcheinandergewirbelten Emotionen eine Nebenwirkung des vielen Alkohols sind.

Denn kaum habe ich mein Glas leer getrunken, stellt mir Connor auch schon den nächsten farbenfrohen und absolut köstlichen Cocktail vor die Nase.

Kann es sein, dass er mich abfüllen will?

Der anfänglich noch ziemlich harmlose Flirt wird immer intensiver und so langsam frage ich mich wirklich, was nur mit mir los ist.

Connor ist ein wahnsinnig attraktiver, humorvoller und gut fickender Mann. Aber davon gibt es verdammt viele auf der Welt, also was hat er nur an sich, dass er mir so den Kopf verdreht?

Ich meine, es ist ja nicht so, als hätte ich ihn heute das erste Mal gesehen. Schließlich hatten wir ja schon vor genau einem Jahr das Vergnügen, Körperflüssigkeiten auszutauschen ...

Ging er mir damals auch schon so unter die Haut?

War das der Grund, warum ich ein komplettes Jahr keinen Fuß über die Türschwelle des ‚P14‘ gesetzt habe?

Nervös auf meiner Unterlippe herumkauend, legt sich mein Blick wie so oft an diesem Abend auf die Kratzspuren an seinem Rücken.

Verdammt noch mal! Connor ist ein Barkeeper im besten Alter, für ihn bin ich bestimmt nur eine von vielen Frauen, die er mit ins Schnapslager zerrt. Es ist also absolut lächerlich und völlig unangebracht, dass ich mir über unser kleines Stelldichein den Kopf zerbreche.

Meiner Meinung nach sind Typen wie Connor nur auf dieser Welt, um uns Frauen das Leben zu versüßen ...

Und ganz genau das hat er vor einer Stunde getan.

Er hatte seinen Spaß, ich hatte meinen Spaß und damit hat sich die Sache erledigt.

Plötzlich wird die Musik leiser gestellt, ein gewaltiger Schwall künstlicher Nebel wabert über die Tanzfläche und das Licht verdunkelt sich.

Die Stimme des DJs dringt aus den Boxen.

„Ladys, jetzt ist endlich der Augenblick gekommen, auf den ihr alle gewartet habt!“

Er macht eine dramaturgische Pause.

„Denn jetzt ist es Zeit für dieeeeee ‚Black Devils‘!“

Schattenhaft zeichnen sich die Körper der Stripper gegen das Flutlicht ab. Der weiße Nebel umwabert die Füße der durchtrainierten Kerle, während das Gekreische der Frauen durch den Club hallt.

Laute Pfiffe begleiten die auf die Tanzfläche fliegenden BHs. Der DJ hält endlich wieder seine Klappe und legt die passende Musik zum Showact auf.

Langsam legt sich der Nebel, der kraftvolle Bass wummert aus den Boxen direkt durch meinen Körper.

Als sich der Nebel endlich so weit verzogen hat, dass ich einen Blick auf die Devils werfen kann, wird meine Kehle eigenartig trocken.

Meine verräterische Pussy vergisst schlagartig, dass sie heute Nacht schon mehrere Orgasmen hatte, und meine Libido schreit laut hüpfend ‚Hier', während sie massenhaft Hormone ausschüttet, die den Teil meines Gehirns, der fürs rationale Denken zuständig ist, dazu bewegen sollen, sich für einen dieser Kerle zu entscheiden.

Was für ein heißer Anblick – pures Luxustestosteron!

Hmmmm ... In meiner Handtasche befinden sich noch ein paar der Noppengummis, die nur darauf warten, endlich über einen Penis gestülpt zu werden.

Und wie war das noch mal mit der investigativen Recherche?

Soweit ich weiß, braucht man immer mehr als eine Informationsquelle, wegen der Stichhaltigkeit der Beweise und so ...

Jetzt gerade komme ich mir vor wie eine Comicfigur, auf deren linker Schulter ein Engelchen und auf deren rechter Schulter ein kleines Teufelchen sitzt. Nur hält mein Teufelchen eine silberne Kondomverpackung zwischen seinen Fingern, in der sich einer von den phänomenalen Noppengummis befindet.

Ein sehr wichtiges Argument für das Teufelchen ...

Mein Engelchen hingegen flüstert mir nur hoffnungsvoll zu, dass es sich nicht gehört, in einer Nacht mit zwei verschiedenen Kerlen ins Bett zu steigen. Mein Teufelchen reagiert sofort und hält dagegen, dass ich mit Connor schließlich nicht im Bett war.

Was soll ich denn jetzt nur tun?

Links oder rechts? Teufel oder Engel?

Und noch während ich innerlich hin- und hergerissen bin, hat das liebe Schicksal Erbarmen mit mir und nimmt mir die Entscheidung kurzerhand ab, indem es einen intensiven Blickkontakt zwischen mir und meinem Wunschstripper herstellt.

Wie bei den meisten Stripshows wird früher oder später immer eine Frau aus dem Publikum mit eingebunden, und das scheine in der heutigen Nacht ich zu sein.

Connor scheint den Blickkontakt zwischen mir und dem Stripper zu bemerken, denn er stellt sich ganz dicht hinter mich, schlingt seine Finger um meinen Nacken und beugt meinen Kopf so weit nach hinten, dass er mir in die Augen sehen kann.

Gerade als er seinen Mund öffnet, um etwas zu sagen, stürmt eine leicht verwuschelte, übers ganze Gesicht strahlende Lisa auf uns zu.

„Hey Tinkerbell, hier steckst du also!“

Gut gelaunt hüpft sie regelrecht auf den freien Barhocker neben mir und sieht fragend zwischen mir und Connor hin und her.

„Störe ich euch etwa?“

Für einen kurzen Moment erwidere ich Connors eindringlichen Blick, ehe ich mich aus seinem Griff winde und mich zu meiner Freundin umdrehe.

Das war Rettung in letzter Sekunde ...

Ihre roten Wangen und der violette Knutschfleck an ihrer Kehle verraten mir nur zu deutlich, dass sie eine heiße Nacht hatte!

„Erzählst du mir, wo du gesteckt hast? Erst entdecke ich dich wild knutschend in einem Käfig, und zack, wenige Minuten später bist du spurlos verschwunden!“

Geheimnisvoll grinsend bestellt sie sich bei einem ziemlich finster dreinblickenden Connor eine große Cola, ehe sie sich verschwörerisch zu mir beugt.

„Weißt du, Tinker, es gibt nicht nur ein Schnapslager in diesem Club ...“

Lachend zwinkert sie mir zu, verschränkt die Beine übereinander und nimmt die kalte Coke entgegen.

Einvernehmlich schweigend sehen wir den ‚Black Devils‘ dabei zu, wie sie Kleidungsstück für Kleidungsstück ihre göttlichen Körper entblößen.

Fast schon sabbernd beobachte ich, wie *mein* Stripper seine Muskeln spielen lässt. Mein Blick huscht zu seiner breiten Brust, gleitet hinab zu seinem Waschbrettbauch und ich lecke mir genüsslich über die Lippen.

Lisa klatscht begeistert in die Hände, schiebt sich zwei Finger in den Mund und lässt einen lauten Pfiff los.

„Ach du heilige Scheiße! Das sind keine Männer, sondern Götter ...“

Dank des heißen Anblicks sind meinem Sprachzentrum die Wörter ausgegangen. Darum gebe ich Lisa nickend zu verstehen, dass ich mit ihrer Einschätzung absolut übereinstimme!

Als die mittlerweile fast nackten Kerle eine leichte Rechtsdrehung vollführen und ihre Hüften dabei anrüchig kreisen lassen, beginnt es zwischen meinen Schenkeln heftig zu pochen.

Meiner Libido scheinen die Argumente meines Engelchens völlig einerlei zu sein ...

Das kleine Teufelchen macht seinem Namen alle Ehre und wackelt aufmunternd mit dem Kondom, während es mir leise ins Ohr flüstert, dass wir alle schließlich nur einmal leben!

Ein absolut unschlagbares Argument ...

Ganz davon abgesehen geht es ja hier um investigative Recherchen, und wie soll ich diese Sache mit dem angemessenen Ernst klären, wenn ich nicht bereit bin, Opfer zu bringen? Und in diesem speziellen Fall ist das Opfer eben ein One-Night-Stand mit einem strippenden Gott!

„Hey Tinkerbell, wo ist Carola?"

Lisas Frage reißt mich aus meinen Gedanken.

„Sie hat sich den Türsteher geangelt!"

Lisa sieht mich überrascht an.

„Wow, das hätte ich ihr gar nicht zugetraut. Ich dachte, sie hat sich in ihren Chef verliebt?"

„Tja, und wir dachten, dass du Liebeskummer hast!"

Nonchalant mit den Schultern zuckend, gönnt sie sich noch einen großen Schluck ihrer Coke.

„Ja, das dachte ich auch. Aber ich bin zu dem Entschluss gekommen, dass Max doch nicht der Richtige gewesen ist. Er hat nicht wirklich zu mir gepasst!"

Meine Rede ...

Jubelnd feuern wir die ‚Black Devils' an, lachen und genießen das Leben.

„Bei Gott! Eigentlich sollte die Ladies Night viel öfters im Jahr stattfinden."

Lisa nickt zustimmend. „Oh ja, das finde ich auch."

Erneut heftet sich mein Blick auf den Body des Strippers, unsere Blicke treffen sich und in meinem Bauch prickelt es erwartungsvoll.

Schneller, als ich es realisieren kann, kommt er auf mich zu, packt mich an den Hüften und wirbelt mich in die Luft.

Die Menge tobt, als er mich über seine Schulter wirft und mich mitten auf die Tanzfläche trägt.

Plötzlich von den halb nackten Göttern umringt, weiß ich gar nicht mehr, wo ich zuerst hinsehen soll.

Überall sind starke Schultern, braun gebrannte Haut und sexy Muskeln.

Ich bin gestorben und im Paradies gelandet …

Die Stripper stellen sich um mich herum im Kreis auf, und es braucht meine komplette Selbstbeherrschung, damit ich meine Finger bei mir lasse. Lisa jubelt mir begeistert zu und Connor, oh weh, dessen Gesichtsausdruck besteht aus blanker Wut garniert mit Eifersucht.

Vielleicht sollte ich meine Recherche doch lieber auf einen anderen Abend verschieben?

Lasziv öffnen die ‚Black Devils' ihre Gürtel, ziehen sie aus den Laschen ihrer schwarzen Hosen und lassen sie laut durch die testosterongeschwängerte Luft schnalzen.

Heiß …

Synchron gehen sie in die Knie, kommen wieder hoch und reißen sich den schwarzen Stoff vom Körper.

Direkt vor meinen Augen befindet sich gerade ein sehr knackiger Männerhintern, der von einem schwarzen String eingerahmt wird.

Mehr als heiß …

Die partywütigen Ladys kreischen und jubeln.

Und ich bin mir sicher, dass jede der anwesenden Frauen liebend gerne mit mir tauschen würde.

Doch je näher ich meinem Ziel, dem heißen Stripper zwischen meinen Schenkeln, komme, umso öfter muss ich an Connor und unsere wilden Küsse im Schnapslager denken – an seine Finger, die sachte über meinen Bauch streichen, seine Zähne, die sich in meinen Nippel graben, und sein Glied, das sich bis zum Anschlag in mir versenkt.

Hör auf damit, Paula, das war nur Sex!

Mein rationales Ich versucht die widersprüchlichen Emotionen, die durch meinen Verstand huschen, zu vertreiben, doch es scheint ihm nicht zu gelingen.

Denn tief in meinem Innersten weiß ich ganz genau, warum ich ein komplettes Jahr nicht mehr hier war – ich bin Connor aus dem Weg gegangen! Unser erstes Mal im Schnapslager liegt jetzt genau 364 Tage zurück, und dennoch habe ich kein winziges Detail von damals vergessen. Ganz im Gegenteil, insgeheim habe ich oft an ihn und seine geschickten Finger gedacht. Ich habe mich an seine Küsse erinnert, meine Augen geschlossen und mir vorgestellt, dass er mich streichelt, mich liebkost und berührt.

Dieser Kerl geht mir so dermaßen unter die Haut, dass ich mich ganz automatisch von ihm ferngehalten habe. Es war wie ein Selbstschutzmodus, der sich von selbst eingeschaltet hat, um mein Herz zu beschützen.

Doch dieser Selbstschutzmodus scheint dieses Jahr irgendwie nicht zu funktionieren. Denn anders kann ich mir nicht erklären, wie es sein kann, dass ich zwischen lauter halb nackten Göttern sitze und über nichts anderes nachdenke als darüber, wann ich endlich wieder von Connor geküsst werde ...

Die nackten Hintern, die mich umgeben, ignorierend, erwidere ich Connors eindringlichen Blick.

Ich weiß nicht, woher die plötzliche Gewissheit kommt, aber ich spüre instinktiv, dass meine Recherche erst mal auf Eis gelegt wird.

Denn plötzlich ist es mir völlig egal, ob es an den Noppengummis, dem Schnapslager oder an dem vielen Alkohol in meinem Kreislauf liegt.

Alles, was ich in nächster Zukunft will, steht finster dreinblickend und mit geballten Fäusten hinter der Bar!

In meinem Bauch breitet sich ein Schwarm Schmetterlinge aus und meine Lippen prickeln wie verrückt.

Scheiß auf die Konsequenzen – vielleicht ist jetzt tatsächlich der Zeitpunkt gekommen, an dem ich meine Abwehrmechanismen etwas runterfahren muss.

Verdammte Scheiße!

Ich glaube, ich bin gerade dabei, meine eigenen Regeln zu brechen ...

5. Kapitel

Nervös senke ich den Blick und versuche das wirre Chaos in meinem Kopf wieder in Ordnung zu bringen.

Alleine bei der Vorstellung, Connor in nächster Zeit etwas öfters zu sehen, produziert mein verräterischer Körper viel zu viele Glückshormone.

Was ist, wenn ich mich tatsächlich in ihn verliebe?

Was passiert, wenn ich tatsächlich früher oder später bereit bin, mein Herz zu öffnen, und dann nur verletzt werde?

Die Liebe ist ein riskantes Spiel, bei dem es jeden Tag aufs Neue um alles oder nichts geht. Bisher habe ich mich bei diesem Game nie aktiv beteiligt, ich war immer nur der passive Zuschauer, der zwar die Regeln gekannt, aber nie den Mut gefunden hat, sich auf dem Spielfeld des Lebens zu platzieren.

Ausgerechnet jetzt, zwischen all den Strippern, wird mir schlagartig bewusst, dass ich endlich mal einen Mann gefunden habe, für den ich mehr als bereit bin, dieses Risiko einzugehen.

Ohne auf die jubelnde Meute um mich herum zu achten, verlasse ich die Tanzfläche und gehe direkt auf Connor zu.

Mein Puls donnert wie verrückt durch meine Adern, und meine Atmung kommt immer unregelmäßiger. Erneut treffen sich unsere Blicke und ich spüre bis in die Zehenspitzen, dass dieser Kerl tatsächlich jedes Risiko wert ist.

Als ich vor der Bar stehen bleibe, setzt er sich in Bewegung, kommt auf mich zu und zieht mich bestimmend in seine Arme.

Seine Finger schließen sich besitzergreifend um meine Oberarme, während er gierig meinen Mund erobert.

Heiß, wild und tabulos treffen sich unsere Zungen. Unsere Zähne schlagen krachend aufeinander, während sich mein Verstand leise flüsternd verabschiedet.

So fühlt es sich also an, wenn man bereit ist, sich auf das Spiel einzulassen ...

Leise knurrend beendet er unseren hemmungslosen Zungenkuss.

Atemlos öffne ich die Augen und ertrinke in den azurblauen Tiefen der seinen.

„Fuck, Baby! Es wurde aber auch wirklich Zeit, dass du zu mir kommst, denn dieses Jahr hätte ich dich nicht so einfach gehen lassen! Heute Nacht wärst du mir nicht so leicht entkommen ...“

Hilflos spüre ich, wie sich mein verräterisches Herz nach Connors Nähe verzehrt.

Und während sich unsere Lippen erneut für einen leidenschaftlichen Kuss treffen, höre ich Lisas Stimme ...

„Es scheint fast so, als hätte unsere Tinkerbell endlich ihren Peter Pan gefunden ...“

Epilog

Ein Jahr später ...

Konzentriert ziehe ich meine Augenbrauen etwas nach oben, während ich mich um mein Make-up kümmere.

Meine Wimpern sind dank einer Extraportion kohlschwarzen Mascaras ultralang und der silberne Lidschatten harmoniert perfekt mit meinem restlichen Outfit.

Gut gelaunt werfe ich einen prüfenden Blick auf die Uhr, während ich langsam, aber sicher hektisch das komplette Badezimmer nach meinem Lieblingslippenstift absuche.

Seit Connor vor nicht ganz drei Wochen bei mir eingezogen ist, herrscht hier ein schreckliches Durcheinander.

Die Badezimmerablage, auf der sonst immer meine Sachen gestanden haben, wird jetzt von einem Aftershave und anderem Männerkram belagert.

Vor der Dusche liegt das Hemd, das Connor heute tagsüber getragen hat, und auf dem Couchtisch stapeln sich Automagazine und andere Zeitschriften, deren Inhalt mich nicht im Geringsten interessiert.

Doch was soll ich sagen?

Anders als gedacht, stört mich das alles nicht, ganz im Gegenteil. Seit ich vor einem Jahr den Mut aufgebracht habe, endlich einmal nicht davonzulaufen, hat sich so wahnsinnig viel verändert, dass ich fast ein Schleudertrauma davon bekommen habe.

In knapp zwanzig Minuten werden mich Lisa und Carola abholen, damit wir wie jedes Jahr gemeinsam auf die ‚Ladies Night' ins

‚P14' gehen können ...

Und verdammt! Ich kann es kaum erwarten, meinen Freund ins Schnapslager zu zerren ...

Liebeschaos

Prolog

Ich spüre seinen Blick wie einen visuellen Kuss. Sehnsüchtig und instinktiv reagieren meine Sinne auf ihn, bereitet sich auf seinen harten Männerkörper vor.

Doch wie kann das sein? Schließlich haben wir noch kein einziges Wort miteinander gewechselt; ich kenne diesen Mann ja überhaupt nicht.

Das süße Prickeln, das sich zwischen meinen Beinen ausbreitet und die Reaktion meiner Brustwarzen, die sich sehnsüchtig zusammenziehen. *Himmel hilf mir!*

Die Lounge, in welcher der gut aussehende Fremde sitzt, ist für das normale Fußvolk, das mich einschließt, nicht zu erreichen. Zwei muskelbepackte Anzugträger, die sich breitschultrig vor dem Zugang positioniert haben, signalisieren ganz eindeutig, dass hier kein Besuch erwünscht ist.

Mit meiner letzten Selbstbeherrschung unterbreche ich den Blickkontakt mit dem Unbekannten und drehe mich wieder zur Bar um. Wo zum Teufel steckt eigentlich Tim?

Nach wochenlangen Anrufen, gefühlt einer Million SMS und einem gesprengten Whatsapp-Chat, hatte er mich endlich soweit.

Für gewöhnlich bleibe ich meiner Einstellung treu: Wenn eine Beziehung beendet ist, dann bleibt sie das auch.

Tim und ich sind - nein falsch - waren drei Jahre lang ein Paar. Mit neunzehn habe ich ihn auf einem Sportfreunde Stiller Konzert kennengelernt und mich sofort unsterblich in ihn verliebt. Das ist mittlerweile eine gefühlte Ewigkeit her. Jetzt bin ich hier und es ist ganz genau wie früher. Während ich hier alleine sitze und mich langweile, treibt er sich weiß Gott wo herum.

Ich habe das alles so satt!

Mit zweiundzwanzig muss das Leben doch noch mehr für mich bereithalten, als einen Typen, der jetzt, wo ich nicht mehr blind vor Liebe bin, weder besonders attraktiv noch besonders intelligent ist. Wie konnte ich nur so dumm sein und mich von seinen leeren Versprechungen um den Finger wickeln lassen?

Verzweifelt bestelle ich mir einen weiteren Ladykiller und versuche tapfer zu sein. Das mit Tim hat einfach keinen Sinn mehr ...

Die glühenden Augen des Fremden, der mich schon den ganzen Abend über beobachtet, brennen sich in meinem Nacken.

Ob er mein lang gesuchter Prinz ist? Wohl eher nicht!

Ich muss endlich aufhören, mich wie ein kleines Mädchen zu benehmen. Es gibt keine Prinzen, die hat es vor hunderten von Jahren nicht gegeben und in der heutigen Zeit gibt es sie erst recht nicht.

Frustriert nippe ich erneut an dem fruchtigen Cocktail.

Die Säure des Maracujasafts verbindet sich mit dem herben Aroma des Gins. Leise seufzend schließe ich die Augen und versuche, meine Gedanken und Sehnsüchte neu zu sortieren.

It's going down, I'm yelling timber
You better move, you better dance
Let's make a night you won't remember
I'll be the one you won't forget.

Der DJ legt einen meiner Lieblingssongs auf und ich beschließe, dass es endlich Zeit für etwas Spaß wird. Wild entschlossen, die Zukunft zu nehmen wie sie kommt, trinke ich das Glas aus und begebe mich auf die Tanzfläche.

Heute ist genau die richtige Nacht, um das Schicksal anzuschreien und ihm in den Arsch zu treten.

Kreisend genieße ich meine wiedergewonnene Freiheit. Ich schließe die Augen, lasse mich treiben ... Wummernd rauschen die Beats des Songs durch meine Venen, lassen mein Blut pulsieren und meine Nervenenden prickeln.

Vielleicht sollte ich das öfter machen, vielleicht sollte ich mich etwas entspannen und nicht immer versuchen, alles zu planen, denn es kommt sowieso immer anders als erhofft.

Tief einatmend lasse ich den Kopf in den Nacken fallen und schalte ab. Soll sich Tim doch zum Teufel scheren und mich in Ruhe lassen. Unter halb geschlossenen Lidern sehe ich zu meinem geheimnisvollen Fremden. Unsere Blicke treffen sich und ich spüre erneut, wie sich mein Körper nach ihm sehnt. Seine dunklen kurzen Haare, sein markantes Gesicht und seine breiten Schultern.

Ohlala ...

Wie es wohl sein muss, einem Mann wie ihm zu gehören?

Wie sich wohl seine Hände auf meiner Haut anfühlen?

Seine Zunge in meinem Mund und seine Lippen zwischen meinen Schenkeln?

Sehnsüchtig lecke ich mir über die Lippe ...

Mein sexueller Notstand scheint zu einem ernsthaften Problem zu werden. Ich lächle ihm kokett zu und lasse meine Hüften lasziv kreisen, ich brauche so was von dringend einen Schwanz zwischen den Schenkeln.

„Verdammt Soraja, du weißt ganz genau, dass ich es nicht mag, wenn du tanzt."

Der Ladykiller zeigt seine Wirkung und lockert meine Zunge.

„Tim, es hat dich die letzten dreißig Minuten auch nicht interessiert, was ich mache, also was juckt es dich jetzt?"

Hölle ist er wütend ...

„Alle Männer beobachten dich, sehen an was mir gehört, Scheiße Soraja! Was soll das?"

Da der Song gerade endet und Tim immer lauter wird, ziehen wir immer mehr Blicke auf uns. Will er mir etwa eine Szene machen?

„Scher dich zum Teufel, der heutige Abend war der beste Beweis dafür, dass das mit uns einfach keinen Sinn mehr macht."

Ich lehne mich zu ihm, lege ihm meinen Arm um den Nacken und flüstere ihm leise ins Ohr.

„Du bist einfach nicht Manns genug für mich!"

Dem Fremden, der mich den ganzen Abend über beobachtet hat, scheint es nicht besonders zu gefallen, dass Tim mir so nahekommt. Seine Mimik verdunkelt sich und seine Lippen sind zu einem dünnen Strich zusammengepresst. Tims Hand legt sich fest auf meinen Rücken, hält mich ganz nahe an seinem Körper.

„Wenn du glaubst, mich ärgern zu können, hast du dich getäuscht."

Sein Mund presst sich ungeschickt auf den meinen. Gut küssen konnte er ja noch nie, doch dieser Kuss ist schon besonders schlecht. Wütend über sein Verhalten stoße ich ihn von mir, hole mit der rechten Hand aus und verpasse ihm mitten auf der Tanzfläche eine laut klatschende Ohrfeige. „Arschloch!"

1. Kapitel

Von Fröschen und Männern...

Der sichelförmige Mond lässt mich alleine und im Dunklen stehen. *Was für eine scheiß Nacht.*
Von wegen: Gib uns noch eine Chance.
Von wegen: Liebe.

Manchmal hat es schon seinen Grund, warum eine Beziehung zerbricht. In dem verzweifelten Versuch, Gefühle wiederzubeleben, die es längst nicht mehr gibt, sind Tim und ich heute Abend in unsere ehemalige Lieblingsdisco gegangen. Das ‚Woonderland' hat sich im Gegensatz zu mir in den letzten Jahren gar nicht verändert.

Der DJ legt noch immer die Backstreet Boys auf und ihre Songs sind noch immer genauso gruselig wie damals.

Dank meines Alkoholkonsums kann ich leider nicht mehr richtig beurteilen, ob das einer ihrer neuen Songs oder einer aus ihren besseren vergangenen Tagen ist.

Ich finde, mein heutiger Abend ist das beste Beispiel dafür, dass man nicht alles aufwärmen sollte. Freundschaften, die Backstreet Boys, verflossene Liebhaber und gescheiterte Beziehungen gehören eindeutig in die Kategorie ‚cold & old'.

Genervt suche ich in meiner Handtasche nach meinem Handy. Wo bleibt dieses scheiß Taxi? Vor über einer Stunde hieß es, dass es in circa dreißig Minuten da ist. Doch außer dem Mond, der mir Gesellschaft leistet, stehe ich hier völlig alleine unter lauter fremden Menschen und mein Taxi ist weit und breit nirgendwo zu sehen.

Meine Füße pochen und schmerzen. Meine neuen Schuhe und meine Zehen mögen sich anscheinend nicht.

Der eigentliche Plan des Abends war ursprünglich ein ganz anderer. Nach einem angenehmen Besuch in einem griechischen Restaurant sind wir zusammen in seinem Auto zum Club gefahren. Da Tim keinen Alkohol trinkt, was schon sehr viel über die Stimmung des heutigen Abends aussagt, war ausgemacht, dass er mich auch wieder nach Hause bringt.

Doch meine jetzige Situation ist der beste Beweis dafür, dass dieser Abend ein schrecklicher Reinfall war. Nach einer heftigen Meinungsverschiedenheit auf der Tanzfläche ist mein Ex sang- und klanglos verschwunden. Gerade als ich erneut die Nummer des

Taxiunternehmens wählen will, piept mich das Handy fröhlich an und teilt mir blinkend mit, dass der Akku leer ist.

Kann es eigentlich noch schlimmer kommen?

Anscheinend schon, denn gerade als ich mich auf den Weg zurück in die Disco machen will, rempelt mich ein betrunkener Mann Ende vierzig an.

„He, na wie wäre es mit uns?"

Ach du Heilige, meint der tatsächlich mich?

Liebes Schicksal, was soll das eigentlich alles?

Tim, derjenige der mich angeblich zurückgewinnen will, missachtet und ignoriert mich.

Der geheimnisvolle Fremde verschlingt mich mit seinen Blicken, hält es aber dennoch nicht für nötig, sich auf den Weg zu mir zu machen.

Und der Typ hier, der total betrunken und so absolut nicht mein Beuteschema ist, will es jetzt tatsächlich wissen.

Was für eine scheiß Nacht!

Genervt beschließe ich, ihn einfach zu ignorieren. Das Thema Männer hat sich für mich in der nächsten Zeit erledigt ...

Gerade als ich mich an ihm vorbeiquetschen will, ergreift er meinen Arm und hält mich schmerzhaft fest. „Na, bist wohl was Besseres?"

Obwohl meine Handfläche noch von der ersten Ohrfeige brennt, bin ich mehr als bereit, mein Können erneut unter Beweis zu stellen.

Ich bin gerade in genau der richtigen Stimmung!

Doch noch bevor ich dazu komme, richtig auszuholen, spüre ich einen warmen Arm, der sich besitzergreifend um meine Taille schlingt. Breit und kräftig drückt sich ein muskulöser fremder Männerkörper an den meinen. „Alles okay bei dir, Baby?"

Samtig und zugleich gefährlich spüre ich die dunkle Stimme bis tief in mein Innerstes. Neugierig drehe ich mich um, und schaue, wer da so frech ist mich sein Baby zu nennen.

Niemand Geringerer als der unverschämt gut aussehende Fremde ist mir zur Hilfe geeilt. Sein herber Geruch nach Sandelholz und Rauch steigt mir in die Nase. Sein warmer, schwerer Arm und sein intensiver Blick rauben mir den Atem.

Verwirrt runzle ich die Stirn. Was hat dieser Kerl nur an sich, dass mich so aus der Bahn wirft?

„Ähm ja, alles okay."

Nach einem unsicheren Blick auf meinen Retter beschließt das betrunkene Subjekt, sich möglichst schnell aus dem Staub zu machen.

„So, dieses Problem wäre ja dann geklärt."

Wie selbstverständlich bleibt sein Arm schützend auf mir liegen, während er mich zurück zum Club führt.

Galant öffnet er mir die Türe und bringt mich direkt in den luxuriösen VIP-Bereich.

Mein Herzschlag hat mittlerweile eine ungesunde Geschwindigkeit erreicht und mein Puls pocht mir in den Ohren. Was für eine merkwürdige Nacht. Wenn das so weitergeht, drehe ich noch völlig durch.

Völlig überrumpelt stehe ich nun zwischen den weißen Clubsesseln. Die bunten Lichter tauchen den Bereich in eine geheimnisvolle Stimmung. Mein Retter setzt sich entspannt in einen der Sessel und mustert mich mit einem hungrigen Blick.

„Setz dich, es sind genug Plätze frei.“

Er hat recht, denn außer uns hält sich hier niemand mehr auf.

Was soll das? Was mache ich hier?

Wollte ich nicht eigentlich nach Hause?

Was passiert, wenn ich jetzt gehe? Wo bekomme ich ein Taxi her? Ein kleiner grüner Kobold, der sich ungefragt in mein Unterbewusstsein geschlichen hat, flüstert mir leise ins Ohr, dass ich in Wirklichkeit doch gar nicht gehen will.

Und so ungern ich es auch zugebe, er hat recht. Dieser Mann, der so selbstsicher vor mir sitzt, fasziniert mich unheimlich. Seit Langem ist es keinem Typen mehr gelungen, mich so zu fesseln.

Wie muss es sich anfühlen, sich ihm hinzugeben? Seinen Atem auf meiner Haut zu spüren, seine Hände auf meinem Körper und seine Zunge zwischen meinen Lippen?

Hilfe ... was ist nur los mit mir?

Ich verzehre mich nach einem Kerl, den ich noch keine zehn Minuten kenne und dessen Namen ich nicht weiß.

Ob er mein Traumprinz ist? Vielleicht?

Genervt von der ewigen Suche nach meinem Prinzen schüttle ich verärgert über mich selbst den Kopf. In meinem Leben habe ich schon so viele Frösche geküsst, die sich alle nicht in einen Prinzen verwandelt haben, dass ich es eigentlich langsam gelernt haben sollte.

Die meisten Männer sind nun einmal Frösche, ekelige, schleimige, faule Frösche, die eine dumme Prinzessin suchen, die sich mit einem Frosch zufriedengibt oder auf ihrer Suche nach dem strahlenden Prinzen schon verzweifelt ist.

Doch das werde ich ganz bestimmt nicht tun!

Laut Statistik sieht meine Zukunft so aus: Ich bekomme 1,6 Kinder in meiner mit viel Glück sechzehn Jahre lang haltenden Ehe.

Neugierig beobachtet mich der Fremde.

Geduldig und ruhig wartet er ab, wie ich mich entscheide. Dass er mich nicht drängt oder auf eine schleimige Art, die viele Männer an sich haben, versucht, mich zu überreden, gefällt mir. In der Hoffnung, nicht schon wieder vor einem, zugegebenermaßen sehr attraktiven Frosch zu stehen, setze ich mich zu ihm.

Was habe ich schon zu verlieren?

Die Nacht ist so oder so schon ruiniert.

„Darf ich dir etwas zu trinken bestellen? Vielleicht noch einen Ladykiller?"

So so, da hat aber jemand ganz genau hingeschaut. Das Wissen, dass er mich tatsächlich den ganzen Abend über beobachtet hat, gefällt mir viel zu gut.

„Nein danke, für heute hatte ich definitiv schon genug Alkohol."

In meinem ganzen Leben habe ich mich noch nie so gefühlt wie in diesem Augenblick. In meinem Bauch tanzen hunderte von Sternschnuppen, meine Haut glüht und meine Lippen sehnen sich nach einem sanften Kuss. *Was ist nur los mit mir?*

Ob er diese Anziehungskraft auch spürt?

Dieses sinnliche Flimmern, das mich alles um uns herum vergessen lässt. Das ist doch albern. Jetzt sitze ich hier und fühle mich wie ein kleines Mädchen, das nicht weiß, wie es sich verhalten soll.

„Ich denke, es ist besser, wenn ich jetzt gehe."

Kaum dass ich Anstalten mache aufzustehen, erhebt er sich ebenfalls. Plötzlich stehen wir uns sehr nah gegenüber. Ich spüre seinen Atem an meiner Schläfe. Ich reiche ihm gerade einmal bis zur Schulter und das trotz meiner hohen Absätze. Er strahlt eine unheimliche Wärme aus. Der Drang, mich an ihn zu lehnen, und seine Kraft zu spüren, wird immer stärker. Unsicher lecke ich mir mit der Zungenspitze über die Unterlippe und sehe ihn an. Seine Augen sind dunkel und glühen wie Lava. Er will mich ganz genauso sehr wie ich ihn.

Für kostbare Sekunden existieren nur noch wir beide. Die bunten Lichter, die laute Musik und die Tatsache, dass ich ihn nicht kenne, versinken im Hintergrund.

Langsam lege ich ihm meine Handflächen auf die Brust und spüre seine Muskeln unter seinem Hemd zucken.

Seine Finger legen sich fordernd in meinen Nacken, während ich mich auf die Zehenspitzen stelle. Dieser unglaublich magische Moment vor dem ersten Kuss, das wilde Kribbeln in meinem Bauch und das schnelle schlagen meines Herzens ...

Neckend knabbere ich an ihm, drücke meinen Körper fester an den seinen und spüre seine Zungenspitze zwischen meinen Lippen.

Willig öffne ich mich ihm. Unsere Zungen treffen sich erst sanft, um sich dann hemmungslos zu umschlingen. Seine Hände legen sich auf meine Taille, heben mich leicht an, sodass meine Beine in der Luft baumeln. Immer zügelloser umschlingen sich unsere Zungen, unser Atem vermischt sich, und ich zerschmelze unter seiner Invasion. Was als sanfter, neckender Kuss begonnen hat, beginnt sich in ein sinnliches Vorspiel zu verwandeln.

Gott kann der Kerl küssen ...

Ich spüre sein Verlangen und signalisiere ihm mit meiner Hingabe, dass ich ihn ganz genauso sehr will wie er mich.

Atemlos und trunken vor Lust stellt er mich langsam und vorsichtig wieder ab.

„Komm mit mir, nur für diese Nacht."

Eindringlich mustert er mich, seine Hände liegen schwer und warm auf meiner Hüfte. Soll ich es wirklich wagen?

Na ja, warum eigentlich nicht, ich habe nichts zu verlieren.

Wenn ich jetzt nein sage, liege ich die restliche Nacht alleine und unbefriedigt in meinem Bett. Und so wie ich mich kenne, würde ich es bereuen, diese Chance nicht genutzt zu haben. Vollkommen egal ob ich ja oder nein sage, an meinem Leben würde sich prinzipiell nichts ändern. Das Einzige, was anders wäre, ist die Tatsache, dass ich eine heiße Nacht mit diesem Mann verlebt hätte und eine schöne Erinnerung für noch kommende einsame Nächte hätte.

Verflixt und zugenäht, was soll ich denn jetzt nur tun?

Liebst du das Leben? Dann vergeude keine Zeit, denn daraus besteht das Leben.

Wie immer, wenn ich in einer schwierigen Situation stecke, fällt mir ein passendes Zitat des berühmten Schriftstellers Benjamin Franklin ein. Er spürt meine Unsicherheit und legt mir seinen Finger unter das Kinn. „Ich verspreche dir, dass ich nichts tun werde, was du nicht möchtest." Pures Verlangen pulsiert durch meine Venen.

Der kleine Kobold meldet sich erneut zu Wort und flüstert mir leise *Carpe Diem* ins Ohr. Was hat es mir gebracht, dass ich immer vernünftig und anständig war? Nichts! Also warum sollte ich nicht endlich anfangen, leichtsinnigen, tabulosen Spaß zu haben?

„Lass uns gehen!"

Sein dunkles animalisches Knurren schießt mir direkt ins Höschen. Grob packt er mich, zieht mich an seinen Körper. Wild und hemmungslos plündert er meinen Mund, raubt mir die Sinne und lässt mich wohlig stöhnen.

Der Kuss dauert keine Minute und doch hat er mein ganzes Weltbild auf den Kopf gestellt. Sein Arm legt sich um meine Hüfte, während er mich aus dem Club zu seinem Auto führt.

Der pechschwarze Audi, der ihm gehört, steht direkt vor der Türe.

Meine Erregung verwandelt sich in Aufregung. Mache ich gerade einen riesigen Fehler?

Galant öffnet er mir die Autotür. Gerade als ich einsteigen will, zieht er mich stürmisch an sich, sieht mir tief in die Augen und streichelt mir mit seinem Daumen sanft über meine von seinen stürmischen Küssen geschwollenen Lippen.

Der kurze Moment ist wie ein Déjà-vu meiner sehnlichsten Träume. Wo hat sich dieser Mann in den letzten Jahren nur versteckt?

Verspielt sauge ich seinen Finger in meinen Mund und knabbere sanft an ihm.

Gequält schließt er die Augen und ich beobachte fasziniert, wie sich sein ganzer Körper anspannt.

„Steig ein Baby oder ich nehme dich jetzt und hier auf der Motorhaube!“

In seiner Nähe fühle ich mich begehrenswert und sexy, und dieses Gefühl habe ich während der Beziehung mit Tim sehr vermisst.

Mit einem zufriedenen Lächeln steige ich ein. Ich kann es kaum erwarten, ihn endlich tief in mir zu spüren ...

„Wir sind da.“

Auch wenn ich nicht die geringste Ahnung hatte, wo er mich hinbringt, hatte ich nicht damit gerechnet, dass wir zu einem Hotel fahren. Ist er verheiratet oder vergeben? Können wir nicht zu ihm, weil in seinem Bett eine andere Frau auf ihn wartet? Was ist, wenn er Kinder hat? Ich will nicht schuld daran sein, dass eine Ehe in die Brüche geht. In dieser Hinsicht bin ich etwas altmodisch.

„Ich bin erst vor Kurzem nach Berlin gekommen und mein Apartment ist noch nicht ganz fertig.“

Wie macht er das nur? Kann er Gedanken lesen?

Der Portier eilt uns entgegen, bereit das Auto in Empfang zu nehmen. Aufgeregt schließe ich für einen kurzen Moment die Augen und atme tief durch. So langsam werde ich echt nervös.

Dieser One-Night-Stand passt so gar nicht zu mir. Vielleicht genieße ich gerade deshalb diese Nacht umso mehr. Ganz gentlemanlike öffnet er mir die Autotür und reicht mir seine Hand.

Das Logo des Hotels ist ein Löwe, der aufrecht in einer Krone sitzt.

Der Umstand, dass er im Ritz wohnt, sagt mir, dass er finanziell keine Sorgen hat. Eine Übernachtung hier kostet beinahe so viel, wie meine Monatsmiete.

Während der Fahrt habe ich beschlossen, nicht nach seinem Namen zu fragen. Irgendwie reizt mich der Gedanke, mich einem völlig fremden Mann hinzugeben. An dieses Abenteuer werde ich mich mein restliches Leben lang erinnern.

Warm und kraftvoll umschließen seine Finger meine Hand. Trotz der Aufregung und des Adrenalins, das durch meinen Körper fließt, bemerke ich die edle und kostspielige Ausstattung des Hotels.

Die Aufzugtüren haben sich noch nicht ganz geschlossen, da spüre ich seine Finger auf meiner Wirbelsäule. Langsam und sinnlich streichelt er sich hinab zu meinem Po.

„Ich kann es kaum erwarten, dich zu nehmen, dich zu küssen und dich zu lecken."

Ein Schauer der Lust rieselt über meinen Rücken. Seine zweite Hand legt sich zwischen meine Schulterblätter. Dominant drückt er mich bäuchlings gegen die vergoldete Aufzugwand.

„Stütz deine Hände ab und spreiz deine Beine."

Genüsslich schließe ich die Augen und befolge seine Anweisungen. Er ist heroisch und erregt - eine sehr gefährliche Kombination.

Zärtlich schiebt er meinen Rock ein Stückchen weiter nach oben, seine Fingerspitzen berühren leicht meine Haut, wandern immer weiter zum Zentrum meiner Lust.

Sanft und rhythmisch massiert er meine weichen Falten durch meinen Slip hindurch.

„Du bist so was von bereit für mich."

Sehnsüchtig genieße ich seine Berührungen. Die Angst vor dem Erwischtwerden, falls noch jemand in den Aufzug einsteigt, heizt mich noch mehr an.

Sein Atem streift meinen Nacken, während seine Finger meine Venuslippen stimulieren. Noch wenige Sekunden und ich komme laut schreiend.

„Geduld meine Süße, die Nacht ist noch lang ..."

Seufzend bringe ich meinen Unmut darüber zur Geltung, dass er mir seine Finger entzieht.

Sein Brustkorb vibriert dank seines dunklen Lachens.

„Baby, so geil dein Anblick auch ist, aber wir sind da und müssen aussteigen.“

Meine Knie zittern und meine Sehnsucht nach ihm ist bittersüß. Stützend legt er mir seine Hand auf den Rücken und führt mich zu seiner Suite.

Die wenigen Meter, die wir laufen müssen, erfordern meine komplette restliche Konzentration. Ungeduldig beobachte ich seine langen Finger, wie sie die Karte durch das Lesegerät ziehen und die Türe leise aufschnappt. Es ist so weit, nur noch ein Schritt und ich bin mit einem völlig fremden Mann alleine in seiner Suite, um mit ihm hemmungslosen Sex zu haben.

Er sucht meinen Blick und lässt mir die Zeit, die ich brauche, um mich endgültig zu entscheiden. Die Tatsache, dass er mich nicht drängt und sich mir anpasst, lässt all meine Zweifel verschwinden und gibt mir den nötigen Mut, den ich brauche.

Die schwere Holztür ist noch nicht ganz hinter uns zugefallen, da presst er mich schon hart gegen die Wand. Unsere Lippen treffen sich, fremd und doch so schmerzlich vertraut. Seine Zunge öffnet meine Lippen, fordert die meine heraus und beginnt einen wilden Tanz, der die restliche Nacht andauern wird. Seine Hände legen sich auf meine Hüfte, drücken mich gierig an seine Erektion. Mein leises Seufzen und sein animalisches Knurren durchbrechen die Stille des fremden Raums. Seine Hand schiebt sanft, aber bestimmend, meinen Rock nach oben, legt Stück für Stück meine Oberschenkel frei und nähert sich so meiner bereits feuchten Mitte.

Sehnsüchtig kippe ich ihm mein Becken entgegen und bettle so stumm nach mehr. Pure Lust schießt durch meine Venen, ballt sich zu einer gigantischen lodernden Feuersbrunst der Lust zusammen und rauscht durch meinen Körper. Immer sehnsüchtiger umschlingen sich unsere Zungen, während sich unsere Sinne verbinden.

Neckend und liebkosend fährt er mit seinen Fingern durch meinen feuchten Spalt, mit sanftem Druck massiert er meine Perle, zwirbelt sie sanft und treibt mich immer weiter an.

„Mehr. Bitte mehr ...“

Unsere Blicke treffen sich und in diesem Moment ist alles klar. Eine bisher noch nie gekannte Anziehungskraft verbindet uns. Wie kann es sein, dass ich mich bei einem völlig fremden Mann so sicher und geborgen fühle? Trunken vor Lust beginne ich sein Hemd aufzuknöpfen, öffne seine Gürtelschnalle und entkleide ihn so, langsam aber zielsicher.

Gierig nach mehr ziehe ich ihm seine Hose aus und sinke vor ihm auf die Knie. Wenn ich ihn nicht bald in mir spüre, werde ich noch verrückt vor Lust.

Das erwartungsvolle Stöhnen, das ihm entschlüpft als meine Finger seinen Penis umfassen, verrät mir, dass es ihm ganz genauso geht wie mir. Sanft berühren meine Lippen seinen Schwanz, aus dem keuschen Kuss wird ein neckendes Lecken. Sein herber Geruch nach Mann steigt mir in die Nase.

Während ich beginne seine Hoden zu massieren, nehme ich sein hartes, pralles Glied immer tiefer in den Mund. Saugend und züngelnd genieße ich seine Kapitulation. Sein Atem kommt abgehackt, seine Hände sind mittlerweile fest verschlossene Fäuste und sein dunkles Knurren, wann immer ich fest an ihm sauge, zeigt mir, wie sehr er meine Lippen genießt.

Feucht und erregt knie ich vor einem fremden Mann, während sein Schwanz bis zum Anschlag in meiner Kehle steckt. Mit der Zungenspitze fahre ich kreisförmig über den kleinen Schlitz an der Spitze, während ich seine Eier immer fester knete.

Sein gehauchtes „Aaah" und seine Finger, die sich bestimmend in meine Haare krallen, als ich ihn besonders tief in den Mund nehme, sind mir Bestätigung genug.

„Baby, du musst aufhören", stöhnt er. „Ich komme gleich. Noch länger kann ich es nicht mehr zurückhalten."

Behutsam gebe ich ihn frei und fahre mir mit der Zunge über die Lippen, wie eine zufriedene, satte Katze.

„Wenn du jetzt kommst, hast du dann dein ganzes Magazin verschossen?"

„Wenn du mich so ansiehst, steht er nach wenigen Minuten sofort wieder."

„Dann spricht ja nichts dagegen, dass du dich gehen lässt und genießt, was ich dir antue."

Sein Schwanz zuckt gierig in meiner Hand, ein milchiger Lusttropfen krönt seine pralle Eichel. Ohne unseren Blickkontakt zu unterbrechen, lutsche ich ihn ab und schnurre leise.

Erneut sauge ich ihn tief in meinen Rachen. Er beobachtet jede meiner Bewegungen. Seine Hüfte beginnt rhythmisch vor und zurück zu wippen, während er meinen Kopf bestimmend in Position hält.

Ich entspanne meinen Kiefer, folge seinen Stößen und schlucke sein Aroma.

„Oh Baby, ich will, dass du ihn ganz in den Mund nimmst."

Sein Schwanz ist verdammt groß und prall, doch ich gebe mein Bestes, lege den Kopf in den Nacken und öffne meine geschwollenen Lippen noch etwas weiter.

Rein – raus – rein – raus ...

Sein Rhythmus wird immer schneller, sein Atem kommt immer rauer und meine Lust wird immer größer. Sein animalisches Knurren und das Pochen seiner Eichel - pumpend spritzt er seinen Saft auf meine Zunge. Heiß und cremig schlucke ich sein Sperma, genieße seine Lust und meine Hingabe.

„Das war unglaublich, deine Lippen sind der Himmel."

Vorsichtig zieht er mich hoch, legt seine Hand um meinen Kiefer und küsst mich leidenschaftlich.

Seine warmen Hände gleiten über meinen Rücken, massieren meinen Po. Mühelos hebt er mich hoch und trägt mich in das Schlafzimmer. Sachte setzt er mich ab, schaltet die Nachttischlampe an, stellt sich vor die Bettkante und entkleidet sich endlich vollständig.

Wie in Trance genieße ich die Vorfreude, das Kribbeln und die sinnliche Stimmung, die sich immer weiter aufbaut. Er ist einfach unglaublich attraktiv. Durchtrainiert und gebräunt, ein dünner Streifen dunkler Haare leitet meine Augen hinab zu seiner erneut aufragenden Männlichkeit. Als ich beginne meine Bluse zu öffnen, sehe ich, wie sich seine Iriden verdunkeln.

Sein Körper spannt sich an und ich kann spüren, wie sehr er sich kontrollieren muss, um nicht gleich wie ein wildes Tier über mich herzufallen. Doch ich will seine Kontrolle nicht, ich will ihn – hemmungslos und wild vor Leidenschaft.

Es ist mehr als riskant, die animalische Seite eines eigentlich Fremden anzustacheln, doch ich kann einfach nicht anders.

Viel zu sehr sehne ich mich nach seiner Berührung zwischen meinen Beinen, seiner Zunge in meinem Mund und seinem Geschmack auf meinen Lippen ...

Langsam und aufreizend werfe ich meinen Slip auf den Boden. Wie eine Liebkosung spüre ich seinen Blick auf meiner nackten Haut, auf meinen Brüsten und auf meiner Pussy. Wie ein Wolf kommt er immer näher zu mir, legt seinen harten trainierten Körper auf meine weichen Kurven und drückt mich so immer tiefer in die Matratze. Zärtlich erkunden seine Hände jeden Zentimeter meines Körpers, fordern meine Kapitulation.

Hoffnungslos verloren versinke ich immer tiefer im Strudel der tabulosen Leidenschaft. Seine Finger zwirbeln meine Brustwarzen, bis sie sich in tiefrote Kirschen verwandelt haben, die darum betteln, von seiner Zunge und seinen Zähnen vernascht zu werden. Pochend und feucht bettelt meine Feuerperle um seine Aufmerksamkeit.

Seine Finger locken gekonnt meine Bedürfnisse, schüren mein Verlangen und lassen mich hilflos und in bittersüßer Qual erbeben. Kurz bevor ich in den Tiefen meiner Lust versinke, höre ich das Zerreißen der Kondomverpackung - endlich ist es soweit ...

Sehnsüchtig pochend schreit mein Körper nach einem harten Fick. Mit einem tiefen Stoß ist er in mir, füllt mich erbarmungslos aus und führt mich mit einem harten Ritt zu den Sternen.

Stöhnend und seufzend beiße ich ihm in die Schulter, lindere seinen Schmerz mit meiner Zunge und spanne meine inneren Muskeln an.

Sofort werden seine Stöße langsamer, dafür jedoch tiefer ...

Unsere Seufzer vermischen sich zu einem leisen Konzert, während unsere Körper in heißer Ekstase verglühen.

Der Orgasmus, der über mich hinwegrollt, ist unglaublich intensiv und raubt mir den Atem.

2. Kapitel

Von Prinzen und Einhörnern...

„Jetzt komm schon Soraja, das wird ein wirklich schöner Abend."
Genervt verdrehe ich die Augen.
Ein schöner Abend? Von wegen!
„Und warum zum Teufel muss ich dann mitgehen?"
Auch wenn sie seit einem guten Jahr meine beste Freundin ist, heute geht mir Julia wirklich tierisch auf die Nerven.
„Du weißt ganz genau, dass mein Bruder ausflippen wird, wenn er erfährt, dass ich in einer Bar arbeite. Sein Beschützerinstinkt gleicht dem eines Höhlenmenschen, der sein Feuer bewacht. Er wird ausflippen, toben und wüten, und ich werde das nur überleben, wenn du an meiner Seite bist. Bitte Süße ... Und spätestens, wenn er erfährt, dass du da auch arbeitest, muss er sich einfach beruhigen."
Okay. Das übersteigt jetzt meinen Horizont.
„Was hat das denn mit mir zu tun? Ich kenne deinen Bruder ja nicht einmal."
Wann immer Julia anfängt von ihrem Bruder Tom zu reden, leuchten ihre Augen und sie wird ganz hibbelig. Tom ist zehn Jahre älter als Julia und hat sie quasi großgezogen, nachdem ihre Eltern vor ein paar Jahren bei einem Zugunglück ums Leben gekommen sind.
Er lebt in den USA und hat vor Kurzem beschlossen, seinen Wohnsitz nach Berlin zu verlegen.
„Er wird nicht verstehen, warum ich zu meinem Studium noch zusätzlich arbeiten will. Vor allem da er mir das alles finanziert. Er denkt, dass ich mich auf nichts anderes konzentrieren sollte, als auf Innenarchitektur. Aber ich muss mich doch auch mal unter Menschen wagen."
Irgendwie habe ich Mitleid mit ihr, also na ja ...
„Weißt du Süße, ein wirklich schlauer Mann hat einmal gesagt: ‚Wer die Freiheiten aufgibt, um Sicherheit zu gewinnen, verdient weder Freiheit noch Sicherheit."
Genervt verdreht sie die Augen.
„Jetzt mal ganz im Ernst Soraja, ich mag dich wirklich sehr gern, du bist meine allerliebste Freundin. Aber hör endlich mit deinen ach so geliebten Zitaten von Benjamin Franklin auf! Die nerven!"
Boah hat sie das gerade echt gesagt?
„So wird es dir nie gelingen, mich zu überreden, das ist dir doch hoffentlich klar, du Miststück."

Mir frech zuzwinkernd, geht sie gar nicht auf meine Kampfansage ein.

Ihr hoffnungsvoller Blick und der Schmollmund, den sie zieht, wann immer sie mich zu etwas überreden will, wirkt auch heute wieder.

Mist! Mist! Mist!

„Okay. Ich komme mit zu dem Essen, aber ich werde mich in keine Geschwisterstreitigkeiten einmischen. Nur dass das klar ist!"

Noch bevor ich diesen Satz ausgesprochen habe, bereue ich ihn.

Wie schafft sie es nur, dass sie mich immer zu Allem überreden kann?

„Aber jetzt mal genug von mir und meinem Bruder. Wie war es mit Tim?"

Oh ja ... Tim. Den habe ich nach der heißen Nacht mit meinem geheimnisvollen Fremden komplett vergessen.

„Seid ihr wieder zusammen?"

Ihr Blick wandert zu dem gut sichtbaren Bissabdruck auf meinem Hals.

„So wie es aussieht, war das eine ziemlich heiße Versöhnungsnacht. Das hätte ich Tim ja gar nicht zugetraut."

Heiß? Ja! Tim? Nein!

„Das war nicht Tim."

Ihr geschockter Gesichtsausdruck wäre ein super Fotomotiv und ich schaffe es einfach nicht, mir mein Lachen zu verkneifen.

„Ja aber, jetzt verstehe ich gar nichts mehr! Ich dachte, du warst mit Tim verabredet. Wolltest du ihm nicht noch eine Chance geben?"

Seit ich mich dem geheimnisvollen Fremden hingegeben habe, träume ich jede Nacht von ihm. Schmecke seine Küsse und rieche seinen herben Geruch ...

Wie soll ich Julia nur erklären, dass ich mit einem unbekannten Mann die schönste Nacht meines Lebens verbracht habe? Ich kenne weder seinen Namen noch seine Telefonnummer ...

Dieser One-Night-Stand war ein heißes erotisches Abenteuer, das ich wohl nie vergessen werde. Dieser Mann hätte durchaus Potenzial, Tims Nachfolger zu werden, doch daraus wird wohl nichts, da ich ihn höchst wahrscheinlich nie wieder sehen werde ...

Der kleine grüne Kobold, an den ich mich mittlerweile schon gewöhnt habe, flüstert mir leise zu, dass ich mich etwas zu sehr nach dem Typen sehne; und er hat recht. Meine Gedanken versinken immer wieder in den schönen Erinnerungen, die ich wie einen Schatz hüte.

„Ja, eigentlich schon, doch Tim ist und war eben einfach kein Prinz, sondern ein Frosch ... Und ich habe drei Jahre meines Lebens damit verschwendet, ihn wach zu küssen. Leider vergebens!"

Eine Mischung aus Mitgefühl, Erstaunen und Unglauben spiegelt sich auf Julias Gesicht wieder. „Und woher kommt dann der Bissabdruck? Oder sollte ich besser fragen, von wem?“

Oh oh, jetzt ist es soweit, was sage ich ihr denn jetzt?

Am besten ich bleibe bei der Wahrheit ...

Oder? Natürlich kann ich ihr auch eine sehr kreative Geschichte über Prinzen und Einhörner erzählen, doch die Wahrscheinlichkeit, dass sie mir diese wirklich abkauft, tendiert gegen null.

„Von einem sehr geheimnisvollen, attraktiven fremden Mann.“ Gespannt wie sie reagiert, warte ich genüsslich ab ...

„Wie? Von einem Fremden? Sag mir seinen Namen. Du verarschst mich doch.“ Verblüfft sieht sie mich an. Anscheinend habe ich sie gerade eben echt geschockt.

„Ich kann dir seinen Namen nicht sagen, weil ich ihn ganz einfach nicht weiß. Tim hat sich an dem Abend mal wieder wie ein riesengroßes Arschloch benommen. Und ich hatte es so satt, auf ihn und seine leeren Versprechungen zu warten. Also habe ich mich getraut und eine heiße Nacht mit einem Mann verbracht, den ich nicht kenne.“

Julia hat sich gerade eine Zigarette angezündet und verschluckt sich jetzt aufgrund meines Geständnisses heftig an ihrem ersten Zug.

„*Puuh*, ich würde sagen, du brauchst meinen großen Bruder um einiges dringender als ich. Bei dir wäre sein Beschützerinstinkt wahrscheinlich noch zu wenig ausgeprägt. Weißt du eigentlich, wie gefährlich das ist? Du kannst doch nicht mit einem Unbekannten mitgehen. Was soll ich denn machen, wenn er dich vergewaltigt und im Garten verscharrt?“

Das ist mal wieder so typisch, immer muss sie übertreiben.

„Nichts, du hast ja nur Angst, dass du zu dem Treffen mit deinem Bruder ganz alleine gehen musst.“

Versonnen schließe ich die Augen und strecke mein Gesicht den letzten Frühlingssonnenstrahlen entgegen. Auch wenn mittags die Temperaturen schön angenehm waren, jetzt ist es Nachmittag. Die Mai-Sonne geht langsam unter und der Wind bläst kalt um die Ecken.

„Lass uns zahlen, mir wird es kalt.“ Ich genehmige mir den letzten Schluck meines mittlerweile lauwarmen Cappuccinos.

„Soraja, ich weiß, dass du nur vom Thema ablenken willst, aber das wird dir nicht gelingen.“

Das werden wir ja sehen ...

„Wann ist denn das Abendessen mit deinem Bruder?“

Insgeheim hoffe ich, dass ich noch eine Woche Zeit habe, um mir eine sehr effektive Ausrede einfallen zu lassen. Doch so, wie ich sie kenne, hat sie bis zur letzten Sekunde damit gewartet, mich zu fragen.

Und wenn ich ihren verknitterten Gesichtsausdruck richtig deute, liege ich mit meiner Vermutung vollkommen richtig.

„Also um ehrlich zu sein ..." Sie wirft einen schnellen Blick auf ihr Handy. „In genau drei Stunden und zehn Minuten."

Manchmal könnte ich sie wirklich umbringen.

Schnell rufe ich mir wieder ihre vielen liebenswürdigen Seiten in Erinnerung und lächle sie verkniffen an.

„Vielen Dank für den Überfall."

Nachdem wir gezahlt und ausgetrunken haben, verabschieden wir uns und verabreden uns um halb acht bei ihr.

Nach ihren ganzen Erzählungen bin ich ja schon mal sehr gespannt darauf, ihrem Bruder gegenüberzustehen. In meiner Fantasie ist er ein kleiner untersetzter Amerikaner, der einen Hang zur Dramatik hat.

Und wenn ich damit recht habe, wird das ein verdammt langer Abend.

In meinem Bauch herrscht das merkwürdige Gefühl einer dunklen Vorahnung. Irgendetwas wird heute noch passieren.

Die Frage ist nur was?

In einem knielangen Rock und einer beigen Bluse gekleidet stehe ich nun vor Julias Wohnungstüre und warte darauf, dass sie mir aufmacht. Nach dem zweiten Klingeln öffnet sie mir endlich die Türe. Ihre Haare stehen wild ab und ihr Pullover sitzt schief.

„Komm schnell rein Süße, ich bin zu spät."

„Und was ist daran so schlimm?"

Von Julia bin ich es eigentlich gewöhnt, dass sie *etwas* spät dran ist.

„Tom kann Unpünktlichkeit gar nicht leiden, und ich habe keine Lust, mir wieder einen fünfminütigen Vortrag darüber anzuhören, dass ich es nie schaffe, rechtzeitig fertig zu werden."

Oh na super, jetzt ist er also auch noch ein Pedant.

Wo ich genauer darüber nachdenke, habe ich noch nie ein Foto von ihm gesehen.

„Sag mal, hast du irgendwo ein Bild von ihm? Ich glaube, ich habe noch nie eines zu Gesicht bekommen."

Julia muss heute eine gründliche Aufräumaktion gestartet haben. Ihr übliches Chaos, das sonst immer in ihrer Wohnung herrscht, ist einer peniblen Ordnung gewichen. Sie muss ja wirklich großen Respekt vor ihrem Bruder haben.

„Ich glaube, ich habe ein Foto in der obersten Schrankschublade im Flur rechts.“ Ihre Stimme ist gedämpft, da die Badezimmertüre angelehnt ist.

Neugierig gehe ich in den Flur und suche nach dem Bild.

Mittlerweile bin ich schon ziemlich neugierig auf Tom. Als ich es endlich finde, wird mir schlagartig schlecht.

Meine Finger beginnen zu Zittern und mein Herzschlag setzt für einige Sekunden aus. *Das kann nicht wahr sein ...*

Der Mann auf dem Bild, das ich in den Fingern halte, ist kein Geringerer als mein geheimnisvoller Fremder.

Auf wackeligen Beinen gehe ich zu ihr ins Bad. „Ist das Tom?“

Mit einem leichten Schwindelgefühl lasse ich mich auf den geschlossenen Klodeckel plumpsen ...

Lieber Gott, mach dass das nicht ihr Bruder ist!

Julia ist noch immer mit ihrem Make-up beschäftigt und wirft nur einen kurzen Blick auf das Foto.

„Ja, das ist mein großer Bruder ... Aber warte nur ab, in echt wirkt er nicht so einschüchternd.“

Okay. Ich muss hier raus, ich muss hier weg, und zwar schnellstmöglich. Noch während ich nach einer plausiblen Ausrede suche, die mich ganz schnell ans andere Ende der Welt befördert, klingelt es an der Türe. *Scheiße!*

„Dein Bruder ist aber sehr pünktlich!“

Ihr genervtes *„Hmpf“* zeigt mir deutlich, was sie davon hält.

„Kannst du ihm bitte aufmachen? Ich brauche wirklich noch schnelle fünf Minuten.“

Oh nein, alles nur das nicht ... verzweifelt gehe aus dem Badezimmer. Ich muss mir ganz schnell eine Lösung für dieses Problem einfallen lassen! Wie soll ich den ganzen Abend an seiner Seite verbringen?

Das erneute Klingeln unterbricht meinen stummen Monolog ...

Ich atme tief ein und stelle mich dem Unausweichlichen. Denn die Erfolgschancen, dass ich mich unentdeckt in Julias Schrank verstecken kann, sind eher gering. Und ich hätte nichts dagegen, mir zumindest einen Funken Selbstachtung zu bewahren.

Mit einem abschließenden *„Fuck!“*, auf den Lippen kneife ich die Augen zu und öffne meinem One-Night-Stand Julias Wohnungstüre.

Wir sehen uns an und ich spüre, wie mein Körper unter seinem intensiven Blick aufblüht. Unsicher kaue ich auf meiner Unterlippe herum und überlasse ihm das erste Wort.

Ungläubig schüttelt er den Kopf. Es dauert nicht lange und sein Blick huscht gierig über meinen Körper. Selbstsicher stellt er sich etwas breitbeiniger hin und verschränkt die Arme vor der Brust.

Verdammt sieht er scharf aus ...

Auch wenn ich im Nachhinein Zweifel hatte, ob die Nacht mit ihm nicht doch ein Fehler war, jetzt wo er lebensecht und in einem schwarzen Anzug mit dazu passendem Hemd vor mir steht, weiß ich eines nur allzu gut: Ich würde es jederzeit wieder tun.

Jede Frau, die auch nur annähernd lebendig ist, kann diesem Prachtexemplar von einem Mann nicht widerstehen!

Erregt stellen sich meine Brustwarzen auf und sind nun deutlich unter meiner Bluse zu erkennen.

Seinem lüsternen Grinsen nach ist ihm meine körperliche Reaktion auf ihn nicht entgangen.

Ich versuche, möglichst selbstsicher zu wirken.

Frech zieht er eine Augenbraue in die Höhe.

„Ich wollte zu meiner Schwester, und ich bin mir ziemlich sicher, dass ich mich nicht in der Türe getäuscht habe."

Seine Stimme ist ganz genauso sexy wie in meiner Erinnerung. Seine Augen lächeln mich wissend an und sein herber Geruch steigt mir in die Nase. Räuspernd versuche ich meine Contenance wieder zu erlangen.

„Julia ist im Bad. Sie braucht noch ein paar Minuten."

Erst jetzt bemerke ich, dass ich ihm noch nicht einmal die Möglichkeit gegeben habe, in die Wohnung seiner Schwester zu kommen, die er höchstwahrscheinlich bezahlt. Schnell drehe ich mich um und gehe zurück ins Wohnzimmer. Ich brauche schnellstens eine Idee, wie ich mich aus dem Staub machen kann.

Noch bevor mir Tom weitere Fragen stellen kann, kommt Julia auf ihren Bruder zugestürmt und schließt ihn freudig in die Arme. Liebevoll erwidert Tom Julias stürmische Begrüßung und hebt sie von den Füßen.

„Hey Kleines, wie ich sehe, treffen wir uns heute Abend nicht alleine?" Seine Augen funkeln geheimnisvoll und ich kann nicht einschätzen, ob er sich freut mich wiederzusehen. Im Gegensatz zu mir war für ihn unsere Nacht anscheinend nichts Besonderes, denn er benimmt sich entspannt und selbstsicher, während ich krampfhaft versuche, lässig und cool zu wirken.

„Sei mir bitte nicht böse. Ich wollte dir unbedingt meine Freundin Soraja vorstellen. Sie ist seit vorgestern Single und ich dachte mir, wir könnten uns zu dritt einen schönen Abend machen."

Auch wenn der Abend bis jetzt schon scheiße war, Julias Art mein ganzes Privatleben auszuposaunen, macht es nicht unbedingt besser.

Ohne in seiner Mimik auch nur das geringste Anzeichen von Verwunderung oder des Unbehagens zu zeigen, führt er uns zu seinem Wagen. Bevor ich in das Auto steige, zögere ich einen Moment.
Das letzte Mal als ich in diesem Audi gesessen bin, war eine heiße Nacht das eigentliche Ziel. Und heute?
Heute bin ich der lebensrettende Anstandswauwau meiner Freundin, die ihrem Bruder mitteilt, dass sie in einer Bar arbeitet.
Noch immer fällt es mir schwer zu verstehen, wo das Problem an der Sache ist? Für gewöhnlich sind Studenten auf Nebenjobs angewiesen. Nicht jeder hat das Glück einen Bruder zu haben, der einem den Unterhalt, die Wohnung und das Auto bezahlt.
Tom spürt meine Unsicherheit, fängt meinen Blick ein und gibt mir visuell deutlich zu verstehen, dass ich gar nicht erst auf die Idee kommen sollte, jetzt zu flüchten.
Zweifelnd reiße ich mich aus seinem Blick los, sehe zu meinen High Heels und auf den gepflasterten Gehweg ... Zu Fuß habe ich keine wirkliche Chance heil und schnell davonzukommen.
Diese skurrile Situation, in der ich gerade stecke, erinnert mich an einen Artikel, den ich letzte Woche gelesen habe:

Sieben Zentimeter hohe Schuhabsätze garantieren einer Frau einen deutlich intensiveren Orgasmus. Durch die veränderte Fußhaltung werden die weiblichen Beckenbodenmuskeln besonders wirksam trainiert.

Zufrieden, dass meine Schuhe zwar eine Flucht verhindern, jedoch meine Beine sexy aussehen lassen und gleichzeitig dafür sorgen, dass ich zukünftig gigantische Höhepunkte erleben werde, steige ich in sein verdammtes Auto. Soll sich doch Tom mit Julia herumärgern.
Ich werde das Essen genießen und den Abend einigermaßen heil überstehen.
Mir muss es nur noch gelingen, meinem Körper wirkungsvoll mitzuteilen, dass es heute keine heiße Nummer mit Tom geben wird, denn das erwartungsvolle Prickeln, das immer dann über meinen Nacken rauscht, wenn wir uns in die Augen sehen, macht mich noch ganz verrückt.

Das Restaurant, in das uns Tom ausführt, ist japanisch ...
Sushi in Hülle und Fülle. Leise Musik hängt in der Luft.
Tom sitzt mir gegenüber und seine Blicke, mit denen er mich geradezu verschlingt, entgehen mir nicht. Julia dagegen scheint nichts von alldem, was um sie herum passiert, mitzubekommen.

Wieso nur hat sie so eine Angst vor ihrem Bruder?

Nachdem der Kellner unsere Bestellung aufgenommen hat, steigt meine Nervosität ins Unermessliche. Worüber soll ich mich nur mit ihm unterhalten und wie in Gottes Namen soll ich es schaffen, mich und ihn nicht zu verraten?

Julia sieht mich fragend an und ich nicke ihr aufmunternd zu. Am besten lässt sie die Bombe gleich platzen, dann ist Tom so mit ihr beschäftigt, dass er mich mit ein bisschen Glück vergisst.

Aber will ich überhaupt vergessen werden?

Seit Jahren ist mir kein solcher Mann über den Weg gelaufen und um ganz ehrlich zu sein, ein vergleichbares Exemplar ist mir überhaupt noch nie begegnet.

Der Sex mit ihm war unbeschreiblich und meine Erinnerungen an diese Nacht sind exquisit. Ein sehnsüchtiges Prickeln breitet sich in meinem Bauch aus, wandert hinab zu meinem Höschen und lässt mich mit einer ungeahnt starken Sehnsucht zurück.

Tom spürt, dass ich ihn ansehe, unsere Blicke verschmelzen ineinander. Das Meeresblau seiner Iriden, seine vollen Lippen und seine großen gepflegten Hände ... Das geheimnisvolle Funkeln, das sich in seinen Augen ausbreitet, zeigt mir deutlich, dass er an dasselbe denkt wie ich – an wilden und tabulosen Sex!

Typisch für Julia und ihr nicht vorhandenes Feingefühl, lässt sie in genau dem Moment, in dem ich vor Erregung leise seufze, die Bombe platzen.

„Tom ich muss dir etwas sagen.“

Nervös schieben ihre Finger die Essstäbchen von links nach rechts.

„Ich habe mir einen Job gesucht. Ich will unbedingt neben dem Studium arbeiten.“

Auch wenn ich ihn noch nicht allzu gut kenne, kann ich problemlos in seiner Mimik ablesen, dass ihm nicht gefällt, was er gerade gehört hat. Seine Kieferknochen treten angespannt hervor und seine Lippen pressen sich zu einem dünnen Strich zusammen.

Innerhalb von einer Sekunde verwandelt sich der sympathische, attraktive Mann in einen gefährlich aussehenden Fremden. Eine Tatsache, die meine Libido noch mehr anheizt, als ob ich das nötig hätte ...

Er unterbricht unseren Blickkontakt und wendet sich seiner Schwester zu.
„Und darf ich auch erfahren, womit du gedenkst, zukünftig Geld zu verdienen?“
Wenn er wüsste, dass sie da schon seit einem guten halben Jahr arbeitet, würde er definitiv ausflippen.
„Ich arbeite in der Bar „Darkness“ hinterm Tresen.“
Nach Unterstützung suchend sieht sie mich an, doch ich bin mir nicht sicher, ob ich ihr helfen kann. Tom wirkt nicht einfach nur unerfreut, sondern richtig wütend.
„Das wirst du nicht tun! Wenn ich dich dabei erwische, wenn ich herausfinde, dass du dich wirklich hinter diese Bar stellst ... Julia das erlaube ich dir nicht.“
Eine noch nie gekannte Wut steigt in mir hoch. Wie kann er es sich erlauben so mit ihr zu reden? Seine Schwester ist erwachsen und kann tun und lassen was sie will.
„Bitte Tom, denk doch mal nach. Viele Studenten gehen arbeiten. Soraja arbeitet auch im „Darkness“ und es ist uns noch nie etwas passiert.“
Der flehende Blick, den sie mir zuwirft, damit ich ihr jetzt nicht widerspreche, scheint Tom leider nicht zu entgehen.
Jetzt, wo seine volle Aufmerksamkeit und Wut mir gilt, verlässt mich meine Wut wieder und ich fühle mich wie ein kleines Mädchen, das dabei erwischt wurde, wie es heimlich vor dem Abendessen Süßigkeiten genascht hat.
„Du arbeitest also auch in dieser Bar? Und ihr wollt mir also beide erzählen, dass es ungefährlich ist und ihr noch nie Probleme hattet?“
Die Tatsache, dass ich keine allzu gute Lügnerin bin, hilft mir jetzt gerade nicht wirklich weiter. Erst letzte Woche hat ein sehr hartnäckiger Verehrer mir auf dem Heimweg aufgelauert, in der Hoffnung, dass ich meine Meinung ändere und mit ihm nach Hause gehe. Glücklicherweise ist Stefan, einer der Securitys, mit dem Auto an mir vorbeigefahren und mir sofort zur Hilfe geeilt.
Mit einem schnellen Seitenblick auf Julia versichere ich mich, dass von ihr keine Hilfe zu erwarten ist. *Scheiße!*
Toms Nasenflügel blähen sich wie die eines gefährlichen Raubtiers. Er weiß ganz genau, dass wir ihm gerade nicht die ganze Wahrheit sagen.
„Wenn du der Meinung bist, dich in Gefahr bringen zu müssen, dann kann ich dir das nur schwerlich verbieten. Aber bei dir“, jetzt schaut er seine kleine Schwester an, „sieht das ganz anders aus. Ich kann und

werde nicht zulassen, dass du dich nachts alleine in Bars und auf dunklen Straßen herumtreibst."

„Tom, reg dich ab! Ich bin nicht alleine, Soraja ist bei mir. Die meisten Schichten haben wir zusammen."

Ungläubig sieht er uns an. „Das bedeutet also, dass ihr euch den Psychopathen dieser Welt gleich als Doppelpack anbietet. Das beruhigt mich wirklich ungemein."

Unsicher knete ich meine Finger. Was hat dieser Kerl nur an sich, dass er mich so einschüchtert und gleichzeitig sexuell so anspricht? Verwirrt und wütend stehe ich auf, sehe zu Julia und verabschiede mich von ihr. „Sorry Süße, aber ich denke, es ist besser, wenn ich jetzt gehe."

Noch bevor sie sich auch nur annähernd zu Wort melden kann, erhebt sich Tom ebenfalls. Seine Hand legt sich besitzergreifend auf meine Schulter und seine Augen fixieren den gut sichtbaren Bissabdruck, der meinen Hals ziert. Ein wölfisches Grinsen legt sich auf sein Gesicht. Es gefällt ihm sichtlich, dass ich sein Mal auf meiner Haut trage ...

„Heute wirst du nicht einfach sang- und klanglos verschwinden!"

Ich spüre Julias fragenden Blick, während ich mit Sicherheit rot anlaufe.

„Setz dich, unser Essen müsste jede Sekunde serviert werden."

Widerstandslos lasse ich mich wieder auf den Stuhl plumpsen. Meine Knie zittern und meine Nerven liegen auf Glatteis. Was ist nur los mit mir, dass ich so auf Tom reagiere?

Wo zum Teufel bleibt das Loch im Boden, in dem ich versinken kann, oder dass Einhorn, auf dem ich mit wehenden Haaren in die Freiheit reite?

Das Sushi, der Reis und die verschiedenen scharfen Dips schmecken sehr gut, und doch könnte ich genauso gut Pappe essen. Julia und Tom diskutieren noch immer über ihren Job. Und so mittelalterlich ich sein Verhalten auch finde, mindestens genauso süß finde ich es.

Im Gegensatz zu Julia habe ich niemanden, der sich um mich sorgt, der für mich da und bereit ist, mit mir zu streiten, nur weil er denkt, dass ich mich in Gefahr begebe.

Nicht dass ich einen Mann brauche, der mich wie ein Kleinkind behandelt. Aber es wäre doch schön, jemanden zu haben, der sich für mich, meine Sorgen und meine Bedürfnisse interessiert.

Tim hat sich immer nur um sich selbst gekümmert. Ich glaube nicht, dass er auch nur eine Minute seiner Zeit damit verschwendet hat, sich um mich Sorgen zu machen.

Es ging ihm immer nur um sich und um seine Bedürfnisse.

Toms Stimme wird gefährlich leise, während Julia immer lauter wird. Zumindest sind die beiden so beschäftigt, dass sie mich aus ihrer Diskussion raushalten. Wie konnte ich nur so dumm sein und mich von Julia überreden lassen, mitzukommen?

Ich könnte jetzt auf meiner Couch sitzen und mir eine schöne Schnulze anschauen ... Gedankenverloren schlucke ich den letzten Bissen des rohen Fischs herunter und warte darauf, dass die zwei endlich fertig werden.

„Ich werde mir diese Bar einmal ansehen, aber du musst eines verstehen, Kleines: Du bist die einzige Familie, die ich noch habe, und ich werde, was deine Sicherheit angeht, keine Risiken eingehen."

Julias Blick wird weich, sie legt ihre Hand auf die ihres Bruders und lächelt ihn zufrieden an.

„Das ist ein Vorschlag, mit dem ich leben kann."

Anscheinend ist sie zufrieden damit, dass er ihr zumindest ein kleines Bisschen entgegengekommen ist.

Die nächste Stunde vergeht wie im Flug und ich bin so in meinen Gedanken versunken, dass ich nicht bemerke, wie Tom die Rechnung übernimmt. Das Bedürfnis, zu jemandem zu gehören, nach einer Hand greifen zu können, wenn ich mich einsam fühle oder eine starke Schulter zu haben, an die ich mich anlehnen kann, wird gerade übermächtig und schnürt mir die Kehle zu.

„So die Damen, ich werde euch nach Hause fahren."

Julia stupst mich leicht an: „Lass uns gehen Süße."

Toms Blick fixiert mich. Er spürt, dass mich etwas beschäftigt.

Als Erstes halten wir vor Julias Wohnung. Gerade als ich mit ihr aussteigen will, um von dort aus zu Fuß zu gehen, treffen sich Toms und mein Blick im Rückspiegel. Auch ohne dass er ein Wort sagt, weiß ich, dass er mich jetzt noch nicht wieder gehen lässt. Zu müde, um zu streiten, winke ich Julia zu und bleibe einfach sitzen.

Während der Fahrt reden wir kein Wort. Ich spüre, dass er mich beobachtet, und vermeide es, in seine Richtung zu sehen. Tom ist ein sehr attraktiver und gut aussehender Mann.

Was seine Geschäfte betrifft, scheint es gut zu laufen und in der Nacht, in der wir uns geliebt haben, habe ich deutlich gefühlt, dass er mich will. Wenn ich jetzt die Augen schließe, spüre ich noch immer seine Berührungen, seine Leidenschaft und das Gefühl seines Gliedes ganz tief in mir.

Wenn ich an sein Verhalten heute Abend denke, hat es den Anschein, als hätte nur ich diesen magischen Zauber gespürt ...

Eine schwere Traurigkeit breitet sich in mir aus. Diese eine Nacht mit ihm, hat sich so unheimlich richtig angefühlt, doch anscheinend war ich für ihn nur eine von vielen.

Fest entschlossen, Tom nicht merken zu lassen, welches Gefühlschaos gerade in mir tobt, schiebe ich alle unschönen Gedanken beiseite und konzentriere mich auf die Häuser, die vor der Autoscheibe vorbeiziehen. Wo sind wir?

Auf jeden Fall fahren wir nicht zu mir nach Hause. Gerade als ich es vor lauter Neugierde nicht mehr aushalte, biegen wir nach links ab. Nachdem er einen Code eingegeben hat, öffnet sich ein Garagentor und die Dunkelheit verschluckt uns. Jetzt befinden wir uns in einer Tiefgarage, die sich unter einem gigantischen, neuen und topmodernen Hochhaus befindet.

Unsicher wie es jetzt weitergeht, bleibe ich einfach sitzen. Tom öffnet mir die Türe und reicht mir seine Hand.

„Komm schon Baby. Du weißt, dass ich dir nichts tue."

Der Kosename, den er auch zu mir gesagt hat, als wir miteinander geschlafen haben, lässt meine Sinne erbeben. Zögernd lege ich meine Hand in die seine.

Warm und fest schließen sich seine Finger um meinen Handrücken. Sanft hilft er mir beim Aussteigen.

„Wo sind wir?" Seine Augen funkeln mich geheimnisvoll an. Toms Blick wandert zu meinem Mund. Sein Arm schlingt sich um meine Taille, seine große Hand legt sich schwer und besitzergreifend auf meinen Rücken. Ohne mir zu antworten, zieht er mich näher an sich heran.

Die Luft um uns herum beginnt zu flirren und ich spüre, wie sich mein Körper nach ihm verzehrt. Sehnsüchtig lecke ich mir über die Unterlippe, prickelnd und pulsierend wartet mein Mund auf seine Berührung.

Meine Brust presst sich an seinen Oberkörper, unsere Schenkel reiben aneinander. Verzweifelt schließe ich die Augen, hebe meinen Kopf und biete mich ihn an.

Sein tiefes Knurren, seine Kraft und sein erigiertes Glied, das sich an mein Bein presst ...

Sanft und süchtig nach dem Geschmack des anderen umschlingen sich unsere Zungen. Fremd und doch so vertraut tauche ich in seinen Mund ein. Warm, köstlich und lustvoll treffen sich unsere Lippen. Meine Sinne beben und meine Haut steht plötzlich unter Strom. Hier und jetzt, so in seinen Armen liegend, spüre ich, dass ich zu ihm gehöre. Das Gefühl ist primitiv und urtümlich und nicht zu erklären. Seufzend geben meine Beine nach, seine starken Arme halten mich, während er meinen Mund plündert und meine Lust zum Leben erweckt.

Schwer atmend spüre ich, wie er mich gegen sein Auto presst, wie sich seine Hände gierig auf mir bewegen, und unter meiner Bluse verschwinden. Kraftvoll und gekonnt erforscht er jedes Fleckchen Haut. Seine Finger liebkosen sanft und fordernd zugleich meine Brustwarzen, zwirbeln sie erst zärtlich, um dann immer fordernder zu werden. Süße, alles verzehrende Leidenschaft pulsiert durch meine Venen, und ich wünsche mir nichts sehnlicher, als erneut seine Härte in mich aufzunehmen.

Zitternd schnappe ich nach Luft, fülle meine Lungen mit frischem Atem und ertrinke in seinem Blick. Noch immer in seinen Armen liegend spüre ich, wie sich mein Körper nach ihm verzehrt.

„Gott wie sehr ich dich will Baby!“ Dunkel und vor Sehnsucht brennend findet sein Blick den meinen. Seine Hände massieren noch immer meine geschwollene und vor Lust schwere Brust.

Süchtig nach ihm stelle ich mich auf die Zehenspitzen und reibe mich an ihm. Gierig knabbere ich an ihm, fahre mit der Zunge die Konturen seiner Lippen nach und schiebe meine Hand in seine Hose. Sein Gesicht verzieht sich gequält, während sein Glied pulsierend in meiner Hand liegt.

„Ich will, dass du mich fickst, hart und erbarmungslos.“

Sein geknurrtes „Verdammt“ geht in unserem nächsten Kuss unter. Mit Schwung hebt er mich in seine Arme und trägt mich durch die dunkle Tiefgarage.

Wie in Trance bekomme ich die Liftfahrt mit, höre leise, wie er erneut einen Code eintippt und die Türe hinter uns zuknallt.

Sanft stellt er mich auf die Füße, drückt mich gegen eine Wand und zerreißt mir ungeduldig die Bluse. Nach wenigen Sekunden stehe ich nackt vor ihm. Sein hungriger Blick brennt sich in meine Haut. Feuchtigkeit benetzt meine Venuslippen, läuft langsam an meinen Beinen hinab.

Mein Körper wird weich und feucht für ihn, bereitet sich auf seine Inbesitznahme vor. Kraftvoll drückt er mich gegen die Mauer, seine Hände legen sich auf meine Pobacken und heben mich an. Automatisch verschränke ich die Beine hinter seinem Rücken, öffne mich so für ihn. Während ich in seinen Augen versinke, legt er mir seinen Finger auf die Lippen. Langsam öffne ich den Mund und sauge ihn ein, mit meiner Zungenspitze umspiele ich ihn, zeige Tom so, was ich nur allzu gerne mit seinem Penis tun würde.

Er entzieht ihn mir wieder, umkreist mit seinem feuchten Finger meine Nippel und zwickt sie sanft. Nachdem sie sich unter seiner Aufmerksamkeit in harte Lustperlen verwandelt haben, streift er zärtlich über meinen Bauch. Immer tiefer wandert seine Hand, endlich erreicht er meine pulsierende Mitte. Ich schiebe ihm mein Becken entgegen, sehne mich nach seinem Finger auf meinem Kitzler. Spielerisch umkreist er ihn, schnippt ihn sanft und fährt dann nach unten, durch meine feuchten, geschwollenen Falten. Seufzend schließe ich die Augen, genieße seine Berührungen, versinke im wilden Strudel der Lust ...

„Du bist so bereit für mich!“

Ich schaffe es nicht, ihm zu antworten. Er nimmt noch einen weiteren Finger dazu und dringt langsam und quälend in mich ein.

Zuckend und bebend spüre ich, wie sich mein Inneres zusammenzieht. Der Stoff seiner Kleidung reibt über meine sensible Haut, ein leises Stöhnen entschlüpft meinen geschwollenen Lippen. Kreisend und massierend fahren seine feuchten Finger über meine Klitoris, bringen mich so zum Zucken. Gerade als mich eine Welle der Lust erfasst, zwickt er in meine Klit, bittersüßer Lustschmerz erfüllt meinen Schoß.

Wenn er nicht gleich in mich eindringt, mein williges Fleisch dehnt und mich zu der seinen macht, zerspringe ich in tausend Einzelteile.

„Öffne meine Hose und hol ihn raus.“

Ungeduldig ziehe ich an dem Reißverschluss und schiebe die Boxershorts nach unten. Hart und prall springt mir sein Schwanz entgegen. Die ersten Tropfen der Lust feuchten ihn an, sodass er trotz seiner beachtlichen Größe in mich eindringen kann. Er kommt noch näher zu mir, ich hebe mein Becken an und positioniere ihn direkt vor meiner Vagina.

„Schau mich an! Ich will in deine Augen sehen, wenn ich ihn ganz tief in deine Pussy ramme.“

Kaum treffen sich unsere Blicke, dringt Tom mit seiner breiten Eichel in mich ein. Er dehnt mich, füllt mich aus und nimmt mich so mit jedem harten Zentimeter in Besitz. Mit einem festen Stoß versenkt er sich bis zum Schaft in mir. Seine Hoden klatschen gegen meinen Damm ... In dieser Stellung pfählt er mich regelrecht. Er ist so tief in mir, dass ich nicht weiß, wo er endet und ich anfange. Wir verschmelzen miteinander, unsere Körper werden zu einem, während er sich langsam aus mir herauszieht, nur um noch härter in mich zu stoßen.

Durch den Blickkontakt fühle ich mich ihm ausgeliefert. Nichts von meinen Gefühlen bleibt ihm in dieser Sekunde verborgen.

Ich drücke die Wirbelsäule durch, lehne den Kopf an die Türe und presse mich so seinen Stößen entgegen. Immer wilder treffen unsere Körper aufeinander, sein wildes Knurren und meine Seufzer vermischen sich mit den klatschenden Geräuschen.

Tom fickt mich immer gnadenloser. Unglaubliche Lust breitet sich in mir aus, raubt mir den Atem und den Verstand. Mein spitzer Lustschrei erfüllt den mir fremden Raum, als ich zuckend und bebend im glühenden Nichts der Erlösung versinke.

„Ja Baby, lass dich fallen!"

Seine Hand legt sich auf meine Perle, reibt sie hart und rhythmisch, sein Glied ist noch immer dick und prall, er ist noch nicht fertig mit mir.

Erneut spüre ich die Zuckungen des nahenden Höhepunktes. Ein finaler harter Stoß und wir verglühen in den heißen Sphären der Leidenschaft.

Völlig erschöpft sinke ich gegen ihn, atme sein herbes Aroma und genieße die köstliche Mischung aus Wärme und Kraft, die er ausstrahlt.

Ich fühle mich wie eine Prinzessin, die ihren lang gesuchten Prinzen gefunden hat, und das ganz ohne zuvor einen ekeligen, grünen Frosch küssen zu müssen.

Das Trommeln meines Herzens, sein männliches Knurren und seine stützenden Hände, die mich halten. Wenn das jetzt ein Traum ist, und das alles ein Produkt meiner Fantasie, möchte ich nie wieder aufwachen.

Seufzend schließe ich die Augen und genieße diesen unheimlich schönen Moment der Zweisamkeit ...

3. Kapitel

Von Träumen und Sehnsüchten...

Nachdem wir wieder zu Atem gekommen sind und sich mein Herzschlag etwas beruhigt hat, weiß ich nicht wie ich mich ihm gegenüber verhalten soll. Was jetzt?

Tom drückt mir einen verträumten, zart schmelzenden Kuss auf die Lippen und bringt mir meine Klamotten.

„Anscheinend kann ich dir nicht widerstehen." Sein zerknirschtes Lächeln und seine Körperhaltung sagen mir, dass er es nicht wirklich bereut, ganz im Gegenteil. Er geht durch den noch immer dunklen Raum und betätigt den Schalter. Sanftes Licht erfüllt das Apartment. Jetzt, wo ich nicht mehr durch ihn abgelenkt bin und es etwas heller ist, kann ich endlich erkennen, wo ich eigentlich bin.

Der Raum, in dem wir uns gerade befinden, soll bestimmt das Wohnzimmer sein, doch außer der großen Couch auf der ich gerade sitze, ist es noch vollkommen leer.

Tom bemerkt meinen verwunderten Blick und setzt sich zu mir.

„Auch wenn du es mir wahrscheinlich nicht glauben wirst, es war nicht geplant, dass ich wie eine wilde Bestie über dich herfalle. Ich habe dich hierhergebracht, damit wir über das reden können, was wir vorletzte Nacht miteinander getan haben."

Oh, er wollte also reden?

Noch immer prickelt mein Schoß warm und feucht, meine Brustwarzen ziehen sich sanft zusammen und meine Lippen tragen seinen Geschmack.

„Soraja, jetzt, wo ich endlich deinen Namen kenne, und weiß, wer du bist, bin ich nicht bereit, dich wieder gehen zu lassen. Vor allem nicht, nachdem was wir gerade getan haben."

Es dauert einen Moment, bis die Bedeutung seiner Worte zu meinem postkoitalen Verstand durchdringen.

„... Nicht bereit, mich wieder gehen zu lassen."

Was soll das denn bitte bedeuten? Mein fragender Blick scheint ihm auszureichen. Seine Hand legt sich auf meinen Nacken, seine Finger streichen mir zärtlich die Haare aus der Stirn. Ich muss meine ganze Selbstbeherrschung zusammenkratzen, um nicht wie eine Katze zu schnurren.

Toms Blick wird weich und seine Augen verdunkeln sich erneut vor Verlangen. „Ich konnte es das letzte Mal gar nicht glauben, dass du einfach so verschwunden warst. Ich wusste nicht, wo ich dich suchen soll, wo ich dich finden kann. Ich bin zurück in den Club gegangen, in der Hoffnung dich dort zu treffen. Doch du warst nicht da."

Bei seinen Worten breitet sich ein schummriges Gefühl in meinem Magen aus. Was zum Teufel versucht er mir zu sagen?

„Deine roten Haare, deine katzenhaften grünen Augen und dein Geschmack, all das hat mich bis in meine Träume verfolgt."

Sanft berühren seine Lippen die meinen, während sich seine Hand fester um meinen Nacken schließt. Beruhigt, dass auch er mich nicht vergessen hat, lasse ich mich in den Kuss fallen, genieße seine sanften Zungenschläge.

Seine Stimme klingt rau vor Verlangen und Sehnsucht, als er weiterredet. „Ich will und kann dich nicht wieder gehen lassen, und schon gar nicht nach dem, was eben wieder zwischen uns passiert ist."

Hunderte von kleinen Seifenblasen platzen vor lauter Aufregung in meinem Bauch. Natürlich hat er nicht von Liebe geredet. Das wäre auch viel zu früh, und doch will er mich - ganz. Unsicher, was ich jetzt sagen oder denken soll, sehe ich ihn einfach nur an, bereit ihm alles zu geben und mir alles von ihm zu nehmen.

„Was hältst du davon, wenn ich dich morgen Abend zum Essen einlade? Mit ein bisschen Glück schaffe ich es, nicht sofort über dich herzufallen." Seine Augen sind dunkel. Unterdrückte Leidenschaft und Besitzgier spiegeln sich in ihnen.

Ich würde nur allzu gerne ja sagen, doch ich kann nicht. Morgen ist Samstagabend und ich muss in der Bar arbeiten. Da ich gerade mein Psychologiestudium abgebrochen habe und in so was wie einer Selbstfindungsphase stecke, ist das zurzeit meine einzige Einnahmequelle. Und mein derzeitiger Kontostand erlaubt es mir nicht, einfach blauzumachen. Nicht sicher wie er reagieren wird, lege ich meine Hand in die seine ...

„Tom, ich kann morgen leider nicht. Ich muss arbeiten."

„Sag mir nicht, dass du morgen in der Bar arbeitest."

Na super, kaum haben wir zwei Mal miteinander geschlafen, glaubt er, mich ganz genauso bevormunden zu können wie seine Schwester.

„Ja, ich arbeite morgen im ‚Darkness'. Ich muss das tun. Lass uns unser gemeinsames Essen auf Sonntagabend verschieben, da habe ich die ganze Nacht Zeit für dich." In der Hoffnung, dass ihn mein Angebot milde stimmen wird, warte ich gespannt auf seine Antwort.

„Baby, das Essen morgen Abend ist eine reine Formalität. Nicht dass du denkst, dass ich mich nicht freue, dich zu sehen, doch es ist nicht ausschlaggebend. Seit unserer ersten Nacht, weiß ich, dass ich dich will. Und jetzt wo ich dich endlich wiedergefunden habe, bin ich nicht bereit dich wieder gehen zu lassen."

Wow ... für eine Sekunde bin ich tatsächlich sprachlos. Er will mich, er will mich wirklich und nicht so wie Tim, sondern richtig. Mein Herz führt einen Freudentanz auf, während mein Verstand noch immer dabei ist, zu realisieren, was gerade passiert. Ich habe es endlich geschafft, ich habe meinen Prinzen unter all den tausenden von Fröschen gefunden.

„Tom, ich wünsche mir nichts sehnlicher als zu dir zu gehören, doch das hat nichts mit meiner Arbeit zu tun."

Sein Blick verfinstert sich. Eine tiefe Falte bildet sich auf seiner Stirn und ich sehe nur einen Ausweg, den anstehenden Streit abzuwenden. Langsam stehe ich auf, lege ihm meine Hände auf die Schultern, stütze mich auf ihm ab und setzte mich mit gespreizten Beinen rittlings auf seinen Schoß.

Unsere Nasen berühren sich und ich knabbere sanft an seiner Unterlippe. Meine Brüste, die nur von der schwarzen Spitze meines BHs verdeckt sind, reiben sich an seiner Brust. Da meine Bluse durch seine Ungeduld keine Knöpfe mehr hat, ist es ein Leichtes für ihn, seine Finger um meine geschwollenen Nippel zu legen.

Aufreizend reibe ich mich an seinen Oberschenkeln. Durch meine Position schiebt sich mein Rock immer weiter nach oben. Seine Wärme und seine Kraft sorgen dafür, dass meine Libido von Neuem erwacht.

„Baby ich weiß, was du vorhast ..."

Mein Atem geht schneller, seine Finger schieben meinen Slip beiseite und necken meinen Kitzler.

„Ehrlich? Was denn?"

Süchtig nach seinem Geschmack küsse ich ihn wild und hemmungslos, unsere Zungen beginnen einen wilden Tanz, der mich bebend und erregt zurücklässt.

„Du willst mich ablenken."

Sein langer Finger dringt in mich ein, krümmt sich und trifft direkt auf meinen G-Punkt. Keuchend drücke ich mich seiner Hand entgegen, genieße die bittersüße Folter.

„Und, klappt es?"

Sein harter Schwanz presst sich hart und fordernd durch seine Hose hindurch gegen meinen Po. Toms Berührungen werden immer ungeduldiger und ich bin mir sicher, dass ich mit meiner Strategie erfolgreich sein werde.

Als Antwort auf meine Frage erhalte ich nur ein dunkles Knurren, während er mich hochhebt und mich mit dem Rücken auf die Couch legt. Seufzend beobachte ich ihn dabei, wie er die Hose öffnet und sein steifes Glied befreit.

Völlig egal ob er meinen Plan durchschaut hat oder nicht, diese Runde habe ich definitiv gewonnen ...

Summend und gut gelaunt zapfe ich ein Helles und freue mich über die ausgelassene Stimmung, die in der Bar herrscht. Auch wenn es viele negative Seiten an diesem Job gibt, es gibt auch einige positive. Das lockere, geradezu freundschaftliche Verhältnis unter den Kollegen, die sexy Securitys, die immer ein Auge auf mich haben, und die netten Kerle, die sich bereitwillig auf den einen oder anderen Flirt einlassen. Natürlich gibt es auch dann und wann mal Ärger. Aber Sören und Steffen, unsere großen muskelbepackten Sicherheitsmänner, haben noch jeden Arsch schnellstens vor die Türe gesetzt. Gerade als ich das Bier auf die Bar stelle und mich dem nächsten Gast zuwende, spüre ich ein allzu vertrautes Kribbeln in meinem Bauch.

Ein Schauer der süßen Vorahnung huscht über meinen Rücken und lässt mich sehnsüchtig seufzend aufschauen. Direkt vor mir steht Tom, sein weißes Hemd sitzt locker auf seiner breiten Brust und seine Augen strahlen mich an.

„Hi Baby." Überrascht, dass er mich besuchen kommt, beuge ich mich über den Tresen und ziehe ihn mit einer Hand in seinem Nacken näher zu mir. Unsere Lippen treffen sich gierig. Unser Begrüßungskuss ist zwar kurz jedoch intensiv.

Lautes Johlen und schrille Pfiffe begleiten unsere sinnliche Begrüßung und ich kann mir ein Lächeln nicht verkneifen.

„Hey Soraja, wie wäre es? Hast du für mich auch einen übrig?"

Kai, ein Stammgast, der mich schon seit Wochen anflirtet sieht mich hoffnungsvoll an. Lachend winke ich ihm ab und mache mich daran, Tom sein Bier einzuschenken. Tom ist nicht allzu begeistert von Kai, und das kann ich ihm nicht wirklich verdenken. Das „Darkness" ist gut besucht und ich habe alle Hände voll zu tun, somit habe ich leider nicht viel Zeit für meinen Lover.

Doch Tom scheint das nicht besonders zu stören, er sitzt zufrieden mit seinem Bier auf dem Barhocker vor meinem Arbeitsplatz und beobachtet mich eindringlich.

Die Temperatur ist durch die vielen Menschen ziemlich angeheizt und ich bin froh, dass ich meinen kurzen Jeansmini und ein leichtes Top trage.

Gefühlte hundert Drinks später beginnt im hinteren Bereich der Bar ein lautstarker Streit um eines der Mädels, dass an diesem Abend wohl zweigleisig gefahren ist. Nur um sicher zu gehen, schenke ich drei *Kurze* ein und stelle sie vor die Unruhestifter.

„Leute, entweder ihr beruhigt euch, trinkt den Schnaps und macht euch einen schönen Abend, oder ich muss euch bitten zu gehen.“

Ich spüre Toms Blick auf meinem Rücken und weiß, dass es ihm nicht gefällt, dass ich mich einmische, doch das ist nun mal mein Job. Mein Gefühl sagt mir, dass es besser wäre, Sören zu rufen, doch ich beschließe noch einen Moment zu warten. Vielleicht kriegen sie sich ja wieder von alleine ein.

Tatjana, meine Kollegin für heute Nacht, ruft mir entsetzt zu, dass die Gläser langsam knapp werden und ich beschließe eine Runde durch die Bar zu drehen, um leere Gläser einzusammeln.

Gerade als ich die Hälfte der Tische durchhabe, spüre ich, wie sich eine unbekannte Männerhand auf meinen Po legt. Dass es nicht Tom ist, der mich berührt, ist mir sofort klar, und ein ungutes Gefühl macht sich in mir breit.

Ich gehe einen Schritt auf die Seite und die Hand verschwindet. Wütend drehe ich mich um und sehe dem betrunkenen Kerl in die Augen.

„Nimm deine Pfoten von mir.“

Schwankend kommt er erneut auf mich zu, versucht sein Glück ein zweites Mal.

„Ach komm schon. Sei nicht so eine Schlampe, wir könnten doch Spaß zusammen haben.“ Seine leicht lallende Aussprache und sein nicht wirklich angenehmer Körpergeruch nach Schweiß und Alkohol steigt mir in die Nase.

Ich beschließe, dass es besser ist, wenn er geht, und mache mich auf den Weg zu Sören, der dafür sorgen wird, dass der Idiot verschwindet. Gerade als ich mich Richtung Türe begebe, schließen sich seine Finger schmerzhaft um meinen Oberarm.

Noch bevor ich ihn anschreien oder irgendwie anders reagieren kann, sehe ich, wie Tom auf mich zustürmt. Sein Gesichtsausdruck ist finster und seine Hände sind zu Fäusten geballt. Seine ganze Körpersprache zeugt von purer Mordlust und unbändiger Wut.

„Nimm deine Hände von meiner Frau oder ich breche dir jeden einzelnen Knochen!“

Seine Stimme klingt gefährlich ruhig und beherrscht, und gerade deswegen so unheimlich einschüchternd. Selbst mir rieselt eine

Gänsehaut über den Rücken, obwohl ich weiß, dass nicht ich es bin, auf die er so wütend ist.

Doch der Betrunkene scheint all seinen Überlebensinstinkt versoffen zu haben ...

Ohne zu zögern holt Tom aus und streckt meinen nicht erwünschten Verehrer mit einem gut gezielten Punch nieder.

In genau der Sekunde kommt Sören auf mich zu. Seine Mimik ist fast noch einschüchternder als die von Tom. Noch bevor ich reagieren und Sören alles erklären kann, legt er seinen Arm um meine Hüfte, zieht mich fest an seinen trainierten Körper und hebt mich mühelos von Tom weg. In seinen Augen muss es so aussehen, als würde Tom mich anbaggern und eine Schlägerei anzetteln.

Tom beobachtet Sörens besitzergreifendes Verhalten mir gegenüber. An seiner Schläfe beginnt eine pochende Ader hervorzutreten.

„Nimm deine Finger von meiner Frau!"

Sören sieht Tom völlig entspannt an. „Von deiner Frau? Träum weiter! Wenn die Kleine jemandem gehört, dann mir und jetzt schau, dass du aus dem Club kommst."

Gerade als ich Sören meine Hand auf den Rücken legen will, um ihm alles zu erklären, geht Tom auf Sören los. Die beiden sind gleich groß, ich schätze sie auf gute zwei Meter. Wenn die sich wirklich prügeln, könnte das böse enden. Ich sehe nur noch eine Möglichkeit und schreie so laut ich kann „Stopp!"

Die beide sehen mich verdutzt an.

„Sören hör sofort auf! Das ist Tom, er hat mich vor dem da beschützt." Ich zeige auf den noch immer am Boden liegenden Fremden.

Immer noch zweifelnd drückt er mich noch näher an seinen Körper. Seine Hand legt sich schützend auf meinen Bauch. Eine Geste die Tom alles andere als gefällt.

Ich versuche, mich aus Sörens Umarmung zu befreien, doch er hält mich zu fest. Ich habe keine Chance.

Bemüht die Situation zu entschärfen, da ich spüre, dass Tom sich nicht noch länger zurückhalten kann, lege ich Sören meine Finger auf seine Brust und stelle mich auf die Zehenspitzen.

„Lass mich los Großer, er ist mein Freund."

Diese Wörter dringen endlich zu ihm durch, und er lässt mich widerwillig los. Mit einem warnenden Blick an Tom gibt er mich endgültig frei und kümmert sich um den am Boden liegenden Idioten.

Während Sören den Arsch aus der Bar begleitet, kommt Tom auf mich zu und zieht mich in seine Arme. Sein stürmischer Kuss raubt mir den Atem und lässt mich wohlig seufzen.

„Dass du es weißt Frau. Du gehörst mir, dass das ein für alle Mal klar ist.“ Die Strenge in seiner Stimme wird von seinem festen Griff um meine Taille bestärkt. Tief in meinem Inneren spüre ich ein primitives Gefühl der Zugehörigkeit. Sein besitzergreifendes Verhalten und seine Dominanz mir gegenüber, turnen mich unheimlich an.

Meine Brustspitzen stellen sich erregt auf und drücken sich gegen seinen Körper. Erneut treffen sich unsere Lippen, seine Hand legt sich demonstrativ auf meinen Hintern, so als wolle er mich als sein Eigentum markieren. Genüsslich versinke ich für kostbare Sekunden in unserer Leidenschaft.

Erst als meine Gedanken wirr durch die Gegend fliegen und mein Körper vor Verlangen nach ihm vibriert, gibt er mich wieder frei.

„Nur mir Baby!“ Tom lässt mich zögernd los und ich kehre auf wackeligen Beinen und mit einem feuchten Höschen zurück hinter den Tresen.

Halleluja!

Die Nacht war lang und die Bar voll. Völlig erschöpft lasse ich mich an Toms breite Brust sinken und inhaliere wie eine Süchtige seinen sexy Geruch.

Das Taxi bringt uns zu mir nach Hause und ich bin ein wenig aufgeregt. Jetzt ist der Zeitpunkt gekommen, an dem Tom das erste Mal meine Wohnung betritt.

Was er wohl sagen wird? Ob ihm mein leicht chaotisches Reich gefällt?

Seine Hand zeichnet leichte Kreise auf meinen schmerzenden Rücken, während seine Lippen sich in mein Haar drücken.

„Ich hätte diesen Typen fast umgebracht!“

Auch ohne nachzufragen, von was er redet, ist mir sofort klar, dass er den betrunkenen Idioten meint.

Mein Herz beginnt sehnsüchtig zu klopfen, während ich mich noch fester an ihn ankuschele. Wie kann es sein, dass ich mich in kürzester Zeit so sehr in ihn verliebt habe?

Tom gibt mir das Gefühl angekommen zu sein. In seinen Armen in seiner Nähe spüre ich eine Verbundenheit, nach der ich mich mein ganzes Leben lang gesehnt habe.

Tom Brandt, in Gedanken erlaube ich mir die Freiheit mit seinem Namen zu spielen. Soraja Brandt, das klingt eigentlich gar nicht so schlecht ...

Aber ist er es? Ich meine wirklich und wahrhaftig!

Ist er mein Prinz unter all den Fröschen?

Ist er mein Mister Right? Tief in meinem Herzen spüre ich, dass es so ist. Ich weiß, dass ich ihm gehöre und er mir. Die Frage aller Fragen ist nur, ob er es auch so sieht, ob er dasselbe fühlt?

Endlich kommen wir an. Wenn ich mich jetzt noch tiefer in meine Sehnsüchte und Träume vorgewagt hätte, wäre das für meinen Schutzpanzer nicht so besonders hilfreich gewesen.

Nervös sperre ich meine Wohnungstüre auf und lasse Tom in mein kleines Reich. Die Zwei-Zimmer-Wohnung, in der ich früher mit Tim gewohnt habe, gehört jetzt nur noch mir.

Wenn ich gewusst hätte, dass ich heute noch Besuch bekomme, wäre es jetzt eventuell etwas ordentlicher, doch was soll's? Ändern kann ich es eh nicht mehr.

Anders als erwartet hat Tom nicht wirklich Interesse daran, meine Wohnung kennenzulernen. Kaum schließe ich die Türe hinter uns, beginnt er, mich auszuziehen. Zärtlich streichelt und liebkost er jedes Fleckchen meiner Haut, das er entblößt.

„Tom bitte ...", meine gehauchten Wörter klingen nicht wirklich als der Einspruch, der sie eigentlich sind.

„Ich muss erst duschen."

Seine warmen, festen Lippen pressen sich sanft auf meinen Bauch, während sich seine Hände besitzergreifend auf meinen Hintern legen.

„Das hier gehört alles mir, nur mir!" Sein warmer Atem streift meine, von seinen Küssen feuchte, Haut. Ein sinnlicher Schauer der Lust lässt meine Brustwarzen anschwellen und meine Libido beginnt sich sehnsüchtig zu melden.

Dieser Mann schafft mich. Nicht dass ich mich beschweren will, nein, weiß Gott nicht. Allerdings würde ich echt gerne erst duschen gehen und mir den Schweiß und die Gerüche der Bar abwaschen.

Seine Finger öffnen geschickt die Knöpfe meines Rocks und ziehen ihn mir mitsamt dem Tanga aus.

Knabbernd und küssend arbeitet er sich immer weiter nach unten.

Mein Mund wird trocken und meine Pussy feucht. Heiß und rau leckt sich seine Zunge ihren Weg zu meinem Spalt. Meine Knie beginnen zu zittern, während ich meine Hände stützend auf seine Schultern lege.

Gekonnt spreizt er meine weichen Lippen, öffnet mich so für seine neckende Zunge.

In dem Moment, in dem er über meinen Kitzler leckt, bin ich verloren. Sanft und rhythmisch beginnt er sich an mir festzusaugen. Süchtig nach mehr spreize ich die Beine ein Stückchen weiter. Gewähre ihm so besseren Zugang zu meiner bereits feuchten und pulsierenden Mitte.

In rauschenden und tosenden Wellen beginnt der nahende Höhepunkt meinen Körper zu fluten. Tom spürt meine Hingabe und dringt mit zwei seiner Finger in mich ein. Die köstliche Dehnung, seine fordernde Zunge und sein heißer Atem, der über mein erregtes Fleisch bläst. Mit einem spitzen Schrei ergebe ich mich der Lust und genieße die Traktionen meines Körpers. Bebend und zuckend massieren meine Scheidenwände seine Finger, seine Lippen umschließen meine Klit und seine Zunge massiert meine Feuerperle mal sanft mal fest. Ich bin verloren, mein Körper, meine Seele und mein Herz, alles gehört dem Mann, der mich soeben bis zur Glückseligkeit geleckt hat.

Nach einer entspannenden und sehr heißen Dusche schlüpfe ich zu Tom unter die kuschelige Bettdecke, unter der mich sein sexy Body bereits nackt erwartet. Trotz der süßen Zungenspiele und dem harten Sex, der gleich danach auf dem Wohnzimmerteppich gefolgt ist, spüre ich ein lustvolles Ziehen zwischen den Beinen. In seiner Nähe verwandle ich mich in eine nymphomanische Hexe, die einfach nie genug von ihrem Mann bekommt.

Ich beschließe, meinem erneuten Lustrausch zu widerstehen, und versinke in seinem Blick.

Seine Iris ist so tiefblau, dass sie mich an einen Bergbach im Winter erinnert, in dem eiskaltes klares Wasser rauscht.

„Tom?“

Ein leichtes, sexy Schmunzeln breitet sich auf seinen vollen Lippen aus.

„Ja?“

Er weiß, dass ich mich erneut nach seinen Fingern, seinen Lippen und seinem viel zu perfekten Schwanz sehne, und er genießt es. Das kann ich an seiner Nasenspitze erkennen.

Wie gerne würde ich ihn jetzt fragen, was das zwischen uns für ihn ist, ein Spiel? Oder vielleicht doch der Anfang einer gemeinsamen Zukunft?

Der kleine Grüne Kobold tief in mir flüstert mir leise zu, dass ihn das auf gar keinen Fall fragen darf. Und ich weiß, dass er recht hat. Mit solchen Fragen kann man einen Kerl innerhalb von Sekunden ans andere Ende der Welt jagen.

„Küss mich!“

An dem kurzen Aufblitzen seiner Augen erkenne ich, dass er ganz genau weiß, was ich ihn eigentlich fragen wollte.

Sein Finger legt sich unter mein Kinn, zieht meine Lippen den seinen entgegen.

Unser Atem vermischt sich ...

„Ich werde nicht wieder gehen, ich werde dich nicht teilen und ich werde dich nie wieder gehen lassen. Hör auf, dir deinen hübschen Kopf über Dinge zu zerbrechen, die nie, und ich betone, niemals passieren werden.“

Seine Stimme ist rau und bestimmend, doch der Kuss, den er mir schenkt, ist weich, zärtlich und bittersüß. Genüsslich zergehe ich unter seinen Lippen, drücke mich an seinen muskulösen Körper und sauge seine Hitze in mich auf.

Ganz leise höre ich in meinem Hinterkopf die flüsternde Stimme des Zweifels, doch ich ignoriere sie einfach.

Für den Moment, für diese Sekunde meines Lebens will ich einfach nur genießen, dass ich meinen Prinzen habe!

4. Kapitel

Gefährliche Verlockung der süßen Träume...

Mir ist so heiß, unheimlich heiß. Ich habe das Gefühl, mit der Sonne persönlich zu kuscheln. Verschlafen öffne ich die Augen und sehe ein stoppeliges, markantes Kinn. Es ist ein unbeschreiblich schönes Gefühl, diesen Mann in meinem Bett zu haben und in seinen Armen aufzuwachen.

Es juckt mich in den Fingerspitzen. Die Versuchung, seinen schlafenden Körper zu erkunden, ist einfach zu groß.

Toms Mimik ist entspannt. Er sieht aus wie ein Pirat. Noch bevor ich dazu komme, meine Hand auf seine Haut zu legen, klingelt mein Telefon. Genervt knurrend schwinge ich meine Beine aus dem warmen Bett und eile ins Wohnzimmer. Ich habe keine Ahnung, wer mich jetzt anruft, aber ich will nicht, dass Tom aufwacht. Mit einem eher unfreundlichen „Hallo", begrüße ich den Störenfried, der mich aus dem Bett gelockt hat, in dem (m)ein heißer Kerl liegt.

„Guten Morgen meine Süße, hier ist deine Mutter."

Oh neiiiin ...

„Ich wollte mich mal bei dir melden und hören, wie es dir so geht?"

Wie üblich hat meine Mama einen Riecher für das beschissenste Timing!

Ich muss sie loswerden, und zwar schnell!

„Mama, ich habe jetzt wirklich keine Zeit, ich habe lange gearbeitet und bin sehr müde."

Die unheimliche Stille, die sich gerade zwischen uns ausbreitet, bedeutet nichts Gutes.

„Du bist nicht allein! Ist es etwa Tim? Habt ihr euch wieder vertragen? Ach wie schön, ich wusste ja schon immer, dass er der Richtige für dich ist. Ihr seid so ein schönes Paar!"

Genervt verdrehe ich die Augen. Weder habe ich jetzt Lust, mit meiner Mutter über mein Sexualleben zu reden, noch mich von ihr gefühlstechnisch sezieren zu lassen.

Sie und ihre Schwäche für Tim. Auch wenn ich anders erzogen worden bin und es nicht die feine Art ist, wimmle ich sie einfach ab. Auch meine Nerven sind irgendwann mal aufgebraucht.

Stöhnend schalte ich das Telefon vorsorglich gleich aus, sicher ist sicher, und bei meiner Mutter kann man nie wissen, ob sie nicht in einer Minute stinksauer zurückruft.

Noch bevor ich es schaffe, zurück in mein Schlafzimmer zu schleichen, schlingen sich zwei nackte, warme Männerarme um meine Hüfte. Ein stacheliges Gesicht reibt sich an meinem Nacken, während sich der harte Beweis für seine nie endende Potenz an meinen Po drückt.

„Oh Baby, ich kann es gar nicht leiden, im Bett alleine gelassen zu werden ..."

Toms Stimme ist belegt von sexuellen Zweideutigkeiten und ich bin mehr als bereit mich für mein ungebührliches Verhalten bestrafen zu lassen.

Einen heißen Fick und drei Stunden später wache ich erneut auf. In meinem ganzen Leben habe ich noch nie so viel Sex gehabt. Zwischen meinen Beinen spüre ich ein leichtes Brennen, der Beweis für eine heiße Nacht.

„Lass uns frühstücken gehen. Wenn wir hier in deiner Wohnung bleiben, falle ich nur wieder über dich her." Sein dunkles Lachen und der leichte Klaps auf meinen Po, eindeutige Anzeichen für postkoitale gute Laune.

Sein Gewicht legt sich auf mich, drückt mich bäuchlings tiefer in die Matratze. Sein Brusthaar streift über meinen Rücken.

„Und ich kann mir gut vorstellen, dass deine süße Pussy dringend etwas Pause braucht. Ich habe sie weiß Gott nicht geschont."

Alleine bei der Erinnerung an den harten, von Urtrieben geleiteten Sex, werde ich erneut feucht. Tom hat es sich nicht nehmen lassen, mich endgültig als die seine zu markieren.

Wenn das in der Zukunft so weiter geht, was ich doch stark hoffe, werde ich o-beinig durch die Gegend laufen.

Tom drückt mir einen lauten, nassen Schmatzer auf die Backe und verschwindet leise summend im Badezimmer.

Der moschusartige Geruch von Sex und Schweiß hängt in der Luft. Meine Brustwarzen sind wund von seinen Küssen und bittersüßen Bissen. Brummend und knurrend erwacht mein Magen zum Leben. So viel Matratzensport ist definitiv appetitanregend.

Nachdem wir beide geduscht und uns angezogen haben, fahren wir in ein kleines Café in der Innenstadt. Der Geruch von gemahlenen Kaffeebohnen und frischen Croissants steigt mir in die Nase. Ich bin wirklich kurz vorm Verhungern.

Kaum das unsere Bestellung serviert wurde, nippe ich genießerisch an dem frischen O-Saft.

Nach letzter Nacht und mit dem Gefühlschaos einer frisch verliebten Frau in meinem Herzen, betrachte ich den Mann meiner Träume. In Ermangelung eines Rasierers sieht er verwegen und wild aus.

Ich steh auf die dunklen Bartstoppeln, die sein markantes Kinn bedecken.

Und so befriedigt ich auch gerade bin, das leichte Kratzen seines Bartes auf der sensiblen Haut zwischen meinen Schenkeln, während seine Zunge und seine Lippen ...

Verlegen senke ich den Blick auf meinen Teller. Tom hat die unheimliche Gabe, alle meine Gedanken zu lesen oder zu erraten. Wenn ich jetzt so weiter mache, wird er glauben, ich sei unersättlich!

Und damit läge er gar nicht mal so falsch, denn wenn es um ihn geht, bin ich das tatsächlich. „Süße, sieh mich nicht so verträumt an. Ich habe mir fest vorgenommen, auf deine *Wundheit* Rücksicht zu nehmen."

Okay. Nach all den Dingen, die wir letzte Nacht zusammen getrieben haben, sollte ich mich jetzt, wo er auf meinen leicht wunden Zustand anspielt, nun wirklich nicht schämen. Und doch tue ich es ...

„Oh Baby, du bist der Wahnsinn. Im Schlafzimmer bist du wie eine Wildkatze, hemmungslos und nicht zu bremsen. Aber wenn es dann darum geht, darüber zu reden, bist du schüchtern und unsicher wie ein kleines Kätzchen."

Na gut, ich gebe es zu, mit Tim war das alles irgendwie anders, eher gehemmt und mit einer riesigen Portion Routine, während das Rollo unten und das Licht aus war.

Aber mit Tom ... Wenn ich jetzt nicht aufpasse, drifte ich gleich wieder in meine versauten Tagträume ab.

„Wir müssen über gestern Nacht reden, Baby."

Ich habe es geahnt. Mir war klar, dass der vergangene Abend nicht unbedingt der beste Beweis dafür war, dass mein Job nicht ganz ungefährlich ist. Dabei ist ja, bis auf einen besoffenen Typen, der sich nicht mehr unter Kontrolle hatte, gar nichts passiert.

„Tom, hör bitte auf, dir Sorgen zu machen. Sören und Stefan sind doch da, um auf alles aufzupassen."

Erst nachdem ich Sörens Name ausgesprochen habe, bemerke ich meinen Fehler. Wenn ich die letzte Nacht reflektiere, bin ich mir nicht sicher, worüber sich Tom mehr aufgeregt hat. Über den Betrunkenen oder über den Türsteher, der mich berührt hat, als wäre ich die seine.

„Soraja, ich bin weder bereit, die Sicherheit meiner Schwester noch die deine aufs Spiel zu setzen. Und das schon gar nicht für das bisschen Geld, das du da verdienst. Das ist es einfach nicht wert. Ich bin sehr wohl in der Lage auf meine Familie aufzupassen und für sie zu sorgen."

Oh Mann, hat er sich in der letzten Sekunde in einen Höhlenmenschen verwandelt?

Im Moment bin ich mir nicht sicher, ob er überhaupt weiß, worum es geht.

„Tom, bitte lass uns jetzt einfach in Ruhe frühstücken. Ich habe jetzt wirklich keine Lust, mit dir über Dinge zu streiten und zu diskutieren, bei denen wir uns nie einig werden." Ich drücke ihm einen sanften Kuss auf die Lippen und lege meine Hand in die seine.

„Ich mag diesen Job. Ich gehe unheimlich gerne in die Bar arbeiten und es ist nicht gefährlich! Und damit musst du dich abfinden. Wenn du willst, dass aus uns etwas Ernstes wird, musst du akzeptieren, das ich selbstständig bin und mein Leben sehr genieße, und zwar so wie es ist."

Trotz der blöden Situation, in der ich gerade stecke, muss ich mal wieder an Benjamin denken. Dieser Mann war einfach zu schlau. Wie schade, dass er im April 1790 gestorben ist. Irgendwie habe ich das Gefühl, dass mir ein großes Glas Rotwein und ein langes, gutes Gespräch mit ihm extrem weiterhelfen würden. Wie hat er einmal so schön gesagt?

Wenn die Hälfte unserer Wünsche erfüllt wäre, würden unsere Sorgen verdoppelt sein.

Jetzt, in diesem Moment, spüre ich, dass er recht hat. Endlich hat sich mein Wunsch nach einem Prinzen erfüllt, und gerade dadurch haben sich ganz neue Sorgen entwickelt. Dunkelblaue Gewitterwolken brauen sich in Toms Augen zusammen, seine Kiefermuskeln treten deutlich hervor und seine komplette Körperhaltung hat sich verändert. Er wirkt angespannt und stinkwütend.

Unsicher wie ich mich jetzt verhalten soll, beschäftige ich mich hoch konzentriert mit meinem Frühstücksteller. Doch anstatt des erwarteten Wutausbruchs atmet er einmal tief durch und lächelt mich nachsichtig an. *Puuh* ... anscheinend habe ich noch mal Glück gehabt. Ungläubig, dass er sich so einfach hat beruhigen lassen, genieße ich den restlichen Morgen und freue mich, dass ich unsere erste Diskussion, gewonnen habe.

Die nächste Woche meldet sich Tom so gut wie gar nicht bei mir. Zwar telefonieren hin und wieder, und am Donnerstag haben wir auch einen

schönen Pärchenabend verbracht, an dem wir erst im Kino waren und danach heißen hemmungslosen Sex hatten. Allerdings spüre ich, dass er unter Druck steht. Als Manager einer großen Werbeagentur ist er ziemlich eingespannt.
Als neuer Chef ist es eben nicht allzu leicht, sich einen Überblick zu verschaffen. Das ungute Gefühl, dass er mir etwas verheimlicht, hat sich in meinen Hinterkopf eingeschlichen und ganz egal wie oft ich auch versuche mich selber zu beruhigen, will es mir einfach nicht gelingen, dieses Gefühl wieder abzuschütteln.

Wie immer am Freitagmorgen war ich erst eine ausgiebige Runde joggen und sitze jetzt frisch geduscht bei einer großen Tasse heißen Cappuccinos auf meiner Couch. Mit einem Blick auf die Uhr schüttle ich über Julias ewige Unpünktlichkeit den Kopf.

Sie wollte um 10.00 Uhr, also vor über 30 Minuten, hier sein. So langsam beginnt mich diese Warterei wirklich zu nerven. Es wundert, mich nicht, dass Tom, keine Geduld mehr mit ihr hat.

Laut und schrill reißt mich die Klingel aus meinen Überlegungen. Sieh an, sie hat es tatsächlich geschafft, noch vor 11.00 Uhr aufzutauchen.

Trotzig, da ich jetzt lange genug auf sie warten musste, gönne ich mir erst noch einen angenehmen Schluck aus meiner Tasse, ehe ich aufstehe und ihr die Türe öffne.

Eigentlich hatte ich mir fest vorgenommen, Julia endlich offen und ehrlich zu gestehen, dass ich und ihr Bruder, na ja, ich weiß nicht so recht, wie ich es nennen soll, regelmäßig, heißen, wilden und hemmungslosen Sex praktizieren. Wahrscheinlich wird sie darüber noch lachen, allerdings habe ich keinen Schimmer, wie sie reagieren wird, wenn ich ihr gestehe, dass ich mich total in ihn verliebt habe.

„Hey meine Süße, sorry, dass ich zu spät bin, aber Tom hat sich einfach nicht abwimmeln lassen. Ihm gefällt die Vorstellung, dass wir heute Abend in der Bar arbeiten, überhaupt nicht. Manchmal würde ich mir wünschen, er würde zurück in die USA gehen, dann müsste er mir zwangsweise meine Ruhe lassen. Wobei ich mir ziemlich sicher bin, dass er es selbst über den Großen Teich hinweg schaffen würde, mir mit seinem Beschützerinstinkt auf die Nerven zu gehen."

Mit dem Beschützerinstinkt und dem Großen Teich muss ich ihr Recht geben, allerdings kann ich es nicht abstreiten, dass ein kleiner primitiver Teil von mir, seine Art auf mich und seine Familie aufzupassen, ziemlich heiß findet.

„Da du schon mit Tom anfängst, ich muss dir da noch etwas sagen."

Neugierig zieht sie eine Augenbraue in die Höhe und sieht mich an.

„Na ja, ich weiß echt nicht genau, wie ich es dir sagen soll, aber, es ist durchaus möglich, dass er der Prinz ist, nachdem ich so lange gesucht habe."

„Fuck!"

Oh, na super. Ich habe ja mit vielem gerechnet, aber nicht mit einem von Herzen kommenden ‚Fuck!'.

„Bedeutet das, dass du überrascht, entsetzt oder erfreut bist?"

Völlig überrumpelt lässt sie sich auf die Couch plumpsen und genehmigt sich einen großen Schluck aus meiner Tasse.

„Alles zusammen! Das muss ich jetzt erst einmal sacken lassen. Meine beste Freundin und mein großer Bruder ... Um ehrlich zu sein, hätte ich mir denken können, dass Tom dich sofort einkassiert."

Erleichtert, dass sie meine Beichte doch einigermaßen locker verkraftet, setze ich mich direkt neben sie auf das Sofa. Die Frage ist nur, wer von uns beiden den anderen einkassiert hat.

„Das heißt, dass du mir nicht böse bist?"

Nach einem intensiven Blick und einer Sekunde des Zögerns fällt sie mir in die Arme und drückt mir einen spielerischen Schmatz auf die Backe.

„Eigentlich ist das doch toll. Jetzt gehörst du mit zur Familie, denn dass Tom dich nie wieder gehen lässt, steht jetzt schon fest. Alleine schon wie er dich bei unserem gemeinsamen Essen angesehen hat, als wäre er der böse Wolf und du das arme unschuldige Rotkäppchen."

Himmel bin ich erleichtert. Julias Freundschaft bedeutet mir sehr viel und es hätte mich schwer getroffen, wenn die Tatsache, dass ich mich in ihren Bruder verliebt habe, dieser geschadet hätte.

„Finger weg von meiner Tasse, ich mache dir deinen eigenen Kaffee ..."

Schmollend stellt sie den Kaffee zurück auf den Couchtisch und folgt mir in die Küche.

Auf meinem Bett stapeln sich die verschiedenen Outfits.

Eine Jeans? Nein dann sterbe ich heute Nacht während der Arbeit vor Hitze! Einen Mini?

Das würde Sören zwar gut gefallen, aber Tom in den Wahnsinn treiben. Auch wenn wir nicht verabredet sind, und wir auch nicht vereinbart haben, dass er mich, beziehungsweise uns besuchen kommt, bin ich mir totsicher, dass er uns nicht alleine in die Bar gehen lässt.

Zu guter Letzt ziehe ich einen knielangen schwarzen Rock an und dazu ein eng anliegendes rotes T-Shirt mit V-Ausschnitt.

Zufrieden mit der Entscheidung schnappe ich mir die Jacke, meine Handtasche und den Wohnungsschlüssel.

Aufgeregt, was der Abend so alles bringen wird, hoffe ich ganz stark, dass ich mich nicht getäuscht habe und Tom kommt.

Nach knappen zehn Minuten, die ich zu Fuß bis zum „Darkness" brauche, wundere ich mich, dass Sören und ein mir fremder Security vor der Türe stehen.

Was hat das zu bedeuten?

„Hey Sören, hast du einen neuen Kollegen bekommen? Was ist denn mit Stefan passiert?"

Wie üblich reißt mich der große Sicherheitsmann in seine Arme und drückt mich fest an seinen Körper. Seine Lippen berühren mein Ohrläppchen und er flüstert mir leise ins Ohr.

„Hey mein Kleines, schön dich zu sehen."

Täusche ich mich oder sehe ich einen stillen Vorwurf in den Augen des Fremden?

Und wenn schon? Sören und ich verstehen uns eben sehr gut, er ist stürmisch und locker und mir macht es nichts aus, von einem gut aussehenden Kollegen gedrückt zu werden.

Der Fremde streckt mir förmlich seine Hand entgegen und seine Augen fokussieren missbilligend Sörens Finger, die noch immer auf meiner Hüfte liegen.

„Guten Abend, ich bin der neue Sicherheitsbeauftragte."

Irgendwie ist mir der Typ unsympathisch, automatisch weiche ich einen Schritt zurück und bin Sören so noch näher.

Der Blick meines neuen Kollegen verfinstert sich daraufhin merklich. Obwohl ich mich ihm noch nicht wirklich vorgestellt habe und auch seinen Namen noch nicht weiß, lächle ich Sören ein letztes Mal süß an, bevor ich in den Club gehe. Der Neue kann mir gestohlen bleiben. Hoffentlich verschwindet der bald wieder.

Die Angestellten der Bar sind ein eingeschweißtes Team, und es gibt keinen, den ich nicht mag oder mit dem ich nicht so gerne arbeite. Und ehrlich gesagt, wäre es schön, wenn das auch so bleiben würde.

Stefan zwinkert mir zu, er scheint heute Nacht die ganze Zeit über für die Bar zuständig zu sein, das ist ja mal ganz was Neues?

Julia ist schon da und bereitet die Theke vor. Gerade ist sie am Zitronenschnitze schneiden. „Sag mal, weißt du, warum die Sicherheit auf einmal so verstärkt wurde?"

Nachdem sie der Zitrone endgültig den Garaus gemacht hat, sieht sie mich an.

„Nein, keine Ahnung, aber der Neue ist doch ein echt heißer Typ, findest du nicht?"

Und wieder einmal bestätigt es sich, in Sachen Männer könnten wir gar nicht unterschiedlicher sein.

„Ich finde ihn unfreundlich und sein undurchdringlicher Gesichtsausdruck jagt mir Angst ein. Hoffentlich bin ich nie auf ihn angewiesen. Ich finde Sören und Stefan hätten durchaus gereicht."

Routiniert arbeiten wir uns durch die Bar, füllen die Theke auf, schneiden das Obst und die Garnierung für die Cocktails.

Wie immer um halb zehn kommen die ersten Gäste. Lachend und flirtend genießen Julia und ich den Abend. Stefan beobachtet uns, sorgt für Ordnung und Disziplin ...

Das bringt mich echt zum Lachen, weil so etwas für eine Bar auch förderlich ist.

„Wenn ich unsere Chefin das nächste Mal sehe, will ich unbedingt wissen, was das alles soll."

Irgendwie habe ich bei der Sache ein komisches Gefühl.

Jetzt wo Sören und der Neue vor der Türe bleiben und nur im Ernstfall an der Theke vorbeikommen, habe ich Mitleid mit ihm und schnappe mir in einer kurzen Verschnaufpause eine Flasche Wasser. Ich will ja nicht, dass mir der Arme vor der Türe vor Durst umkommt.

„Ich bringe die hier schnell Sören", rufe ich Julia zu und hebe sie ihr so entgegen, dass sie sie gut sehen kann.

„Und was ist mit dem Neuen? Der hat wohl keinen Durst?"

Genau genommen interessiert der mich überhaupt nicht. Die taxierenden Blicke, die er mir zugeworfen hat, als ich Sören begrüßt habe, gehen mir gewaltig gegen den Strich.

Doch unter Julias ungewöhnlich strengen Blick werde ich schwach und schnappe mir noch eine zweite Flasche. „Zufrieden?"

Lächelnd nickt sie mir zu und kümmert sich weiter um die Bestellungen, die reingehen.

Die frische, angenehm kühle Luft, die mir entgegenschlägt, je näher ich dem Ausgang komme, ist purer Luxus.

Sören steht sofort auf, als er mich sieht und kommt mir besorgt entgegen.

„Hey Kleines, ist alles okay?"

Sein Arm legt sich wie immer, wenn ich in seiner Nähe bin, um meine Taille, was der Neue natürlich gleich wieder mit einem bösen Blick quittiert.

„Ja, es ist alles ruhig, mach dir keine Sorgen. Ich dachte, ich bringe dir etwas zu trinken."

Seine warmen Finger nehmen mir die Flasche aus der Hand und berühren dabei leicht meine Fingerspitzen. Sören und ich haben vor langer Zeit die Regeln zwischen uns abgesteckt.

Sein Interesse an mir, hat er nie verleugnet, und ich müsste schon tot oder jenseits der neunzig sein, um auf diesen Mann nicht zu reagieren, doch das hat nichts mit Gefühlen oder gar Liebe zu tun, sondern mit reiner und unverfälschter Biologie; zumindest von meiner Seite her. Wie es dagegen bei ihm aussieht, kann ich nur raten.

„Glaubst du, dass ich gleich dehydriere? Oder wieso bringst du mir gleich zwei Liter Wasser mit?“

Noch immer liegt sein Arm um meine Mitte, eine Tatsache, die mich nicht im Geringsten stört. Sören hat mir in der Zeit, in der ich hier arbeite, schon so manches Mal den Arsch gerettet und das im wahrsten Sinne des Wortes. Ich vertraue ihm und fühle mich in seiner Gegenwart wohl.

„Nein, die ist für deinen neuen Kollegen.“

Das *„deinen“* in dem Satz betone ich ganz deutlich. Der soll bloß nicht denken, dass ich ihn leiden kann. Wenn Julia nicht darauf bestanden hätte, könnte er von mir aus leben wie ein Kaktus.

Kurz angebunden und mehr als widerwillig drehe ich mich zu ihm um und reiche ihm die Flasche. In seinen Augen blitzt es verräterisch, anscheinend weiß er, wem er das Wasser zu verdanken hat.

Sörens Arm fällt plötzlich von meiner Hüfte und er tritt schnellstens einen großen Schritt von mir weg. Was soll das?

Noch ehe ich ihn fragen kann, was los ist, sehe ich Tom auf uns zukommen.

Der Neue erhebt sich, es hat fast den Anschein, als wäre er einmal bei der Bundeswehr gewesen. Seine Körperhaltung ist so steif, dass ich fast schon Angst bekomme, dass er in der Mitte auseinanderbricht.

Der Typ ist echt seltsam!

„Guten Abend Herr Brandt, bis jetzt ist alles ruhig.“

Tom kommt auf mich zu und nickt dem Neuen nur kurz zu, um ihm zu verstehen zu geben, dass er ihn zur Kenntnis genommen hat.

Mit einem schnellen Blick scannt er mein heutiges Outfit ab. Ob es ihm gefällt oder es seiner Steinzeitmeinung nach zu kurz ist, kann ich in seiner Mimik nicht erkennen.

Besitzergreifend schlingt er seine Arme um mich und drückt mir einen kurzen festen Kuss auf die Lippen. „Hi Baby, was machst du hier draußen?“

Sein Blick wandert zu dem Neuen, als würde er von ihm eine Antwort für seine Frage erwarten.

Was zum Teufel läuft hier?

Ich suche Sörens Blick, um herauszufinden, ob er das alles genauso merkwürdig findet wie ich. Doch seit Tom aufgetaucht ist, weicht Sören mir aus. Mein siebter Sinn sagt mir, dass hier irgendetwas faul ist, die Frage ist nur, was?

„Geh rein, in deinem Rock ist es viel zu kühl hier draußen."

Seine Hand legt sich auf meinen Rücken, eine eindeutig warnende Geste, die für Sören bestimmt ist.

Widerstandslos lasse ich mich von ihm in den Club führen. Ich habe jetzt weder die Zeit noch den Nerv, dieser unheimlichen Situation auf den Grund zu gehen.

Bevor ich zu Julia an die Bar gehe, drehe ich mich zu Tom um, und drücke mich an ihn. Dass er mich vor der Türe, bei den Securitys nicht richtig begrüßt hat, verstehe ich. Aber jetzt wird es Zeit für ein angemessenes Hallo ...

Meine Fingerspitzen legen sich in seinen Nacken, sein herber, so köstlicher Geruch steigt mir in die Nase und berauscht meine Sinne. Toms Hände legen sich hart auf meine Hüfte, ziehen mich noch näher an seinen Körper heran, sodass kein Millimeter Platz mehr zwischen uns ist.

Gierig treffen sich unsere Lippen, unsere Zungen umschlingen sich, beginnen einen wilden, aufreizenden Tanz, der so viel mehr ist als ein einfacher Kuss, er ist der Beginn des Vorspiels. Ein süßes Versprechen für die kommende Nacht. Atemlos löse ich mich wieder von ihm, meine Brüste kribbeln wie verrückt und mein Schoß fühlt sich leicht geschwollen an. Von seinen berauschenden Küssen werde ich nie genug bekommen.

Er neigt seinen Kopf etwas weiter zu mir herunter, sein Atem streift meinen Hals.

„Heute Nacht werde ich kein Erbarmen kennen."

Ein wilder Schauer rieselt über meinen Nacken, meinen Rücken hinab über meinen Po bis hinab zu meinen Füßen.

Kokett sehe ich zu ihm hoch, lasse meine Hand zum Schritt seiner Jeans gleiten.

„Ich kann es kaum erwarten, dich endlich in mir zu spüren. Die Leere, die du nach jedem Sex in mir hinterlässt, ist unerträglich."

Seine Brust hebt sich merklich, meine Wörter verfehlen ihre geplante Wirkung nicht.

„Oh Baby, ich werde mir zukünftig etwas einfallen lassen, das dich entschädigt, für die Zeit, in der es mir nicht möglich ist, deine kleine gierige Pussy zu stopfen."

Was meint er? Etwa Toys?

Alleine der Gedanke macht mich schärfer als erlaubt. Spielerisch senke ich die Stimme, es muss ja nicht jeder hören, was wir reden. „Wenn du so weiter machst, kann ich vor lauter Erregung nicht mehr weiterarbeiten, ich bin jetzt schon ganz feucht."

Seine Hand legt sich um meine Kehle und er führt mich bestimmend in eine dunkle und sehr ruhige Ecke der Bar. Sein Körper presst mich gegen die Wand und seine Hände fahren mein Bein nach oben, schlüpfen unter meinen Rock und betasten meinen bereits feuchten Slip.

„Braves Mädchen, du bist einfach immer bereit für mich!"

Mit zwei Fingern dringt er kurz und hart in mich ein, sodass mir ein leises Stöhnen entschlüpft. Sein Daumen massiert meine Klit und ich bin nicht mehr bereit jetzt aufzuhören. Der Umstand, dass ich eigentlich bei der Arbeit bin und um uns herum eine Menge Menschen sind, ist mir gerade völlig egal. Alles was ich jetzt will und brauche, sind seine Hände, seine Finger und seinen dicken Schwanz.

Toms breiter, trainierter Rücken schirmt mich von den restlichen Gästen ab, sodass keiner sieht, was seine Finger in mir anstellen.

Kreisend massiert er meine Lustperle, seine Finger dringen immer wieder hart in mich ein, und ich spüre, wie sich eine Welle der Erlösung in mir aufbaut. Seine Augen funkeln mich gierig an, und sein Atem beschleunigt sich verdächtig. Auch ihn lässt unser kleines Stelldichein nicht kalt.

Zitternd und keuchend finde ich auf seiner Hand die ersehnte Erlösung. Der Umstand, dass wir jederzeit erwischt werden könnten, war eine angenehme Würze, die mir zusätzlich eingeheizt hat.

Langsam entzieht er mir seine Finger, schiebt mein Höschen zurecht und zieht meinen Rock wieder möglichst weit nach unten.

Nach wenigen Sekunden hat sich mein Atem wieder beruhigt und mein Herzschlag verlangsamt.

„Kannst du so arbeiten?"

Er wirkt amüsiert und besorgt zugleich ...

Besitzergreifend umfasse ich seine Erektion durch die Hose hindurch.

„Die Frage ist nicht, ob ich arbeiten kann, sondern ob du *so* lange warten kannst?"

Sein tiefes Knurren, und sein verkniffener Mund, er leidet ganz offensichtlich.

„Sorry Großer, aber ich muss zurück an die Arbeit, sonst bekomme ich Ärger von meiner Chefin."

„Glaube mir Baby, dein Chef hat nichts dagegen, wenn du mich befriedigst."

Ich stibitze mir noch einen schnellen Kuss und gehe zurück an die Bar.

Merkwürdig, ich habe keinen Chef, sondern eine Chefin, und wieso klang er so fest davon überzeugt?

An der Bar ist die Hölle los und Julia braucht dringend meine Unterstützung, was bedeutet, dass ich jetzt keine Zeit habe, mir über sein skurriles Verhalten Gedanken zu machen.

Tom setzt sich zu uns an den Tresen, Stefan ist noch immer auf seinem Posten und ich, tja, ich komme mir vor wie in Fort-Knox. So hatte ich mir das alles nicht vorgestellt.

Der lockere Umgang mit den Gästen, leichte Flirts und charmante Lächeln, das gehört alles zu einer Bar dazu. Und mit Tom an meiner Seite, der mich wie ein Adler beobachtet, ist es mir unmöglich, mich locker und unbefangen zu bewegen.

Bildlich gesehen bin ich eine kleine weiße Maus, und Tom ist ein großer schwarzer hungriger Kater, der mich wohlwollend beobachtet und mich, so lange ich brav und anständig bin, gnädigerweise nicht mit Haut und Haar auffrisst.

Der restliche Abend vergeht trotz meiner gedämpften Stimmung wie im Flug.

Sogar Julia ist nicht ganz so spielbereit den männlichen Gästen gegenüber wie üblich. Die Frage ist nur: Liegt das an ihrem großen Bruder, der sie beinahe genauso streng beobachtet wie mich, oder ist sie in Gedanken bei dem neuen Türsteher?

Für mich ist es zwar unverständlich, doch für sie scheint er einer der Frösche zu sein, der sich nach einem langen Zungenkuss in einen Prinzen verwandeln könnte. Wie hieß er noch gleich?

Ich glaube Vincent ...

5. Kapitel

Wenn sich der Prinz in einen Frosch verwandelt...

Neckende Küsse, eine starke Hand auf meiner Brust und Toms warmen Atem auf meiner Haut, so werde ich doch wirklich gern geweckt. Instinktiv biege ich den Rücken durch, biete mich ihm dar und genieße seine warme Zunge auf meiner Brustwarze.
Sein tiefes Knurren und eine weitere Hand, die sich ihren Weg zu meiner Körpermitte bahnt, ist der Lohn für mein langsames Aufwachen.

Er umkreist meinen Bauchnabel. „Öffne dich für mich."

Bereitwillig folge ich seinem Befehl und genieße das immer intensivere Zungenspiel, das meinen Nippel anschwellen lässt.

Sanfte Kreise, gefolgt von einem immer fester werdenden Druck auf die sensible Innenseite meiner Oberschenkel, bringen mich sehnsuchtsvoll zum Seufzen.

Er nähert sich immer weiter meinen bereits feuchten Venuslippen. Fährt mit zwei Fingern den weichen, feuchten Spalt entlang und schürt meine Sehnsucht.

Gekonnt teilt er meine Schamlippen, massiert und reizt meine Mitte. Sein Daumen findet meine Klit und reibt sie langsam und rhythmisch. Je gieriger ich werde, desto langsamer werden seine Bewegungen.

Qualvoll treibt er mich an den Rand des Erträglichen. Mein Körper sehnt sich nach seiner Härte, die er schamlos an meiner Hüfte reibt. Seine Hand wandert zu meinem anderen Nippel, während sich unsere Lippen treffen und sich unsere Zungen in einem Duell der Lust winden. Fordernd und heiß verschlingen wir uns gegenseitig, seine Hände an meiner Brust und zwischen meinen Beinen. Noch leicht im Schlaf gefangen reagiert mein Körper instinktiv auf meinen Lover.

Mit einem leichten Biss in meine Unterlippe beendet er unseren wilden Kuss.

„Öffne die Augen, Baby, ich will dich sehen."

Sein Daumen drückt fester auf meinen Kitzler, während zwei seiner langen Finger in mich eindringen. Feucht und willig umschließt mein feuchtes Fleisch die Lustbringer.

Prickelnd und bittersüß spüre ich die ersten Wellen meines Höhepunktes, die sich in meinen Beinen ausbreiten. Seine andere Hand hält meine zuckende Hüfte fest, drückt mein Becken aufs Bett.

„Schau mich an und bleib brav liegen, bis ich mit dir fertig bin. Baby, wir haben gerade erst angefangen ..."

Ich sehe ihm tief in seine vor Verlangen und Leidenschaft kristallklaren Augen. Dadurch, dass er meine Hüfte festhält, kann ich seinen Bewegungen nicht entweichen, er bestimmt die Intensität und die Stärke, mit der er meinen Kitzler bespielt.

Der sehr intime und intensive Blickkontakt und seine sinnlich süße Folter schicken mich ins Paradies. Meine Lippen öffnen sich zu einem leisen Schrei, während mein Körper bebt und zuckt.

Ich habe das Gefühl, dass er mir direkt in die Seele sieht.

„Mehr, Baby, lass dich gehen ..." Er entzieht mir seine Finger, bringt sich zwischen meinen geöffneten und zuckenden Schenkeln in Position und dringt langsam in mich ein.

Haltsuchend umfasse ich seine Arme, spüre die Muskeln, die sich unter meinen Fingern anspannen. Er hält sich für mich zurück und genießt meine letzten Traktionen, die seinen Schwanz massieren. Erst als sich mein erster Höhepunkt in süße Erlösung verwandelt hat, beginnt er, sich kontrolliert und kraftvoll zu bewegen. Er ist groß, dehnt und füllt mich komplett aus. Sehnsüchtig drücke ich ihm meine Mitte entgegen und erwidere seine Stöße.

„Bitte, halt dich nicht zurück. Ich will, dass du mich nimmst, dass du mir alles gibst, jetzt!" Seine Kiefermuskeln spannen sich an, während er erneut in mich vordringt.

„Du willst alles? Du brauchst es hart?"

In seinen Augen tobt ein gefährlicher Sturm.

Ich nicke ihm zu, beiße mir auf die Unterlippe und versuche so, mein Seufzen zu unterdrücken. Tom umfasst meine Hände, verschlingt seine Finger mit den meinen und presst so meine Handrücken links und rechts von meinem Kopf in das weiche Kissen. In dieser Stellung drückt mich sein Gewicht in die Matratze, während sein trainierter Körper meine Beine noch etwas weiter öffnet. Ein animalisches Knurren entringt sich seiner Kehle, so, unter ihm begraben, dringt er noch tiefer in mich ein. Immer gnadenloser nimmt er mich, stößt hart vor und zieht sich langsam wieder zurück. Die Reibung ist der Wahnsinn. Bei jedem Vorstoß touchiert er meinen Lustpunkt, der tief in meinem Inneren bebt und zuckt.

Die Reibung ist köstlich, und ich spüre, wie ich innerlich explodiere. Ich schließe die Augen und kippe mein Becken nach unten.

Zuckend und heiß umschlingt meine Pussy seinen Schwanz, krampfend und mit einem erlösenden Schrei komme ich erneut.

Tom wiederholt das dekadente Spiel, aus Vorstoß und Rückzug noch ein paar Mal, ehe auch er tief knurrend seinen Orgasmus in mich pumpt, heiß und pulsierend spüre ich tief in mir sein Sperma.

Wohlig schnurrend wie eine Katze, genieße ich Toms unendliche Gier nach Sex. Dieser Mann ist einfach unersättlich ...

Ich spüre seine Augen auf meinem Gesicht und drehe mich langsam zu ihm.

Wir liegen uns gegenüber, berühren uns ausnahmsweise mal nicht und versinken in dem Blick des Anderen.

Die tiefe Falte, die sich seit gestern regelmäßig in seine Stirn gräbt, hat sich auch jetzt schon wieder gebildet. Irgendetwas scheint ihn zu beschäftigen.

„Ist alles okay bei dir? Du wirkst in letzter Zeit etwas angespannt?"

Gerade als ich dachte, dass ich keine Antwort mehr bekomme, holt er tief Luft, so als müsse er sich für das bevorstehende Gespräch stärken.

„Du arbeitest unheimlich gerne in der Bar? Stimmt's?"

Echt jetzt? Genervt versuche ich, die schöne postkoitale Stimmung nicht zu versauen, obwohl ich am liebsten aufstehen und ihn alleine liegen lassen würde. Ich habe wirklich keine Lust, jeden Morgen dieselbe Diskussion zu führen.

„Tom, fang nicht wieder damit an. Du weißt, dass ich wirklich gerne dort arbeite und das wird sich so schnell auch nicht ändern ..."

Wie erwartet, verdunkelt sich seine Mimik schlagartig. Jetzt hat er es geschafft – selbst alle Endorphine dieser Welt würden es nicht schaffen, meine angenehm durchgevögelte Glückseligkeit beizubehalten.

„Das heißt, du willst nicht wieder anfangen zu studieren?"

Dummerweise kann ich ihm das nicht einfach so beantworten, denn diese Frage stelle ich mir selbst ununterbrochen. Das Studieren an sich hat mir eigentlich schon Spaß gemacht. Allerdings war Psychologie ein Griff ins Klo.

Wenn es nach mir ginge, würde ich gerne ...

Oh Gott, das darf ich ihm gar nicht sagen.

Die Arbeit in der Bar gefällt mir so gut, dass ich mir schon überlegt habe, eine eigene aufzumachen. Wobei, wenn ich Toms Verhalten in letzter Zeit bedenke, ist das nicht die optimalste Idee.

Wird es am Ende tatsächlich so sein, dass ich mich zwischen meiner perfekten Zukunftsvision und meinem Prinzen entscheiden muss?

Das Leben kann so unfair sein! Bisher habe ich nur Frösche kennengelernt, die ich hundert Mal küssen konnte, doch sie wollten sich einfach ums Verrecken nicht in einen Prinzen verwandeln. Und jetzt, wo ich endlich meinen Prinzen gefunden habe, verwandelt der sich nach und nach immer mehr in einen Frosch!

Ist das überhaupt erlaubt? Ich meine biologisch gesehen sollte die Metamorphose doch eigentlich andersherum funktionieren ...

„Baby schließ mich nicht aus, lass mich an deinen Gedanken teilhaben."

Auch auf die Gefahr hin, dass er komplett ausrasten wird, beschließe ich, aufrichtig zu sein. Die Basis einer guten Beziehung basiert nun mal auf Ehrlichkeit.

„Tom, verstehe mich bitte nicht falsch, ich bin glücklich mit dem, was zwischen uns ist, aber das ist nun einmal nicht alles. Ich bin es gewohnt, auf eigenen Beinen zu stehen, und meine Entscheidungen selber zu treffen. Und die Arbeit in der Bar macht mir Spaß, ich liebe es nachts zu arbeiten und tagsüber freizuhaben. Allerdings ist es keine wirkliche Zukunftsaussicht immer die Thekenschnalle zu sein. Ich will, beziehungsweise würde gerne meine eigene Bar eröffnen, mich und meine Ideen einbringen und für mich selbst schuften."

Jetzt ist es raus, unwiderruflich! Und ich kann nur hoffen, dass ich Tom jetzt nicht verschreckt habe. Sein Beschützerinstinkt ist ein Teil von ihm, er ist tief in seinem Wesen verankert. Und fairerweise muss ich zugeben, bis zu einem gewissen Grad genieße ich ihn sogar.

Eine Frau findet es schön, zu wissen, dass sie ihrem Mann etwas bedeutet, dass er für sie da ist und vor all den Gefahren dieser Welt beschützt. Und doch will der emanzipierte Teil in mir seine Träume, ohne Rücksicht auf (männliche)Verluste verwirklichen. Es ist eben nicht leicht eine Frau zu sein. Wir sollen selbstständig, emanzipiert, intelligent und sexy sein. Doch wenn wir all das sind, verschrecken wir so gut wie alle Männer, da sie mit Ihrem Froschkomplex zu 90 Prozent nicht mit einer starken Frau klarkommen. Sie haben Angst, nicht konkurrieren zu können. Da hilft auch die so viel verschriene Frauenquote nicht viel.

Also versuchen wir uns nicht zu sehr nach Alice Schwarzer zu richten und bewahren uns zusätzlich noch unsere feminine Seite. Die Romantikerin, die Mutter und die Prinzessin, die es mag, wenn ein starker Mann auf einem großen schwarzen Pferd angeritten kommt und ihr Glück bis zum letzten Tag verspricht.

Doch verhält es sich nun einmal so, dass es nicht so einfach ist, all das unter einen Hut zu bekommen.

Gedanklich wünsche ich mir ein weißes Einhorn herbei, auf das ich mich setzen und mir wie Lady Godiva bei meinem Mann Gehör

verschaffen kann. Wobei mir eine Flucht aus diesem Bett in einem rasanten Galopp schon reichen würde.
Und wie hat der gute alte Benjamin Franklin einmal gesagt?

Wer die Freiheit aufgibt, um Sicherheit zu gewinnen, wird am Ende beides verlieren.

Gespannt, was jetzt kommt, sehe ich meinen Liebhaber an, sein Geschmack liegt noch immer auf meinen Lippen.
„Okay. Baby, hör zu. Ich dachte mir schon, dass du so denkst."
Oh weh ... in meinem Bauch beginnen vor lauter Aufregung Silvesterkracher zu platzen. Jetzt ist der Moment gekommen - ob wir uns endlich einig werden?
Ich will keine Liebe ohne Gewähr und keine Beziehung ohne Zukunft ...
„Versuch bitte, ruhig zu bleiben, und hör mich erst an, bevor du in die Luft gehst."
Als ob ich *jemals* in die Luft gehen würde! *Paahhh!*
„Soraja, du bist mir unheimlich wichtig, und die Tatsache, dass wir uns noch nicht so lange kennen, ändert daran nicht das Geringste. Es ist mir ein Bedürfnis dich in Sicherheit zu wissen, dich zu beschützen und für dich zu sorgen. So bin ich nun mal und das musst du akzeptieren. Ich für meinen Teil, werde lernen müssen, dir deinen eigenen Willen zu lassen. Also wie du siehst, müssen wir uns beide anpassen."
Okay. Bisher klingt das ja gar nicht mal so schlecht. Aber irgendwie habe ich das Gefühl, dass der eigentliche Hammer erst noch kommt!
Ich sehe wie sein Adamsapfel sich bewegt, wieso bin ich nur so aufgeregt? Was hat er mir zu sagen, wenn er so schlucken muss?
„Letzte Woche habe ich den Club gekauft!"
Diese lächerlichen sechs Wörter, schlagen ein wie eine Bombe. Der kleine Grüne Kobold, der bis jetzt neugierig gelauscht hat, ist ausnahmsweise mit mir einer Meinung.
Zu dieser Information fällt mir nicht einmal mehr ein schlaues Zitat von meinem ehrenwerten Benjamin Franklin ein!
Aber ich bin mir sicher, er wäre mit mir konform, wenn ich das alles in ein herzhaftes und ehrliches „FUCK!" verpacke. Nach diesem Geständnis ist mir irgendwie nicht mehr danach, nackt mit Tom in einem Bett zu liegen, denn dann würde ich ja genau genommen mit meinem neuen Chef im Bett liegen und das verstößt gegen eines meiner wichtigsten Prinzipien: kein Sex mit dem Boss.

„Wie es aussieht, haben wir ein Problem, Tom. Ich ficke nicht mit meinem Chef!“

Ganz nach dem Motto was kostet die Welt, schlüpfe ich in meine Jeans, schmeiße mir einen Pulli über den Kopf und verschwinde barfuß mit einem Paar Turnschuhen in der Hand aus meiner eigenen Wohnung. *What a Fuck!*

Soll ich jetzt weinen oder schreien?

Nicht sicher was ich nehmen soll, entscheide ich mich fürs Fluchen!

Typisch Mann ... Das mit dem Denken war wohl nichts ...

Zu Julia kann ich nicht gehen, denn da wird er als Erstes nach mir suchen.

Ich brauche jetzt dringend eine starke, männliche Schulter. Unbewusst schlage ich den Weg zur U-Bahn-Station ein und mache mich auf den Weg zu Sören. Bei ihm weiß ich zumindest, woran ich bin.

Die kleine feminine Romantikerin, die sich beinahe bildlich auf meine linke Schulter gesetzt hat, fragt mich ganz ruhig und verständlich, ob ich vielleicht überreagiere. Während auf meiner rechten Schulter eine emanzipierte und selbstständige Powerfrau platz nimmt, die mir mitteilt, dass sie Tom für ein Machoarsch hält.

Kurz bevor ich an Sörens Haustüre ankomme, spüre ich leise Zweifel, ob er der richtige Ansprechpartner ist, doch die wische ich schniefend auf die Seite und drücke auf den Klingelknopf, auf dem sein Name steht. Noch während ich warte und flehend hoffe, dass er zu Hause ist, fällt mir doch noch ein passendes Zitat ein:

Es gibt zwei Wege, um glücklich zu werden:

Wir müssen entweder unsere Wünsche reduzieren oder unsere Mittel vergrößern - beide sind gleich geeignet. Das Resultat ist jeweils dasselbe. Jedermann muss für sich selbst entscheiden und das tun, was ihm leichter fällt.

Na also, auf meine grauen Zellen ist doch noch Verlass ...

Typisch Mann! Kaum ist man voller Testosteron und gute zwei Meter groß, ist eine Gegensprechanlage nur noch Schnickschnack. Anders kann ich mir nicht erklären, dass Sören einfach den Summer betätigt, sodass ich die untere Haustüre aufdrücken kann.

Es braucht keine Worte, keine Fragen und keine Ausreden. Sören sieht mich an und nimmt mich sofort in die Arme ...

Genau das habe ich jetzt gebraucht. Er drückt mich so fest an sich, dass meine Nase gegen sein Shirt gepresst wird. Ich atme seinen vertrauten Geruch ein und ohne dass ich es verhindern kann, kommen mir die Tränen.

Warum kann sich mein dummes Herz nicht in ihn verlieben? Dann wäre alles so einfach und unkompliziert!

Sören würde den Boden, auf dem ich gehe, anbeten und mir jeden Wunsch von den Augen ablesen ...

Mein Gewissen meldet sich zu Wort; hat Tom nicht genau dasselbe getan, nur eben auf einem sehr direkten und dominanten Weg? Völlig verwirrt und in meinem eigenen Gefühlschaos gefangen, spüre ich, wie mich Sören hochhebt und in sein Wohnzimmer trägt.

Ich sitze auf seinem Schoß und spüre seine Wärme. Seine große Hand streicht sanft über meinen Rücken, während ich mich langsam beruhige.

Derweil hatte der Morgen so vielversprechend angefangen.

Was unser Sexualleben anbelangt, sind Tom und ich mehr als gut kompatibel, doch was ist mit den anderen Bereichen des Lebens? Was ist mit den vielen Kleinigkeiten, die die Würze der Liebe sind?

Vertrauen? Ehrlichkeit? Zusammengehörigkeit?

Um nur ein paar zu nennen ...

„Hat er dir wehgetan?“ Sörens dunkle, vor Sorge und Wut zitternde Stimme reißt mich aus meinen Gedanken.

„Nein, also nicht wirklich. Er hat die Bar gekauft.“

Jetzt wo ich es ausspreche, bemerke ich, wie lächerlich mein Verhalten eigentlich ist. Und doch kann ich meine Empfindungen nicht einfach abtun. Ich bin gekränkt und fühle mich verraten. Egal ob es lächerlich ist oder nicht, das fühle ich eben. So ist es, und das müssen Tom und der Rest der Welt akzeptieren. Ich bin eigentlich nicht kompliziert, eher komplex und nicht mit Deppen kompatibel, die nur das tun, was sie wollen.

Sörens Schweigen erstaunt mich, ich sehe zu ihm hoch. Die Erkenntnis trifft mich wie ein Faustschlag, er wusste es und hat mir nichts gesagt. Anscheinend hat sich die ganze scheiß Welt gegen mich verschworen.

„Wieso hast du es mir nicht verraten?“

Immer wieder erstaunt es mich, dass Sören und ich uns auch ganz ohne Worte verstehen. Manchmal denke ich, er ist mein Seelenverwandter und der liebe Gott hat vergessen, ihm und mir die passende Portion Liebe für den ersten Blick mitzugeben.

Warum zum Teufel, ist diese Welt nur so kompliziert?

Meine Stimme ist frei von jeglichem Vorwurf, ich will es eben einfach nur wissen.
„Das war nicht meine Aufgabe, du gehörst jetzt zu ihm.“ Die Traurigkeit in seiner Stimme, verpasst mir einen Stich, aber er hat Recht, zumindest größtenteils.
Am liebsten würde ich das Schicksal anschreien, ihm meine Meinung sagen und es nach einem ordentlichen Wutausbruch auf Knien anflehen, mich in ein Grimm-Märchen zu zaubern, denn da wäre alles so viel einfacher.
Zwischen Hexen, Zauberern und bösen Wölfen würde ich jetzt lieber leben, als mich in nächster Zukunft mit Tom und unseren Problemen auseinandersetzen zu müssen.
Die Sekunden des Schweigens breiten sich aus und werden zu Minuten. Wir befinden uns in einer ziemlich verzwickten Situation, aus der ich leider keinen Ausweg weiß. Meine Gefühle für Sören sind intensiv, er ist für mich eine Mischung aus großem Bruder und bestem Freund. Was Sören für mich empfindet, kann ich nur erahnen, allerdings hat es sicherlich nichts mit Schwesternliebe zu tun.
„Danke, dass du mich auffängst.“
Seine Lippen berühren kurz meinen Scheitel.
„Immer Kleines, das weißt du doch.“
Vertraut lehne ich meinen Kopf an seine Brust und genieße den Moment.
Hoffentlich platzt Tom langsam vor Sorge, denn ausnahmsweise hat er dieses Mal allen Grund sich zu sorgen.
Die Trennung von Tim ist noch nicht allzu lange her und doch habe ich mich Hals über Kopf in Tom verliebt. Natürlich ist mir bewusst, dass es in einer Beziehung immer den einen Partner gibt, der mehr liebt, dummerweise bin das meistens ich.
„Was hat er sich nur dabei gedacht?“
Sörens Brust vibriert vor Lachen, auch wenn ich nicht wirklich weiß, was daran so lustig ist, stiehlt sich ein scheues Lächeln auf meine Lippen.
„Oh Kleines, das weißt du wirklich nicht?“
Verwundert sehe ich ihm in die Augen, „Nein!“
„Warte kurz, ich werde es dir erklären.“ Seine Arme schlingen sich warm und schützend um mich und ich spüre, wie ich mich vollends entspanne; ein Gefühl, das ich nur bei Sören empfinde. Er muss einfach mein Seelenverwandter sein, anders kann ich mir diese Verbundenheit einfach nicht erklären.

„Bei uns Männern, und da schließe ich mich bewusst mit ein, läuft das anders als bei euch Frauen. Wir haben das urtümliche Bedürfnis zu jagen und zu sammeln, das ist eben seit dem Urknall so in uns verankert. Und wenn wir dann endlich etwas finden, das wir jagen wollen, geben wir nicht auf, bis wir es haben. Und dann beginnt die zweite Phase, das Sammeln, was übrigens direkt mit der dritten Phase zusammenhängt. Wir sammeln alles, was wir brauchen, um uns ein angenehmes Leben mit unserer Beute, in der heutigen Zeit sind das zumeist keine Bisons mehr, sondern Frauen, zu ermöglichen."

Seine doch sehr witzige Erklärung lässt meine schlechte Laune verpuffen. Sören ist eben einfach der Beste, wenn es darum geht mich zu trösten!

„Wir bauen Häuser, zeugen Kinder, verdienen Geld und beschützen, was uns gehört. Natürlich hat sich die Art des Beschützens verändert. Wir rennen nicht mehr mit Keulen und Äxten durch die Gegend. Dennoch stecken wir ganz deutlich unser Revier ab. Und genau das hat Tom getan, er hat dich gejagt und fängt jetzt mit dem Beschützen an."

Gerade als ich ihm belustigt wiedersprechen will, legt er mir seinen langen Finger auf die Lippen, bedeutet mir, dass ich noch kurz still sein soll.

„So ungern ich es auch zugebe, aber du bedeutest ihm viel – sehr viel. Tom weiß, dass es genug Männer gibt, die dich wollen. Sein Urinstinkt schlägt Alarm und er markiert sein Revier."

Erneut muss ich an den Bissfleck an meinem Hals und an unsere kleine Nummer in der Bar denken. Kann es sein, dass Sören recht hat?

„Die Bar zu kaufen, hat ihm viele Vorteile gebracht. Er hat seinen Wirkungsraum erweitert, um so seine Beute, dich, besser schützen zu können." Auch wenn Sören seine Erklärung etwas, hmm, wie soll ich es nennen, primitiv erklärt hat, glaube ich, dass er gar nicht mal so falsch damit liegt. Was bedeuten würde, dass Tom mich nicht einengen oder hintergehen, sondern einfach nur in Sicherheit wissen möchte. Trotzdem, er hat sich verdammt dumm angestellt ...

„Danke, ich glaube, ich beginne euch äußerst primitive Wesen besser zu verstehen."

Das charmante und zugleich freche Lächeln, das sich auf Sörens Gesicht ausbreitet, erwärmt mein Herz. Ich drücke ihm einen sanften, freundschaftlichen Kuss auf die Backe und stehe von seinem Schoß auf. „Vielleicht war es nicht so gut, zu dir zu kommen, ich will nicht, dass du und Tom Ärger bekommt."

„Glaube mir Kleines, um mich musst du dir keine Sorgen machen. Der Einzige, der hier aufpassen sollte, ist Tom, denn wenn er nicht gut zu dir ist, kann er was erleben.“

So viel zu den primitiven tief verankerten Trieben und Reaktionen der männlichen Spezies.

6. Kapitel

Die Magie, der Freundschaft und der Bann der Liebe...

Der Nachmittag mit Sören war schön und entspannt und dennoch habe ich es nicht geschafft, Tom für wenige Stunden aus meinem Kopf zu verbannen. Immer wieder musste ich an ihn denken. An sein Lachen, seine Hände und seinen Blick, mit dem er mich immer dann mustert, wenn er denkt, dass ich es nicht bemerke.

Er hat mich in seinen Bann geschlagen, mich süchtig nach seinen Küssen gemacht und beginnt, wenn ich Sören glauben soll, sein Revier um mich herum abzustecken.

So primitiv das alles auch sein mag, es ist irgendwie auch ziemlich heiß. In zwei Stunden muss ich in die Bar, also muss ich langsam aber sicher zu mir heim, um mich umzuziehen. Sören ist so lieb und fährt mich, und wenn ich Glück habe, ist Tom nicht mehr in meiner Wohnung.

Ich glaube nicht, dass er besonders entspannt reagiert, wenn er erfährt, dass ich aus dem Bett geflüchtet bin, in dem wir kurz zuvor heißen Sex hatten, nur um zu Sören zu laufen.

„Magst du noch mit hochkommen?"

Sören steht lässig an sein Auto gelehnt da und beobachtet mich. Seine muskulösen Arme hat er vor der Brust verschränkt und auf seinen Backen zeigen sich leichte Grübchen.

„Die Chance, dass wir es dann wild treiben, besteht nicht, oder?"

Lachend gehe ich auf ihn zu, er ist einfach unverbesserlich. Automatisch öffnet er seine Arme und zieht mich an seine Brust. „Sorry Großer, aber daraus wird leider nichts."

„Dann fahre ich jetzt lieber heim und ziehe mich ebenfalls um, wir sehen uns ja später." Gerade als er in sein Auto einsteigen will, platzt der Knoten in meinem Kopf.

„Warte! Sag mir, dass Vincent nur eingestellt wurde, weil sich Tom Sorgen um meine Sicherheit macht! Und sag mir auch, dass Stefan nicht den ganzen Abend an der Bar rumsteht und sich langweilt, nur damit du nicht mehr rein und somit in meine Nähe musst!"

Sörens Gesichtsausdruck sagt mir ganz eindeutig, dass ich es endlich kapiert habe.

„Wie gesagt Kleines, er beschützt nur, was ihm gehört."

Ich glaube ich spinne, „aber du bist doch keine Gefahr für mich."

Nachsichtig sieht er mich an, so als würde ich es immer noch nicht ganz verstehen. „Kleines, Tom weiß, dass ich alles tun würde, damit du in Sicherheit bist. Das ist der einzige Grund, aus dem ich nicht gefeuert worden bin. Deine Sicherheit ist für mich viel mehr als nur ein Job. Und genau diese Tatsache erklärt auch, warum er mich zwar in deiner Nähe will, aber nicht so nah, dass wir miteinander reden können."

Himmel, und ich dachte immer, Männer wären einfach gestrickt und würden nicht solch komplexe, völlig irrationale Gedankengänge konstruieren.

Schmunzelnd steigt Sören in sein Auto und verschwindet im dichten Verkehr von Berlin. Während ich noch immer versuche zu verstehen, was ich gerade erfahren und mehr oder weniger kapiert habe.

Himmel was ist nur los mit mir? Mein ganzer Körper prickelt und blubbert, als würde ich gleich nackt und mit verbundenen Augen vom Schiefen Turm von Pisa springen.

Meine Füße sind in schwarze Ballerinas verpackt, während ich mich auf den Weg in den Club mache. Das heftige Pochen meines Herzens, verteilt das Adrenalin in meinem Körper. Meine rot geschminkten Lippen presse ich nervös aufeinander und meine mit schwarzem Mascara betonten Augen, brennen von den vielen unterdrückten Tränen, die mich zu überwältigen drohen. *Verdammt!*

Kann ich nicht einfach einmal glücklich sein?

Der Satz „Und sie lebten glücklich bis ans Ende ihrer Tage ..." oder „Wenn sie nicht gestorben sind, dann leben sie noch immer glücklich und verliebt miteinander hinter den Bergen bei den sieben Zwergen" wird wohl nie die letzten Zeilen meiner noch nicht geschriebenen Biografie zieren.

Selbst mein Verstand hat für so eine verzwickte scheiß Situation keinen passenden Benjamin-Franklin-Spruch auf Lager. Was bedeutet, dass ich da wohl dieses eine Mal alleine durchmuss.

Während ich den Nachmittag mit Sören verbracht habe, haben Tom und Julia meine Voicemail gesprengt und über ein Dutzend Mal auf meinem Handy angerufen. Das unglücklicherweise bei der überstürzten Flucht im Wohnzimmer auf der Kommode liegen geblieben ist.

Noch eine Hausecke und ich bin endlich angekommen. Noch habe ich die Möglichkeit, unentdeckt zu flüchten, doch ich widerstehe dem beinahe übermächtigen Drang. Wenn ich mich jetzt nicht Tom stelle, wird das ganze Ausmaß unseres Streits nur noch größer.

Sören entdeckt mich zuerst. Wie jeden Abend sieht er in seiner schwarzen Hose und dem schwarzen Hemd einfach nur heiß aus.

Als ich nur noch wenige Meter von ihm entfernt bin, verwandelt sich sein düsterer Gesichtsausdruck in eine freundliche Mine.

„Hey Kleines, denk dran, ich beschütze dich auch vor ihm.“

Obwohl seine Worte todernst gemeint sind, umspielt ein Lächeln seine Lippen. Vincent ist im Club verschwunden, nachdem er mich gesehen hat. Oh wie wunderbar, er ist bestimmt darauf bedacht, Tom zu informieren. Allein bei dem Gedanken wird mir schlecht.

Vielleicht sollte ich mich einfach schnell aus dem Staub machen ...

„Verfluchte Scheiße, wo zum Teufel hast du gesteckt? Ich bin fast verrückt geworden vor Sorge.“ Toms Stimme ist eiskalt und gefährlich tief. Meine Nackenhaare stellen sich auf und mein Überlebensinstinkt rät mir, möglichst schnell zu rennen. Unsicher sehe ich zu Sören, doch der hat wohl beschlossen, eine unbeteiligte Mine aufzusetzen.

Hart und unnachgiebig schließen sich Toms Finger um mein Handgelenk, während er mich in den noch völlig leeren Club zerrt. Die Bar ist noch nicht vorbereitet und die Lichter sind nur zur Hälfte eingeschaltet. Er zieht mich in sein Büro, in das Büro meines Chefs und versperrt mir die Türe, in dem er sich davor positioniert.

„Wo hast du gesteckt?“

Mir ist schwindelig und ich wanke, ich muss hier raus.

„Lass mich gehen Tom.“

Er reagiert so schnell, dass ich erst bemerke, dass er sich auf mich zu bewegt hat, als er mich hart an seine Brust drückt. „Mach das nie wieder. Ich bin fast verrückt geworden! Wenn ich nicht weiß, wo du bist, kann ich mich auf nichts anderes konzentrieren, als darauf dich zu finden.“

Wow, das kommt einer Liebeserklärung ziemlich nahe ...

„Ich war bei Sören, und flipp jetzt ja nicht aus, er ist ein guter Freund und er gehört zu meinem Leben!“

Jeder Muskel seines Körpers spannt sich an, seiner Kehle entringt sich ein gefährlich klingendes Knurren, doch er sagt kein Wort. „Dieser Club, diese Bar, interessieren mich nicht im Geringsten. Das einzig Wichtige in meinem Leben bist du. Und wenn dir diese Location so am Herzen liegt, dann sollst du sie bekommen. Mach deinen Club daraus, lächle die Gäste an, aber glaube bloß nicht, dass ich es tolerieren werde, wenn du vor meinen Augen mit anderen Männern flirtest.“

Ich befreie mich ein Stückchen aus seiner Umarmung, sodass ich genug Freiraum habe, um ihn ins Gesicht zu blicken. Toms Kiefermuskeln sind angespannt, seine Augen funkeln dunkel und seine Aura ist alles in allem die eines Kriegers, der seine Beute beschützt.

Sören hat also mit allem, was er gesagt hat, recht gehabt!

Ich verliere mich in den Tiefen seiner blauen Iriden, spüre seinen rhythmischen Herzschlag und sehne mich nach seiner Nähe.

„Ich will nicht mit dir streiten, sondern dich küssen."

Seine Nasenflügel blähen sich, ehe er meine Lippen mit den seinen berührt. Aus dem anfänglich vorsichtigen Kuss wird ein heißer feuchter Tanz unserer Zungen, der damit endet, dass wir uns gegenseitig die Kleider vom Körper reißen. Süchtig nach mehr, mit dem primitiven Verlangen nach seinem harten Schwanz, kralle ich mich an ihm fest. Keuchend und stöhnend vergrabe ich meine Finger in seinen Schultern. Mein Liebhaber, Freund und Beschützer hebt mich an, setzt mich auf seinen Schreibtisch und dringt mit einem harten, kraftvollen Stoß in mich ein. Sein Glied füllt mich aus, brandmarkt mich und schenkt mir pure Lust. Immer wilder vereinen sich unsere Körper, seine Hoden klatschen gegen meinen Po, sein Atem streift meine Haut und seine Hände umfassen meine Hüften. Völlig mit ihm vereint schenke ich ihm mein Herz.

Denn es ist das nicht Gesagte, auf das es ankommt, es sind die Taten, auch wenn sie noch so primitiv sind, die zählen. Seufzend presse ich mich seinen Stößen entgegen, nehme ihn in mir auf, und genieße das Gefühl, diesem Mann zu gehören. Der sanfte Schmerz, als seine Zähne in die Haut meines Nackens fahren, lässt meine vibrierenden Sinne explodieren.

Zuckend und stöhnend genieße ich seine Inbesitznahme, denn ich weiß jetzt endlich, dass wir zusammengehören, dass er mein Prinz ist, der sich im richtigen Moment zum bösen Wolf verwandelt.

Epilog

In den nächsten Wochen und Monaten verwandelte sich das ehemalige ‚Darkness' in das ‚Godiva'.

Die Theke und die Bar haben sich nicht merklich verändert. Der Rest dagegen hat komplett meine Handschrift erhalten. Weiße Clubsessel und schwarze Lacktische zieren das Gesamtbild. Bunte, sich ständig wechselnde Lichteffekte reflektieren Retrobilder von Ikonen aus längst vergangenen Zeiten an die Wand.

Mit dem Charme ihrer schönen Gesichter, zaubern Marylin Monroe und Audrey Hepburn ein Lächeln auf die Gesichter der Gäste. Wilde Cocktailkreationen, einfallsreich im Aroma und interessant in der Farbe, sorgen dafür, dass die Geschmacksnerven der Clubbesucher voll auf ihre Kosten kommen. Heute Nacht ist es endlich so weit. Das erste Mal öffnet das ‚Godiva' seine Türen für die Partywütigen der Nacht.

Ich fühle mich, als würde mein Herz gleich vor lauter Vorfreude aber auch Angst einen Infarkt bekommen. Ein letztes Mal checke ich alles, schiebe die Stühle zum x-ten Mal von links nach rechts und poliere die bereits blitzende Theke der Bar. Tom beobachtet mich die ganze Zeit mit Adleraugen. Es amüsiert ihn, dass ich vor Energie und Nervosität keine Sekunde still halten kann.

„Oh Baby, eigentlich solltest du nach letzter Nacht ausgeglichener sein."

Sein wissendes Grinsen treibt mir die Schamesröte ins Gesicht.

In Zukunft werde ich mir sehr gut überlegen, ob ich ihn mitten in der Nacht aufwecke nur um ihm zu sagen, dass ich nicht schlafen kann.

„Mach dir nicht so viele Sorgen, Süße. Der Club und die Bar sind super geworden. Die Leute werden dir die Bude einrennen, und du wirst dir wünschen, letzte Nacht genug geschlafen zu haben."

Sören, Stefan und der Neue – ich kann mich noch immer nicht dazu überwinden ihn beim Namen zu nennen, kümmern sich um die Sicherheit. Am liebsten hätte ich diesen Vincent längst gefeuert, doch was ihn betrifft, kennt Tom keinen Spaß. Kein Betteln, Flehen und Schreien hat geholfen.

Tom ist einfach ruhig geblieben, hat mich toben und wüten lassen und mir dann ganz entspannt mitgeteilt, dass er nur dann gut schlafen kann, wenn er weiß das Vincent in meiner Nähe ist.

Was zum Teufel kann der Typ, dass mich so wahnsinnig beschützen soll? Und vor allem, vor was? Wenn ich in der Zeit mit Tom eine Sache gelernt habe, dann die, dass ich mir meine Energie und meine

Nerven für die Situationen aufhebe, in denen es unabdingbar ist, zu streiten. Und bei allem anderen lass ich ihn einfach machen.

Julia, die mich natürlich unterstützt, hat sich mit irgendeiner fadenscheinigen Ausrede vor die Türe verabschiedet. Mir ist klar, dass sie einfach nur zu Vincent will. Irgendetwas muss der Kerl an sich haben, dass meine Freundin völlig aus der Bahn geworfen hat. Doch das Merkwürdigste an der Sache ist meiner Meinung nach nicht, dass sie ihn attraktiv findet, sondern dass Tom kein Problem damit hat. Ausgerechnet er, der übervorsorgliche große Bruder, scheint absolut zufrieden mit ihrer Männerwahl zu sein.

Ich beschließe, dass ich, sobald ich die heutige Nacht erfolgreich überstanden habe, dieser Sache auf den Grund gehen werde. Das Rätsel Vincent war die meiste Zeit ungelöst ...

Ungeduldig setzte ich mich zu Tom auf einen der neuen weißen Lederbarhocker, sehe meinem Mann in die Augen und genieße das Gefühl, dass er für mich da ist, mich auffängt und mich unterstützt, und das obwohl er nicht begeistert davon ist, dass ich jetzt meinen eigenen Club habe.

Ist das Liebe, richtig ehrliche Liebe?

Ich glaube schon. Tom unterstützt mich auch in den Dingen, die ihn nicht unbedingt besser schlafen lassen, und das, nur um mich glücklich zu machen.

Ich lege all meine Liebe in meinen Blick, sehe ihm tief in die Augen und küsse ihn zart auf die Lippen. Süß und zart schmelzend versinke ich in unserem Kuss, sauge seine Nähe und sein Aroma in mich ein. „Ich danke dir ...“

Mehr Worte braucht es nicht, denn er weiß, ich meine nicht nur den Club, sondern auch seinen Rückhalt und seine grenzenlose Liebe.

Just love you

Es ist Nacht
und mein Herz kommt zu dir,
hält's nicht aus,
hält's nicht aus mehr bei mir.
Legt sich dir auf die Brust,
wie ein Stein,
sinkt hinein,
zu dem deinen hinein.
Dort erst,
dort erst kommt es zur Ruh,
liegt am Grund
seines ewigen Du.

Christian Morgenstern (1871-1914)

1. Kapitel

Alice

„Komm schon, Baby, lass uns von hier verschwinden."

„Ich kann nicht, ich bin mit Chris hier. Mein Date, falls du das schon vergessen hast!"

Seine Hand streicht sanft über meinen Bauch, ehe sich seine fordernden Finger in meinen Rock schieben. Seine Fingerspitzen gleiten zwischen meine Schamlippen, ehe sie kreisend über meine Klit streichen.

Seufzend beiße ich mir auf die Unterlippe, um mein aufsteigendes Stöhnen zu unterdrücken. Samy, meine neue Mitbewohnerin, erzählt mir irgendetwas über ihren neuen Arbeitskollegen, auf den sie zu stehen scheint. Doch ich bin viel zu abgelenkt, um ihr wirklich zuzuhören. In der Hoffnung, dass sie nicht bemerkt, wie abgelenkt ich bin, nicke ich ihr nur zu und presse mich den gierigen Fingern, die fordernd durch meine Spalte streichen, entgegen.

Oh Fuck!

Während mein Körper immer feuchter und geiler wird, zeigt mir mein Verstand den Mittelfinger.

Josch presst sich von hinten an mich, reibt seinen harten Schwanz an meinem Po und demonstriert mir, wie verdammt geil er auf mich ist.

Zupfend reibt er meinen Kitzler, mein Körper beginnt zu glühen und meine Nerven vibrieren vor Leidenschaft.

Mist! Er kennt mich einfach viel zu gut. Er weiß ganz genau, wie ich es will und was ich brauche. Unter seinen Händen wird mein Körper weich, feucht und nachgiebig.

Um ehrlich zu sein, spricht auch nichts gegen einen heißen, heftigen Fick. Nichts außer der Tatsache, dass Josch mein Ex ist und es nicht besonders schlau ist, Sex mit dem Ex zu haben. Samy sieht mich abwartend an, scheiße, anscheinend hat unsere Unterhaltung jetzt den Punkt erreicht, an dem ich mich mit einem hilfreichen, verständnisvollen Kommentar einbringen soll.

Joschs Finger dringt ein paar Zentimeter in mich ein, touchiert meinen G-Punkt und lässt mich beinahe kommen. Meinem Verstand gehen die Lichter aus und mein Atem kommt immer schneller.

Die bunten Lichtreflexe der Spots surren schnell durch die Luft, erhellen die Bar und die tanzenden Körper in der Mitte des Clubs. Der Beat des DJs wummert durch meinen Leib und verstärkt das intensive Gefühl des immer näher rückenden Höhepunkts. Wenn Josch nicht bald aufhört, werde ich ganz genau hier, direkt an der Bar vor all meinen Freunden, kommen.

Chris, mein Date, ist kurz vor die Türe gegangen, um zu telefonieren. Anscheinend dauert das Gespräch etwas länger, denn er ist immer noch nicht zurückgekommen. Eigentlich sollte ich beleidigt sein, dass er mich hier einfach stehen lässt, aber na ja, im Moment bin ich ziemlich froh darüber, dass er nicht neben mir steht.

Samy zieht eine Augenbraue nach oben, sie wartet noch immer auf meine Antwort.

Doch wie soll ich es schaffen, einen ganzen Satz auszusprechen, während mich Josch mit seinen Fingern fickt?

Sein heißer Atem streift meinen Nacken, während er mir leise und dunkel ins Ohr flüstert. „Ich spüre, wie sich deine Muskeln um meine Finger zusammenziehen. Komm schon, Alice, ich weiß, dass du dich nach meinem Schwanz verzehrst."

Josch hat recht, ich will ihn – ich brauche ihn. Das war schon immer so und das wird auch immer so sein. Miri, meine beste Freundin, kommt auf uns zu und stellt einen neuen, pinkfarbenen Wintercocktail vor mir ab. Lachend legt sie einen Arm um Samy und zieht sie mit sich auf die Tanzfläche.

Das war Rettung in letzter Sekunde!

Erleichtert schließe ich die Augen, presse mich sehnsüchtig Joschs Hand entgegen und stütze mich an der Bar ab. Die Muskeln in meinen

Beinen verwandeln sich in Wackelpudding, während ich immer verzweifelter versuche, nicht die Kontrolle über mich zu verlieren.

Besitzergreifend schlingt er einen Arm um meine Taille und presst mich beschützend gegen seinen kraftvollen Körper.

„Komm schon, Baby, komm für mich!"

Das dunkle Timbre seiner Stimme, sein breiter Brustkorb, der sich von hinten gegen meinen Rücken presst, und seine Finger, die immer härter in mich eindringen ...

Wie soll ich ihm nur jemals widerstehen?

Ahhhh ... Dieser Mann ist mein Untergang ...

Verzweifelt versuche ich mir die vielen Gründe, warum das hier ein Fehler ist, ins Gedächtnis zu rufen, doch es will mir einfach nicht gelingen.

Knurrend presst er seinen harten Schwanz gegen meinen Po, treibt seinen Finger noch tiefer in meine Pussy und beißt mir fest in den Nacken.

Die bittersüße Mischung aus Lust und Schmerz lässt mich immer feuchter werden. Um uns herum findet die Party des Jahres statt, doch keiner scheint zu bemerken, dass ich nur wenige Atemzüge von einem heftigen Höhepunkt entfernt bin.

Die Angst davor, erwischt zu werden, der Hauch des Verbotenen und das Wissen, dass ich diesem Mann niemals widerstehen kann, rauben mir den Atem.

Keuchend schließe ich die Augen, meine Zehenspitzen, die in meinen roten High Heels stecken, krümmen sich vor Lust, während sich kleine Schweißperlen in meinem Nacken bilden.

„Bitte, Josch ..."

Unsicher, ob ich ihn anflehen soll, aufzuhören oder weiterzumachen, lege ich den Kopf in den Nacken und öffne meine Lippen für einen erlösenden Schrei.

Gierig legt er seinen Mund auf den meinen, seine Zunge dringt brutal in mich ein, bringt mich zum Schweigen. Zitternd, keuchend und von seiner Gier überwältigt verliere ich den Verstand, während grelle Blitze hinter meinen geschlossenen Lidern tanzen. Meine Knie geben nach und ich versinke in den pulsierenden Wogen meiner Lust.

Josch hält mich sicher und trinkt meinen erlösenden Schrei von meinen Lippen.

Qualvoll, langsam und tief massieren seine Finger meine zuckende Pussy.

Mein Körper hat nie aufgehört ihm zu gehören, und das weiß er ganz genau.

Krampfartig saugt meine bebende Möse seine Finger immer tiefer in mein heißes Inneres. Joschs Zunge folgt den Konturen meiner Lippen, seine Finger streichen zärtlich und beruhigend über meine Schamlippen, ehe er seine Hand aus meinem String gleiten lässt und aus meinem Rock zieht.

Atemlos, erschöpft und kraftlos lehne ich mich an ihn, das Gefühl der Zusammengehörigkeit durchflutet meine Seele und ich weiß, dass ich diesen Mann von ganzem Herzen liebe.

Was für eine beschissene Situation!

Was soll ich denn jetzt nur machen?

Ich meine, ich bin mit Chris hier und habe mich von Josch fingern lassen.

„Hör auf, Alice!"

„Womit?"

„Hör auf vor mir davonzulaufen! Hör auf dich mit diesen Wichsern zu verabreden. Aber vor allem hör auf das gerade eben Erlebte zu Tode zu analysieren!"

Seine Hände legen sich auf meine Hüfte, ziehen mich noch fester an seinen harten Körper und demonstrieren mir erfolgreich, wie sehr er mich begehrt.

Josch und ich waren drei Jahre zusammen. Sechsunddreißig Monate, die eine Achterbahn der Gefühle waren. Josch ist ein sehr dominanter, bestimmender Mann, der immer die Kontrolle über alles haben muss. Und ich weiß, dass es ihn verrückt macht, dass er mich im Augenblick nicht in der Art kontrollieren kann, wie er es gerne würde.

Meine Gefühle für Josch haben sich in den drei Monaten, in denen wir nun schon voneinander getrennt sind, nicht verändert, ganz im Gegenteil, ich vermisse ihn mit jedem Tag mehr.

Ich vermisse seine Nähe, seine Kraft und seine Dominanz.

Das Verrückteste an der Sache ist ja, dass ausgerechnet meine Angst, ihn zu verlieren, der Grund war, aus dem ich ihn verlassen habe. Verwirrt und emotional völlig durcheinander versuche ich, etwas Abstand zwischen uns zu bekommen.

Trotz unserer Trennung hat mich Josch niemals aus den Augen gelassen, und alleine die Tatsache, dass er heute Nacht hier ist, beweist, dass er mehr als bereit ist, um mich zu kämpfen.

Auf wackeligen Beinen werfe ich einen prüfenden Blick zur Türe. Doch von Chris ist immer noch nichts zu sehen.

Ob bei ihm alles okay ist? Ob er mich und Josch beobachtet hat?

Chris ist ein netter Kerl, und ganz genau darin liegt auch das Problem. Denn er ist einfach viel zu nett und anständig.

Josch stellt sich neben mich, wirft mir einen dunklen, intensiven Blick zu und erfüllt mit seiner Anwesenheit mein ganzes Denken.

Eine hübsche Rothaarige verschlingt meinen Ex regelrecht mit ihren Blicken, er scheint sie nicht einmal wahrzunehmen.

Mit seinen knapp zwei Metern und seinem durchtrainierten Körper ist er der Inbegriff eines Mannes. Sein breites Kreuz verjüngt sich zu einer schmalen Taille. Seine muskulösen Arme werden von einem weißen Hemd verborgen, das in einer schwarzen Hose steckt. Seine grauen Augen sind auf mich gerichtet und ich weiß, dass ihm nicht die geringste Kleinigkeit entgeht.

Sein Gesichtsausdruck und seine Körperhaltung sorgen dafür, dass keiner der anwesenden Kerle auch nur annähernd in meine Nähe kommt. Die heißen Wellen meines Höhepunktes zucken noch immer durch meinen Unterleib, während ich mir einen großen Schluck des Cocktails gönne.

Tief in meinem Herzen weiß ich, dass Josch der Mann meines Lebens ist und dass unsere Trennung nichts anderes als eine Rebellion meinerseits ist.

Durstig sauge ich einen großen Schluck des eiskalten Cocktails durch den schwarzen Strohhalm in meinen Mund. Der fruchtige Geschmack des Pfirsichs legt sich auf meinen Gaumen, der scharfe Geschmack des Alkohols rinnt durch meine Kehle und beruhigt mit jedem weiteren Schluck meine aufgekratzten Nerven.

Der postkoitale Zustand, der sich in mir ausbreitet, lässt mich zufrieden grinsen, während ich Samy und Miri auf der Tanzfläche beobachte.

In ihren Leben scheint alles so verflixt einfach zu sein. Sie haben einen guten Job, einen anständigen, durchschnittlichen Kerl und regelmäßig befriedigenden Sex.

Und ich? Ich habe einen guten Job und den heißesten Ex-Freund des Jahres. Am Anfang, als ich ihn kennengelernt habe, konnte ich nicht verstehen, warum ein Mann wie Josch so verrückt auf mich ist. Im Gegensatz zu dem derzeitigen Idealbild einer Frau habe ich viel zu weibliche Rundungen. Mein Busen ist groß, meine Taille fraulich gerundet und mein Hintern steckt in einer Hose Größe zweiundvierzig.

Immer wenn ich vor dem Spiegel stehe, denke ich mir, dass ich ohne Hintern eigentlich ganz sexy wäre, aber ich habe nun mal keinen Arsch, der in die Größe Zero passt. Das war schon immer so und das wird auch immer so bleiben.

Und Josch? An ihm ist nicht ein Gramm Fett. Jeder noch so harte Zentimeter seines Körpers besteht aus purer Kraft. Er geht mindestens dreimal die Woche zum Training und hat jeden Freitagnachmittag zwei Stunden einen Personal Trainer, der mit ihm seine Lieblingssportart Mixed Martial Arts trainiert. Und dennoch ist er keiner dieser aufgeblasenen Kerle, die nicht sportlich, sondern aufgepumpt aussehen.

Alleine bei der Erinnerung daran, wie er nackt vor mir steht, sich meine Beine auf die Schultern legt und langsam und tief in mich eindringt, werde ich erneut geil ...

War unsere Trennung ein Fehler?

Zögere ich nur das Unausweichliche hinaus?

Ich weiß es einfach nicht ... Als Josch das erste Mal erwähnt hat, dass er mich heiraten will, habe ich einfach Panik bekommen.

Alleine das Wort Hochzeit hat mir eine schreckliche Angst gemacht. Nicht, weil ich ihn nicht genug liebe, oh nein, dieser Mann hat mein Herz völlig in Besitz genommen, sondern einfach, weil ich denke, dass eine Hochzeit alles ruinieren würde.

In meinem ganzen Bekanntenkreis und meiner Familie gibt es keine einzige Ehe, die wirklich gehalten hat.

Irgendwie endet es immer darin, dass es eine ekelhafte, gemeine und herzbrechende Scheidung gibt. Und das würde ich einfach nicht verkraften. Ich weiß, dass ich eine hoffnungslose Romantikerin bin. Wahrscheinlich ist mein Wunsch nach ‚bis dass der Tod euch scheidet' unrealistisch. Aber wenn ich mich wirklich dafür entscheide, einen Mann zu heiraten und seine Frau zu werden, dann werde ich mich nicht mit weniger zufriedengeben!

Ich spüre Joschs eindringlichen Blick auf meinem Gesicht und weiß, dass ihm klar ist, wie es um mein Herz steht.

Josch hat das unheimliche Talent, immer ganz genau zu wissen, wovor ich Angst habe und was mir Sorgen bereitet. Aber wie schon erwähnt, er ist eben ein Mann, der immer und über alles die Kontrolle behält. So wie ich ihn kenne, hat er mit Sicherheit geahnt, dass ich bei dem Wort Hochzeit fürchterliche Panik bekommen werde. Anders kann ich mir seine endlose Geduld und die stoische Ruhe, mit der er mich verfolgt, nicht erklären.

Seit unserer Trennung ist er immer in meiner Nähe. Auch die Tatsache, dass ihm die Firma gehört, für die ich arbeite, macht die Sache nicht gerade unkomplizierter.

Ich spüre, wie er seine große Handfläche auf meinen Rücken legt und mit der Spitze seines Daumens über meinen Nacken streicht.

Ein wohliger Schauer rieselt über meine Arme hinab bis zu meinem Steißbein ...

Tief einatmend genehmige ich mir einen weiteren Schluck meines Cocktails, ehe ich im Augenwinkel sehe, wie Chris, mein eigentliches Date, zurück zu uns kommt.

Chris ist das absolute Gegenteil von Josch. Chris ist freundlich, nett und vor allem unheimlich verständnisvoll. Seine kurzen blonden Haare hat er lässig gestylt, sodass sie leicht verstrubbelt abstehen.

Das navyblaue Poloshirt, das er trägt, passt hervorragend zu seiner weißen Hose. Während Josch dominant, dunkel und gefährlich ist, wirkt Chris, als wäre er direkt von einer Segeltour gekommen.

Die goldene Rolex an seinem Handgelenk und der Pullover, den er über seine Schulter gehängt hat, lassen ihn so aussehen, als wäre er gerade aus einem Katalog für Herren-Freizeitmode gestolpert.

Na fantastisch, jetzt stehe ich zwischen Chris und Josch und bin völlig verwirrt. Es war ein Fehler, mit Chris auszugehen, denn in meinem Herzen ist einfach kein Platz für einen anderen Mann!

Fest entschlossen, mich heute Nacht zu amüsieren, leere ich mein Glas in einem Zug und stelle es schwungvoll auf die Bar.

Jetzt wird es Zeit, mit Samy und Miri die Tanzfläche zu stürmen ...

Josch

Tief einatmend, versuche ich meine Besitzgier zu kontrollieren.

Alice gehört mir, sie ist meine Frau, mein Besitz und mein Eigentum. Sie nicht unter meiner Kontrolle zu haben erfordert ein Maß an Selbstbeherrschung, das ich einfach nicht länger aufbringen kann.

Der Wichser, den sie ihr Date nennt, steht neben mir, in seiner Hand hält er ein alkoholfreies Bier, während sein Blick viel zu interessiert über Alices köstlichen Körper gleitet.

Ich wusste, dass Alice die Flucht antreten wird, wenn ich ihr sage, dass ich sie heiraten will. Sie ist keine von den Frauen, die bei dem Wort Hochzeit sofort an weiße Tauben, dreistöckige Torten und Strumpfbänder denkt. Alice ist ein starkes, unabhängiges Mädchen, und ganz genau diese Seite an ihr zieht mich wie magisch an. Ihre Widerspenstigkeit, die Art, wie sie versucht ihr Leben möglichst selbstbestimmt zu führen, und das Wissen, dass sie sich mir nie einfach unterwerfen wird, lassen meine Besitzgier immer noch stärker werden.

Lachend und entspannt tobt sie sich mit ihren Mädels auf der Tanzfläche aus. Die Art und Weise, wie sie sich bewegt, lässt meinen Schwanz immer härter werden, und es wird nicht mehr lange dauern, bis ich an einem Punkt angekommen bin, an dem es kein Zurück mehr gibt. Die letzten Monate war ich weiß Gott geduldig mit ihr.

Doch langsam, aber sicher ist meine Toleranz aufgebraucht.

All die Idioten, mit denen sie sich die letzten Wochen verabredet hat, waren nichts weiter als ein verzweifelter Versuch, das Unausweichliche etwas hinauszuzögern. Tief im Inneren weiß Alice, dass sie meine Frau ist, dass sie in mein Leben, an meine Seite und in mein Bett gehört.

Angespannt lasse ich den Kopf kreisen und meinen Nacken knacken. *Zur Hölle mit ihr!* Alleine das Wort Freiraum sollte verboten gehören!

Bis jetzt ist es mir wirklich gelungen, etwas Verständnis aufzubringen. Doch in dem Augenblick, in dem ich beobachte, wie sich ein Typ von hinten an Alice drängt, seine Hand um ihre Körpermitte legt und sie an sich presst, reicht es mir endgültig!

Jeder Mann kommt irgendwann mal in die beschissene Situation, in der er tun muss, was nötig ist, um seine Frau zur Vernunft zu bekommen!

Fluchend gehe ich auf die Tanzfläche, schiebe mich durch die Menge und postiere mich direkt vor Alice.

In dem Moment, in dem sich unsere Blicke treffen, bleibt sie stehen. Ihre langen schwarzen Haare, der Ausdruck in ihren veilchenblauen Augen und ihre kleinen weißen Zähne, die sich in ihre Unterlippe graben ... *Fuck! Fuck! Fuck!*

Mit einem schnellen Blick, in den ich all meine Wut lege, gebe ich dem Arschloch, das sie angetanzt hat, zu verstehen, dass er sich verpissen soll.

Jetzt ganz genau in diesem Augenblick ist endgültig Schluss mit diesem Theater!

Es mag ja sein, dass es Alice noch nicht bewusst ist, aber mir war von vornherein klar, dass sie keinen dieser Idioten wirklich will.

Sie weiß ganz genau, dass sie mir gehört, sie weiß, dass sie meine Frau ist und dass ihr Platz an meiner Seite ist.

Sie hatte ihren Freiraum, und jetzt wird es endlich Zeit, sich der Realität zu stellen!

Bullshit!

Ich habe weiß Gott etwas Besseres zu tun, als ihr auf eine verdammte Wintercocktailparty zu folgen.

„Fuck, Alice! Jetzt reicht es!“

Vor Wut zitternd lege ich meine Hände um ihre Taille, hebe sie hoch und werfe sie mir über die Schulter. Wie ein Höhlenbewohner seine Beute trage ich sie durch den Club, lasse die Tanzfläche hinter uns und öffne die Türe des Notausgangs. Schwer atmend verpasse ich ihrem Hintern einen harten Klaps, ehe ich sie an meinem Körper nach unten gleiten lasse.

Sie so nah bei mir zu haben, ihren Geruch einzuatmen und ihren Atem zu spüren, macht mich rasend vor Gier.

Bei allen Göttern!

Es wird verflucht noch mal Zeit, dass ich meiner Frau endgültig zeige, zu wem sie gehört!

2. Kapitel

Alice

Seine Augen sind dunkel, beinahe schwarz. Der Blick, mit dem er mich regelrecht verschlingt, lässt meinen Unterleib vor sexueller Anspannung erregt vibrieren.

Die schwere Türe des Notausgangs schirmt uns von den anderen ab, die gedämpften Beats der Songs streichen über meine angespannten Nerven. Wir stehen in einer Art Flur, der nur spärlich beleuchtet ist.

Joschs Mund streift meinen Hals, seine Zähne beißen leicht in mein Ohrläppchen, während er seinen Körper an den meinen presst.

Anscheinend ist jetzt der Zeitpunkt gekommen, an dem ich den Tiger lange genug am Schwanz gezogen habe. Josch ist kein besonders geduldiger Mann, es war also nur eine Frage der Zeit, bis er zum Angriff übergeht.

Seine Augen fixieren die meinen, sein Atem streift mein Gesicht und ich weiß, dass ich verloren bin. Sein breiter Brustkorb, der mich bestimmend gegen die Wand presst, lässt meinen Herzschlag immer schneller werden.

In der Sekunde, in der seine Hände über meine Rippen hinauf zu meinen Brüsten wandern, weiß ich, dass ich nicht länger in der Lage bin, mich von ihm fernzuhalten.

Seine Finger umschmeicheln die Konturen meiner Brustwarzen. Das Top, das ich trage, presst sich eng an meine Brüste und überlässt seiner Fantasie nicht viel Spielraum.

Wimmernd lasse ich meine Stirn gegen seinen Brustkorb sinken, es fühlt sich so unfassbar gut an, bei ihm zu sein. Sein köstlicher Geruch nach Mann und Sandelholz steigt mir in die Nase, und ich kann nicht anders, als meine Finger über seinen breiten Rücken gleiten zu lassen.

„Fuck, Alice!“

Sein gemurmelter Fluch beinhaltet so viel männliche Gier und unbefriedigte Lust, dass sich ein äußerst zufriedenes Lächeln auf meinen Lippen ausbreitet.

Das Wissen, dass er es kaum erwarten kann, mich zu ficken, lässt mich immer feuchter werden.

Bestimmend, gierig und ungezügelt erobert Josch meinen Mund.

Seine Finger schieben sich unter meinen Rock, umfahren die Spitzen meiner halterlosen Strümpfe, ehe sie immer höher gleiten ...

Der süße Geruch meiner Erregung hüllt uns ein. Unsere Zungen umschlingen sich in einem wilden Tanz, während seine Finger über den feuchten Stoff meines Strings streichen. Keuchend presse ich meinen Unterleib seinen Fingern entgegen und verliere die Kontrolle über meine Lust.

Wie konnte ich nur jemals glauben, dass ich ohne diesen Mann leben kann?

Meine Hände fahren durch sein volles Haar. Krallen sich in seinem Nacken fest und drücken seine gierigen Lippen noch fester auf die meinen.

Ich bin verloren!

Wenn ich ihn nicht bald bis zum Anschlag in mir spüre, werde ich vor Lust sterben!

Der allumfassende Tanz unserer Zungen verlangsamt sich, wird eindeutiger und fordernder.

Seine Zähne graben sich in meine Unterlippe, ehe er mich hart beißt.

„Du gehörst mir, Alice! Nur mir! Und es wird verdammt noch mal Zeit, dass du aufhörst, vor unserer gemeinsamen Zukunft davonzulaufen!“

Intuitiv weiß ich, dass Josch recht hat. Die besitzergreifende Art, wie mich seine Hände halten, sein Blick, der mich verschlingt, und sein harter Schwanz, der sich begierig gegen mich presst, lassen meine Zweifel und Ängste verstummen!

Ein sinnlicher Lustschauer rieselt über meine Schulterblätter.

„Bei Gott! Ich lasse dich nie wieder gehen!“

Seine Fingerspitzen streichen durch meine feuchte Spalte, umkreisen meinen Kitzler und entlocken mir ein sehnsüchtiges Keuchen.

Aus dem Aufeinandertreffen zweier Münder ist ein hemmungsloses Vorspiel geworden.

Plötzlich beendet er unseren wilden Kuss, schwer atmend öffne ich blinzelnd die Augen. Das silberne Grau seiner Iris hat sich in ein dunkles Sturmgrau verwandelt. Der harte, unnachgiebige Zug um seinen Mund und die Tatsache, dass jeder noch so kleine Muskel seines Körpers angespannt ist, verraten mir, dass er kurz davorsteht, seine sonst so eiserne Selbstbeherrschung zu verlieren.

Wie konnte ich nur jemals denken, dass ich ihm entkommen kann?

Zwar habe ich noch immer panische Angst davor, dass unsere Ehe irgendwann scheitern und er mich verlassen wird. Doch die letzten Monate haben mir gezeigt, dass ein Leben ohne ihn einfach nicht lebenswert ist.

„Baby, hör auf, an uns zu zweifeln! Du bist die Einzige für mich! Ich werde dich nie freigeben oder verlassen!“

Tief einatmend lasse ich seine Worte auf mich wirken. Die Entschlossenheit in seiner Stimme und sein wilder Blick lassen mich beinahe dahinschmelzen.

Das dunkle Timbre dringt tief in mein unsicheres Herz ein und durchbricht meine letzte Schutzmauer.

Wahrscheinlich ist es normal, Angst zu haben.

Immerhin geht es hier um nichts Geringeres als den Rest unseres Lebens!

Ich weiß nicht, was die Zukunft für uns bereithält, aber ich weiß definitiv, dass ich diesen Mann will!

Mit seinem intensiven Blick sieht er mir direkt ins Herz.

Josch würde für mich gegen den Rest der Welt antreten. Gefährliche Drachen bekämpfen und den höchsten Turm erobern, und das alles nur, um mich für sich zu beanspruchen. Seine Finger streichen sanft über meine Schamlippen, dringen leicht in mich ein, nur um sich dann wieder zurückzuziehen. Wimmernd sehne ich mich nach mehr. Ich will ihn endlich in mir spüren, ich will, dass er die Leere in mir ausfüllt und mich endlich in Besitz nimmt ...

Trunken vor Lust lasse ich mich mit dem Wissen, dass er mich auffangen wird, fallen. Verspielt kreist sein Daumen über meine Perle, massiert sie mit dem richtigen Druck und lässt mich alles um uns herum vergessen.

Joschs Nasenflügel blähen sich, er ist wie ein Raubtier, das meine Erregung wittern kann.

Der Höhepunkt, der tief in mir auf der Lauer liegt und nur darauf wartet, endlich über mich hereinzubrechen, lässt mich laut aufstöhnen.

Fieberhaft grabe ich meine Nägel in seine Schultern, fahre über seine muskulösen Oberarme und kralle mich an ihm fest.

Knurrend entzieht er mir seine Finger, fängt meine Hände ein und presst sie über meinem Kopf gegen die harte Wand. Seine markanten Gesichtszüge spannen sich an und ich weiß, dass er kurz davor ist durchzudrehen.

Sein Atem kommt stoßweise und aus seiner Kehle löst sich ein dunkles Grollen.

„Fordere mich nicht heraus, Alice, auch meine Beherrschung ist irgendwann mal aufgebraucht.“

Oh Gott ...

Wie gewohnt übernimmt er die Kontrolle, benutzt seine Muskeln und seine Kraft, um mich gegen die Mauer zu pressen.

Keuchend genieße ich das Gefühl des ihm Ausgeliefertseins.

Sehnsüchtig drücke ich mich ihm entgegen, mein Rücken bildet ein Hohlkreuz, während ich mich ihm anbiete.

Mit der rechten Hand umspannt er mühelos meine Gelenke, während die Finger seiner linken meine angeschwollenen Brustwarzen umkreisen. Keuchend presse ich mich ihm noch fester entgegen. Zwischen seinem Daumen und seinem Zeigefinger rollt er meine harten Nippel, zupft daran und erfüllt sie mit süßem Lustschmerz.

Stöhnend ertrinke ich in meiner Lust, gebe mich ihm hin und fordere immer noch etwas mehr von ihm.

„Du bist so unfassbar schön."

Seine heiseren Worte streichen wie Samt über meine aufgekratzten Nerven.

Meine Sehnsucht nach seinen Händen auf meiner nackten Haut wird immer stärker. Kleine Schweißtropfen bilden sich in meinem Nacken, während er seinen gierigen Blick über meine Rundungen gleiten lässt.

„Sieh mich an, Alice!"

Keuchend, da sich seine Hand erneut in meinen String schiebt, öffne ich die Augen und suche seinen Blick.

Sein Finger legt sich vor meine zuckende Öffnung, doch er dringt nicht in mich ein.

„Wem gehörst du, Alice?"

Ahhhh ...

Das ist Folter. In diesem Augenblick würde ich einfach alles tun und alles sagen, nur um ihn endlich tief in mir zu spüren.

„Dir!"

„Fuck, ja! Und es wird höchste Zeit, dass du das nicht wieder vergisst!"

Stöhnend spüre ich, wie er seinen Finger langsam tiefer in mein glühendes Inneres gleiten lässt, sein Daumen reibt über meine Klitoris, bringt mich zum Zucken.

Die Intensität seines Blickes, sein herber Geruch und die Art und Weise, wie er meine Sinne für sich beansprucht, treiben mich immer höher in den Strudel der Lust.

Ein winziger Teil meines Gehirns realisiert, dass wir noch immer im Flur des Notausgangs stehen.

Hart und kraftvoll beginnt er mich mit seinen Fingern zu ficken. Blitzartige Hitze überrollt meine Nervenbahnen, während sich meine Lippen zu einem stummen Schrei öffnen. Meine Pussy ist vor ungestillter Leidenschaft so nass und angeschwollen, dass es mir eigentlich peinlich sein müsste.

Kreisend dringt er immer tiefer in mich ein, demonstriert mir auf beeindruckende Weise, wie sehr ich ihm gehöre.

Josch

Nass, eng und heiß umschließt ihre enge Vagina meine Finger.

Das ist Wahnsinn – diese Frau ist der Wahnsinn!

Und dennoch bin ich einfach nicht in der Lage, das hier zu beenden.

Scheiße!

Ich muss sie einfach schmecken, berühren und für mich beanspruchen, ansonsten verliere ich vollends die Kontrolle und drehe durch. Drei lange Monate habe ich darauf gewartet, dass sie kapiert, dass sie mir gehört, dass wir zusammengehören und dass sie verdammt noch mal endlich einsieht, dass sie meine Frau werden muss.

Drei verfickt lange Monate habe ich die Idioten, mit denen sie sich verabredet hat, vertrieben und ihnen klargemacht, dass Alice zu mir gehört. Doch damit ist jetzt, ganz genau jetzt Schluss.

Zur Hölle, nie in meinem ganzen Leben wäre ich darauf gekommen, dass ich jemals auf eine Wintercocktailparty gehe.

Fluchend presse ich meinen Mund auf den ihren, trinke ihre Lustschreie und spüre, wie sie auf meinen Fingern kommt. Meine Besitzgier verwandelt sich in eine wütende Bestie, die niemals genug von Alice bekommen wird.

Tief, hart und bedingungslos dringe ich mit meinen Fingern in sie ein, mache sie zu der meinen und lasse sie spüren, wie sehr sie mich braucht.

Das wilde Zucken ihres Unterleibs, ihr heiserer Lustschrei und der verschleierte Blick, mit dem sie mich ansieht ... Noch immer halte ich ihre Handgelenke über ihrem Kopf gefangen, streiche zärtlich über ihre zuckenden Schamlippen und genieße ihre vollkommene Hingabe.

Bei allen Dämonen!

Meine Eier ziehen sich schmerzhaft zusammen, mein Schwanz ist hart und zuckt ungeduldig. *Fuck.* Ich kann es kaum erwarten, sie gnadenlos und tief zu ficken. Doch dafür werde ich sie nach Hause bringen. Denn heute Nacht wird es nicht bei nur einem Fick bleiben, oh nein, wenn ich mit ihr fertig bin, wird sie keinen Schritt mehr laufen können!

Kraftlos liegt Alice in meinen Armen, ihr entrückter Gesichtsausdruck lässt mich zufrieden durchatmen.

Es gibt nichts Schöneres, als sie dabei zu beobachten, wie sie sich in ihrer Leidenschaft verliert.

Zufrieden knurrend inhaliere ich den süßen Geruch ihres Höhepunkts, lasse ihre Handgelenke los und stütze sie, als sie zu schwanken beginnt.

Es wird verdammt noch mal Zeit, dass ich meine Frau nach Hause bringe!

3. Kapitel

Alice

So verrückt es auch sein mag, aber ich bin gerade schrecklich nervös.

Sein köstlicher Geschmack liegt noch immer auf meinen Lippen, während es zwischen meinen Schenkeln angenehm pocht. Das leise, rhythmische Geräusch des Blinkers schleicht sich zwischen meine Gedanken und lässt mich immer nervöser werden.

Chris war, als wir zurück zu den anderen gegangen sind, um meine Sachen zu holen, bereits verschwunden. Anscheinend hat er, als mich Josch von der Tanzfläche getragen hat, schon verstanden, dass er keine Chance bei mir hat.

Unsicher knete ich meine Finger und betrachte Joschs Profil.

Geschickt und schnell lenkt er uns durch die nächtlichen Berliner Straßen. Ich spüre das kraftvolle Vibrieren des Motors zwischen meinen Beinen und weiß, dass ich ganz genau da bin, wo ich in Wirklichkeit sein will – bei ihm!

Vor drei Monaten ist es mir unheimlich schwergefallen, mich von ihm zu trennen. Doch ich musste es tun, das mag jetzt unlogisch klingen, aber diese kurze Beziehungspause hat mir wahnsinnig gutgetan.

Ganz tief in meinem Inneren habe ich die ganze Zeit über gewusst, dass ich keine Chance habe, ihm zu entkommen.

Und dennoch musste ich einfach etwas Abstand zwischen uns bringen. Josch ist ein sehr bestimmender, dominanter Mann, in seiner Nähe fühle ich mich beschützt, geliebt und sicher.

Meine Gefühle für ihn sind in manchen Augenblicken so stark, dass ich glaube, ohne ihn nicht mehr leben zu können. Und ganz genau das macht mir eine unheimliche Angst.

Josch zu heiraten ist ein gewaltiger Schritt, denn in meinen Augen ist die Ehe ein Beziehungskiller. Ich kenne so viele Paare, die sich geliebt haben und wahnsinnig glücklich waren, und kaum haben sie sich das Jawort gegeben, hat es angefangen, zwischen ihnen zu kriseln, und sie haben sich innerhalb weniger Jahre wieder scheiden lassen.

Nachdenklich sehe ich durch die Seitenscheibe und lasse meinen Gedanken freien Lauf.

Aber was ist, wenn es bei uns anders ist?

Wenn wir das unfassbare Glück haben, dass unsere Ehe hält?

Dann habe ich drei Monate unseres Lebens damit verschwendet, mir unfassbare Sorgen zu machen ...

Süchtig nach seiner Nähe strecke ich meine Hand aus und lege sie auf seinen Oberschenkel. Unwillkürlich zucken seine Muskeln unter meiner Handfläche, seine Kieferpartie spannt sich an und sein Atem kommt schneller.

„Mach ruhig so weiter, Frau."

Ich höre die unausgesprochene Drohung in seiner Stimme und weiß, dass er sich nicht mehr allzu lange kontrollieren kann. Fest entschlossen, ihn an den Rand des Erträglichen zu treiben, lasse ich meine Fingerspitzen immer tiefer zwischen seine Schenkel gleiten. Kreisend liebkose ich seine angespannten Muskeln und spüre seinen harten Schwanz, der sich fordernd gegen den Stoff seiner Hose presst.

Das dunkle Knurren, das sich aus seiner Kehle löst, und die Tatsache, dass sich seine Hände immer fester ums Lenkrad schließen, sodass seine Fingerknöchel ganz weiß werden, verraten mir, dass ich mit dem Feuer spiele.

Übermütig und glücklich, dass ich endlich wieder bei ihm bin und er mich nicht einfach aufgegeben hat, beuge ich mich über die störende Mittelkonsole seines Autos und knabbere an seinem Ohrläppchen. Der leichte Bartschatten auf seiner Wange kratzt verführerisch über meine Haut. Gierig nach seiner Härte fasse ich ihm provozierend direkt in den Schritt, packe seinen Penis und massiere ihn leicht.

Die Tatsache, dass er immer schneller fährt, lässt mich zufrieden grinsen.

Mein Plan, ihn in den lustvollen Wahnsinn zu treiben, scheint aufzugehen!

Josch

Halleluja!

Alice bringt mich um den Verstand. Wenn sie nicht sofort damit aufhört, mit ihren kleinen Fingern über meinen Schwanz zu reiben, fahre ich rechts ran, zerre sie aus dem Wagen und beuge sie mitten in der Innenstadt über die Motorhaube.

Fluchend gebe ich Gas, fahre über eine rote Ampel und beiße die Zähne fest aufeinander. Ich will verdammt noch mal verflucht sein, wenn ich in meiner Hose abspritze.

Wenn ich nach dieser langen Zeit endlich durch Alice komme, dann wenn ich bis zum Anschlag in ihr stecke.

Langsam und aufreizend streicht sie über meine harte Länge, geschickt öffnet sie den Hosenschlitz und schiebt ihre kleine, schmale Hand in meine Hose.

Oh Fuck!

In der Sekunde, in der ich ihre Finger ganz ohne störenden Stoff auf meinem Glied spüre, lenke ich beinahe in den Gegenverkehr.

Stöhnend presse ich den Kopf in die Nackenstütze, hebe mein Becken leicht an und presse meine Latte direkt in ihre Handfläche.

„Alice!"

Mit ihrem Namen auf der Zunge und ihren Händen in meinem Schritt biege ich ab und parke direkt vor meinem Haus auf dem für mich reservierten Parkplatz.

Brummend schalte ich den Motor aus, schnalle mich ab und packe sie an den Haaren. Stürmisch, geradezu brutal nehme ich mir ihren Mund, dringe mit meiner Zunge tief in sie ein und sauge ihren Geschmack in mich auf.

Meine Finger krallen sich fest, ballen sich zur Faust und pressen ihre Lippen noch etwas fester auf meinen Mund.

Das süße, weibliche Seufzen, das sie von sich gibt, als ich sie schwer keuchend wieder freigebe, lässt mich noch härter werden.

In den letzten Wochen konnte ich an nichts anderes denken als daran, Alice endlich wieder zu mir nach Hause zu holen. Und jetzt, wo ich es geschafft habe, fällt mir ein Stein vom Herzen.

Völlig egal, welche Zweifel, Ängste und sonstige Bedenken sie auch haben mag, ich weiß, welches Glück ich habe, eine Frau wie Alice die meine nennen zu dürfen, und ich werde den Teufel tun und sie jemals wieder gehen lassen.

Bevor sie mir über den Weg gelaufen ist, hat mein Leben nur aus Arbeit bestanden, erst seit ich sie für mich beansprucht habe, habe ich gelernt, was es heißt, das Leben zu genießen. Alice ist mein Wunder, meine Rettung und meine Sucht und ich kann und werde sie nie wieder freigeben.

Meine Besitzgier ihr gegenüber ist so intensiv, dass ich sie einfach heiraten muss, völlig egal, welche Bedenken sie über die Institution der Ehe auch haben mag. Ich brauche es einfach schwarz auf weiß, dass sie mir gehört. Ich will, dass der Rest der Welt weiß, dass diese verrückte, sture und wunderschöne Frau nur mir gehört!

Ich will vor dem Gesetz mit ihr verbunden sein und jeden verfluchten Tag, für den Rest meines Lebens, neben ihr aufwachen.

Sehnsüchtig gebe ich mich seiner Begierde hin, öffne den Mund für ihn und heiße seine Zunge willkommen.

In meinem Bauch beginnen unendlich viele Sternschnuppen zu verglühen, mein Herz schlägt vor Freude einen Salto und mein Unterleib zieht sich sehnsüchtig zusammen.

Jetzt, wo wir uns so nahe sind, sein Geschmack auf meiner Zunge liegt und sich seine Finger besitzergreifend um meinen Nacken legen, spüre ich instinktiv, dass ich mir all meine Sorgen völlig umsonst gemacht habe. In den letzten drei Monaten gab es keine Nacht, in der ich ihn nicht wie verrückt vermisst habe. Ohne ihn einschlafen zu müssen, war die reinste Hölle, ganz zu schweigen von dem miesen Gefühl, nicht zu wissen, was mir die Zukunft bringt.

Doch jetzt, nach all der Zeit, in der ich nicht wusste, was ich tun soll, spüre ich bis in den letzten Winkel meiner Seele, dass ich ohne Josch einfach nicht glücklich werden kann!

In den wunderschönen Tiefen seiner Augen sehe ich sein unstillbares Verlangen nach mir.

„Oh Gott, Alice, ich muss dich endlich ficken."

„Und ich will dich endlich in mir haben!"

Nervös und bis in die Zehenspitzen erregt steige ich aus dem Auto aus und gehe auf ihn zu. Es fühlt sich so unfassbar gut an, endlich wieder hier bei ihm zu sein. Das kleine möblierte Apartment, das ich mir angemietet habe, war alles andere als ein gemütliches Zuhause.

Wobei ich glaube, dass ich mir auch die tollste Villa hätte mieten können, ohne Josch an meiner Seite fühle ich mich einfach nirgendwo wohl.

Die Bedeutung dieses Augenblicks wird mir schlagartig bewusst. Josch hat klargemacht, dass er mich heiraten will, ich bin ängstlich vor der Situation geflüchtet und dennoch hat er mich nicht verstoßen, ganz im Gegenteil, er hat um mich gekämpft und unsere gemeinsame Zukunft nie aufgegeben.

Sehnsüchtig lasse ich meinen Blick über meinen zukünftigen Ehemann gleiten. Im Dunkeln der Nacht, nur von dem spärlichen Licht der Straßenlaterne beleuchtet, wirkt er kraftvoll, sexy und unnahbar. Seine Augen hat er auf mich gerichtet, während ich langsam auf ihn zugehe. So verrückt das auch klingen mag, aber ich komme mir gerade vor wie bei unserem ersten Date.

Diese Nacht ist der Anfang vom Rest unseres gemeinsamen Lebens.

Josch scheint meine Unsicherheit zu spüren, denn er streckt mir seine Hand entgegen und zieht mich mit einem kraftvollen Ruck an seine breite Brust.

„Willkommen zu Hause, Baby."

Seine Lippen zucken leicht, und ich weiß, dass er die Bedeutung dieses Augenblicks ebenfalls spürt.

Verliebt lege ich ihm meine rechte Handfläche auf die Brust, ich spüre das kraftvolle Schlagen seines Herzens und schlinge ihm sehnsüchtig meine linke um den Nacken. Meine Finger krallen sich in die weichen Strähnen seiner Haare, während ich mich auf die Zehenspitzen stelle und ihn zu mir runterziehe.

Langsam kommt er mir entgegen, kurz bevor sich unsere Nasenspitzen berühren, schließe ich die Augen und spüre die zärtliche Berührung seiner Lippen auf den meinen. Langsam, sinnlich und unfassbar zärtlich berühren sich unsere Zungen. Unser Atem vermischt sich, seine Arme schlingen sich fest und besitzergreifend um meine Taille, ehe er mich hochhebt und mich, ohne unseren Kuss zu unterbrechen, Richtung Haustüre trägt.

Ich höre das Piepen, als er den Sicherheitscode in das Ziffernfeld neben der Türe eintippt.

„Fuck, hat das lange gedauert, viel zu lange."

Seine Ungeduld bringt mich zum Kichern und ich weiß, dass die letzten Wochen alles andere als lustig für ihn waren. Ohne sich die Mühe zu machen, das Licht einzuschalten, trägt er mich durch den Flur, die Treppe hinauf direkt in sein Schlafzimmer.

Langsam lässt er mich an seinem Sixpack hinabgleiten, fordernde Lippen verschließen die meinen.

Die Welt bleibt stehen, heiße Erregung breitet sich wie ein Buschbrand in mir aus, innerhalb weniger Sekunden stehe ich völlig in Flammen. Knurrend gibt er mich wieder frei.

„Verdammt, Frau! Endlich habe ich dich wieder!

Sein Kuss war animalisch, fast schon grob, doch jetzt legt er mich so zärtlich auf sein Bett, als würde ich aus Glas bestehen.

Er entfernt sich von mir und entledigt sich seiner störenden Kleidung. Mein Gaumen wird trocken, mein Atem geht schneller und ich bekomme nur noch schwer Luft. Nackt und durchtrainiert steht er nun da, sein breiter Rücken schirmt das wenige Licht ab, das vom Flur zu uns ins Schlafzimmer hereindringt. Seine Silhouette ist maskulin und kraftvoll. Joschs Gesicht liegt im Dunkeln, doch sein schwerer Atem verrät seine immer stärker werdende Erregung.

Seine Hände ballen sich zu Fäusten, sodass sich seine Arme sexy anspannen. Das Spiel seiner Muskeln fasziniert mich – diese Wirkung habe ich auf ihn. Sein großer, dicker Schwanz ragt steif hervor, mehr als bereit, mich zu nehmen, zu dehnen und in mein weiches Fleisch einzudringen.

Meine Nerven beginnen zu kribbeln, meine Lippen werden trocken und mein Herz donnert gegen meine Rippen.

Wenn ich ihn nicht bald in mir spüre, drehe ich durch.

Sein zart schmelzender Kuss hat mein Verlangen schmerzlich zum Leben erweckt. Wie eine ungebändigte Raubkatze faucht mein Körper vor lauter Gier.

Sie will an ihm lecken, ihn kratzen und sich an ihm rekeln ...

Ohne unseren Blickkontakt zu unterbrechen, richte ich mich auf und knie mich in die Mitte seines Bettes. Langsam und mit Bedacht beginne ich mich auszuziehen. Nachdem ich mein Top ausgezogen habe, lange ich auf meinen Rücken und öffne den BH. Tief einatmend schiebe ich die spitzenbesetzten Träger über meine Schultern.

Meine Brüste fühlen sich schwer und angeschwollen an. Jede Faser meines Körpers sehnt sich nach seinen Berührungen, seinen Küssen und seiner Zunge.

Josch steht immer noch wie angewurzelt da, beobachtet mich ganz genau.

Mich langsam vor ihm zu entblößen, gefällt mir. Ich lasse mich rückwärts in die Kissen sinken und schiebe den Rock samt String hinunter. Jetzt liege ich beinahe nackt vor ihm. Nur die halterlosen Strümpfe heben sich dunkel von meiner hellen Haut ab. Sinnlich berühre ich mich selber, hebe mein Becken an und lasse es nach vorne kippen.

Sanft berühre ich meine Schamlippen und öffne sie für ihn, streichle zart über meine Feuchtigkeit, massiere mit Ring- und Mittelfinger meine empfindlichste Stelle.

Meine linke Hand wandert zu meiner rechten Brust, ich massiere und knete sie. Ein leises Stöhnen entringt sich meinen leicht geöffneten Lippen, durchbricht die Stille, vermischt sich mit seinem abgehackten Atem. „Komm zu mir“, schnurre ich, während meine Finger langsam in mich eindringen. Wortlos kniet er sich vor mir nieder, wobei seine Hände meine Knie umfassen und meine Schenkel weiter spreizen.

„Du bist wunderschön ...“

Er gleitet an meinen Beinen nach oben. Sanft streichen seine Fingerspitzen über meine Spalte, liebkosen und verwöhnen meinen

Kitzler, während ich mich in den vielen Emotionen verliere, die durch meine Adern rauschen.

Stöhnend dringt er mit einem seiner Finger in mich ein, entzieht ihn mir wieder, nur um als Nächstes mit zwei zuzustoßen.

Oh mein Gott ...

Ich zerschmelze unter seinem intensiven Blick und dem Gefühl der Dehnung.

Langsam, jedoch kraftvoll gleitet er in mich, seine Augen verfolgen gespannt die Bewegung seiner Finger, während ich unter ihm vor Lust zerfließe.

Ich schreie atemlos. Langsam lasse ich mein Becken kreisen, drücke mich seinen magischen Fingern entgegen. Joschs Gesichtszüge verhärten sich, und ich spüre, wie er den Kampf um seine Selbstbeherrschung verloren hat. Seine Finger werden immer fordernder, rhythmisch massiert er meinen Kitzler, drückt leicht zu, während seine andere Hand bittersüßen Lustschmerz durch meine Brustwarze fließen lässt.

Keuchend setze ich mich auf, seine starken Hände umfassen meinen Po, massieren ihn und ziehen mich näher zu sich heran. Jetzt sitze ich rittlings auf ihm, berühre andächtig sein Gesicht, während ich in den dunklen, emotionsgeladenen Tiefen seiner Iriden ertrinke.

Unsere Lippen treffen sich, vereinen unsere Zungen in einem wilden Spiel. Ich spüre seinen harten Schwanz unter mir, groß, dick und fordernd drückt er gegen meine nasse Pussy.

Wortlos fordert er mich auf, ihn in mich aufzunehmen. Seine Hände streicheln mich liebevoll, sein Daumen dringt in mich ein, gleitet aus mir heraus, nur um gleich wieder in mich zu stoßen. Hinter meinen geschlossenen Lidern flimmern helle Punkte durch die Dunkelheit.

Wimmernd lege ich den Kopf in den Nacken, Joschs Zähne knabbern leicht an meiner Kehle, ehe er sanft zubeißt.

Joschs Hand legt sich zwischen meine Schulterblätter, ehe sie mich bestimmend nach vorne beugt.

Zärtlich knabbert er an mir. Wild, hemmungslos und leidenschaftlich erobern wir unsere Münder so lange, bis wir beide atemlos sind.

Unser Kuss wird ruhiger und ich zerfließe in dem Gefühl des kostbaren Augenblicks. Als er meine Lippen freigibt, schnappe ich nach Luft. Meine Lungen füllen sich mit seinem herben, männlichen Geruch.

Knurrend hebt er mich leicht an, positioniert seine wulstige Eichel vor meiner zuckenden Öffnung und dringt langsam und bedacht in mich ein.

Oh Gott, ist das lange her ...

Stöhnend spüre ich, wie er mich dehnt. Kontrolliert und kraftvoll versenkt er sich bis zur Wurzel in meinem Körper.

Das köstliche Gefühl lässt das Blut in meinen Adern kochen – endlich habe ich ihn wieder in mir!

Rhythmisch dringt er tief in mich ein, füllt mich aus und lässt mich alles andere vergessen.

Meine Stirn lehnt an der seinen, keuchend vermischt sich unser Atem, während wir innerlich miteinander verbunden sind.

Ich verliere mich an ihn und genieße stöhnend unsere Wiedervereinigung. Ich passe mich seinen Bewegungen an, verschmelze regelrecht mit ihm. Es ist magisch, das Gefühl der perfekten Harmonie macht sich in mir breit und bringt mein Herz zum Glühen. Josch verändert seinen Winkel und die dekadente Reibung löst das wohlbekannte Ziehen in meinen Beinen aus.

Ich keuche seinen Namen und schmiege mich immer enger an ihn. Mit einer fließenden Bewegung begräbt er mich unter sich, seine Stöße werden härter. Bestimmend drückt er mich mit seinem Gewicht in die Matratze.

„Mehr, gib mir mehr."

Gierig komme ich ihm entgegen, nicht bereit, auf nur einen harten Millimeter zu verzichten.

Knurrend versenkt er sich bis zum Anschlag in mir, seine Hoden schlagen gegen meinen Damm und seine Finger graben sich in mein Fleisch. Langsam bahnt sich mein Höhepunkt an, er wird intensiver und wilder und zieht in meinen Bauchnabel, ehe er wie ein Orkan meinen ganzen Körper erfasst. Mein lauter, erlösender Schrei durchbricht die Stille des Schlafzimmers.

Zitternd komme ich in seinen Armen, massiere seinen Schwanz und reiße ihn mit in den erfüllenden Strudel der Lust.

Keuchend schnappe ich nach Atem, spüre die letzten Zuckungen tief in meinem Inneren und presse Josch einen dicken Kuss auf die Schulter.

Erst jetzt bemerke ich, dass ich meine Fingernägel in die Haut seiner Schultern gegraben habe.

Zärtlich streiche ich über die roten Kratzer, während ich ihm tief in die Augen sehe.

Endlich bin ich wieder zu Hause – endlich bin ich wieder bei dem einzigen Mann auf dieser Welt, den ich von ganzem Herzen liebe!

Josch stützt sich mit dem Ellenbogen seitlich neben meinem Kopf ab, um mich nicht mit seinem Gewicht zu erdrücken. Unsere Blicke treffen sich und ich spüre, wie mein Körper nach all den Orgasmen, die er mir in den letzten Stunden geschenkt hat, vor Zufriedenheit und Glück nur so vibriert.

Ob das sein Plan war?

Wollte er mich mit seinen Küssen, seinen Fingern und seiner Zunge so lange verwöhnen, bis ich all meine Sorgen und Ängste einfach vergesse?

Vergessen habe ich sie zwar nicht, aber ich habe endlich eingesehen, dass ich vor meinem Schicksal nicht einfach davonlaufen kann.

Die letzten Monate waren scheiße. Ich bin von einer Party auf die andere gehetzt, habe mich mit irgendwelchen Kerlen verabredet, nur um mir dann den halben Abend Gedanken darüber zu machen, wie ich sie möglichst schnell wieder loswerden kann.

Eine Hochzeit ist etwas Wunderbares, das jedoch auch sehr viel Verantwortung mit sich bringt. Zufrieden kuschle ich mich in seine Armbeuge und sehe ihm tief in die Augen.

Meine Liebe zu diesem Mann ist viel zu stark und viel zu rein, um einfach ignoriert werden zu können.

Besitzergreifend schlinge ich meinen Arm um seinen breiten Nacken. Sanft und langsam berühre ich mit meiner Nasenspitze die seine, reibe mich leicht an ihr, ehe ich meinen Mund langsam auf den seinen presse. Hingebungsvoll und mit all meiner Liebe küsse ich ihn zart schmelzend, zeige Josch so, dass ich nie wieder vor uns flüchten werde …

4. Kapitel

Der Morgen danach ist wohl der gefürchtetste überhaupt, zumindest wenn man sich von seinen Gefühlen hat überwältigen lassen.
Joschs regelmäßige Atemzüge und sein schwerer Arm, der quer über meinem Bauch liegt, verraten mir, dass er noch tief und fest schläft.
Im Gegensatz zu mir ist er ein richtiger Langschläfer.
Nach der langen Zeit, die ich ohne ihn aufwachen musste, fühle ich mich jetzt wie im Himmel. Vorsichtig, damit ich ihn ja nicht aufwecke, drehe ich mich zu ihm und lasse meinen Blick über sein wunderschönes Gesicht gleiten. Die dunklen Bartstoppeln, die sich über Nacht in seinem Gesicht ausgebreitet haben, lassen ihn leicht verwegen aussehen.
Am liebsten würde ich die Decke anheben und mich zu ihm an seine Brust kuscheln. Ich weiß nicht, warum oder wieso ich so eine unfassbare Angst davor habe zu heiraten, aber es ist leider so. Manche Frauen fürchten sich vor Spinnen oder Insekten, ich hingegen habe unfassbare Angst davor zu heiraten.

Müde schließe ich die Augen, lausche Joschs regelmäßigen Atemzügen und genieße den kostbaren Augenblick. Vielleicht ist jetzt einfach der Zeitpunkt gekommen, an dem ich meine Furcht überwinden und den Sprung ins kalte Wasser wagen muss?

Und wenn ich es mit einem Mann schaffen kann, dann mit dem wundervollen Exemplar, das neben mir liegt. Denn eines haben die vergangenen Jahre, die wir jetzt schon zusammen sind, bewiesen.

Völlig egal, was auch passiert, Josch ist immer in meiner Nähe, um mich aufzufangen!

Mmmmhhh.

Sein dunkles Brummen lässt mein Herz höherschlagen.

„Warum zur Hölle bist du so weit weg von mir, Frau?“

Seine vom Schlaf raue Stimme und die zwei Falten, die sich zwischen seinen Augenbrauen bilden, verraten mir deutlich, dass er noch halb schläft.

Das ist so typisch für ihn – noch nicht mal ganz wach, aber schon am Herumkommandieren ...

„Weil du mich nicht in meine Kuschelecke gezogen hast.“

An dem leichten Zucken seiner Mundwinkel erkenne ich, dass er diesen Moment ganz genauso sehr genießt wie ich.

Wir sind glücklich!

Einladend hebt er seine Decke hoch und ich krieche schnell zu ihm. Warm und kraftvoll schlingt er seinen Arm um meine Hüfte, presst mich rückwärts gegen seinen breiten Brustkorb und seinen harten Schwanz. Aufreizend reibe ich meinen Hintern an seiner Erektion. Knurrend drückt er sich an meine Rückseite.

Seine Zähne knabbern an meinem Ohrläppchen und sein warmer Atem liebkost meine Haut, während seine Finger zarte Kreise auf meinen Bauch zeichnen.

„Du bist unersättlich, Baby!“

Tja ... wenn es um ihn geht, bin ich das tatsächlich.

Seine Lippen hauchen mir einen liebevollen Kuss in den Nacken, ein angenehmer Schauer rieselt mir über die Arme.

Erneut reibe ich mich an seinem Glied. „Halt still, Baby. Wir haben noch das ganze Wochenende, um zu ficken, doch jetzt will ich dich einfach nur ganz nah bei mir haben, dich festhalten und deinen warmen Körper an dem meinen spüren!“

Die vielen Emotionen, die in seinen Worten mitschwingen, berauschen mich regelrecht.

Glücklich und zufrieden lasse ich mich von ihm festhalten, spüre seine Muskeln und weiß, dass ich so für den Rest meines Lebens aufwachen und festgehalten werden will.

„Josch?“

„Hmmm ...“

„Ich liebe dich!“

Ein paar Sekunden vergehen und ich weiß, dass ihm diese drei kleinen Worte einfach alles bedeuten.

„Und ich liebe dich – für den Rest unseres Lebens!“

Freudentränen sammeln sich in meinen Augenwinkeln und ich spüre ganz tief in meiner Seele, dass ich endlich bereit bin, meine Ängste zu überwinden und ihn zu heiraten!

Josch

Träge öffne ich die Augen und sehe in das lächelnde Gesicht meiner wunderschönen Frau. Ihre Haare sind verwuschelt und ihr Make-up etwas verschmiert. Leicht geschwollen und unfassbar sexy, fesselt ihr Mund meine Aufmerksamkeit auf sich.

Sie ist so unfassbar schön ...

Die letzten drei Monate waren die absolute Hölle, doch dieser Morgen und dieser Anblick entschädigen mich für all den Ärger, den sie mir gemacht hat.

Ich liebe sie mehr als alles andere auf dieser Welt. Bevor ich sie kennengelernt habe, war ich mir nicht sicher, ob es überhaupt eine Frau gibt, die meine Aufmerksamkeit für länger als nur eine Nacht an sich fesseln kann, doch dann kam sie und sie hat mein Weltbild völlig verändert.

Sie ist meine Alice, die mich mit in ihr Wunderland genommen hat!

Mit ihr an meiner Seite bin ich glücklich und zufrieden, doch sobald sie nicht mehr bei mir ist, habe ich das Gefühl, dass die Sonne untergegangen ist.

Jedes Wochenende bin ich dieser verrückten Frau von einer Party zur anderen gefolgt, manchmal habe ich mich im Hintergrund gehalten, habe ihre Verehrer verscheucht und sie dabei beobachtet, wie sie mit ihren Mädels Spaß gehabt hat. An anderen Abenden hingegen, wie dem gestrigen zum Beispiel, bin ich ihr nicht von der Seite gewichen, habe ihr deutlich gezeigt, wie sehr ich sie will, und meinen Anspruch auf sie geltend gemacht.

Fuck!

So gut wie jede Frau auf diesem Planeten träumt davon zu heiraten, doch das Schicksal hat mir ausgerechnet die eine geschickt, die Angst davor hat, das Jawort auszusprechen.

Knurrend packe ich mit beiden Händen ihr Gesicht und hauche ihr einen zärtlichen Kuss auf die Lippen.

„Guten Morgen Prinzessin."

Seufzend kuschelt sie sich an mich, fängt meine Hand ein und legt ihre Handfläche an die meine. Noch etwas müde beobachte ich, wie sich unsere Finger im Schein der aufgehenden Sonne miteinander verschränken.

Das unzufriedene Brummen ihres Magens lässt meine Süße rot werden.

Kein Wunder, dass sie Hunger hat, in den letzten zwölf Stunden habe ich schließlich all ihre Energie für mich beansprucht.

„Was hältst du davon, wenn wir zusammen unter die Dusche steigen und danach etwas frühstücken?"

Ihre roten Lippen verziehen sich zu einem glücklichen Lächeln.

„Aber nur, wenn du mir den Rücken wäschst!"

Langsam dreht sie sich um und ich entdecke ihre kleine rosa Brustwarze, die sich keck aus der Decke geschlichen hat.

Unfähig, sie nicht zu berühren, umschmeichle ich mit meinem Daumen ihren Nippel, zupfe leicht daran und necke ihn so lange, bis er sich vor Erregung zusammenzieht.

„Glaube mir, Baby, ich werde jeden Zentimeter deines göttlichen Körpers einschäumen und mich gut um dich kümmern."

Um ein Stöhnen zu unterdrücken, beißt sie sich auf die Unterlippe und mein Schwanz wird schlagartig hart wie Stein.

Diese kleine, unberechenbare Frau hält mein Herz so fest in ihren Händen, dass es mir beinahe Angst macht.

Doch mit dieser Furcht kann ich leben, denn sie bedeutet, dass wir uns lieben, dass wir füreinander da sind und dass sie mir, und zwar nur mir gehört.

Fuck! Ich will jeden Morgen ganz genau so neben ihr aufwachen, ich will ihr in die Augen sehen können und wissen, dass sie ganz genau dasselbe für mich empfindet wie ich für sie ...

Alice

Ungeduldig setze ich mich auf einen der weißen Barhocker, die vor dem Küchentresen stehen. Der köstliche Geruch von frischen Pfannkuchen erfüllt die Luft und lässt mir das Wasser im Mund zusammenlaufen.

Nachdem wir zusammen geduscht haben und Josch mich mit seiner Zunge in den Wahnsinn getrieben hat, falle ich beinahe um vor lauter Hunger.

Die Schale mit dem Zimt und Zucker steht direkt vor mir und ich kann nicht anders, als meinen Finger mit der Zunge anzufeuchten und ihn in die hellbraune Zuckerzimtmischung zu tunken.

Glücklich darüber, endlich wieder bei ihm zu sein, lasse ich meinen Blick über meinen Mann gleiten.

Barfuß und nur mit einer verflucht tief sitzenden Jogginghose bekleidet, tunkt er den Schöpflöffel in den cremigen Pfannkuchenteig und lässt ihn in die heiße Pfanne tropfen. Das Spiel seines Bizeps fesselt meinen Blick, ehe ich meine Augen über sein perfekt definiertes Sixpack gleiten lasse.

Was für ein Anblick! Was für ein perfekter Morgen!

„Wenn du mich weiter so ansiehst, vergesse ich die Pfannkuchen, packe dich und beuge dich über den Hocker, auf dem du gerade sitzt, ehe ich mich tief in dir versenke!"

Die Dominanz, die in jedem seiner Worte mitschwingt, sorgt dafür, dass ich meine Schenkel zusammenpresse und mir ein sehr eindeutiges Bild in den Kopf schießt.

Aber so sehr mich seine Androhung auch anturnt, bevor ich mich von ihm ins Koma bumsen lasse, brauche ich erst etwas zu essen!

Doch ich kann es einfach nicht lassen, meinen Tiger noch etwas mehr zu reizen.

„Ist das ein Versprechen oder eine Drohung?"

Knurrend lässt er mit der rechten Hand den schwarzen Pfannenwender durch die Luft sausen. „Was hältst du davon, wenn ich dir hiermit deinen süßen Po versohle?"

Oh Gott! Ist es pervers, wenn mich die Vorstellung verdammt scharfmacht? Wahrscheinlich schon!

Und noch während ich mir vorstelle, wie ich wehrlos über seinen Knien liege, und Josch mir den Arsch versohlt, schiebt er mir einen goldbraunen, herrlich duftenden heißen Pfannkuchen unter die Nase.

Erregt und hungrig treffen sich unsere Blicke, und ich weiß instinktiv, dass er sich gerade dasselbe vorstellt.

Ich schlucke schwer, während ich mit dem Teelöffel etwas Zucker auf den Kuchen streue.

Wie schafft es dieser Kerl nur, mich mit einem einzigen Satz völlig zu verwirren?

Keine Ahnung wie of er mich seit gestern zum Höhepunkt gebracht hat, aber ich weiß, dass ich definitiv schon wieder bereit für ihn wäre.

Langsam schiebe ich mir ein Stück heißen Pfannkuchen in den Mund und stöhne wohlig auf. „Oh Gott, ist das lecker!"

Leise vor sich hin fluchend langt sich Josch in den Schritt und legt seinen Schwanz in eine andere Position.

Erleichtert, dass auch er schon wieder ganz andere Dinge als das Frühstück im Kopf hat, mache ich mich über meinen Teller her.

„Wenn du mir versprichst, dass jeder Morgen an deiner Seite so schön ist, kann ich es kaum erwarten, dich endlich zu heiraten!"

Auch wenn ich die Worte wie einen Spaß habe klingen lassen, weiß ich, dass er meine unterschwellige Botschaft sehr wohl verstanden hat.

In den letzten drei Monaten ist mir Josch sehr entgegengekommen, er hat mir meinen Freiraum gelassen und gleichzeitig um mich gekämpft. Ich denke, jetzt ist es an der Zeit, dass ich einen großen Schritt auf ihn zu mache und seine Frau werde.

Meine Angst, mich völlig auf diesen Mann einzulassen, nur um dann doch von ihm verlassen zu werden, ist zwar noch immer da, doch sie verliert langsam, aber sicher ihre Intensität.

Wie heißt es so schön?

Im Krieg und in der Liebe ist alles erlaubt.

Und ich bin verflucht noch mal bereit alles tun, damit unsere Beziehung und unsere Ehe bis zu unserem letzten Atemzug hält ...

Yoga Love

Vorwort

Auf den nächsten Seiten geht es um meine Geschichte, genau genommen darüber, wie es mir gelungen ist, meinen größten Traum wahr werden zu lassen.

Aber bevor ihr so richtig in diese Story eintaucht, möchte ich mich euch erst einmal vorstellen!

Mein Name ist Sarah Längler, ich liebe knallige Farben, Tattoos und Piercings.

One-Night-Stands sind mein Hobby, doch wahre Gefühle machen mir Angst.

Männer sind für mich so wichtig wie die Luft zum Atmen, doch nach einer Nacht müssen sie gehen – schließlich atmen wir jeden Atemzug ja auch nur einmal ...

Solange ich mich zurückerinnern kann, wollte ich mein Leben völlig anders gestalten als der Rest der Welt.

Äußerlich ist mir das super gelungen: Mit meinen hüftlangen, feuerroten Haaren, den unendlich vielen Tattoos und meinem nicht wirklich dezenten Kleidungsstil falle ich definitiv auf.

Meine größte Angst ist es, dass ich all die Chancen, die mir das Schicksal schenkt, verpasse und ein trostloses Leben fristen muss.

Das wäre echt gruselig ...

Im Gegensatz zu den meisten Menschen bin ich davon überzeugt, dass jeder von uns nur eine gewisse Anzahl von Chancen bekommt und wenn wir die verpassen – Pech gehabt.

Und jetzt, ganz genau in dieser Sekunde, habe ich es geschafft und feiere mit meiner besten Freundin Coco die Erfüllung unseres Lebenstraums.

Holy Shit ist das geil ...

Ich kann definitiv behaupten, dass heute der beste Tag meines Lebens ist.

Und das liegt nicht nur daran, dass es mir gelungen ist mein eigenes Yogastudio zu eröffnen, oder daran, dass wir, dank mehrerer Flaschen Rotwein und jeder Menge positiver Energie, im Lotto gewonnen haben - oh nein - das liegt unter anderem auch daran, dass ich den heißesten Typen dieses Planeten kennengelernt habe.

Die Situation, in der ich ihm wortwörtlich vor die Füße gefallen bin, war zwar etwas peinlich, doch das ist völlig okay ...

Die besten und wichtigsten Dinge, die in unserem Leben passieren, sind nun mal nicht vorhersehbar, geplant oder elegant.

Sie passieren einfach so und wir müssen mutig genug sein, die Chance, die uns das Schicksal in den Weg stellt, zu erkennen und zu ergreifen.

Denn wenn der Augenblick vorüber ist und wir es nicht geschafft haben zuzugreifen, werden wir es unser restliches Leben bereuen ...

Aber lest es selbst, lacht über meine Fehler und beneidet mich um den Wahnsinnstypen, den ich mir geangelt habe ...

1. Kapitel

4 Wochen zuvor

Ungeduldig leere ich das Martiniglas, das vor mir steht und werfe einen hoffnungsvollen Blick auf die Eingangstüre der Bar, in der ich seit knapp 35 Minuten auf meinen Bruder Tom warte. Tom ist der Inhaber eines wahnsinnig guten Catering Services, den Coco und ich für unsere Eröffnung buchen wollen.

Doch wie soll ich mit ihm über das Buffet reden, wenn er mich so gnadenlos versetzt?!

Aus welchem Grund auch immer er heute Nacht nicht aufgetaucht ist – dafür werde ich ihm einen Arschtritt verpassen!

Genervt atme ich tief durch und überlege mir, was ich mit diesem angebrochenen Abend anstellen soll.

Eine Gruppe Männer betritt die Bar und setzt sich links neben mir auf die freien Barhocker. Neugierig drehe ich meinen Kopf etwas weiter in die Richtung, aus welcher der unheimlich gute Geruch von Mann und Aftershave kommt, und checke mit einem möglichst unauffälligen Blick den Kerl neben mir ab.

Das Erste, was mir auffällt, sind die perfekt trainierten Oberarme des Mannes, dessen Duft meine Sinne vernebelt. Sein Bizeps zeichnet sich deutlich unter dem Stoff seines weißen Hemdes ab.

Dieser Typ ist auf jeden Fall einen zweiten Blick wert!

Langsam lasse ich meine Augen über jeden Zentimeter seines Körpers gleiten.

Zwar kann ich sein Gesicht nicht ganz sehen, aber sein markantes Profil entlockt mir ein lautloses Seufzen ...

Lange, kraftvolle Finger, gepflegte Nägel und eine silberne Armbanduhr - ich stehe auf Männer mit gepflegten Händen.

Sein kurzes, braunes Haar steht leicht verstrubbelt ab und es juckt mich in den Fingern, es noch etwas mehr zu verwuscheln.

Sein breiter Rücken verjüngt sich zu einer schmalen Taille. Leider kann ich nicht erkennen, ob er einen knackigen Po hat, aber wenn ich mir den Rest seines Körpers so ansehe, stehen die Chancen nicht schlecht ...

Dieser Kerl schafft es bestimmt, eine Frau zum Schreien zu bringen!

Die abgewetzte Jeans, die sich an seine muskulösen Oberschenkel schmiegt, kann nicht verbergen, dass diese Schenkel eine Wahnsinnsausdauer versprechen.

Zwischen meinen Beinen beginnt es leicht zu pochen. Dieser Typ ist definitiv erstklassiges One-Night-Stand-Material.

Zwar ist mir durchaus bewusst, dass ich eigentlich in meinem Studio stehen und die Wände anstreichen oder meine Regale zusammenschrauben sollte, doch wie heißt es so schön: Erst das Vergnügen und dann die Arbeit.

Mit einem Handzeichen gebe ich dem Barkeeper zu verstehen, dass er mir noch einen Martini bringen soll.

Wenn ich schon versetzt werde, kann ich zumindest das Beste aus der Situation machen!

In dem Augenblick, in dem sich das Prachtexemplar von einem Mann zu mir umdreht, verliere ich das Gleichgewicht und rutsche ziemlich unelegant von dem viel zu glatten Leder des Barhockers.

Verflixte Scheiße!

Während ich auf meinen Hintern falle, bewundere ich seine azurblauen Augen, die von dunklen Wimpern eingerahmt werden. Seine vollen Lippen verziehen sich dank meines Ungeschicks zu einem amüsierten Lächeln und entblößen dabei gerade, weiße Zähne.

In dem Moment, in dem ein fieser Schmerz durch mein Steißbein zuckt und mir ein lautes „Scheiße!“, entlockt, lässt er seinen Blick über meinen Hals hinab zu meinem Ausschnitt gleiten.

Anscheinend gefällt ihm, was er sieht ...

Langsam gleiten seine Augen wieder nach oben, unsere Blicke treffen sich und schlagartig ist alles klar.

In meiner Fantasie sehe ich ihn schon nackt vor mir stehen, schmecke seine Lippen, berühre seinen Rücken, kratze sichtbare Spuren auf seine Haut, während er mit einem harten Stoß in mich eindringt ...

An der Art, wie sich seine Nasenflügel blähen, wie sich das Blau seiner Augen verdunkelt und er seinen Mund zusammenpresst, kann ich erkennen, dass er ebenfalls gerade dabei ist, mich gedanklich zu ficken – und was ein Zufall, ich habe dank meines unzuverlässigen Bruders heute Nacht nichts Besseres vor, als mir von ihm multiple Orgasmen schenken zu lassen.

Drei Martinis später weiß ich nicht nur, dass er geschäftlich in der Stadt ist, sondern auch, dass er Matthew heißt und ursprünglich aus den USA kommt, genauer gesagt aus Chicago.

Seit zehn Jahren wohnt er nun schon in Berlin und fühlt sich in Deutschland sehr wohl.

Und was soll ich sagen?

Viele der Kerle, die ich in der Vergangenheit aufgerissen habe, waren nur so lange attraktiv, während sie den Mund gehalten haben, doch Matthew, tja, er ist nicht nur verdammt heiß, sondern auch humorvoll und äußerst charmant.

In den vergangenen zwei Stunden haben wir uns immer wieder leicht berührt, sein Blick wird immer eindeutiger und mein Körper summt mittlerweile nur so vor Verlangen.

Ich kann es kaum erwarten, von ihm gebumst zu werden ...

Coco wirft mir immer wieder vor, dass ich die unangefochtene Queen der One-Night-Stands bin, und wahrscheinlich hat sie damit sogar recht.

Aber wenn ich mir ansehe, in welcher Geschwindigkeit sie sich unseren Vermieter geangelt hat, sollte sie zukünftig lieber mal ganz still sein!

Die knisternde sexuelle Spannung, die von der ersten Sekunde an zwischen uns geherrscht hat, ist in den vergangenen Stunden immer stärker geworden und ich kann es kaum erwarten, von hier zu verschwinden.

So wie ich Matthew einschätze, ist er ebenfalls ein Orgasmusjäger und kennt sich somit ganz genauso gut mit den Regeln der schnellen Liebe aus wie ich.

Bei ihm werde ich mir sicherlich keine Gedanken darüber machen müssen, wie ich ihn noch vor dem Frühstück loswerde.

Seit mir meine erste Liebe gnadenlos das Herz gebrochen hat, besteht mein Liebesleben nur noch aus erotischen Treffen, schnellen Entscheidungen und heißen, jedoch unverbindlichen Nächten.

Und bei allem was mir heilig ist - ich habe mich in all den Jahren so an diese ungebundene und äußerst befriedigende Art des Lebens gewöhnt, dass ich wahrscheinlich nie wieder mit den ganzen Bedingungen und Kompromissen einer festen Beziehung klarkommen würde.

Von mir aus verzichte ich auf Schmetterlinge im Bauch und diesen ganzen emotionalen Mist und muss mir keine Sorgen mehr darüber machen, dass mir irgend so ein Idiot ohne zu zögern das Herz in tausend Teile zerfetzt.

Das mag vielleicht egoistisch klingen, doch lieber behalte ich mein Herz unter Verschluss und wechsle meine Männer wie andere Leute ihren Musikgeschmack, bevor ich mich auf diesen Große-Liebe-Schwachsinn einlasse.

Dank meiner Liebe fürs Yoga ist es mir gelungen, meine eigene Mitte zu finden.

Ich bin eine starke, selbstbewusste Frau, die es nicht nötig hat, sich über irgendeinen Kerl zu definieren.

Natürlich fehlt mir hin und wieder die Verbundenheit, die man nur in einer Beziehung spürt. Aber dafür habe ich ja Coco. Sie ist mein Fels in der Brandung, meine Seelenschwester und meine bessere Hälfte!

Matthew ist genau mein Typ, er ist verdammt sexy und er bringt mich zum Lachen.

Wenn mich mein Männerradar nicht täuscht, dann wird das eine verdammt geile Nacht.

Nachdem er sein Bier leer getrunken hat, steht er von seinem Barhocker auf und bleibt, welch eine Überraschung, direkt hinter mir stehen.

Das ist mein Zeichen – endlich kommen wir zum interessanten Teil.

Mit einem Ohr höre ich zu, wie sich Matthew von seinen Kumpels verabschiedet und unsere Drinks bezahlt.

Wirklich sehr aufmerksam ...

Trotz meiner jahrelangen Erfahrung spüre ich, wie ich etwas nervös werde.

In der Nähe dieses Kerls spielt mein Hormonhaushalt völlig verrückt, mein Körper wird ganz heiß und prickelt an bestimmten Stellen verräterisch.

Matthew bietet mir seinen Arm und ich hake mich bei ihm ein.

Seite an Seite verlassen wir die Bar.

Vor der Türe angekommen inhaliere ich die laue Sommerluft.

Ich weiß nicht woher diese Gewissheit kommt, aber tief in meinem Inneren spüre ich, dass der Sex mit ihm völlig anders wird als mit den Männern, mit denen ich bisher die Nacht verbracht habe.

Die unglaublich starke Anziehungskraft, die zwischen uns herrscht, ist so intensiv, dass ich nicht weiß, wie ich damit umgehen soll.

Der Mann, der in diesem Augenblick neben mir steht und mich mit seinem eindringlichen Blick besitzergreifend mustert, strahlt eine ganz natürliche Arroganz aus. Er ist selbstsicher, sexy und er weiß ganz genau was er will – mich!

Oh mein Gott ...

Seine Hand legt sich auf meine Schulter, er dreht mich zu sich um, zieht mich an sich.

Langsam lässt er seine Finger unter meine Haare gleiten und umfasst bestimmend meinen Nacken.

Das Kribbeln in meinem Bauch erreicht einen neuen Höhepunkt, während mich ein heftiger Schauer erbeben lässt.

„Bist du dir sicher?"

Diese einfache Frage, in Kombination mit seiner dunklen Stimme und dem erwartungsvollen Funkeln in seinen Augen, raubt mir den Atem.

Da mein verwirrter Verstand gerade damit beschäftigt ist, meine körperliche Reaktion auf ihn zu analysieren, schaffe ich es nicht, auch nur ein Wort auszusprechen.

Also nicke ich ihm nur zu, und räuspere mich leicht.

Verdammter Mist!

Ich benehme mich gerade wie eine blutige Anfängerin und nicht wie die Queen der One-Night-Stands.

Was zur Hölle ist nur los mit mir?

Wenn ich so weitermache, vergraule ich diesen scharfen Typen noch.

Reiß dich gefälligst zusammen, Sarah ...

Hier geht es nicht um den Rest deines Lebens, sondern um einen geilen Typen, der dir einen heißen Fick verpassen wird!

Na klasse, jetzt schaltet sich auch noch mein Unterbewusstsein ein – schlimmer kann es gar nicht mehr kommen.

Und gerade als ich denke, dass ich jetzt wieder alles unter Kontrolle habe, beugt sich Matthew vor, umfasst noch etwas fester meinen Nacken und presst mich an seinen trainierten Körper.

Oh ... oh ....

Heiß und rau neckt seine Zunge meine Lippen, entlockt mir ein leises Seufzen und verwandelt meine Knie in instabile Grashalme.

Dieser Kuss, sein Kuss, ist nicht einfach nur das Aufeinandertreffen zweier Münder, er ist viel mehr ...

Seine Lippen rauben mir den Atem – seine Zunge den Verstand.

Gekonnt verwirrt er meine Sinne, stellt meine Welt auf den Kopf.

In den Armen dieses Mannes vergesse ich völlig, dass wir noch immer direkt vor der Kneipe mitten auf der Straße stehen.

Unser Zungenspiel wird tabuloser, verwandelt sich in ein Vorspiel. Matthew dreht sich mit mir um, presst mich an die Wand, vergräbt seine Hand in meinen Haaren.

Sein animalisches Knurren schickt einen erneuten Hitzeschwall durch meine Nervenbahnen und sorgt dafür, dass mein Slip immer feuchter wird.

Oh Fuck – dieser Kerl setzt meine Sinne in Flammen!

Kraftlos sinke ich an seine Brust. Spüre die kalte Mauer in meinem Rücken und die Konturen seines dicken Glieds an meinem Bauch.

Atemlos duelliere ich mich mit seiner Zunge, gebe mich ihm hin, inhaliere seinen herben Geruch.

Abrupt beendet er unseren Kuss.

Ohne es zu wollen, löst sich aus meiner Kehle ein leises Stöhnen.

Unsere Blicke treffen sich, mein Herzschlag setzt aus, meine Welt steht still.

„Lass uns von hier verschwinden! Ich kann es kaum erwarten, dich endlich unter mir liegen zu haben."

In der Sekunde, in der seine Worte mein Gehirn erreichen, dreht er sich mit mir im Arm um und winkt das Taxi, das wie gerufen um die Straßenecke biegt, zu uns heran.

Wie in Trance lasse ich mir von ihm ins Taxi helfen und höre, wie er dem Fahrer die Adresse seines Hotels nennt.

Bei allen Göttern, dieser Kerl kann vielleicht küssen!

Zutiefst erregt lasse ich den Kopf nach hinten sinken und schließe die Augen.

Matthew ist der Hammer und er ist wahnsinnig gefährlich, denn in seiner Nähe vergesse ich einfach alles.

Um ehrlich zu sein, sollte ich mich jetzt wirklich lieber um die Eröffnung meines Yogastudios kümmern. Dieses Studio ist mein absoluter Lebenstraum. Doch anstatt fleißig zu sein, sitze ich neben diesem fremden Typen auf einem dunklen Rücksitz und kann an nichts anderes denken als daran, es ordentlich besorgt zu bekommen.

Seine Hand legt sich auf mein Knie, schiebt sich an der Innenseite meines Schenkels nach oben und streicht über den bereits nassen Stoff meines Strings.

Als er spürt, wie feucht und bereit ich für ihn bin, stockt sein Atem.

„Oh Baby ..."

Hilflos kralle ich mich an dem Sitz fest und spüre, wie er seine Finger in mein Höschen gleiten lässt.

Im Schutz der Dunkelheit kann der Fahrer eigentlich nicht erkennen, was Matthew mit mir anstellt. Und trotzdem schießt reines Adrenalin durch meine Adern, als sich mein Blick und der des Taxifahrers im Rückspiegel treffen.

Gekonnt lässt Matthew seinen Daumen über meinen Kitzler kreisen, erhöht den Druck und entlockt mir ein leises Stöhnen.

Meine inneren Muskeln ziehen sich pulsierend zusammen, mein Puls rast und ich bin kurz davor zu kommen.

Der Teufel neben mir weiß ganz genau, was er mir antut, doch er kennt keine Gnade.

Langsam beugt er sich zu mir vor, dringt mit zwei seiner Finger in mich ein und flüstert mir leise ins Ohr.

„Wenn du jetzt kommst, wirst du das später bereuen!“

Ist das sein Ernst? *Oh Shit!* Was meint er mit bereuen?

Unser Fahrer beobachtet uns noch immer, so langsam glaube ich, dass er doch bemerkt, was hier hinten passiert.

Ich bin so erregt, dass ich es einfach nicht schaffe, mich deswegen zu schämen.

Die restlichen Minuten der Fahrt versuche ich, mich nicht in meiner Lust zu verlieren, doch das ist gar nicht so leicht – der Höhepunkt ist zum Greifen nah ...

Dieser Mann kann nicht nur teuflisch gut küssen, sondern hat auch begnadete Finger!

2. Kapitel

Kaum dass wir an dem Hotel angekommen sind, hat es nur wenige Minuten gedauert bis wir in seinem Zimmer gelandet sind.

Süchtig nach seiner Nähe und seinen göttlichen Küssen vergrabe ich meine Finger in seinen Haaren, ziehe ihn zu mir herab und erobere seinen Mund. Mittlerweile ist mein Slip nicht einfach nur feucht, er ist durchnässt ...

Unsere Zungen liefern sich ein wildes Duell, meine Finger reißen an seinem Hemd und öffnen Knöpfe.

Wow ... Dieser Mann versteht es wirklich eine Frau zu küssen.

Als es mir endlich gelungen ist, seinen Oberkörper zu entkleiden, lasse ich meine Augen gierig über seine Muskeln gleiten.

Jackpot – das ist nicht nur ein Waschbrettbauch, das ist der absolute Traum einer jeden Frau. Tief einatmend, lecke ich mir über die plötzlich viel zu trockenen Lippen und öffne seine Gürtelschnalle.

Matthews Blick liegt dunkel und eindringlich auf meinem Gesicht und ich weiß, dass er kurz davor ist, durchzudrehen, mich zu packen und direkt hier im Eingangsbereich seines Zimmers zu bumsen.

An sich eine gute Sache, aber bevor ich mich von ihm gegen die Wand pressen lasse, will ich alle störenden Kleidungsstücke von seinem Body entfernen.

Schließlich sieht man so ein Prachtexemplar von einem Mann nicht alle Tage!

Seine markanten Gesichtszüge verhärten sich, das Blau seiner Augen wird immer dunkler, seine Lippen ziehen mich wie magisch an.

Doch Matthew scheint da ganz andere Pläne zu haben. Ungeduldig schiebt er meine Hände beiseite, packt mich an den Hüften und hebt mich hoch.

Als er mich schwungvoll über seine Schulter schmeißt, kreische ich erschrocken auf.

Lachend verpasst er mir einen Klaps auf den Po und trägt mich zielsicher zu seinem Bett.

„Schrei so lang du willst, Baby. Das wird dich auch nicht retten – jetzt gehörst du mir!“

Vor dem ordentlich gemachten Hotelbett angekommen, stellt er mich langsam wieder auf die Füße, umfasst mit seinen großen Händen mein Gesicht und küsst mich stürmisch.

Besitzergreifend legt er seine Finger auf meinen Hintern, seine Zunge umrundet verspielt die Konturen meiner Lippen, ehe sie erneut, doch dieses Mal etwas liebevoller, in meinen Mund taucht.

Atemlos lehne ich mich an ihn, versinke in dem Moment.

Trotz der Tatsache, dass ich diesen Kerl erst wenige Stunden kenne, fühle ich mich in seiner Nähe sicher.

Verdammich ...

Was ist nur los mit mir?

Hatte ich zu lange keinen Sex mehr?

Verwechsle ich Erregung mit Emotionen?

Das kann einfach nicht sein! Ich bin keine blutige Anfängerin, sondern Profi.

Ich weiß ganz genau, auf was es ankommt, und das ist Spontanität, Unabhängigkeit und Freiheit!

Entschlossen schiebe ich meine verwirrenden Gedanken beiseite und konzentriere mich auf das Einzige, was in diesem Augenblick wichtig ist: Matthews geilen Körper und sein beeindruckender, harter Schwanz.

„Es wird Zeit, dich auszupacken ..."

Seine Stimme klingt vor Erregung rau, wie das Knurren eines Raubtiers.

Sein herber Geschmack benebelt meine Sinne und ich spüre, wie sich ein sehnsüchtiges Ziehen in meinem Unterleib ausbreitet.

Langsam und mit einem eindringlichen Blick zieht er mich aus. Seine Augen wandern über meine vielen Tattoos, seine Finger streichen über mein Bauchnabelpiercing, ehe sie über meinen Venushügel nach unten gleiten und zwischen meinen Schamlippen verschwinden.

„Ich will Dich ficken, Baby ..."

Dunkel knurrend packt er sich meine Haare, zieht meinen Kopf bestimmend nach hinten und knabbert an meinem Schlüsselbein.

„... ich will dich ficken und dich schreien hören, ich will dich lecken und mich bis zum Anschlag in dir versenken!"

Als ich endlich komplett nackt vor ihm stehe, sieht er mich besitzergreifend an.

Seine Finger streifen über meine Haut, nehmen mich in Besitz, erkunden meine erogenen Zonen. Seine Zähne knabbern an meinem Ohrläppchen, sein erigiertes Glied presst sich fordernd gegen meinen Bauch.

Jede Zelle meines Körpers sehnt sich nach seinen Berührungen, seiner Nähe und seiner Inbesitznahme. Anstatt ins Bett drängt er mich gegen die Wand des Schlafzimmers, automatisch stütze ich mich mit den Handflächen ab.

„Beweg dich nicht von der Stelle!"

Sein Befehl ist dominant und herrisch und zu meiner großen Verwunderung fährt er mir direkt in den Unterleib.

In meinem Inneren tobt ein Orkan, der meine Emotionen völlig durcheinanderwirbelt.

Meine komplette Aufmerksamkeit ist auf den Mann hinter mir gerichtet.

Was er wohl vorhat?

Sein warmer Atem streift meinen Nacken, Matthew berührt mich nicht. Mit jedem weiteren Herzschlag, der vergeht, werde ich nervöser und zugleich erregter.

Instinktiv bereitet sich meine Pussy für ihn vor, spannt sich an und beginnt zu glühen.

Meine Brustwarzen werden immer empfindlicher und sehnen sich nach seinen Fingern.

„Matthew?“ Nicht sicher, was ich mir am sehnsüchtigsten wünsche, spüre ich, wie er sich ganz dicht hinter mich stellt.

„Ja, meine Schöne.“

Seine Fingerspitzen streichen über mein Rückgrat, erkunden meinen Körper, lassen mich erbeben.

Meine Sehnsucht nach ihm verwandelt sich in etwas Dunkles, Gefährliches, das mich zu verschlingen droht.

Lieber Gott, steh mir bei ...

Mit Matthew fühlt es sich anders an – er hat mich völlig unter Kontrolle, obwohl er mich nicht mal richtig anfasst.

All meine Gedanken kommen zum Stillstand und ich konzentriere mich nur noch auf den faszinierenden Mann, der gerade dabei ist, mich zu verführen.

„Du bist so verflucht schön.“

Seine Hand streicht leicht über meinen Po, ehe er kontrollierend meinen Nacken umfasst.

„Du bist so nass. Du kannst es kaum erwarten, endlich von mir genommen zu werden.“

Langsam drehe ich mich zu ihm um und sehe ihm tief in die Augen.

Shit! Bis jetzt haben wir uns nur geküsst und uns berührt und dennoch stehe ich völlig unter Strom.

Atemlos erwidere ich seinen dunklen Blick, inhaliere seinen Geruch.

Urplötzlich geben meine Knie nach, Matthew fängt mich auf und flüstert mir beruhigend ins Ohr, dass er mich hält.

Mühelos hebt er mich hoch, legt mich auf das Bett und betrachtet meinen zitternden Leib.

Ohne seinen Blick von mir zu lösen, beginnt er damit seine Hose auszuziehen.

Endlich ist der Moment gekommen und er steht komplett nackt vor mir. Hungrig lasse ich meine Augen über die straffen Konturen seines Oberkörpers wandern – was für ein Anblick!

Mit einer geschmeidigen, raubtierhaften Bewegung legt er sich auf mich, drückt mich tief in die Matratze.

Mehr als bereit für ihn, schlinge ich ihm meine Schenkel um die Mitte und küsse ihn stürmisch.

Besitzergreifend lege ich meine Arme um seinen Hals, kralle mich in seinen Haaren fest. Seine Finger umspielen meine Nippel, zupfen und zwirbeln sie, bis ein dekadenter bittersüßer Lustschmerz durch meine Venen pulsiert.

„Ich will Dich."

Meine gehauchten Worte verlieren sich im nächsten Kuss.

Knurrend schiebt er seine Hand zwischen meine Beine, seine Finger, die tief und langsam in mich eindringen, reichen beinahe aus, um mich in den Wahnsinn zu treiben.

„Bitte Matthew, nimm mich ..."

Sein Daumen findet meine Perle, massiert sie langsam und rhythmisch – ich bin verloren.

„Das werde ich, Baby, hart und tief!"

Seine kräftigen Hände öffnen mich, während sein harter Schwanz über meine feuchten Schamlippen streicht.

Oh mein Gott ...

Stöhnend schnappe ich nach Luft, mein lustvoller Schrei durchbricht die Stille. Süchtig nach mehr kralle ich meine Finger in seinen knackigen Arsch und presse ihn fester auf mich, mehr – ich will mehr!

Doch Matthew löst sich von mir, steigt aus dem Bett und lacht über meinen verdutzten Gesichtsausdruck und mein frustriertes Aufstöhnen.

„Was machst du da?"

Nachsichtig zieht er seine Augenbrauen nach oben, beugt sich zu mir herab und küsst mich wild.

„Baby! Ich habe das nicht geplant und darum liegt auch kein Kondom auf dem Nachttisch bereit."

Ohhh ....

Über mich lachend, verschwindet er im Badezimmer.

Noch bevor ich das Chaos in meinem Kopf sortieren kann, kommt er mit einem Gummi in der Hand zurück.

Dieser Mann verwirrt mich so sehr, dass ich nicht mal mehr an die Verhütung gedacht habe! Was zur Hölle ist nur mit mir los? Das muss an den vielen Martinis liegen ...

Fasziniert beobachte ich Matthew dabei, wie er mit geschickten Fingern das Kondom über seinen beachtlichen Schwanz rollt – fuck – ich kann es kaum erwarten ...

Er knurrt leise, kommt zurück ins Bett und kniet sich zwischen meine Schenkel.

Sein Blick fängt den meinen, ich spüre seine Eichel an meinem Eingang, schließe stöhnend die Augen und schreie laut auf, als er sich mit einem tiefen Stoß bis zum Anschlag in mir versenkt.

Wow ... ihn in mir zu haben ist ein berauschendes Gefühl.

Sein Penis ist so dick und lang, dass er über meinen G-Punkt reibt und mich alleine mit seinem Eindringen beinahe kommen lässt.

Matthews Stöße sind hart und gnadenlos. Sein Schwanz taucht immer und immer wieder in mich ein, sodass ich mich viel zu schnell in meiner Lust verliere.

Keuchend legt er meine Beine auf seine Schultern, öffnet mich so noch etwas weiter und entlockt mir einen lauten Schrei.

In meinem verzweifelten Versuch, leise zu sein, beiße ich die Zähne zusammen.

Seine Iriden sind vor Lust schwarz geworden, sie glühen vor Erregung, während er mich dem Paradies immer näher bringt.

Intensiv und krampfend zieht sich mein Unterleib zusammen, flüssiges Glück rauscht durch meine Venen und verbrennt meine Nervenbahnen.

Sein Blick fesselt mich an den seinen, während er mich immer und immer wieder hart nimmt.

Zerplatzende Sternschnuppen explodieren vor meinen geschlossenen Augenlidern, meine Atmung stockt und mein Körper zieht sich krampfartig zusammen.

Trunken vor Lust kralle ich mich an seinen muskulösen Armen fest.

Matthews Muskeln spannen sich an, sein Schwanz wird in mir immer dicker und seine Atmung kommt stockend, aus seiner Kehle löst sich ein animalisches Fauchen, während er sich erneut tief in mir versenkt.

Knurrend packt er meine Hüfte, hält mich in Position, während er in einen gnadenlosen Rhythmus verfällt.

Hart und schnell nimmt er mich, reitet meine Pussy und jagt seine eigene Erlösung.

„Fuck, Baby!“

Jeder seiner Muskeln spannt sich an. Sein Sixpack wird steinhart, während er sein Sperma in das Kondom schießt.

Wimmernd genieße ich seine Nähe und das heiße Gefühl der Befriedigung, das sich wellenartig in mir ausbreitet.

Kraftlos sinke ich in die Kissen, in meinem Bauch kribbelt es wie verrückt und eine angenehme postkoitale Mattigkeit lässt mich zufrieden seufzen ...

3. Kapitel

Hektisch schnappe ich meine Handtasche, renne aus der U-Bahn und eile die Treppen hoch ... *verdammte Scheiße, ich bin zu spät ...*

In genau 3 Wochen feiert mein Yogastudio seine Eröffnung und im Gegensatz zum Laden meiner Freundin Coco sieht es bei mir noch aus wie auf einer Baustelle.

Doch anstatt mich darum kümmern zu können, muss ich diese Woche noch in meinem Job im Fitnessstudio arbeiten.

Eigentlich ist zwar meine Kündigung schon durch, aber mein Chef Thomas, oder sollte ich lieber Ex-Chef sagen, hat mich gebeten, diese Woche noch mal einzuspringen. Anscheinend hat sich der Big Boss der Fitnessstudiokette für diese Woche angekündigt, und keiner weiß genau, wann er denn nun auftaucht.

Eigentlich bräuchte ich diese Zeit sehr dringend, um mich auf die Eröffnung vorzubereiten, doch ich schaffe es einfach nicht, Thomas hängen zu lassen.

Wenn das so weitergeht, glaube ich ernsthaft, dass sich das Schicksal gegen mich verschworen hat. Erst läuft mir der Mann aller Männer über den Weg und bringt mich völlig aus dem Konzept und jetzt muss ich auch noch arbeiten.

Doch was soll's?

Ich kann das Geld, das ich in dieser Woche verdiene, wirklich gut gebrauchen.

Ganze fünfzehn Minuten zu spät komme ich endlich im Studio an. Thomas steht bereits ungeduldig vor meinem Yoga-Raum und schüttelt genervt den Kopf.

„Scheiße, Sarah! Du bist zu spät!“

„Danke für den Hinweis. Ohne deine Hilfe wäre mir das glatt entgangen.“

Warum zur Hölle regt er sich so auf? Der Kurs beginnt erst in zehn Minuten.

„Hör auf mit deinem Gezicke. Ich bin mir sicher, dass heute der Big Boss kommt. Und da muss alles perfekt sein.“

Um ehrlich zu sein weiß ich nicht, warum sich Thomas so verrückt machen lässt.

Das Studio läuft gut. Unsere Mitglieder sind zufrieden, es gibt also überhaupt keinen Grund für seine Panik.

„Reg dich ab. Was hast du denn schon zu befürchten?“

Er sieht mir entnervt in die Augen, dreht sich um und verschwindet in seinem Büro, ohne mir eine Antwort zu geben.

Arschloch ...

So gerne ich auch hier gearbeitet habe, ich kann es kaum erwarten, endlich mein eigener Chef zu sein!

Routiniert bereite ich alles für die anstehende Stunde vor - doch es hilft alles nichts.

Völlig egal was ich mache, sage oder woran ich gerade denke, Matthew will mir einfach nicht aus dem Kopf gehen.

Vielleicht hätte ich doch *Ja* sagen sollen, als er mich gefragt hat, ob wir uns wiedersehen können. Doch sein Angebot hat gegen meine eisernen Regeln verstoßen, also habe ich ihm einen Korb gegeben.

Bis jetzt habe ich noch nie einen zweiten Gedanken an meine One-Night-Stand-Partner verschwendet, doch bei Matthew will es mir einfach nicht gelingen, ihn zu vergessen.

Ob es daran liegt, dass sich seine Fingerabdrücke zwei ganze Tage lang auf meiner Haut abgezeichnet haben?

Ich weiß es nicht!

Alles was ich weiß, ist, dass ich es wirklich bereue, seine Nummer nicht angenommen zu haben.

Genervt schüttle ich den Kopf und versuche, meine Gedanken zu sortieren.

Mein Leben befindet sich gerade in einer sehr spannenden Phase, ich habe jetzt einfach keine Zeit für irgendeinen Mann, der mir das Gehirn aus dem Kopf vögeln will.

Nachdem die ersten Yoga-Teilnehmerinnen eingetroffen sind, gelingt es mir endlich mich etwas abzulenken.

Zehn Minuten später sind wir vollzählig und die Stunde kann beginnen.

Kaum dass wir anfangen uns aufzuwärmen, spüre ich, wie sich meine Gedanken verlangsamen und wie ich meine innere Mitte finde.

Vergessen sind alle Sorgen, Matthew und all der Stress der vergangenen Tage.

Gerade als es mir gelungen ist, Mister *dunkel und sexy* aus meinem Hirn zu verbannen, höre ich, wie leise die Türe geöffnet wird. Ich drehe den Kopf auf die Seite, um dem Störenfried eine Ansage zu verpassen ... doch meine Worte bleiben mir unausgesprochen im Hals stecken ... Was? Warum? Was will er hier?

Neben meinem ziemlich nervös aussehenden Chef sehe ich, wie niemand Geringerer als Matthew den Raum betritt. Verdattert vergesse ich, mich auf mein Gleichgewicht zu konzentrieren. Meine Körperhaltung gerät ins Wanken und ich kippe einfach um!

„Verfluchte Scheiße, Thomas! Du weißt genau, dass ich während einer Yogastunde nicht gestört werden will!"

Die Mädels vor mir behalten zwar ihre Position bei, doch ich höre ihr leises Lachen.

Mein Chef hingegen schüttelt nur panisch den Kopf und bedeutet mir, dass ich still sein soll.

Wütend sehe ich von Thomas zu Matthew, dessen Lippen sich zu einem amüsierten Grinsen verziehen.

Mit drei großen Schritten überwindet er die Distanz zwischen uns und kommt auf mich zu.

„Ich muss ja ziemlich umwerfend auf dich wirken. Oder wie soll ich es mir erklären, dass du, wann immer wir uns sehen, auf deinen geilen Arsch fällst."

Dieser arrogante Idiot! Erst spukt er mir tagelang im Kopf herum und dann platzt er mitten in meine Yogastunde ... Spinnt der?!

„Bilde dir bloß nichts darauf ein!"

Lachend umfasst er meine Taille und hebt mich mühelos hoch.

„Reg dich nicht auf, Baby!"

Dieser Mann hat vielleicht Nerven!

Auch ohne dass ich ihn ansehe, weiß ich, dass Thomas uns ganz genau beobachtet.

„Hör mir zu, Matthew. Jetzt ist wirklich nicht der richtige Zeitpunkt für einen Besuch!"

So wütend ich auch gerade auf ihn bin, ich kann nicht leugnen, dass sich ein winzig kleiner Teil tief in mir darüber freut, ihn wiederzusehen.

„Ach nein?"

Sein Blick gleitet langsam über mein ziemlich knappes, sehr eng anliegendes Yogaoutfit. Das intensive Blau seiner Iriden funkelt gefährlich, während es immer dunkler wird. Und wieder breitet sich dieses erotische Knistern zwischen uns aus. Mittlerweile beobachten uns knapp die Hälfte meiner Kursteilnehmerinnen, ihre Blicke huschen immer wieder über Matthews beeindruckende Erscheinung.

So wütend mich das auch macht, ich kann ihre Neugierde durchaus verstehen.

In seinem kaviarschwarzen Anzug und dem schneeweißen Hemd sieht er aber auch wirklich zu sexy für diese Welt aus.

Sein markantes Kinn, die faszinierenden Augen und seine vollen Lippen lassen jede Frau sofort an äußerst unanständige Dinge denken.

„Nein!"

Gerade als ich mich in sehr eindeutigen Erinnerungen verliere, höre ich, wie sich mein Chef Thomas leise neben uns räuspert.

„Vielleicht darf ich euch bekannt machen?“

„Das ist nicht nötig!“

Matthews Stimme klingt schneidend, so als wäre er über Thomas Unterbrechung ganz genauso verärgert wie ich.

Mein Verstand ist mit der Situation gerade etwas überfordert.

Ich verstehe nicht ganz, warum mich mein Chef mit meinem One-Night-Stand bekannt machen will?

„Hör mir zu, Matthew, ich bin in zwei Stunden hier fertig, dann können wir uns gerne sehen. Aber jetzt muss ich wirklich weiterarbeiten.“

„Es freut mich, dass du jetzt endlich bereit bist, dich mit mir zu treffen. Doch ich bin nicht wegen dir hier, sondern geschäftlich.“

Wie bitte? Jetzt verstehe ich wirklich gar nichts mehr!

Fragend sehe ich Matthew an, ehe ich zu Thomas blicke.

Der versteht meine unausgesprochene Frage sofort.

„Sarah, darf ich dich mit dem Inhaber der Sportstudiokette bekannt machen?“

Was? Shit ...

So etwas kann aber auch nur mir passieren. Da rennen tausende von Männern durch die Stadt und ich muss natürlich ausgerechnet mit dem Big Boss ins Bett steigen.

Verflucht!

In meinem Kopf rattert es so laut, dass ich Thomas Stimme nur noch im Hintergrund höre.

In der Sekunde, in der ich das alles kapiere, wird mir schwindelig.

Matthew ist gar nicht wegen mir hier, er ist hier, weil er sich davon überzeugen will, dass hier alles rund läuft – *oh Gott wie peinlich!*

Am liebsten würde ich jetzt meine Sachen packen und schnellstens von hier verschwinden, doch das geht nicht. Schließlich stehen hier knapp zwanzig Frauen, die meine Blamage interessiert beobachtet haben und die nur darauf warten, dass unsere Yogastunde endlich weitergeht.

Ganz klasse, jetzt blamiere ich mich schon vor Publikum ...

Schwer schluckend versuche ich, mir nicht anmerken zu lassen, wie durcheinander ich gerade bin und drehe mich Thomas zu.

„Nachdem ihr meine Stunde nun lange genug gestört habt, denke ich, dass es besser ist, wenn ihr mit eurem Rundgang woanders weitermacht!“

Meinem Chef fallen beinahe die Augen aus dem Kopf. Mir ist durchaus klar, dass ich mich gerade nicht besonders höflich benehme, aber wenn ich auch nur eine Minute länger in Matthews Nähe verbringen muss, schreie ich so laut ich kann ...

Doch anstatt verärgert zu sein, sieht mich Matthew nur eindringlich an. Seine Hand streicht sanft über meinen nackten Bauch, ehe er sich zu mir herunterbeugt und mir einen schnellen, jedoch innigen Kuss auf den Mund drückt.

„Ich nehme dich beim Wort, Baby und hole dich in zwei Stunden ab!"

Das leise Seufzen, das aus meinem Mund kommt, verrät allen Anwesenden inklusive meines Chefs, dass ich diesem Kerl einfach nicht widerstehen kann und dass unsere Bekanntschaft alles andere als platonisch ist.

Auf wackeligen Knien beobachte ich die beiden Männer dabei, wie sie die Türe hinter sich schließen und mich völlig verwirrt zurücklassen.

Ein Wirbelsturm, bestehend aus Emotionen, Hormonen und Sehnsüchten, tobt in meinem Inneren.

Tief durchatmend schüttle ich den Kopf, klatsche zwei Mal laut in die Hände und sorge für etwas Ordnung in meinem Inneren.

„Also los, Mädels, lasst uns da weitermachen, wo wir aufgehört haben ..."

Grinsend zwinkern mir einige Teilnehmerinnen zu, ehe sie sich wieder auf das Yoga konzentrieren.

Doch völlig egal wie sehr ich auch versuche, Matthew aus meinen Überlegungen zu verbannen, es will mir einfach nicht gelingen. Dieser Typ hat etwas an sich, das mich völlig aus dem Konzept bringt ...

Das erste Mal in meinem Leben gelingt es Yoga nicht, mich zu entspannen. Jede Zelle meines Körpers sehnt sich nach seinen Händen, seinen Berührungen und seiner Nähe ...

Es fühlt sich so an, als würde ich innerlich verdursten und nur dieser Mann hat die Macht, diesen Durst nach Nähe zu stillen.

4. Kapitel

Ultranervös räume ich die Matten auf, lüfte gründlich durch, schalte den CD-Player aus und stelle mich unter eine heiße Dusche. Nicht zum ersten Mal spiele ich mit dem Gedanken, einfach schnell und unbemerkt von hier zu verschwinden. Nachdem ich mich angezogen habe, packe ich meine Tasche und gehe, anstatt das Weite zu suchen, zurück in den Yoga-Raum – *bleiben oder gehen?*

Wenn Matthew nach nur einer Nacht so eine intensive Wirkung auf mich hat, wie wird es dann erst nach einer weiteren sein?

Ungeduldig knabbere ich auf meinen Fingernägeln herum und wäge meine Möglichkeiten ab. So wie ich das sehe, bleiben mir zwei Optionen:

1. Ich haue jetzt ab und bereue es mein Leben lang.
2. Ich bleibe und gebe dem Kerl, der mich so fasziniert, eine reelle Chance.

Um ehrlich zu sein, finde ich beide Möglichkeiten nicht gerade perfekt. Doch was soll ich tun? Dieser Mann hat in dieser einen Nacht mein Leben verändert ...

Es fühlt sich so an, als hätte er meine tief vergrabenen Sehnsüchte erweckt.

Noch bevor ich wirklich weiß, wie ich mich entscheiden soll, höre ich, wie die Türe leise quietschend geöffnet wird. Auch ohne mich umzudrehen weiß ich, dass es Matthew ist, der von hinten auf mich zukommt, ich spüre seine Anwesenheit körperlich.

Entschlossen, dieses Mal nicht völlig einzuknicken, bleibe ich vor dem großen, geöffneten Fenster stehen und beobachte, wie sich der Verkehr durch die Straßen schlängelt.

In dem Augenblick, in dem er seine Hände auf meine Taille legt, stockt mein Atem, ein heißer Schauer rieselt über meinen Rücken und lässt mich erbeben.

Schlagartig wird mit klar, dass ich ihm nie widerstehen kann ...

„Hi, Baby!“

Oh verdammich – er braucht nur zwei Worte mit insgesamt sechs Buchstaben und schon habe ich Herzrhythmusstörungen.

„Irgendwie habe ich nicht damit gerechnet, dass du hier sein wirst!“

Der dunkle Bariton seiner Stimme klingt unfassbar sexy.

„Was willst du damit sagen?“

„Nichts! Ich bin einfach nur froh, dass du nicht die Flucht ergriffen hast. Denn so habe ich die Möglichkeit, dich zum Essen auszuführen!“

Essen? Wer will denn essen?

Bestimmend dreht er mich zu sich um, umfasst mit seinen großen Händen mein Gesicht und sieht mir tief in die Augen.

Nervös lecke ich mir über die Unterlippe und lege meine Finger auf seinen Brustkorb.

Rhythmisch und kraftvoll trommelt sein Herzschlag gegen meine Handflächen.

Die Magie eines Kusses legt sich zwischen uns, instinktiv stelle ich mich auf die Zehenspitzen, komme ihm entgegen und pinne meine Lippen auf die seinen.

Weich trifft auf hart – ein unbändiges Verlangen pulsiert durch unsere Körper, als sich unsere Zungen treffen.

Seufzend lasse ich mich fallen, werde von ihm aufgefangen und an seinen muskulösen Oberkörper gepresst. Fieberhaft streichen seine Hände über meinen Rücken, legen sich auf meinen Po, halten mich fest.

Das hier ist nicht einfach nur ein lapidarer Kuss, das hier ist mehr, so viel mehr, dass ich es nicht in Worte fassen kann ...

Die Sekunden ziehen sich in die Länge, werden zu Minuten, verlieren ihre Bedeutung.

Alles was in diesem Moment für mich zählt, ist er, sein Geschmack und das Wissen, dass ich ihn nicht einfach gehen lassen kann. Scheiß auf alle Regeln, Konsequenzen und Hindernisse – ich will diesen Mann ... jetzt, morgen und übermorgen ... die nächsten Tage- Wochen und Monate. Weiter traue ich mich noch nicht zu denken, doch ich weiß instinktiv, dass sich meine Sehnsucht nach ihm nicht in der nächsten Zeit in Luft auflösen wird.

Coco hatte recht. Sie hat mir immer prophezeit, dass eines Tages ein Kerl in meinem Leben auftauchen wird, bei dem meine Schutzmauern zu bröckeln beginnen. Und Matthew ist dieser Mann, in seiner Nähe kann ich an nichts anderes denken, als daran, in seinen Armen zu liegen ...

Unsere Zungen umschlingen sich immer sinnlicher, der Kuss wird eindeutiger und sexueller. Als er sich leise knurrend von mir löst, werde ich nur noch von seinen Armen aufrecht gehalten. Mein Slip ist feucht und meine Schamlippen pochen sehnsüchtig.

Blinzelnd öffne ich die Augen, erwidere seinen Blick und küsse ihn erneut.

„Und du bist dir sicher, dass du essen gehen möchtest?“

„Yes Baby, das bin ich. Dieses Mal werde ich dich nicht ins Bett zerren und dich besinnungslos ficken. Heute Abend werde ich es richtig machen. Ich werde dich ausführen, dir viele Fragen stellen und dich besser kennenlernen."

Es macht eine kurze Pause, küsst mich federleicht auf die Schläfe, ehe er sehr viel leiser weiterspricht.

„Seit unserer letzten Nacht muss ich ununterbrochen an dich denken. Du bist mir nicht mehr aus dem Kopf gegangen und jetzt, wo ich dich wiedergefunden habe, werde ich dich nicht wieder gehen lassen!"

.... er will es richtig machen ... oh mein Gott ...

Seine Worte gehen mir unter die Haut, schleichen sich in meine Seele, bringen mein Herz zum Stolpern.

Aus reinem Selbstschutz lasse ich mir nicht anmerken, wie sehr mich sein Eingeständnis berührt. Langsam lasse ich meine Hand an seinem Bauch nach unten wandern, lege sie auf seinen Schritt und massiere seinen erigierten Schwanz.

„Und du bist dir ganz sicher, dass du mich nicht besinnungslos ficken willst?"

Leise brummend schließt er seine Augen, presst seinen Penis fester gegen meine Finger und keucht leise.

Doch sein Wille ist stärker als seine Lust.

Seufzend umfasst er nach einer Minute mein Handgelenk und zieht meine Finger wieder nach oben in etwas unschuldigere Regionen.

„Glaub mir, Baby. Ich will dich ficken – hart! Doch alles hat seine Zeit, jetzt will ich dich kennenlernen. Ficken kann ich dich noch in unzähligen anderen Nächten!"

Bei jedem anderen Mann würde mich diese Selbstsicherheit stören, doch nicht so bei ihm. Sein Gesicht ist angespannt, seine Wangenmuskulatur zuckt leicht. Ich kann ihm deutlich ansehen, wie sehr er sich beherrschen muss, um nicht auf der Stelle über mich herzufallen.

Schelmisch zwinkert er mir zu, ehe er seine Finger mit den meinen verschränkt und mich hinter sich herzieht.

„Komm schon, Sugar, ich habe einen riesigen Hunger."

Sprachlos und bis in die Zehenspitzen erregt lasse ich mich von ihm in den Lift und aus dem Sportstudio führen.

So aufgewühlt ich gerade auch bin, kann ich mein Glück gar nicht fassen.

Sein Verhalten beweist mir, dass er jedes Wort ernst meint. Er will wirklich mehr über mich wissen. Diese Tatsache lässt mich innerlich vor Freude jubeln.

Und wer weiß, was der Abend noch bringt ... Mit ein bisschen Glück schaffe ich es ja doch noch, ihn dazu zu überreden, mich endlich zu bumsen.

Langsam hat sich die Nacht auf den Tag gelegt und die Sonne vertrieben.

In den großen Fensterscheiben des italienischen Restaurants, zu dem uns Matthew in seinem schwarzen Audi gefahren hat, zeichnet sich deutlich unser Spiegelbild ab.

Amüsiert betrachte ich es und wundere mich über die verrückten Wege, die das Schicksal für uns bereithält.

Mit meinen vielen Tattoos, Piercings und meiner farbenfrohen Kleidung passe ich optisch so gar nicht zu Matthews spießigem schwarzen Anzug.

Das Yoga-Hippie-Girl und der erfolgreiche Geschäftsmann ...

Matthew bemerkt meinen amüsierten Blick und zwinkert mir im Spiegelbild breit grinsend zu. Besitzergreifend schlingt er seinen Arm um meine Taille und zieht mich näher an sich.

Mein Kopf reicht ihm gerade einmal bis zur Schulter, neben seinem breiten Körper wirke ich klein und zerbrechlich.

Langsam beugt er sich zu mir herab, sein heißer Atem streift meinen Nacken, während er mir ins Ohr flüstert, dass er mich wunderschön findet.

Ganz gentlemanlike öffnet er die Restauranttüre und lässt mir den Vortritt.

Bis jetzt war es immer so, dass ich, je mehr Zeit ich mit einem Mann verbracht habe, immer mehr Charaktereigenschaften entdeckt habe, die mich gestört haben, doch bei Matthew ist es genau andersherum. Je mehr Zeit ich mit ihm verbringe, desto bewusster wird mir, dass er mein absoluter Mister Perfect ist.

Die Einrichtung und das Ambiente des Restaurants sind typisch italienisch und wirken sehr gemütlich.

Nachdem wir uns an einen etwas abgeschiedenen Tisch gesetzt haben, kommt der Besitzer des Restaurants auf uns zu und begrüßt Matthew wie einen alten Freund.

Ich studiere ausgiebig die Speisekarte, dann geben wir unsere Bestellung auf.

Wenn mir heute Morgen jemand gesagt hätte, dass ich heute Abend mit Matthew zusammen essen gehe und dass sich das alles verdammt nach einem romantischen Date anfühlt, hätte ich ihm die Zunge rausgestreckt und ihm gesagt, dass er völlig verrückt ist.

Und doch sitzen wir jetzt hier. Matthew hält sein Wort und fragt mich unzählige Dinge.

Nachdem ich ihm meine Lieblingsfarbe, meine Lieblingsblume und meine Lieblingsband verraten habe, werden seine Fragen tiefgründiger. Als wir auf Coco und die Erfüllung unserer Träume zu sprechen kommen, wird mir erst klar, dass es jetzt wirklich ernst wird ...

„Und ich kann dich wirklich nicht dazu bewegen länger für mich zu arbeiten?“

Wie meint er das?

„Warum sollte ich für dich arbeiten?“

Verwirrt sehe ich ihn an.

„Ganz einfach. Das Studio, in dem du bisher gearbeitet hast, gehört mir. Also bin ich, genau genommen, dein Chef.“

Oh Fuck!

Daran habe ich bisher noch gar nicht gedacht ...

„Sorry, aber ich habe bereits gekündigt, somit bist du mein Ex-Chef.“

„Na, wenn das so ist, will ich dein neues Reich sehen. Zeigst du es mir?“

„Du meinst, du willst die Konkurrenz ausspionieren?“

Lachend genehmigt er sich einen weiteren Schluck des köstlichen Rotweins, den er für uns bestellt hat, und lehnt sich in seinem Stuhl zurück.

„Nein, Baby! Ich sehe dich nicht als Konkurrenz. Für mich bist du die faszinierendste Frau, die ich jemals getroffen habe. Ich will alles über dich wissen ... Zeig mir, was dich glücklich macht, verrat mir, was dich traurig macht, offenbare dich mir.“

... offenbare dich mir ...

Matthew meint es wirklich ernst. Dieser Mann will mich und das nicht nur zum Ficken, sondern komplett.

Tief in meinem Bauch breitet sich ein warmes, sehr angenehmes Prickeln aus.

Das hier kann wirklich der Anfang von etwas ganz Besonderem sein.

Der restliche Abend ist amüsant und angenehm. Matthew erzählt mir viel von seinem Leben und so langsam habe ich das Gefühl, dass ich dabei bin, mich in diesen Mann zu verlieben – ein wirklich gutes Gefühl!

5. Kapitel

Matthew in meinem noch nicht ganz fertigen Studio stehen zu sehen, ist irgendwie surreal.

„Soweit ich das erkennen kann, wird es perfekt. Du hast genau das aufgegriffen, was ich in den nächsten Jahren umsetzen will.“

Neugierig sehe ich ihn an.

Er lehnt sich an meinen noch nicht ganz fertig aufgebauten Empfangstresen.

Auf einmal steht ein Geschäftsmann und nicht mein aufmerksamer Lover vor mir.

„Yoga ist völlig anders als Krafttraining oder zum Beispiel Zumba. In meinen Augen sollte also auch das Ambiente darauf abgestimmt werden.“

Er hat recht, ganz genau das habe ich Thomas in den vergangenen Jahren immer wieder vorgeschlagen, doch das werde ich Matthew ganz bestimmt nicht sagen. Das Letzte, was ich will, ist Thomas schlecht zu machen.

„Yoga ist nicht einfach nur irgendein Sport, Yoga ist eine Lebenseinstellung.“

Und wieder ist er in meinen Augen ein Stückchen perfekter geworden – langsam wird es wirklich unheimlich!

Matthew lässt seinen Blick erneut über das bereits vorhandene Mobiliar gleiten.

„Wann hast du noch mal gesagt, ist die Eröffnung?“

„In drei Wochen.“

„Hör mir zu Süße. Ich würde mich freuen, wenn ich dir helfen darf. Ich will ein Teil deines Lebens sein.“

Ding – Ding – Ding – Ding – Ding – Ding – Ding – Jackpot!

Also eines ist schon mal klar. Wenn ich diesen Mann jemals wieder gehen lasse, bin ich die größte Idiotin auf diesem Planeten!

Lachend gehe ich auf ihn zu und lasse meinen Blick langsam über seinen edlen Anzug gleiten.

„Und wie willst du mir helfen?“

Um ehrlich zu sein kann ich mir Matthew nicht wirklich mit einem Schraubenzieher in der Hand vorstellen,

Kaum stehe ich vor ihm, zieht er mich an sich.

„Bei was brauchst du denn Hilfe?“

„Tja, da würden mir jetzt auf der Stelle ein Dutzend versauter Dinge einfallen ...“

„Verdammt, Frau! Denkst du eigentlich immer nur an das eine?“

„In deiner Nähe? Ja!“

Zwischen seinen Augenbrauen bilden sich zwei tiefe Falten, seine Lippen pressen sich zusammen, während er geräuschvoll ausatmet.

Erstaunlicherweise habe ich Mitleid mit ihm und gebe nach.

„Es gäbe da noch so einiges zu tun. Hast du einen Akkuschrauber?“

Noch bevor er mir diese Frage beantworten kann, stürmt Coco in den Laden.

„Sarah?“

„Hier, Süße!“

Jetzt ist also der Augenblick der Wahrheit gekommen. Ich bin ja mal sehr gespannt, was meine beste Freundin zu Matthew sagt.

Coco stürmt ums Eck und hüpft auf mich zu.

Seit sie mit Jonas zusammen ist, hat sie immer ein äußerst zufriedenes Grinsen auf ihrem Gesicht.

„Was machst du denn so spät noch hier?“

Nachdem sie mich schwungvoll in die Arme gezogen hat, bemerkt sie erst, dass ich nicht alleine bin. Sie checkt Matthew mit einem prüfenden Blick ab und sieht mich dann fragend an.

„Coco, das ist Matthew.“

„Matthew? Du meinst der One-Night-Stand-Matthew?“

Na super, manchmal könnte ich Coco für ihre vorlaute Klappe echt erschlagen.

Jetzt weiß er, dass ich mit meiner Freundin über ihn geredet habe.

Und schon höre ich ihn laut lachen, ehe er sich gerade hinstellt und Coco die Hand reicht.

„Wie ich sehe, haben die Damen bereits über mich gesprochen.“

Shit, ist das peinlich ...

Anscheinend bemerkt Coco jetzt erst ihren Fehler, denn sie sieht mich kurz an, ehe sie versucht, es wiedergutzumachen.

„Ja, aber nur kurz.“

Matthews „Aha“ verrät mir, dass er ihr kein Wort glaubt.

„Wir haben uns zufällig im Studio getroffen. Und jetzt hat er mir seine Hilfe angeboten.“

Falls sich Coco wundert, dass ich meine Treffe-jeden-Mann-nur-einmal-Regel breche, lässt sie es sich nicht anmerken.

„Das ist super ... sie sieht zwischen mir und ihm hin und her, „Ich lasse euch beide dann mal wieder alleine!“, mit einem kurzen Winken dreht sie sich um und verschwindet wieder durch die Hintertüre.

„Also, weißt du ...“, weiter komme ich nicht, denn urplötzlich liege ich in warmen, steinharten Armen, habe volle Lippen auf den meinen und eine suchende Zunge in meinem Mund. Seine Finger schieben sich unter mein Top, finden den Verschluss meines BHs und öffnen ihn geschickt.

Gierig erwidere ich seinen Kuss, reibe mich an seinem Oberschenkel und verliere mich in meiner Lust.

Keuchend schnappe ich nach Luft, öffne seine Hose und ziehe sie nach unten.

„Ich muss endlich in dir sein!“

Matthews geknurrtes Geständnis sind die letzten verständlichen Worte, die in der nächsten Stunde ausgesprochen wurden ...

***

Die nächsten Tage bestehen aus unendlich vielen Küssen, multiplen Orgasmen und stundenlanger Arbeit in meinem Yogastudio.

Matthew hat sein Wort gehalten, und auch wenn ich es mir nicht vorstellen konnte, ist dieser Mann nicht nur gut im Bett, sondern auch ein begnadeter Handwerker.

Die erste Woche habe ich jede Sekunde damit gerechnet, dass er es sich anders überlegt und sich aus dem Staub macht, doch so langsam beginne ich wirklich zu glauben, dass es ihm ernst ist.

Unvorsichtig wie ich bin, habe ich mich Hals über Kopf in diesen Mann verliebt. Wenn sich also doch noch herausstellt, dass er ein verlogenes Arschloch ist, wird es mir das Herz brechen.

Doch bei ihm bin ich mehr als bereit, dieses Risiko einzugehen.

Gestern haben mir Jonas und Coco dabei geholfen, den gigantischen Buddha, den ich auf eBay ersteigert habe, in den Empfangsraum zu tragen.

Ich hätte nie gedacht, dass 400 Pfund so verdammt schwer sind ...

Jetzt stehe ich völlig erschöpft, aber mehr als zufrieden, mitten in meinem wahr gewordenen Traum und zwicke mich selber in dem Arm, weil ich es gar nicht glauben kann, dass ich so verdammt glücklich bin.

Zum ersten Mal in meinem Leben habe ich das Gefühl, dass ich wirklich alles, was ich mir vornehme, erreichen kann.

Doch ist das normal? Kann so viel Glück auf Dauer halten?

Irgendwie rechne ich die ganze Zeit damit, dass mir das liebe Schicksal den Mittelfinger zeigt und mich sauber auf den Arsch fallen lässt!

6. Kapitel

Nervös? Ich? Und wie!

Morgen früh, wenn ich aufwache, ist es soweit. Coco und ich haben es tatsächlich geschafft und feiern die Eröffnung unserer Läden.

Doch das ist bei Weitem nicht alles.

Oh nein ... Wir haben beide unseren Prinzen gefunden.

Jede von uns ist bis über beide Ohren verliebt. Matthew und Jonas sind zwei mega-scharfe Typen, die sich zu unserem maßlosen Glück auch noch super verstehen.

All die positive Energie, die sich in meinem Leben befindet, lässt mich beinahe sprachlos werden.

Seufzend steige ich aus der Dusche, wickle mich in ein weiches Handtuch ein und rubble meine Haare trocken. Nach all der Schufterei in den letzten Wochen bin ich völlig erledigt. Dank Matthew und seinem goldenen Schwanz verbringe ich den größten Teil meiner Nächte seufzend und schreiend und der Schlafmangel macht sich so langsam bemerkbar. Eigentlich wollte ich mich heute Abend noch mit Coco und Jonas treffen, damit wir mit Champagner auf die morgige Eröffnung anstoßen können, aber ich habe den beiden abgesagt.

Ich bin einfach viel zu erschöpft.

Doch so wie ich die beiden kenne, wissen sie die Nacht und den Champagner auch ohne mich ganz gut zu nutzen.

Gerade als ich in meinen rosafarbenen Flanellschlafanzug geschlüpft bin, klingelt es an der Türe. Wer zur Hölle ist das?

Leise fluchend ziehe ich mir die weichen Wollsocken an und gehe zur Türe.

Wer auch immer das ist, wenn er nicht einen triftigen Grund hat, mich heute noch zu stören, mache ich ihn einen Kopf kürzer.

Ruckartig reiße ich die Türe auf, noch bevor ich etwas sagen, oder mich wegen meines Häschen-Flanellschlafanzugs schämen kann, reißt mich Matthew in seine Arme und küsst mich stürmisch. Seine Finger schieben sich in meine Hose, umfassen meinen Hintern, massieren mein Fleisch. Keuchend unterbreche ich unser stürmisches Zungenspiel, schnappe japsend nach frischer Luft und seufze leise, als er mir sachte ins Ohrläppchen beißt. Erst als wir beide völlig atemlos sind, lässt er von mir ab, schiebt mich weiter in meine Wohnung und schließt die Türe hinter sich.

Noch immer schwer atmend, versuche ich, mich von seiner stürmischen Begrüßung zu erholen.

„Fuck, Baby! Was hast du da eigentlich an?“

Sein Blick gleitet erst fassungslos und dann irgendwie amüsiert über meinen Schlafanzug.

Trotzig verschränke ich die Hände vor der Brust und starre ihn wütend an.

„Meinen Schlafanzug!“

Sein gemurmeltes „Aha“ ist Aussage genug. Anscheinend steht Matthew nicht auf pink geringelte Wollsocken und weichen Flanell.

„Willst du damit etwa sagen, dass du mich nicht sexy findest?“

Seine Augen funkeln gefährlich und ich weiß ganz genau, dass ich in wenigen Sekunden nackt sein werde.

„Baby, dich finde ich in allem sexy, auch in einem Hasenanzug wie den da!“

„Na dann ist es ja gut.“

Müde drehe ich mich um und tapse zurück ins Wohnzimmer.

„Weißt du, eigentlich wollte ich gerade ins Bett gehen.“

„Soll das ein Rausschmiss sein?“

Seine Stimme klingt verblüfft. Anscheinend ist es mein Loverboy nicht gewohnt, abgewiesen zu werden.

„Nein, aber falls du bleiben willst, musst du jetzt mit mir schlafen gehen.“

Seine Mundwinkel zucken amüsiert, dieser Mann hat alles Mögliche im Sinn, nur schlafen will er jetzt ganz bestimmt nicht.

„Du solltest langsam wirklich wissen, dass ich dich im Bett am liebsten habe.“

Oh ja, das weiß ich ...

Im Bett und auf dem Boden, im Auto und in meinem Studio – dieser Mann ist unersättlich!

Gerade als ich das Licht im Wohnzimmer ausschalte, hebt er mich von hinten hoch, presst mich an seinen muskelbepackten Körper und schnuppert an meinem Nacken.

„Du riechst einfach köstlich!“

Seine Zunge schnellt hervor, liebkost meinen Hals und saugt sich fest. Seine Zähne knabbern an meiner Haut und lösen einen heftigen Schauer in mir aus.

Liebevoll legt er mich auf die Matratze, öffnet geduldig die vielen rosafarbenen Knöpfe und betrachtet meinen entblößten Oberkörper. Seine Hände umfassen meine Brüste, mit seinen Daumen streicht er über meine empfindlichen Knospen, entlockt mir ein Stöhnen.

Wenige Handgriffe später liege ich nackt vor ihm.

Seine Fingerspitzen streichen federleicht über meine Haut, an meinem Bauchnabel entlang hinab zu meinem Venushügel.

Mein Atem kommt sofort flacher, meine Nervenbahnen vibrieren erwartungsvoll, während mich seine Finger zum Schreien bringen. Rhythmisch umkreist er meine Klitoris, treibt mich gekonnt in den Wahnsinn.

Ich will ihn schmecken, kosten, spüren und verschlingen ...

Meine Leidenschaft erreicht einen neuen Höhepunkt - ich bin verloren.

So viel zu meinem Plan, heute Nacht früh zu schlafen ...

Rhythmisch und kreisend streicht er immer und immer wieder über meinen Kitzler.

Seine scharfen Zähne beißen hungrig in meinen rechten Nippel, während sich seine rechte Hand besitzergreifend auf meinen zitternden Bauch legt.

„Bitte Matthew ... ich will ... ich brauche ... dich!"

Keuchend gebe ich den Versuch auf, einen anständigen Satz zu formulieren.

Meine Schenkel beginnen zu beben und in meinem Nacken bilden sich kleine Schweißperlen. Jeder Zentimeter meines Körpers spannt sich an und ich weiß, dass mich in wenigen Sekunden ein heftiger Orgasmus überrollt.

Erneut dringen seine langen Finger in mich ein, meine Zehenspitzen kringeln sich vor Lust zusammen.

Pulsierend rauscht ein erlösender Höhepunkt durch meinen Kreislauf.

Langsam und ohne unseren Blickkontakt zu unterbrechen beginnt Matthew sich auszuziehen.

Was eine sexy Sahneschnitte ...

Endlich legt er sich zu mir ins Bett. Unsere Lippen treffen sich begierig. Wild und zügellos küsst er mich, während seine Finger erneut langsam in mich gleiten.

Leise stöhnend nehme ich sie in mich auf. Seine raue Zunge dringt tief in meinen Mund ein, duelliert sich mit der meinen.

Wimmernd versuche ich nach Luft zu schnappen, doch er hält meinen Mund gefangen, küsst mich nur noch eindringlicher.

Ich vergesse zu atmen, versinke im Strudel unserer Lust und gebe mich ihm erneut hin.

Matthew spreizt meine Knie und lässt seinen Blick eindringlich über meine Pussy gleiten. Aus seiner Kehle entringt sich ein animalisches Knurren. Ich beobachte gebannt, wie er aus dem Bett steigt, meinen Po bis an die Kante zieht und sich vor mir auf den Boden kniet.

Seine Finger schließen sich um meine Knöchel, nehmen mich gefangen, während er meine Beine noch weiter öffnet.

Seine Berührungen sind bestimmend und fordernd, genau wie ich es brauche.

Zitternd liege ich nur wenige Zentimeter vor seinem Gesicht und ich weiß, dass er mich gerade mit seinen Blicken verschlingt.

Dieser Moment ist so intim und sinnlich, dass ich die Augen schließen muss, um keinen Rückzieher zu machen.

Instinktiv versuche, ich meine Beine wieder etwas zu schließen, doch er hält sie so fest in Position, dass ich mich seinem Willen unterwerfen muss.

Stöhnend leckt er die empfindlichen Innenseiten meiner Schenkel, knabbert an meiner Haut.

Seine heiße Zunge leckt sich ihren Weg nach oben, ich höre, wie er meinen Geruch einatmet.

Oh mein Gott ... ich kann es kaum noch erwarten, dass er endlich anfängt mich zu lecken.

Endlich spüre ich seinen Atem auf meinen Schamlippen und ich weiß, dass es so weit ist.

Seine Zunge gleitet meinen Spalt entlang, züngelt leicht über meine Öffnung und saugt sich an meiner Perle fest.

„Das hier“ erneut leckt er über meine Falten. „Gehört nur mir!“

Seine Worte lassen mich noch feuchter werden, bringen mich an den Rand des Erträglichen. Geschickt verwöhnt er meine zitternde Pussy, saugt und dringt mit seiner Zunge unfassbar tief in mich ein.

„Oh Baby ... Ich muss in dir sein, dich ficken und dich schreien hören.“

Langsam und träge, so als hätte er alle Zeit der Welt, beginnt seine Zunge mich in den Wahnsinn zu treiben, meine Knie zucken vor Anspannung und in meinem Bauch beginnt es wie wild zu prickeln.

Erst als ich kurz davor bin, mich in einem erneuten Orgasmus zu verlieren, höre ich das Zerreißen der Folie, und beobachte mit halb geschlossenen Augen, wie er sein hartes Glied mit dem Kondom überzieht.

Seine dicke Eichel dringt in mich ein, dehnt mich, nimmt mich in Besitz. Seine Zunge umkreist die meine und ich schmecke mein eigenes, süßliches Aroma.

Keuchend atmen wir die Luft des anderen, während Matthew mit einem harten Stoß seine komplette Länge in mich schiebt.

„Sieh mich an, Baby ...“

Blinzelnd versuche ich die Augen zu öffnen, doch es will mir einfach nicht gelingen. Die Empfindungen, die er in mir auslöst, sind einfach viel zu stark.

Das vertraute Ziehen macht sich in mir breit, und ich bin kurz davor zu explodieren.

Seine Muskeln werden steinhart und seine Stöße werden immer fester und tiefer ... Matthew verändert seinen Winkel und touchiert bei jedem gnadenlosen Vordringen meinen G-Punkt. Die Wellen der Lust, die mir den Atem rauben, sind unglaublich intensiv. Der Orgasmus, der mich erbeben lässt, gleicht einem Tornado.

Die Kontraktionen in meinem Unterleib sind so stark, dass ich ihn mitreiße und er sich pumpend in mir ergießt.

Zutiefst befriedigt und unglaublich erschöpft schlinge ich meine Beine um seine Hüfte, ziehe ihn noch etwas tiefer in mein zitterndes Inneres und schließe die Augen.

Der Sex mit diesem Mann ist der absolute Seelenfick!

Mit meinen Fingernägeln zeichne ich unsichtbare Buchstaben auf seinen muskulösen Rücken. Markiere ihn so mit meinem Namen.

Trotz meines Protestes zieht er sich aus mir heraus und entfernt das gefüllte Kondom von seinem Schwanz.

Müde und befriedigt kuschle ich mich an ihn, genieße das Gefühl seiner muskulösen Arme um mich und sinke in einen traumlosen Schlaf.

Der nächste Morgen beginnt hektisch, also ganz genauso wie man sich einen Eröffnungstag auch vorstellt.

Erst weiß ich nicht, was ich anziehen soll, dann finde ich meine Schlüssel nicht und zur Krönung der Katastrophe schütte ich mir den Kaffee über die Hose.

Fluchend renne ich völlig orientierungslos durch meine Wohnung und werde dabei fast verrückt.

Matthew hingegen ist die Ruhe selbst. Er sitzt völlig entspannt an meinem Küchentisch und beobachtet mich amüsiert.

Auf sein gute gemeintes „Entspann dich, Baby!“ habe ich ihm den Mittelfinger gezeigt, bin ins Schlafzimmer gerannt und habe die mit Kaffee versaute Jeans ausgezogen.

Warum zum Teufel bin ich nur so verflixt nervös?

Ich meine, ich habe doch nun wirklich alles hergerichtet.

Es kann und wird mit Sicherheit nichts schief gehen!

Als es mir dann endlich gelungen ist, frisch angezogen und mit allen Dingen, die ich brauche, vor der Wohnung zu stehen, schnappt sich Matthew meine Hand und bringt mich zu seinem Wagen.

Es ist schon verdammt praktisch ihn als meinen Fahrer zu haben und nicht auf die öffentlichen Verkehrsmittel angewiesen zu sein.

So verpeilt wie ich gerade bin, würde ich wahrscheinlich in die falsche Straßenbahn steigen.

7. Kapitel

Die Eröffnung ist in vollem Gange. Cocos Naschkram kommt bei allen sehr gut an und auch das Buffet, das mein Bruder geliefert hat, wird mit viel Lob bedacht. Wenn ich das richtig einschätze, wird ihm das viele Folgeaufträge einbringen.

Matthew und Jonas stehen vor dem Laden, unterhalten sich übers Business und diskutieren über die steigenden Immobilienpreise der Stadt.

Dank des heutigen Tages habe ich schon so viele neue Mitglieder für mein Studio, dass ich schnell ins Büro gehen muss, um neue Anträge zu holen. Suchend wühle ich mich durch die vielen Kisten und verfluche mich für meine Unordnung.

Im Radio spricht eine gelangweilte Stimme über die neuesten Staumeldungen, ehe eine weibliche Stimme davon berichtet, dass sich der Gewinner der letzten Lottoziehung noch immer nicht gemeldet hat. Wer ist denn bitte so blöd und meldet sich bei einem Gewinn von 3,5 Millionen Euro nicht?

Heilige Scheiße ...

Perplex bleibe ich stehen, in meinem Kopf rattert es wie verrückt.

Was ist eigentlich aus unserem Schein geworden?

Schnell drehe ich mich zur Pinnwand um und schnappe mir Cocos und meinen Lottoschein.

Die Zahlen werden vorgelesen ... 6 – 24 – 17 – 40...

Fuck! Fuck! Fuck!

Alles stimmt. Sogar die Superzahl!

Laut schreiend springe ich in die Luft, drehe mich um und renne zu Coco.

„Coco! Coco!“

Ich schreie so laut ich kann, obwohl sie direkt vor mir steht ...

„Ich habe dir doch gleich gesagt, dass wir gute Energie haben! Aber du, du wolltest mir ja nicht glauben ...“

Meine Freundin sieht mich nur verwirrt an.

Jonas erscheint im Türrahmen und beobachtet uns besorgt.

Wahrscheinlich denkt er, dass ich jetzt endgültig den Verstand verloren habe.

Coco sieht mich ratlos an.

„Sarah! Was ist denn los? Welche Energie? Wovon zur Hölle redest du?“

Voller Freude küsse ich sie direkt auf den Mund.

„Erinnerst du dich nicht mehr an den Abend, an dem wir die vielen Flaschen Rotwein getrunken haben? Du weißt schon - wo dir danach eine Woche lang schlecht war?“

„Wie sollte ich den vergessen!“

„Erinnerst du dich auch, was wir da gemacht haben?“

Ich sehe, wie sie fieberhaft überlegt.

„Klar, wir haben diese Schnulze gesehen und währenddessen den Lotto...“

Im Radio werden die Zahlen erneut wiederholt. Ich gebe ihr zu verstehen, dass sie zuhören soll.

Ihre Stimme erstirbt, sie scheint endlich zu kapieren, wovon ich rede,

„Was hat der Typ im Radio gesagt? Waren es die Zahlen: 6 – 24 – 17 – 40?????“

Jubelnd zücke ich den Lottoschein und halte ihn ihr direkt vor die Nase.

„Ja! Ja! Ja! Ja! Wir haben sechs Richtige, Süße!“

Mit zitternden Fingern nimmt sie mir den Schein ab, der an einer Stelle dunkle Weinflecken aufweist und starrt auf die sechs Kreuze.

„Das kann doch gar nicht wahr sein?!“

Ihre Knie geben nach. Jonas ist sofort an ihrer Seite und fängt sie auf.

„Die Chancen standen 1:8000000!“, erinnert sie mich.

„Das weiß ich, Coco!“

Ihre Haut hat hektische rote Flecken bekommen, während Freudentränen aus ihren Augen tropfen.

Perplex sieht sie zwischen mir und Jonas hin und her, ehe sie einen lauten Freudenschrei ausstößt.

Lachend fallen wir uns in die Arme, springen auf und ab und heulen vor Glück. Jonas und Matthew stehen neben uns, sehen sich schulterzuckend an, sie scheinen es nicht kapiert zu haben – typisch Mann!

Mit jeder Minute, die vergeht, wird mir erst das Ausmaß dieses Lotto-Jackpots bewusst. 3.500.000 Euro.

Diese Zahl hat so viele Nullen, dass ich es gar nicht fassen kann.

Und erneut frage ich mich, was sich das Schicksal nur dabei denkt?

Wie kann es sein, dass Coco und ich nur so unglaublich viel Glück haben?

Bis jetzt war ich immer der Meinung, dass es so etwas wie Bestimmung und Schicksal nicht gibt. Doch so langsam ändere ich meine Ansichten.

Meine Freundin und ich haben all unseren Mut zusammengenommen, wir haben ein sicheres Einkommen gegen die Unsicherheit der Selbstständigkeit getauscht.

Wir haben uns für das Risiko und unseren Traum entschieden und so langsam glaube ich wirklich, dass wir mit dieser Entscheidung eine gigantische Glückslawine ausgelöst haben.

Als ich Coco loslasse, drehe ich mich zu Matthew um und küsse ihn stürmisch. Seine Arme schlingen sich um meine Mitte, seine dunklen Bartstoppeln kratzen angenehm über meine Wange.

Gott, ich liebe es, wenn er nicht frisch rasiert ist ...

Atemlos unterbreche ich unseren Kuss, sehe ihm tief in die Augen und atme tief durch. Zum ersten Mal in meinem Leben habe ich den Mut und die Kraft meine Gefühle laut auszusprechen.

„Ich liebe Dich, Matthew!“

Es ist mir egal wie viele Menschen uns beobachten oder zuhören – nichts ist in diesem Augenblick wichtiger als er und ich und die Liebe, die ich für diesen Mann empfinde ...

Nachwort

So lange ich denken kann, war ich immer der Meinung, dass man nicht alles im Leben haben kann. Dass nicht jeder Bereich meines Lebens vom Glück durchflutet wird.

Doch heute weiß ich, dass ich mich getäuscht habe – es geht doch!

Es lag nicht am Glück oder am Unglück, dass ich von den Männern enttäuscht wurde, sondern es lag an mir. An meinen eigenen Regeln und meinen zu niedrigen Erwartungen.

Die letzten Wochen haben mich gelehrt, dass wir offen sein müssen für das, was das Schicksal für uns bereithält.

Dass wir mutig und entschlossen für unsere Wünsche und Träume einstehen und kämpfen müssen.

Denn wenn wir das tun, wenn wir unsere Zweifel vergessen und uns neue Ziele setzen, dann ist einfach alles möglich!

The Script
Forbidden Love

1. Kapitel

Die Luxus-Suite, in der mein Mann und ich das Wochenende verbringen, ist größer als alle meine früheren Wohnungen zusammengenommen. Das Wohnzimmer ist komplett in creme gehalten, dicke schwere Teppiche bedecken den extravaganten Marmorboden, eine Sitzgruppe aus grauem Leder dominiert den Raum.

Vor einem Jahr habe ich den ersehnten Durchbruch als Schauspielerin geschafft, seitdem geht es mit meiner Karriere stetig bergauf. Immer mehr Rollenangebote, Interviews und Werbekampagnen finden ihren Weg zu mir. Mein Glück könnte so perfekt sein, es gibt nur leider, wie meistens im Leben, einen Haken, und in meinem Fall ist das mein Ehemann Nick. Auch wenn er mir beteuert hat, dass er kein Problem damit hat, dass ich mich vor der Kamera ausziehe, hat sich unsere Ehe seit der Erscheinung des Films sehr verschlechtert.

Der Film *Dunkle Lust* ist zum absoluten Kassenschlager geworden, es gab keine Zeitschrift, auf der mein Gesicht nicht auf dem Titelblatt abgelichtet war. In dem Film geht es um eine junge und unerfahrene Frau, die sich zur Dominanz hingezogen fühlt und Erfüllung in ihrer Unterwerfung findet. Die Rolle hat mich gereizt, da ich schon immer sehr neugierig auf diese verbotene und verpönte Welt war.

Jetzt wo ich mit dem Thema in Berührung gekommen bin, ist meine Sehnsucht noch tiefer und größer geworden. Doch mit Nick kann ich es vergessen, er ist wie meine Eltern, streng, konservativ und nicht bereit, von der Missionarsstellung abzuweichen.

Langsam, aber sicher veränderte sich seine religiöse Einstellung. Im Laufe unserer Ehe ist er immer fanatischer geworden, und doch legt er sich seine Gebote, wenn man sie denn so nennen darf, selbst aus. Wenn ich eine Möglichkeit für eine Trennung sehen würde, dann würde ich gehen, und nicht mehr zurückblicken ...

Nick ist seit einer Stunde im Schlafzimmer und schaut sich sein Football-Spiel an, hoffentlich gewinnen die New York Giants, ansonsten sieht es ziemlich schlecht für den restlichen Tag aus.

Jung und dumm habe ich ihn viel zu früh geheiratet, mit gerade zwanzig Jahren habe ich ihm meine Zukunft geschenkt. Jetzt bin ich achtundzwanzig, habe überraschend finanziell ausgesorgt und beginne nächsten Monat mit den Dreharbeiten eines neuen Projekts.

Es könnte alles so wunderschön sein, so unglaublich perfekt, wenn ich doch nur nicht verheiratet wäre.

Unser Verhältnis ist seit Jahren ziemlich angespannt, in den letzten sechs Monaten ist er allerdings zu einem gewalttätigen Irren geworden.

Anscheinend hat ihm mein Erfolg seinen letzten Rest an Selbstbeherrschung, oder soll ich es Verstand nennen, gekostet. Schläge und Tritte, Schreie und Wut, bis jetzt versuche ich die Hölle, in der ich lebe, auszuhalten.

Mein Agent hat mir mitgeteilt, dass eine Scheidung nicht besonders gut für meine Publicity wäre und auch meine Eltern würden damit nicht besonders gut klarkommen.

Streng katholisch kommen sie eh schon nicht mit der Situation zurecht, dass sich ihre einzige Tochter vor der Kamera ausgezogen hat, wenn ich mich jetzt auch noch scheiden lasse, werden sie mit Sicherheit ausrasten.

Um abzuschalten beschließe ich, den Pool des Hotels zu nutzen, die Gala heute Nacht wird langweilig und dient nur dazu, meine Präsenz zu erhöhen, also warum sollte ich mir zumindest jetzt nichts gönnen. Vorsichtig schlüpfe ich in den schwarzen Bikini und schnappe mir einen der weichen, hoteleigenen Bademäntel. Beim Anziehen schmerzen meine Rippen, Nicks morgendlicher Wutausbruch hat dunkle Spuren auf meiner Haut hinterlassen. Die Suite, die mein Agent gebucht hat, liegt im obersten Stockwerk des Fünfsternehotels. Während unseres Aufenthalts steht uns die Poolanlage zur alleinigen Nutzung zur Verfügung, welch ein enormer Luxus.

Das angenehm temperierte Wasser umfließt meinen Körper, schwerelos treibend nutze ich die seltenen Momente, die für mich alleine bleiben.

Seit ich aus Sicherheitsgründen einen Bodyguard bekommen habe, kann ich nicht einmal mehr alleine shoppen gehen. So sehr ich auch meine neue Berühmtheit und die Annehmlichkeiten, die damit verbunden sind, genieße, ich vermisse meine wohlgehütete Einsamkeit. Momente, in denen ich alleine und ganz für mich bin, sind zu einer Seltenheit geworden. Darmian, mein Bodyguard, wäre mit meiner einsamen Schwimmerei nicht besonders glücklich, doch das schert mich im Moment ziemlich wenig – endlich Zeit für mich. Wenn man es genau nimmt, müsste ich vor meinem Ehemann und seinen Wutausbrüchen beschützt werden, meine Fans und die Presse sind zwar anstrengend, jedoch wohlwollend.

Darmian ist unglaublich attraktiv, sein Body ist trainiert und sein Charakter äußerst dominant. Sein Körper ist beeindruckend, er ist bestimmt zwei Meter groß, hat einen breiten Rücken und eine schmale Hüfte. Seine Muskeln sind sexy und heiß ...

Er ist das genaue Gegenteil von meinem Mann, pures Testosteron - purer personalisierter Sex.

Darmian strahlt einen angenehmen Mix aus beständiger Ruhe und wohldosierter Kraft aus. In seiner Nähe fühle ich mich sicher und beschützt, er ist wie mein Ruhepol in all dem Trubel. Alleine die verboten verdorbenen Gedanken an ihn reichen aus, um mich zu erregen. Um mich von den Tagträumen abzulenken, hole ich tief Luft und tauche zum Mosaik auf dem Boden des Pools.

Nick hat heute furchtbar schlechte Laune, er nutzt jede Gelegenheit, um mich zu beleidigen, mich zu erniedrigen oder mich als billiges Flittchen dazustellen.

So sehr er diesen Film der Sünde, wie er ihn immer nennt, auch hasst, das Geld, das ich damit verdiene, scheint gut genug für ihn zu sein. Tiefe Gefühle, wie die Liebe, gibt es in unserer Ehe schon lange nicht mehr, dafür hat Nicks Aggression und seine Gewalt in unserem Alltag einen festen Platz gefunden.

Ich bin bei ihm, weil ich es nicht ändern kann und er ist bei mir, weil er mein Geld schätzt, ich denke, ich bin für ihn zu einem Gegenstand geworden, einem Objekt, das ihm gehört. Dank seines omnipräsenten fanatischen Glaubens ist eine Scheidung für ihn sowieso grundsätzlich ausgeschlossen. Auf der Leinwand habe ich ein moralfreies verruchtes Leben, ohne Zwänge und festen Regeln, dazu kommen tolle Männer und ein wahnsinnig erotisches Sexleben.

Im wahren Leben hat es jede durchschnittliche Hausfrau besser als ich.

Während ich wieder auftauche, um meine Lunge mit frischem Atem zu versorgen, sehe ich einen dunklen Schatten über mir. Auch wenn die Umrisse der Person durch das Wasser verschwommen sind, weiß ich, wer mich beobachtet hat, Darmian. Ich atme tief ein und unsere Blicke treffen sich. Meine Haare kleben mir auf den nackten Schultern, auch wenn ich einen Bikini trage, komme ich mir ziemlich entblößt und verletzlich vor. Aber wenn man bedenkt, dass über vier Millionen fremde Menschen, mich nackt und stöhnend in dem Film gesehen haben, kann ich mit ziemlicher Sicherheit davon ausgehen, dass Darmian mich ebenfalls längst so gesehen hat.

Also was auch immer mein ziemlich knapper Bikini verdeckt, es besteht eine realistische Chance, dass er es schon lange auf dem TV-Bildschirm betrachtet hat. Er reicht mir seine trockene warme Hand und zieht mich mühelos aus dem Pool. In seinem schwarzen Anzug und seinem weißen Hemd sieht er einfach zu heiß aus.

Wenn wir in der Abgeschiedenheit unseres Zuhauses oder eines Hotels sind, verzichtet er auf die strenge schwarze Krawatte, die sich sonst immer so sexy über seine Brustmuskeln schlängelt. Bei offiziellen Anlässen, Interviews und ähnlichen Veranstaltungen würde er sich niemals solch eine legere Optik erlauben.

„Lana verdammt noch mal, was treibst du hier oben alleine?"

Seine offene und ungezwungene Art hat mir von Anfang an unheimlich gut gefallen. Lieber bringt mein Gegenüber es mit einem, von Herzen kommenden, *Scheiße* auf den Punkt, bevor er mir ewig Honig und Blütenblätter ums Maul schmiert.

„Darmian, du weißt ganz genau, dass ich meine Ruhe brauche, ich muss auch mal für mich alleine sein."

Sein Gesichtsausdruck verdüstert sich, „ist es heute wieder so schlimm?"

Okay, ich nehme alles zurück und entscheide mich doch lieber für Honig und Blütenblätter. Natürlich muss er den lautstarken Streit zwischen Nick und mir mitbekommen haben, immerhin ist es sein Job, mich zu beschützen.

Reflexartig fasse ich mir an die Rippen, die alleine durch die Erinnerung an Nicks Tritte heftig schmerzen. Das dunkle Blau des Hämatoms zieht sich über meine linke Körperhälfte, Nicks Fuß hat bleibende Spuren auf meinem Körper hinterlassen.

Darmians Blick folgt meiner Hand und bleibt einen Moment an meinen Brüsten hängen. An seiner Mimik kann ich sofort erkennen, wann er seine Augen weiter nach unten wandern lässt. Auch wenn ich weiß, dass sich seine Wut nicht gegen mich richtet, schrecke ich einen Schritt vor ihm zurück. „Scheiße Lana, so geht das nicht weiter. Wofür soll ich hier meiner Arbeit nachgehen, wenn ich dich dann nicht beschützen darf? Dein Mann gehört verprügelt und danach angezeigt."

Er hat recht, ich verhalte mich naiv, aber was soll ich denn tun?

„Vor ihm kannst du mich nicht schützen, Darmian."

Den Abstand zwischen uns überwindend, kommt er mir immer näher, ich spüre die Wärme seines Körpers und seinen Atem auf meinem Gesicht, seine Hand legt sich unter meinen Kiefer.

„Ich weiß nicht was es ist, doch in deiner Nähe kann ich nur schwer die professionelle Distanz halten, die angebracht wäre. Du bist meine Klientin und ich bin dein Bodyguard. Wenn ich dich schon nicht haben kann, wenn du ihm gehörst, dann soll er dich auch mit dem nötigen Respekt behandeln. Ich kann und werde nicht noch länger zusehen, wie er dich verletzt."

Das Knistern zwischen uns wird immer stärker, es ist wie Magie, ein leidenschaftlicher Zauber, der seit unserer ersten Begegnung, von uns beiden Besitz ergriffen hat. Ich verliere mich in den Tiefen seiner Augen, in denen gleichermaßen Wut und Leidenschaft lodert. Sein Körper ist angespannt, ich spüre, dass er sich sehr zusammenreißen muss, damit er nicht in meine Suite geht und Nick eine Lektion erteilt. „Bitte küss mich ...“, drei Wörter, die mich ins Verderben stürzen.

Ich bin verheiratet und er ist mein Bodyguard, tausend Dinge sprechen gegen uns, doch ich kann meine Sehnsucht nach ihm einfach nicht länger unterdrücken.

„Lana ...“, mein geflüsterter Name hängt wie ein verbotenes Versprechen in der Luft, während er zärtlich seinen Arm um meine Taille legt, meinen nassen Körper an seinen trocknen Anzug presst und mich erst sachte und dann immer leidenschaftlicher küsst. Alle Bedenken und jegliche Zurückhaltung fallen von uns ab, in seinen Armen zu liegen und seine Lippen auf den meinen zu spüren, fühlt sich so unsagbar gut und richtig an.

Sein herber männlicher Geruch steigt mir in die Nase, berauscht meine Sinne und erweckt mein Verlangen. Unsere Zungen umschlingen sich sehnsüchtig, lernen sich kennen und beginnen einen schmerzlich süßen, verbotenen Tanz. Schwer atmend beenden wir unseren Kuss, mit einem leichten Schwindel und pulsierenden Lippen genieße ich die Wärme, die er ausstrahlt. Der Stoff seines Anzugs reibt über meine nackte empfindliche Haut.

„Tu das nie wieder,“ knurrt er mir ins Ohr.

Was? Eine wirklich tolle Reaktion auf einen so bittersüßen ersten Kuss. „Warum nicht?“

„Wenn ich dich noch einmal so in meinen Armen halte, deine Zunge in meinem Mund spüre, scheiße ich auf alle Konventionen, schmeiße dich über meine Schulter und behalte dich. Hast du das verstanden Lana? Ich bin kein Mann, der gerne teilt! Wenn dich dein Mann anständig behandeln würde, könnte ich mit der jetzigen Situation vielleicht umgehen. So, aber?“

Darmian schüttelt den Kopf und tritt einen großen Schritt zurück, er entfernt sich von mir. Seiner Wärme beraubt, breitet sich eine unangenehme Kälte in meinem Inneren aus. Seine Worte hallen gleich einem Echo durch meinen Kopf.

Ich bin kein Mann, der gerne teilt ...

Nein, das ist er nicht. Seine Berührungen waren besitzergreifend und leidenschaftlich.

„Ich muss gehen.“

Völlig verwirrt und noch immer erregt, lasse ich ihn einfach stehen und begebe mich zurück in die Suite, zurück zu Nick und der harten Realität.

2. Kapitel

So pompös die Gala auch sein mag, genauso langweilig ist sie auch. Freundliches Gelache und geheucheltes Interesse gekrönt durch oberflächlichen Small Talk.

Mit einem unauffälligen Blick auf die Uhr an meinem Handgelenk stelle ich erleichtert fest, dass es kurz nach Mitternacht ist, also eine einigermaßen akkurate Zeit für einen eleganten Abgang.

Darmian, der den ganzen Abend über in meiner Nähe geblieben ist, lässt mich keinen Moment aus den Augen. Wie Sonnenstrahlen wärmt seine Aufmerksamkeit meine Seele. Natürlich ist es sein Beruf, über mich zu wachen, doch seit unserem Kuss heute Nachmittag, hat sich etwas zwischen uns verändert.

Wie besprochen gebe ich ihm mit einem Nicken zu verstehen, dass ich für heute Nacht genug habe, meine Füße leiden in den wahnsinnig schönen Manolo Blahnik Heels.

Als unbekannte Anfängerin habe ich mir immer gewünscht, den Durchbruch zu schaffen, und in genau solchen Schuhen auf dem roten Teppich zu posieren. Jetzt wo ich es endlich geschafft habe, merke ich erst, wie anstrengend Erfolg auch in den eigentlich belohnenden Augenblicken sein kann. Meine Lippen schmerzen von dem Dauerlächeln, das ich bei solchen Veranstaltungen in genau dem Moment aufsetzte, in dem ich aus dem Auto steige.

Nick ist natürlich zu Hause geblieben, ich bin nicht wirklich traurig darüber, dass er nicht an meiner Seite ist, die meiste Zeit versuche ich sowieso, ihm aus dem Weg zu gehen.

Die Ruhe in der Limousine ist mehr als nur angenehm, die weichen Ledersitze schmiegen sich an meinen Körper. Meinen heutigen Chauffeur kenne ich nicht. Den hat mein Manager zusammen mit der Limo für die heutige Nacht gemietet. Darmian sitzt neben ihm, schweigend und in angespannter Haltung. Die Ruhe übermannt mich, die Müdigkeit nimmt Besitz von mir, im Hotel will ich einfach nur schnellstens ins Bett.

***

Der Lift bringt uns direkt in die Luxus-Suite und surrt leise in der peinlichen Stille, die sich zwischen Darmian und mir aufgebaut hat. Die Luft um uns herum ist elektrisch aufgeladen. Erotik und Sehnsucht zum Greifen nahe, doch keiner von uns unternimmt den ersten Schritt.

Jeder hat seine Pflichten im Kopf, tausend kleine und große Gründe stehen zwischen uns.
Die Härchen in meinem Nacken stellen sich auf, als sich unsere Arme zufällig leicht berühren. Mein Bodyguard ist nicht nur ein Schutz für meine Unversehrtheit, sondern auch eine gewaltige Gefahr für mein Seelenheil. Ich bin verzweifelt, wünsche mir nichts sehnlicher als geküsst und liebkost zu werden ...
Ich will einen Mann, der mich beschützt und nicht verletzt, der mich hält, wenn ich falle und mir Kraft gibt, wenn ich mich schwach fühle. Doch was soll ich tun? Nick und ich sind verheiratet, haben uns vor Gott die Treue geschworen.
Mein Glaube ist nicht so ausgeprägt wie der meiner Eltern oder der von Nick, aber er ist da. Die Frage ist nur, ob er stark genug ist, um mich an eine lebenslängliche Hölle zu fesseln.
Was soll ich nur tun? Nachts in meinen Träumen, wenn ich frei und ungebunden bin, träume ich von meinem Bodyguard, seiner Zunge und seinen Händen, die mich beschützend halten, während ich in einem allumfassenden Orgasmus versinke.
Wenn ich dann verschwitzt und erregt neben Nick aufwache, beschleicht mich ein schlechtes Gewissen. Um ehrlich zu sein bin ich froh, dass wir so gut wie keinen Sex in unserer Ehe haben. Alleine bei der Vorstellung Nick würde mich küssen oder gar in meinen Körper eindringen wollen, wird mir schlecht.

„Ist alles okay bei dir, Lana? Du siehst blass aus."

Scheiße, Darmian ist einfach zu aufmerksam.

Glücklicherweise öffnet sich, bevor ich antworten kann, der Aufzug. Mit einem zögernden Schritt trete ich in die Suite. Nick ist nicht zu sehen, und doch ist ein Aufeinandertreffen unvermeidlich.

„Ich werde noch einen Gang durch die Suite machen und mich dann für heute zurückziehen."

Er sieht mich prüfend an. Ich zwinge mich, um ihn zu beruhigen, zu einem künstlichen Lächeln.

„Danke Darmian, gute Nacht."

Mit einem Nicken verabschiedet er sich von mir und begibt sich auf seinen Rundgang. Warum er dieses Ritual jede Nacht wiederholt, verstehe ich nicht, doch anscheinend braucht er diese abschließende Gewissheit.

Ohne nach meinem Mann zu sehen, begebe ich mich ins Schlafzimmer, die eleganten weißen Nachttischlampen verleihen dem gemütlichen Raum eine angenehme Stimmung. Diese Suite ist unglaublich luxuriös und zugleich behaglich eingerichtet, sodass ich mich hier wirklich wohlfühle.

Die weichen Decken sind einladend zurückgelegt und die Kopfkissen frisch aufgeschlagen. Mit einem leisen Seufzen lasse ich mich auf die Matratze sinken und befreie meine Füße aus den sündhaft teuren Schuhen. Der weiche Teppich, der vor den Bettseiten liegt, fühlt sich an meinen geschundenen Fußsohlen an wie der pure Himmel. Langsam entspanne ich mich etwas, der Abend ist geschafft. Stück für Stück schäle ich mich aus meinen Strümpfen, öffne meine Haare und genieße die Fülle, die mir auf den Rücken fällt.

„Ihr Frauen, ordnet euch euren Männern unter wie dem Herrn, denn der Mann ist das Haupt der Frau."

Nicks Stimme durchbricht drohend die Stille, seine Worte klingen kalt und leer, gesprochen wie von einem herzlosen Priester, der dabei ist, unbescholtene und in seinen Augen fehlgeleitete Menschen zu bestrafen. Ohne mich zu ihm umzudrehen, beginne ich, den Reißverschluss meines Rockes zu öffnen.

„Lass mir meine Ruhe, heute Nacht habe ich wirklich keine Geduld mehr für deinen frauenfeindlichen Kontext."

Sein gezischtes *du dreckige Schlampe* ist die einzige Warnung, ehe er mir einen harten Schlag verpasst. Ich verliere das Gleichgewicht und stürze zu Boden. Schutzlos und mit blutender Nase liege ich vor ihm, in seinen Augen sehe ich fanatische Abscheu. Er baut sich vor mir auf, sieht drohend zu mir herab, „Ein schönes Weib ohne Zucht ist wie eine Sau mit einem goldenen Ring durch die Nase."

Seine ewigen Zitate und seine für ihn positiven Auslegungen dröhnen in meinem Kopf.

Mit einer Hand versuche ich verzweifelt das Blut, das mir über das Gesicht läuft, davon abzuhalten, auf den teuren Hotelteppich zu tropfen. Warm und klebrig rinnt es mir über die Finger. Der metallene Geruch der roten Flüssigkeit lässt meinen Magen rebellieren ...

Nick beugt sich zu mir, kommt mir immer näher, ängstlich versuche ich ihm auszuweichen, doch er ist mir einfach überlegen.

„Lana, Lana, Lana, *tsss tsss tsss* was soll ich nur mit dir machen? Du widersetzt dich mir, kleidest dich wie eine gefallene Frau und begibst dich aus dem Haus, in solch anstößigen Klamotten."

Nachdenklich legt er den Kopf schief, seine Augen verengen sich zu Schlitzen und an seiner Schläfe beginnt eine Ader unheilvoll zu pochen.

Ich kenne ihn, kenne seine Ausraster und weiß, dass es gerade ziemlich schlecht um mich steht. Wenn er in dieser Verfassung ist, kennt er kein Erbarmen, keinen Halt und keine Grenzen.

„Nichts Schändlicheres gibt es als das Weib, durch nichts richtet der Teufel mehr Menschen zugrunde als durch euch Frauen.“

Bei seinem letzten Wort packt er mich an den Haaren und holt mit der freien Hand weit aus.

Ich versuche zu schreien, flehe um Hilfe ...

Der Schmerz, der sich mit dem Aufprall seiner Faust in mir ausbreitet, ist gewaltig, ein Blitz zuckt durch meinen Kopf und hinterlässt Dunkelheit. Der grelle Schrei einer Frau hallt durch die Luft, bevor ich mit dem Kopf auf den kalten Marmorboden sinke, erkenne ich ihn als den meinen.

Ein befriedigtes Lachen liegt auf Nicks Gesicht, „Vertrau mir Lana, ich erziehe dich schon noch in ein sittsames unterwürfiges Weib.“ Während er spricht, öffnet er langsam die Schnalle seines Gürtels, nimmt das Ende in die Hand und zieht ihn langsam und provozierend aus der Hose. „Du wirst schreien und betteln, doch der Herr kennt keine Gnade, ich werde dich brechen, dich züchtigen und dich richten. Du wirst zu einem Weib, das seinen Platz kennt. Ihr Frauen sollt euch euren Männern unterordnen.“

Ich kann ihm kaum zuhören, meine ganze Aufmerksamkeit gilt dem Gürtel, den er sich um seine rechte Hand wickelt.

„Fünfzehn Schläge heute Nacht und in allen noch kommenden Nächten, werden dafür sorgen, dass du dich beugst. Ertrage es still, oder ich werde dich damit nicht nur schlagen, sondern ihn um deinen Hals legen. Langsam werde ich ihn Stück für Stück schließen, bis deine satanischen Gedanken aus deinem Weiberhirn weichen. Ich werde ihn jede Sekunde etwas enger ziehen, bis du mich, als deinen Herrscher anerkennst und mich um dein Leben anflehst. Dein Körper und dein Geist werden mir gehören, ich werde dich züchtigen und meinen Samen in dir pflanzen.“

Hilfe!

Was ist nur aus meinem Mann geworden, der leibhaftige Satan? Was hat den Wandel in ihm bewirkt? Er ist fanatisch und krank. Ich muss hier raus und das schnell, bevor er mich tötet. Mein Auge pocht und schmerzt, ich kann kaum noch etwas sehen, mit Sicherheit schwillt es gerade komplett zu. Meine Kopfschmerzen und das Blut, das mittlerweile ungehindert auf den Teppich tropft, verdeutlicht mir nur allzu sehr, dass meine Fluchtmöglichkeiten sehr gering sind. Ich muss versuchen zu schreien, so laut ich kann, ansonsten bin ich verloren.

Während Nick seine Hand für den ersten Schlag mit dem Gürtel hebt, hole ich tief Luft und rufe so laut ich kann nach Darmian. Das Leder des Gürtels trifft schneidend und gnadenlos meine rechte Körperhälfte, der Schock und der Schmerz sind zu intensiv für mich. Gnädige Dunkelheit ergreift von mir Besitz, während mir nur allzu deutlich bewusst ist, dass das nur der Erste von fünfzehn Schlägen war.

Noch während ich in der Bewusstlosigkeit versinke, sehe ich Darmian wie einen Rachedämon in das Zimmer stürmen. Er begreift sofort was los ist und stürzt sich auf Nick. Das knirschende Geräusch von brechenden Knochen ist das Letzte was ich höre.

Ein unglaublicher Schmerz durchbricht die Dunkelheit. Die warmen Hände, die meinen Kopf abtasten, lösen eine heftige Übelkeit aus. Auch wenn ich nicht wieder aufwachen möchte, alle Probleme und Sorgen am liebsten vergessen würde, ich muss diesen Schmerzen Einhalt gebieten.

Ich versuche meine Stimme laut und deutlich klingen zu lassen, doch das Einzige, was meine Lippen verlässt, ist ein unverständliches Gemurmel. Eine bleierne Schwere legt sich auf meine Augenlider. Ich versuche sie zu öffnen – vergebens. Erst beim dritten Versuch gelingt es mir ... Ich liege auf dem Rücken, ein grauhaariger fremder Mann sieht mich besorgt an. Darmian steht wachend hinter dem Fremden. An seinem weißen Kittel und der kleinen, viel zu grellen Taschenlampe, mit der er mir ins Auge leuchtet, erkenne ich, dass er ein Arzt sein muss.

„Wie geht es Ihnen Mrs. Massold? Wie viele Finger können Sie erkennen?“

Oh Gott, nicht solche Spielchen. Mein Abend war scheiße, mein Leben ist ein einziger Scherbenhaufen und er spielt mit mir Fingerzählen? Flehend sehe ich zu Darmian, der mir mit einem strengen Nicken zu verstehen gibt, das ich antworten soll. Schmollend versuche ich die Finger zu zählen und mein Ergebnis erstaunt mich. Wie kann der Arzt an einer Hand acht Finger haben? Nur um sicherzugehen, zähle ich nochmals, doch mein Ergebnis bleibt gleich. Was jetzt? „Ich habe höllische Kopfschmerzen ...“

Ohne auf mein Ablenkungsmanöver einzugehen, wiederholt der Arzt seine Frage. Da ich ihm schlecht mein Ergebnis mitteilen kann, rate ich einfach mal drauf los. „Drei?“ Darmian stößt den angehaltenen Atem, aus. Er wirkt erleichtert. Sehr gut, zumindest habe ich ins Schwarze getroffen. Der Arzt sieht mich prüfend an, so ganz scheine ich ihn nicht überzeugt zu haben.

„Sie brauchen dringend Ruhe, und ich rate Ihnen, für mehrere Tage in ein Krankenhaus zu gehen, sie haben eine schwere Gehirnerschütterung, mehrere Platzwunden und eine angebrochene Nase.“

Tränen der Verzweiflung laufen mir über die Schläfen, so sehr ich auch versuche tapfer zu sein, meine Kräfte sind am Ende.

„Ich will in kein Krankenhaus, ich will meine Ruhe.“

Erst jetzt denke ich an meinen Mann, wo ist er?

„Was ist mit Nick?“

Darmians Körperhaltung verändert sich merklich, sein Gesicht wirkt wie aus Granit und sein Mund ist eine zusammengepresste Linie. Der Arzt sieht mich an, „ihr Bodyguard hat mir erzählt, dass ihr Mann von der Treppe gestürzt ist und auch wenn ich hier weit und breit keine Treppe entdecken kann, werde ich ihm nicht widersprechen. Er wurde bereits von den Sanitätern abgeholt.“

Der Arzt sieht mich mitfühlend an, legt mir eine kühle Kompresse auf das rechte Auge und erhebt sich. Es besteht kein Zweifel daran, dass er weiß, woher meine Verletzungen kommen und was mit Nick geschehen ist.

Es gibt keinen Knochen in meinem Körper, der nicht schmerzt. Die Übelkeit und das Pochen in meinen Schläfen veranlassen mich, dass ich nicht weiter versuche nachzudenken. Ich höre Darmian mit dem Arzt reden. Er verspricht dem Doktor, dass er über mich wachen und bei einer Verschlechterung meines Zustands sofort in ein Krankenhaus bringen wird.

Wie lange ich einfach liegen geblieben bin, weiß ich nicht. Die Nähe Darmians veranlasst mich, aus dem tranceartigen Zustand, in dem ich mich befinde, zu erwachen. Er setzt sich mir gegenüber auf den Couchtisch. Unsere Blicke treffen sich, augenblicklich fühle ich mich sicher und geborgen.

„Lana, es wird Zeit, dass du endlich etwas unternimmst, so geht das nicht weiter, wenn du ihn nicht verlässt, werde ich dir einen Ersatz für mich suchen. Wie soll ich es mit meinem Gewissen vereinbaren, dass ich dich als dein Bodyguard nicht schützen kann, nicht vor der größten Gefahr in deinem Leben. Dein Mann gehört eingesperrt, es ist unverzeihlich, so mit einer Frau umzugehen, erst recht, wenn es auch noch die eigene Ehefrau ist, die man eigentlich beschützen und behüten sollte.“

Alleine bei dem Gedanken daran, dass Darmian mich verlassen könnte, überkommt mich Panik. Er ist nicht einfach nur mein Bodyguard, sondern mein Vertrauter, mein Fels in der Brandung.

Wann er so einen hohen Stellenwert in meinem Leben eingenommen hat, kann ich nicht genau sagen. Es ist schleichend passiert, der sinnliche Kuss von heute Nachmittag, hat mir den Rest gegeben. Ich will ihn nicht verlieren, er ist absolut unersetzlich für mich.

Die Gefühle, die ich für Darmian hege, verängstigen mich. Bevor ich beginne, mich in ihn zu verlieben, sollte ich mich erst einmal um meinen Mann kümmern. „Wirst du mich verlassen?"

Meine Frage scheint ihn zu überraschen, ich sehe in seiner Mimik, wie schwer ihm die Antwort fällt.

„Lana, ich begehre dich mehr als jede Frau zuvor. Deine Sicherheit steht für mich an erster Stelle, doch wie soll ich dich beschützen, wenn du mit diesem Monster zusammen bist? Fuck! Ich hätte Nick vorhin beinahe getötet. Ich wollte es wirklich tun."

Oh ...

Erst jetzt fällt mir wieder ein, was der Arzt gesagt hat, „Was hast du mit ihm gemacht?" Darmian erhebt sich ruckartig, wie ein Tiger im Käfig beginnt er durch die Suite zu wandern. Eine ungute Vorahnung beschleicht mich.

„Verdammt Darmian! Sag es mir!"

„Dein Mann musste erfahren, wie es sich anfühlt, der Schwächere zu sein."

Oh mein Gott, was hat er getan? „Hast du ihn geschlagen?"

Abrupt bleibt er stehen, wendet sich mir zu und sieht mir ins Gesicht. „Ich habe ihm eine Lektion erteilt, eine, die er nie wieder vergessen wird." Anmutig setzt er sich wieder auf den Couchtisch, nimmt mein Gesicht vorsichtig in seine großen prankenartigen Hände und streicht mir vorsichtig mit dem Daumen über mein geschundenes Gesicht. „Vertraust du mir?"

Seine Frage überrascht mich, meine Antwort kommt viel zu schnell und rein intuitiv. „Ja ..."

„Lass mich dich von hier fortbringen, nur bis deine Verletzungen verheilt sind. Wenn dich in diesem Zustand die Presse entdeckt, bist du morgen in allen Zeitungen."

Fuck! Daran habe ich noch gar nicht gedacht, so eine Schlagzeile kann ich so kurz vor meinem nächsten Film wirklich nicht gebrauchen. In meinem Kopf herrscht gerade ein heilloses Durcheinander. Heftiger Schmerz und komplette Verwirrung erschweren mir das Denken. „Wohin?"

Seine Mimik wird weicher, offensichtlich hatte er sich auf eine längere Diskussion eingestellt.

„Ich besitze ein kleines abgelegenes Haus an einem schönen See, es ist nicht so groß wie diese Suite, aber es hat zwei Schlafzimmer."

Auch wenn ich gerade überhaupt kein Verlangen nach Sex verspüre, die Erwähnung der Schlafzimmer verdeutlicht mir, dass wir dort alleine wären, nur er und ich, in meinen Augen klingt das himmlisch. Seit ich für den erotischen Film vor der Kamera gestanden bin, denkt alle Welt, dass ich unglaublich erfahren und dass ich eine Sexbombe bin, die alle Tricks und Griffe beherrscht.

In Wirklichkeit jedoch bin ich noch nie mit einem anderen Mann als Nick intim gewesen. Und der Sex mit ihm war nie der Wahnsinn, er war immer zweckmäßig und im Dunkeln.

„Das klingt wundervoll, können wir noch heute fahren? Ich muss hier weg, ich muss raus aus dieser Suite und möglichst viel Distanz zwischen mich und die Realität bringen!"

Noch während ich spreche, wird mir bewusst, wie dringend ich diesen ganzen Ballast hinter mir lassen muss.

3. Kapitel

Der silberne Jeep bewältigt Meile für Meile die holprige Straße, auf der wir uns befinden. Nach knapp vier Stunden Fahrt haben wir unser Ziel beinahe erreicht. Ein dichter Wald versucht die Straße zu verschlucken, dicke uralte Bäume verschließen den Himmel über der Straße. Im Auto herrscht eine entspannte Stimmung.
Die vergangene Nacht im Hotel war die reinste Hölle. Noch vor dem ersten Sonnenstrahl habe ich so schnell wie möglich meine Klamotten und die nötigsten Toilettenartikel eingepackt und wir haben den ganzen Ärger hinter uns gelassen. Je mehr Distanz zwischen mir und meinem Mann liegt, je kleiner die Gefahr für mich wird, umso entspannter wirkt Darmian. Die Asphaltstraße verwandelt sich in einen Schotterweg, der nach einer letzten Kurve die Sicht auf ein wunderschönes Haus freigibt.

Es ist ein Blockhaus, das sich auf einer Lichtung in die ruhige und unberührte Natur einfügt. Dahinter erstreckt sich ein kleiner See. Leichte Wellen und der sachte Tanz des Schilfgrases, das sich im Wind wiegt, sind die einzigen Bewegungen um uns herum. Keine Paparazzi, kein Verkehrslärm und kein Zeitdruck, nur Darmian und ich.

Ein loderndes Feuer knistert im Kamin, ich spüre die behagliche Wärme auf meinem, beinahe nackten Oberkörper.
Darmian hat darauf bestanden, dass er meine Prellungen mit der Creme behandelt, die uns der Arzt mitgegeben hat. Sanft und zärtlich berührt er meinen Rücken, massiert mit leichtem Druck die schmerzlindernde Medizin ein. Der Geruch von Holz und Darmian, lässt all meine Sorgen von mir weichen.

Seine Nähe und die Berührungen seiner Hände sind Balsam für meine Seele. Ein leichtes Seufzen verlässt meine Lippen, ich spüre wie sich Darmian sofort etwas verspannt, nach einer kurzen Unterbrechung setzen seine Hände ihre Arbeit fort.

„Das fühlt sich soooo gut an ..."

Sehnsüchtig und berauscht von seiner Nähe sehne ich mich nach, seinen Fingern auf meinen Brüsten, seinen Lippen hinter meinem Ohrläppchen und seine Erektion an meinem Hintern.

„Lana, Lana, Lana, du bringst einen Heiligen in Versuchung und ich bin weiß Gott kein Heiliger!"

Seine Worte lösen ein Prickeln in meinem Bauch aus, das eine angenehme Feuchte zwischen meinen Beinen verursacht.

Ich beschließe ihn zu reizen, seine Worte klingen einfach zu sexy. „Versuchung? Darmian, was für eine Versuchung meinst du?"

Sein dunkles Knurren lässt mich erschaudern. Er lehnt sich weiter zu mir, seine Hände streicheln meinen Hals, mit Sicherheit spürt er meinen wild hämmernden Puls.

„Du bringst mich in Versuchung, Kleines. Dein Körper, dein Geruch und deine weichen Lippen treiben mich in den Wahnsinn! Ich sehne mich danach, dich zu berühren. Ich will dich, Baby."

Bestimmend umfasst er meine Taille.

„Dieser beschissene Film ... Unzählige Male habe ich mir gewünscht, der Mann zu sein, den du um mehr anflehst. Dein befriedigtes Keuchen wäre bei mir nicht nur vorgespielt gewesen, ich würde dich zum Schreien bringen."

Sanft knabbert er an meinem Ohrläppchen, während seine Hände die Unterseite meiner Brüste liebkosen. Wie weit wir noch gegangen wären, kann ich beim besten Willen nicht sagen. Dieser Mann raubt mir all meine Beherrschung, in seiner Nähe fühle ich mich begehrenswert und feminin. Zum Glück oder vielleicht auch zum Unglück hat uns das laute Knacken des Holzes unterbrochen.

Ein großer, glühender Funke ist aus dem offenen Kamin direkt auf den Holzboden geflogen. Mit einem leisen Fluch nimmt Darmian seine Finger von meinem Körper und erhebt sich. Kaum das wir uns nicht mehr berühren, fängt mein Verstand wieder an zu funktionieren.

Ich war tatsächlich kurz davor, mich auf meinen Bodyguard einzulassen. Hier, auf der weichen Decke und den kuscheligen Kissen, direkt vor den Flammen wäre es sicherlich ein sehr romantisches Abenteuer geworden...

Ich komme mir vor wie die Protagonistin in einem schnulzigen Roman, die in der Nähe eines attraktiven Mannes all ihren Verstand lachend über Bord wirft. Langsam ziehe ich wieder den Pullover an und öffne meine langen Haare.

Unsere Blicke treffen sich, seine fast schwarzen Iriden glühen vor unterdrücktem Verlangen. Wenn wir den restlichen Abend zusammen verbringen, werde ich ihm nicht mehr lange widerstehen können.

Gott, das könnte keine Frau, dieser Kerl ist pures Luxus-Testosteron. Leise räuspere ich mich und stehe auf. Unsicher, wie ich mich ihm gegenüber verhalten soll, gehe ich auf ihn zu, lege ihm meine Hände auf die Schultern, stelle mich auf die Zehenspitzen und gebe ihm einen züchtigen Kuss auf die Wange.

„Danke für alles, du hast mich gerettet und in Sicherheit gebracht." Wie gerne würde ich jetzt seine weichen vollen Lippen küssen, mit meiner Zunge seinen Mund öffnen und sein herbes Aroma schmecken. Doch ich reiße mich zusammen, ich habe gerade wirklich andere Probleme als meinen Bodyguard zu verführen.

Wenn ich an meine Verletzungen im Gesicht denke, kann ich mir eh nicht vorstellen, dass er mich *so* attraktiv findet. Meine Nase ist zwar nicht bandagiert, jedoch immer noch ziemlich schmerzempfindlich. Mein Auge ist geschwollen und ein Hämatom ziert meine linke Gesichtshälfte. Bevor ich meine Selbstbeherrschung verliere, drehe ich mich um, wünsche ihm eine gute Nacht und begebe mich in mein Schlafzimmer.

Die alte Holztreppe knarzt unter meinen Schritten und ich spüre seinen eindringlichen Blick in meinem Rücken.

***

Auf den Gipfeln der Berge liegt Schnee, der Wind bringt den Geruch von Winter und Kälte mit sich.

Die letzten sechs Tage waren einfach himmlisch. Die Zeit hier in der Natur ist ruhig und entspannt, zu meinem großen Erstaunen hat sich Nick nicht bei mir gemeldet. Jeden Tag warte ich mehr oder weniger ängstlich auf seinen wütenden Anruf, doch bis jetzt wurde ich davon verschont.

Wer weiß wie Darmian ihn zugerichtet hat, alle meine Nachfragen haben nichts ergeben. So gründlich Darmian in seiner Arbeit ist, so stur ist er in Sachen Nick.

Mit jedem Blick, jeder leichten Berührung und jeder Minute, die ich länger in seiner Nähe verbringe, wird die Anziehung zwischen uns stärker. Ich sehne mich so sehr nach seinen Küssen, seinen Händen und seinem Geschmack ...

Die warme Sonne küsst mein mittlerweile ganz gut verheiltes Gesicht, ich lege entspannt meinen Kopf zurück auf die Liege und genieße die Ruhe. Vogelgezwitscher und das Rascheln der Bäume sind die einzigen Geräusche, die meine Sinne verzaubern. Darmian ist mit einem kleinen Holzboot auf dem See zum Angeln. Seit wir in seinem Haus sind, ist er viel ruhiger geworden.

Er trägt nicht mehr nur ausschließlich schwarze Kleidung und der konzentrierte Zug um seinen Mund hat sich deutlich gelockert. Mein Bodyguard hat ein unheimlich charismatisches Lächeln, das mein Herz jedes Mal aus dem Takt bringt. Die weiche und kuschelig warme Wolldecke lullt mich in einen sanften Schlaf. Mit den Gedanken bei ihm schlafe ich am helllichten Tag ein, welch ein Luxus.

„Hilfe ...“ Mein Schrei ist eher ein Flehen, durch das schnelle Laufen habe ich nicht genug Luft, um lauter zu rufen. Seitenstechen malträtiert meine linke Körperhälfte, schmerzhaft peinigt es meinen Körper. Es ist unheimlich dunkel, dicke schwere Regentropfen prasseln auf den Asphalt, verhindern, dass ich die Geräusche meines Verfolgers hören kann. Vielleicht habe ich es geschafft Nick abzuhängen? Die Straße ist leer. Ich hätte besser aufpassen sollen, wenn ich doch nur nicht so stur gewesen wäre.

Schnell schlüpfe ich um die Ecke und verstecke mich in einer Seitengasse hinter einem geparkten Auto. Meine Hände sind unterkühlt und zittern durch das Adrenalin, das durch meinen Körper pumpt. Wenn mich mein Mann hier findet, ist das mein Ende, die Gasse ist abgelegen und perfekt für einen Mord, doch ich kann keinen Schritt weiter laufen, auch wenn das meinen Tod oder eine Vergewaltigung bedeutet, meine Kräfte sind am Ende ...

Tief durchatmend suche ich in meiner Jackentasche nach meinem Handy, bumm bumm bumm das Schlagen meines Herzens, dröhnt mir in den Ohren. Wieso habe ich nur darauf bestanden alleine spazieren zu gehen? Endlich habe ich es geschafft, mit tauben Fingern versuche ich, Darmians Nummer in meinen Kontakten zu suchen. Nach nur einem Läuten nimmt er ab. „Hilf mir Darmian, bitte.“ Meine Stimme bebt, Tränen der Angst tropfen über mein Gesicht.

„Lana wo bist du? Was ist passiert?“

„Er ist da, ich weiß nicht, wo ich bin ...“

Ein Schwall Flüche derb und wütend dringt zu mir durch.

„Kannst du einen Straßennamen erkennen?“

Gott wie dumm ich doch bin, warum bin ich nicht selbst auf die Idee gekommen?

Panisch vor Angst wage ich mich einen Schritt aus meinem Versteck, der starke Regen behindert meine Sicht. „Milk Street, ich bin in der Milk Street! Bitte hilf mir, ich hab so schreckliche Angst.“

Seine dunkle Stimme beruhigt mich, vielleicht schafft er es tatsächlich mich zu retten.

„Bleib in deinem Versteck und beweg dich nicht, ich werde dich finden Lana, hast du verstanden!“

Schluchzend nicke ich in das Telefon, das er mich nicht sehen kann, ist mir egal, meine Verzweiflung ist zu groß, um jetzt noch logisch zu denken. Dunkelheit umgibt mich, der vermoderte Geruch von Müll und Abfällen steigt mir in die Nase. Geräusche dringen an mein Ohr, sind das Schritte? Hat er mich gefunden?

„Darmian bitte beeile dich!“ Flüsternd wiederhole ich diese Worte wie ein Mantra, in der Hoffnung, dass ich möglichst bald in seine starken beschützenden Arme komme.

„Lana wach auf!“ Völlig orientierungslos sehe ich in Darmians besorgtes Gesicht.

Die Sonne ist schon fast untergegangen und ich bemerke, dass er mir eine weitere Decke über meine Wolldecke gelegt hat.

Es war nur ein Traum, ein schrecklicher sehr realistischer Traum. Darmian streichelt mir sanft das Haar aus dem Gesicht, „du hast nur geträumt, Kleines.“ Die Anspannung weicht langsam aus meinem Körper, er drückt mir einen leichten Kuss auf die Stirn, schiebt seine starken Arme zwischen mich und die Liege und trägt mich behutsam ins Innere. Angenehm warm und gemütlich ist das der schönste Ort seit Langem. Keines der vielen Luxushotels kann es mit diesem Haus aufnehmen. Noch immer auf seinem Arm liegend, suche ich seinen Blick, sein herbes Aftershave betört meine Sinne.

„Lana, sieh mich nicht so an, ich kann dir nicht länger widerstehen ...“

Ich lehne mich noch näher zu ihm, und fahre mit der Hand an seinem markanten Kiefer entlang. „Dann widersteh mir nicht ...“

Der Albtraum war schlimm und heftig, jedoch hat er mir bei meiner Entscheidungsfrage geholfen. Darmian ist sinnlich, einfühlsam und dominant, das ist eine Mischung, der ich einfach nicht widerstehen kann.

Nick hat mich nie wirklich verstanden. Doch mangelndes Glück ist für mich kein Scheidungsgrund; Todesangst hingegen schon.

Ich werde mich scheiden lassen, wenn meine Eltern und mein Agent ein Problem damit haben, dann ist das ihre Sache.

Manche Promis sind dauernd high, misshandeln minderjährige Prostituierte oder fahren mit hundert Meilen durch ein Wohngebiet.

Ich dagegen trenne mich einfach nur von meinen Mann.

Es wird Zeit zu leben, ich will alles, was diese Welt im Angebot hat ausprobieren und mich auf neue Abenteuer einlassen.

Mich auf meinen Bodyguard einzulassen fühlt sich unsagbar richtig an. Ich verzehre mich regelrecht nach ihm!

Darmian sieht mir lange und intensiv in die Augen, seine Pupillen sind schwarz und groß, in ihnen tobt eine Bestie des Verlangens, die er nicht mehr lange kontrollieren kann. In dem Moment, in dem sich endlich unsere Lippen berühren, fängt mein ganzer Körper an zu prickeln, ich fühle mich lebendig und berauscht.

Unsere Zungenspitzen berühren sich, kosten den Geschmack des anderen und beginnen einen sinnlichen Tanz. Immer wilder und leidenschaftlicher raube ich ihm seinen Atem. Langsam und vorsichtig setzt er sich auf das Sofa, hält mich weiterhin in seinen starken Armen und unterbricht dabei keine Sekunde lang unser erregendes Zungenspiel. Er nimmt die Decke von meinem Körper und fährt mit seiner Hand unter meinen Pullover, massierend und knetend liebkost er meine Brüste, schiebt den BH nach unten und zwirbelt gekonnt meine Brustwarzen. Unter seinen Fingern verwandeln sich meine Nippel in harte Himbeeren, die nur darauf warten, von seinen Zähnen gepflückt und vernascht zu werden. In meiner Position, in der ich mehr oder weniger auf seinem Schoß liege, hat er ungehinderten Zugriff auf meinen Körper. Darmian nutzt diesen nur allzu gerne aus. Unsere Lippen pressen sich immer begieriger aufeinander, das Atmen fällt mir schwer, doch ich bin nicht bereit, von ihm abzulassen. Immer fester zwirbelt er meine Nippel, ein süßer Lustschmerz zuckt in meinen Bauch. Meine Pussy beginnt zu Pochen, ich spüre, wie ich immer feuchter werde ... An meinem Po spüre ich seine harte Erektion, die verlangend nach ihrem Einsatz brüllt. Doch mein Liebhaber lässt sich Zeit, langsam entkleidet er mich, nach wenigen Minuten sitze ich nackt vor ihm. Schutzlos und vor Leidenschaft zitternd liefere ich mich meinem Bodyguard vollkommen aus.

Der dunkle Schein des Feuers züngelt über meinen entblößten Körper. Ich setze mich rittlings auf ihn, sehe ihm tief in die Augen und lecke mir hungrig über die Unterlippe. Während er noch immer komplett angezogen ist, sitze ich erregt und nackt auf seinen Beinen. Seine Augen wandern über meinen Körper, verweilen auf meinen Brüsten und wandern sacht und ohne Eile zu der Stelle, an der sich meine Beine treffen. Seine Kieferknochen treten markant hervor.

„Oh Lana ...“ Leidenschaftlich küssen wir uns, seine Hände fahren über meine Kurven, prägen sich jeden noch fremden Zentimeter ein. Langsam und sinnlich, wie ein Pirat, entert er meine Sinne, stimuliert meine erogenen Zonen, nimmt mich in Besitz.

Unser Atem beschleunigt sich und vermischt sich zu einer explosiven Mischung aus hemmungsloser Leidenschaft und sinnlicher Vereinigung. Es kommt mir vor wie mein tatsächliches erstes Mal, nicht nur mein Körper auch meine Seele erblüht unter seinen liebevollen Berührungen.

Es ist wie Magie, eine warme Aura an zärtlichen Gefühlen, Hoffnungen und Liebe umgibt uns. Das warme Feuer wirft züngelnde Schatten an die Wand, während das Holz knackend verbrennt.

Fordernd schiebe ich seinen Pulli nach oben, entkleide seine muskulöse Brust. Definierte Muskeln und braune Haut mit leichter Brustbehaarung erwarten mich. Ein feiner Streifen Haare leitet meinen gierigen Fingern den südlichen Weg zum eigentlichen Ziel meiner Reise. Das Geräusch der Gürtelschnalle durchbricht die erotische Stille, geschickt arbeite ich mich zu seinem harten Glied vor.

Mit einem Arm auf meiner Taille erhebt sich Darmian, legt mich zärtlich auf das breite Sofa und entkleidet sich vor meinen gierigen Blicken.

Nackt und hart steht er vor mir, er ist so unglaublich sexy, dass ich es kaum erwarten kann ihn zu erkunden. Er beugt sich zu mir, schiebt mit seinen Knien meine Schenkel auseinander und öffnet mich so für ihn. Unsere Zungen treffen sich, unsere nackten Körper reiben sich aneinander, während seine Finger zu meinen Venuslippen wandern. Feucht und bereit erwartet ihn die Pforte meiner Lust, federleicht reizt er meinen Liebesknoten in einem bittersüßen Rhythmus.

Seufzend und an seiner Unterlippe knabbernd bewegen sich meine Hüften automatisch im Takt des uralten Tanzes zwischen Mann und Frau.

„Oh Lana, ich kann nicht länger warten ..."

Einladend spreize ich meine Schenkel noch etwas weiter und sehe ihm dabei tief in die Augen. Seidig und hart zugleich dringt seine Eichel ein Stück in mich ein, den Blick ineinander verschlungen genießen wir diesen unheimlich intensiven Moment.

Zärtlich fordernd nimmt er mich in Besitz, genießt meine Hingabe. Mit jeder geflüsterten Zärtlichkeit und jedem Vorstoß in mein Inneres, bringt er mich den Sternen näher.

Unsere Herzen schlagen im Gleichtakt. Das Atmen habe ich in meinem Rausch der Erlösung komplett vergessen.

Ein Orgasmus, so intensiv wie eine Sonnenfinsternis und ein Sonnenaufgang zugleich, lässt meinen Körper ermattet erbeben.

Mit einem tiefen Knurren pumpt er nur wenige Sekunden später seinen Samen in mich.

Im Rausch der Vereinigung gefangen, realisiere ich nicht wirklich, dass wir tatsächlich ungeschützten Sex hatten.

Keuchend legt sich neben mich, die Wärme des Feuers und der Schein der Flammen lullt uns in einen romantischen Zauber ein. Darmian stützt sich auf seinem Ellenbogen ab, sieht mir in die Augen und pinnt mir einen Kuss auf den Mundwinkel, ohne Worte genießen wir diesen unglaublich schönen Moment.

4. Kapitel

So harmonisch unser romantisches Vakuum auch sein mag, es wird, nach den letzten drei Wochen, die wir hier in diesem Holzhaus verbracht haben, langsam Zeit zurück in die Realität zu kehren. Gefühlsmäßig schwebe ich auf Wolke sieben, Darmian ist einfach unglaublich. Zärtlich und stürmisch haben wir so manche heimliche und dunkle Fantasie, die ich hatte, ausgelebt.

Der Fauxpas, dass wir die Verhütung vergessen haben, ist uns nur beim ersten Mal passiert. Ich hoffe inständig, dass ich nicht schwanger geworden bin. Auch wenn mich der Gedanke an ein süßes Baby verträumt aufseufzen lässt, jetzt ist ganz bestimmt nicht der richtige Zeitpunkt dafür. Nick und ich müssen unsere Ehe schnellstmöglich beenden. Der Termin für den neuen Film rückt näher, die Rolle, die ich darin spiele, ist unglaublich anstrengend und ich freue mich schon auf die Herausforderung.

Die Familienplanung kommt in meiner Zukunftsvision also nicht unbedingt an erster Stelle.

„Mach dir keine Sorgen Lana, zusammen stehen wir das durch." Darmian sitzt mir auf der Couch gegenüber, vor dem Fenster fallen lautlos eisige Kristalle auf den gefrorenen Boden, verwandeln die Welt in eine märchenhafte Kulisse. Wie immer ist er sehr aufmerksam und kann mir meine Gefühle und Sorgen aus dem Gesicht ablesen. Für eine Schauspielerin habe ich ein ziemlich schlechtes Pokerface.

„Es wird mit Nick ziemlich heftig werden. Ich weiß nicht, wie er reagieren wird, wenn ich die Scheidung von ihm verlange."

Wie üblich, wenn ich von meinem Ehemann spreche, verdunkeln sich Darmians Augen, sein Mund nimmt einen gefährlichen Zug an und sein ganzer Körper vibriert vor Wut und Spannung.

„Komm her Kleines ..." Er hebt einladend die Decke hoch, ich krabble zu ihm, lehne mich mit dem Rücken an seinen Bauch und genieße die starken Arme, die sich warm und beruhigend um meinen Körper legen. Ich spüre seine Nase auf meinem Scheitel und höre, wie er meinen Geruch inhaliert.

„Was auch immer kommen mag, wenn wir morgen zurückfahren, ich bin für dich da. Als dein Bodyguard werde ich dich beschützen und als dein Lover werde ich dir Kraft und Trost spenden. Und wenn diese ganze Scheiße ausgestanden ist, müssen wir uns über die Zukunft unterhalten."

Seine Stärke lullt mich ein, ich spüre, wie ich unweigerlich auf seine Nähe reagiere. „Ich will jetzt nicht reden Darmian ..."

„Was möchtest du dann?“ Seine Hände wandern über meinen Bauch, legen sich auf meine Brüste und zupfen an meinen Nippeln.

Ein wohliger Schauer rieselt an meinem Rückgrat entlang, während seine Zunge mein Ohrläppchen liebkost.

Leichte Bisse, versöhnt von zärtlichen Küssen, verteilt er auf meinem Hals. „Alles!“

Meine fast schon gehauchte Antwort, lässt sein hartes Glied ungeduldig zucken.

***

Die Skyline der Stadt kommt mit jeder gefahrenen Minute näher auf uns zu. Die entspannte Stimmung und die ungezwungene Romantik, die zwischen Darmian und mir geherrscht hat, vermischt sich immer weiter mit der unschönen Situation, in der wir uns befinden.

Darmian ist mein Beschützer, mein Bodyguard. Wenn wir jetzt gleich die Suite betreten, wird vielleicht Nick da sein.

Hat er die Polizei verständigt?

Mich gesucht oder Darmian angezeigt?

Die Last, die mir entgegenschlägt, wird immer größer. Nach Trost suchend nehme ich Darmians Hand, spüre die Kraft, die von ihm ausgeht und fühle mich schlagartig besser.

Die perfekt gestylte, lächelnde Empfangsdame des Hotels wartet auf uns, sie teilt mir freundlich mit, dass mein Mann bereits abgereist ist. Erleichterung flutet jede meiner Zellen, auch wenn ich weiß, dass ich einer Konfrontation nicht aus dem Weg gehen kann, so habe ich noch etwas mehr Gnadenfrist bekommen.

Ohne ihre Information zu kommentieren, begebe ich mich in die Suite. Da Nick bestimmt in unserem Apartment in New York ist, werde ich meinen Aufenthalt hier verlängern, meinen Anwalt konsultieren und das anstehende Gespräch mit meinen Eltern einfach ignorieren. Gail, meine Pressesprecherin, wird sich um die neugierige Paparazzi-Meute kümmern, die sich auf diese Information stürzen wird, wie ein Löwe auf eine unschuldige Gazelle.

In der Suite angekommen, lasse ich mich an Darmians Brust sinken. Ich will ihn, brauche ihn und das jetzt – hart und ganz tief in mir. Instinktiv hebt er mich hoch, ich schlinge meine Beine um seine Hüfte und genieße die Kraft, mit der er mich mühelos trägt.

Er scheint zu wissen, dass ich nicht in das Schlafzimmer des Grauens möchte, wie ich es seit der zuletzt darin verbrachten Nacht heimlich nenne.

Hart und unnachgiebig drückt er mich an die Wand des Wohnzimmers. Weich und fordernd zugleich plündert er meinen Mund, knabbert an meinen Lippen und zwirbelt bittersüß meine Brustwarzen.

Stöhnend genieße ich die leidenschaftliche Folter, mit der er mir den Verstand raubt.

„Lana, du treibst mich in den Wahnsinn, ich lasse dich nie wieder gehen!“ Seine geknurrten Wörter lassen mein Herz in einer explosiven Mischung aus Freude und Lust erbeben.

Bei ihm und in seinen Armen bin ich zu Hause. Darmian nutzt seine Stärke um mich zu schützen und nicht um mich zu verletzen.

Im Bett ist er verspielt und dominant, je nach Laune und Bedürfnis.

In ihm habe ich meinen Mister Perfekt gefunden, mit ihm bin und werde ich glücklich – egal was kommen mag.

Gefährliche Männer küssen besser

Prolog

Vom Glück geküsst – Baciato dalla fortuna

Es gibt Menschen, bei denen läuft immer alles rund ...
In meinem Umfeld habe ich so einige dieser Glückskinder und das ist auch der Grund, aus dem ich ganz genau weiß, dass ich nicht zu dieser immer lächelnde Menschengruppe gehöre.

Die letzten Minuten meines Films vergehen, der kluge Gandalf und die kleinen, immer Glück habenden Hobbits versuchen immer noch verzweifelt, die Welt zu retten. Ich hatte gehofft, dass ein großer Berg Süßigkeiten und eine gute Flasche Rotwein meinen Liebeskummer besiegen können. Doch da hatte ich mich anscheinend geirrt.

Mein Herz blutet noch immer, das Einzige, was sich durch den Alkohol verändert hat, ist, dass ich den kleinen Hobbit gar nicht mehr so unattraktiv finde.

Scheiße!

Vor 9 Wochen habe ich mich von Adrian getrennt, der Liebe meines Lebens. Er ist Polizist, nein, das trifft es nicht ganz, er ist Teammitglied des Spezialeinsatzkommandos GSG9. Das bedeutet, dass ich nie wusste, wo er war, was er gerade machte und wann er wieder zurück zu mir kommt. Wenn ich zumindest die Gewissheit gehabt hätte, dass er sich und sein Leben nicht in Gefahr bringt, dann hätte ich mit dieser Unwissenheit vielleicht noch umgehen können. Doch zu seinem ganz normalen Tätigkeitsfeld gehören Dinge wie Bombenentschärfen, Terroristen aufspüren, Geiselnahmen beenden und Amokläufer ausschalten. Alleine schon die Tatsache, dass er immer vermummt zu den Einsätzen geht, eine schusssichere Weste und schnittfeste Handschuhe trägt, zeigt doch, dass dieser Job mehr als nur gefährlich ist. Das GSG9-Team kann zu jeder Zeit abgerufen werden, vollkommen egal, ob der Auftrag hierzulande oder auf einem anderen Teil des Planeten stattfindet. Am Anfang fand ich das als unschuldige Lehrerin einer ersten Klasse alles noch sehr sexy und aufregend, erst als aus der Verliebtheit Liebe geworden ist, hat mich die immerwährende Sorge um ihn zerfressen.

Nachts konnte ich nicht mehr schlafen, tagsüber habe ich immer auf das Klingeln an der Tür gewartet, darauf, dass man mir seine Uhr überreicht und mir versichert, dass er sein Leben für das Allgemeinwohl geopfert hat.

In anderen Berufen gehört ein Hammer, ein Skalpell oder eine Bohrmaschine zum ganz normalen Arbeitsmaterial. Für Adrian gehört eine Heckler & Koch MP7 quasi zur Standardausrüstung.

Der eigentliche Auslöser für die Trennung war ein einwöchiger Auslandseinsatz, aus dem er sich nicht bei mir melden durfte.

In den sieben Tagen bin ich tausendmal gestorben. In meinem Kopf sind die schlimmsten und blutigsten Szenarien abgelaufen.

In meine Zukunftspläne gehören Kinder, eine Familie und ein gemeinsames Zuhause. Adrian wäre der perfekte Ehemann für mich gewesen, ich will einen Kerl, der in der Lage ist, seine Frau und seine Familie zu beschützen.

In Adrians Nähe war ich sicher, so sicher wie noch nie in meinem Leben, zumindest mein Körper, denn mein Herz und mein Verstand sind durch ihn erst so richtig in Gefahr geraten. Mit ihm an meiner Seite habe ich mich so geborgen gefühlt wie noch nie zuvor, die Ironie an der Sache war nur, dass er so gut wie nie an meiner Seite war.

Nach dieser Höllenwoche habe ich unsere Beziehung beendet. Ich bin in eine kleine Zweizimmerwohnung gezogen und versinke seitdem in ständigem Selbstmitleid. Mein Unterbewusstsein schüttelt nur missbilligend den Kopf, denn es versteht nicht, dass ich den Mann meines Lebens einfach habe laufen lassen. Seine Augen und sein Gesichtsausdruck in dem Moment, in dem er verstanden hat, dass ich es ernst meine, werde ich nie vergessen.

Ohne ein Wort zu sagen, hat er sich umgedreht, die Tür hinter sich zugeschlagen und ist gegangen. Seitdem habe ich ihn nicht wiedergesehen und kein Wort mehr mit ihm gewechselt.

Eigentlich sollte es mir jetzt besser gehen, doch das tut es nicht.

Ich vermisse ihn, seinen trainierten Körper, seine Selbstsicherheit und die vielen kleinen Zärtlichkeiten, die wir in jedem Moment unseres Lebens geteilt haben. Anstatt mir jetzt weniger Sorgen um ihn zu machen, ist meine Sorge nur noch größer geworden. Aber wie schon erwähnt, ich gehöre einfach nicht zu den Menschen, die vom Glück geküsst werden.

1. Kapitel

Ein Hauch von Schicksal – Un tocco del destino

In einem gemurmelten Mix aus Flehen und Beten drehe ich zum wiederholten Male den Zündschlüssel nach vorne. Doch außer einem gurgelnden Geräusch gibt meine alte Ente keinen Mucks mehr von sich.

„Bella, wir sollten uns wirklich ein Taxi rufen, deine Emma hat einfach den Geist aufgegeben." So wütend ich auf mein Auto auch bin, mindestens genau so traurig bin ich auch. Meine Mutter hat dieses Auto schon gefahren und es mir an meinem achtzehnten Geburtstag geschenkt. Seit vier Jahren leistet mir meine alte Emma gute Dienste, doch die letzten paar Monate hat sie zu kränkeln angefangen.

Von meinem kleinen Grundschullehrerinnengehalt kann ich mir momentan kein anderes Auto leisten.

„Bella." Lisas genervte Stimme wird immer lauter.

„Weißt du, was wir für ein Glück gehabt haben, dass wir diesen Tisch im Amador reservieren konnten? Ich musste zwei Wochen vorher anrufen. Und außerdem wird es verdammt noch einmal Zeit, dass du diesen Adrian vergisst. Du bist zu jung für die Ewigkeit, fang endlich an, im Hier und Jetzt zu leben."

Seit Wochen redet sie von nichts anderem mehr, warum sie immer in dieses extrem angesagte Restaurant will, kann ich einfach nicht verstehen. Eine leckere Fischsemmel oder ein saftiger Burger mit Pommes würde mir schon reichen.

„Weißt du, Süße, den Tisch werden wir eh nicht mehr bekommen, Emma springt heute bestimmt nicht mehr an."

Ohne das Gespräch mit mir zu unterbrechen, kramt sie panisch in ihrer XXL-Handtasche nach ihrem Handy.

„Ich rufe uns jetzt ein Taxi!"

Lisa etwas auszureden ist so gut wie unmöglich, da kann man auch gleich versuchen, einem Elefanten Tischmanieren beizubringen. „Weißt du eigentlich, dass dieses Restaurant angeblich der Mafia gehört, du unterstützt mit deinem Besuch heute Abend die bösen Jungs." Mittlerweile hat sie unser Taxi gerufen, nicht ohne dem armen Mann ordentlich Feuer unter dem Arsch zu machen, immerhin geht es hier um einen Tisch im Amador. „Also Süße, erstens ist es unser Abend, also auch dein Geld. Und zweitens würde ich mit den bösen Jungs so einiges mehr anstellen, als ihnen nur mein Geld zu überlassen."

Oh ja, wenn ich an die Preise denke, die auf dieser Karte stehen, wird mir jetzt schon schlecht. Emmas Reparatur wird bestimmt nicht billig und die Miete meiner kleinen Wohnung ist auch nicht gerade günstig, Münchner Preise eben.

Das Amador hat mittlerweile einen unheimlichen Bekanntheitsgrad in der Stadt erreicht. Jeder versucht, einen Tisch zu bekommen, und Lisa hat es natürlich geschafft, sie gehört ganz eindeutig zu den Menschen, die vom Glück geküsst werden. Es kursieren die wildesten Spekulationen darüber, dass dieses Restaurant der Mafia nur zur Geldwäsche dient, die angeblich Münchens Unterwelt fest im Griff hat. Ich glaube, das war alles einfach nur ein sehr genialer Werbegag, Mafia in München?

So ein Quatsch. Unter Mafia stelle ich mir dickbäuchige kleine Italiener vor. Männer, die die besten Jahre ihres Lebens schon gelebt haben und deren Haare mit einer Tube Gel möglichst schmierig nach hinten gekämmt wurden. Teure italienische Schuhe zieren ihre kleinen Füße, während sie versuchen, durch eine kubanische Zigarre zu atmen. Wahrscheinlich habe ich mir zu oft den Paten angesehen, denn meine Fantasie geht offensichtlich gerade mit mir durch. Das gelbe Taxizeichen leuchtet uns entgegen. Lisa hat mittlerweile ihre dritte Zigarette geraucht, Gott, ist sie aufgeregt.

Die kochen ihre Nudeln auch nur mit Wasser, aber was tut man nicht alles für die Freundschaft.

Die große Glasfassade ist erleuchtet, helle Spots beleuchten den roten Teppich, der vor dem Eingang des Restaurants liegt. Auch wenn ich mich heute Abend wirklich in Schale geschmissen habe, komme ich mir gerade mehr als nur underdressed vor. Meine schwarzen Pumps für 20 Euro blinken frisch geputzt im grellen Licht der Spots, während uns der mit einem Anzug bekleidete Portier die Tür öffnet. Lisa wirkt selbstsicher wie eh und je. Ihre wunderschönen blonden Haare hat sie zu einer vornehmen Hochsteckfrisur geknotet. Ihre kleinen, obligatorischen Perlenohrringe stecken in ihren zierlichen Ohren. Sie sieht einfach immer perfekt aus. Ich dagegen komme mir so dumm vor, wie konnte ich mich nur überreden lassen, hierher zu kommen? Am liebsten würde ich jetzt auf der Couch liegen und mich und meinen Liebeskummer in einem guten Rotwein ertränken.

Der silberne Steinboden glänzt perfekt poliert. Die kleinen Tische sind einzeln im Raum verteilt, wirken wie einfach abgestellt und doch so, als ob alles so geplant sei. Die kleinen weißen Tischdecken und die ochsenblutroten Servietten erstrahlen im Licht des riesigen Kronleuchters, der imposant in der Mitte des Raumes hängt.

Auch wenn es merkwürdig klingt. Jetzt, wo ich mitten im Restaurant stehe, kommt mir das mit der Mafia gar nicht mehr so abwegig vor. Ein livrierter Diener geleitet uns zu unserem Tisch. Während Lisa die Umgebung in sich aufsaugt, bleibt mein Blick an einem Mann hängen. Er wirkt geheimnisvoll, düster und irgendwie melancholisch.

Sein Outfit: Eine schwarze Anzughose und ein elegantes weißes Hemd werden, ich habe es doch gleich gewusst, von schwarzen italienischen Designerschuhen abgerundet.

An unserem Tisch angekommen, spüre ich seine Blicke auf meinem Rücken, eine Gänsehaut breitet sich auf meiner Haut aus und rieselt mir über die Wirbelsäule nach unten.

Himmel, es war doch nur ein Blick. Irgendwie verspüre ich das dringende Bedürfnis, mein Aussehen und mein Make-up noch einmal im Spiegel zu begutachten, vielleicht sieht mich der Fremde ja nur so intensiv an, weil ich aussehe wie ein Clown. Seit Adrian habe ich nicht das geringste Interesse an der Männerwelt verspürt, also warum fällt mir dieser Kerl gerade jetzt so auf?

Die Damentoilette ist luxuriöser ausgestattet wie so mancher Spa in einem Dreisternehotel. Eine große Glasschale mit in goldenem Papier verpackten Tampons steht zwischen den noblen Waschbecken. Sogar Haarspray und Haarbürsten stehen zur freien Benutzung zur Verfügung. Die angenehme Loungemusik, die den kleinen Möchtegern-Spa erfüllt, beruhigt meine angespannten Nerven.

Wieso bin ich nur so nervös?

Liegt es an dem Restaurant und daran, dass ich das erste Mal seit der Trennung von Adrian als Single unterwegs bin, oder liegt es an dem geheimnisvollen Fremden? Ich halte meine Hände unter den eiskalten Wasserstrahl, während die Deckenspots mein Spiegelbild bestrahlen. Ich sehe sehr blass aus und habe mindestens acht Pfund abgenommen. Das Grün meiner Augen wirkt unnatürlich intensiv auf meiner hellen Haut. Mit einem letzten Zupfen rücke ich mein klassisches kleines Schwarzes zurecht und gehe zurück zu Lisa. Möglichst unauffällig sehe ich in die Richtung, in der vorhin der geheimnisvolle Typ stand, er ist nicht mehr da. Es ist seltsam, aber irgendwie hätte ich ihn gerne noch ein zweites Mal betrachtet.

Hatte er wirklich diesen sehr traurigen Gesichtsausdruck oder lag es an der Entfernung?

***

Fluchend und vor Wut außer sich schlägt Adrian mit der Faust gegen die harte Wand des kleinen Vans. Seit vierzehn Tagen sitzt er jetzt schon hier, wartet auf Bewegungen, verdächtige Handlungsabläufe oder bekannte Gesichter der Unterwelt.
Mit letzter Kraft hat er es geschafft, Bella aus seinen Gedanken zu verbannen. Sie hat ihm erst das Herz gestohlen, ihm gezeigt, wie schön der Himmel sein kann, nur um ihn dann in die Hölle zu schicken.
Seit sie ihn verlassen hat, ist seine Stimmung mehr als düster.

Was auch der Grund dafür ist, weshalb ihn sein Vorgesetzter hier zu dieser mehr als bescheidenen Beschattung abkommandiert hat. Er ist zu einer wandelnden Zeitbombe geworden, unkontrollierbar und aggressiv. Nicht, dass Adrian eines seiner Teammitglieder angegangen wäre, so weit würde es nie kommen. Aber in den letzten Einsätzen hat er eine Härte an den Tag gelegt, die nicht immer situationsgerecht war. Jetzt sitzt er hier in dem kleinen Van und versucht, die neuesten Geschäfte der Maravilla-Gang auszuspionieren. Die Mafia Münchens wird zu einer ernsten Gefahr für die Umgebung. Die erste Zeit war diese Gang so etwas wie eine perfekt organisierte Verbrecherbande, aber nichts, was sie zum Fall für das Einsatzkommando der GSG9 gemacht hätte.

Doch mit der Zeit steigern sich die Vermisstenfälle, Morde und Leichen. Es herrscht eine strenge Hierarchie und nur der Boss entscheidet, welche Geschäfte angenommen werden und welche nicht. Sie haben ihre Finger in jedem Bereich der Kriminalität.

Seien es Zwangsprostitution, Menschen- und Drogenhandel oder gar Auftragsmorde. Es gibt nichts, was die Maravilla-Gang nicht anbietet oder gar in Auftrag gibt. Erst waren es Mädchen aus Osteuropa, die mit falschen Versprechungen nach Deutschland gelockt wurden, um sich dann hier prostituieren zu müssen. Jetzt scheint ihre Kriminalität allerdings ein neues Level erreicht zu haben. Es verschwinden immer mehr deutsche Frauen. Der Verdacht auf eine „bestellte Prostitution“ verhärtet sich immer mehr. Das bedeutet, dass sich ein Mann, der über das passende Konto verfügt, die Frau bestellt, die er gerne möchte, sei es eine aus dem Bekanntenkreis oder eine Wunschvorstellung.

Der Chef der Maravilla-Bande, Francesco Zabro, ist der Kopf der Mafia und das nicht nur hier in München.

Deutschlandweit hält er die Fäden der Unterwelt zusammen. Und genau dieser Francesco Zabro hält sich heute Nacht im Amador auf. Das Restaurant ist eine der Stellen, in der das Mafiageld gewaschen wird. Das komplette Hochhaus ist in den Händen Zabros, wie ihn die GSG9-Männer nennen. Im obersten Stockwerk, das von Zabros

Männern genauso gut bewacht wird wie das Kanzleramt, ist sein Reich.

In den kommenden Wochen scheint so etwas wie eine Auktion stattzufinden. Das GSG9 erhofft sich durch die Beschattung zu erfahren, wo und wann diese stattfindet.

Außerdem muss Zabro einen Gönner haben, ein hohes Tier aus der Politik, das sich ein kleines Vermögen durch Schmiergelder verdient, und so die Maravilla-Gang immer wieder unterstützt, vorwarnt und von ihren Diensten profitiert.

Das GSG9 ist ein Spezialkommando des Bundes und nicht der Regierung, somit kann der Verräter, wer auch immer das ist, die verdeckte Operation nicht verraten, da sie nicht in seine Gehaltsklasse fällt. Genervt lässt Adrian seinen Kopf im Nacken kreisen. Er fühlt sich wie ein Tiger in einem Käfig.

Bis jetzt ist noch nichts Spannendes passiert und so bleibt ihm viel Zeit, um an Bella zu denken.

An ihre Lippen, ihr Lachen und ihren weichen Körper, der sich so hingebungsvoll an den seinen geschmiegt hat.

Gerade als er sich für ein paar Minuten entspannt hatte, fährt ein Taxi vor, eine kleine Blondine steigt lachend aus, wartend dreht sie sich zum Taxi um ...

Ein Schwall Flüche, derb und primitiv, erfüllt den Van – Bella!

Was macht sie hier?

Das ist nicht ihre Welt, das ist kein Restaurant, in das sie essen gehen würde. Am liebsten würde Adrian aus dem Van steigen, sie packen und in Sicherheit bringen, doch das kann er nicht, damit würde er die komplette Beschattung riskieren. Und davon ganz abgesehen, ist er nicht für ihre Sicherheit verantwortlich, zumindest nicht mehr.

Die Ironie der Situation ist einfach perfekt. Bella hat ihn verlassen, weil sie sich zu viele Sorgen um seine Sicherheit gemacht hat, und jetzt ist es ausgerechnet sein Beruf, hier zu sitzen und zu beobachten, wie sie die Höhle der Mafia betritt.

Seine Muskeln spannen sich an, werden hart und sind einsatzbereit. Nur weil sie die Beziehung beendet hat, kann Adrian nicht einfach seinen Beschützerinstinkt abschalten. Zwei lange Jahre war sie seine Sonne, sein Lebensinhalt. Und jetzt muss er beobachten, wie sie sich ahnungslos in Gefahr begibt. Schlagartig ist er hoch konzentriert, auch wenn er ihr nicht das sichere Leben bieten kann, das sie sich wünscht. Er wird nicht zulassen, dass ihr etwas passiert.

***

Lisa erwartet mich bereits sehnsüchtig, neben den blutroten Servietten stehen zwei Champagnergläser.
„Komm schon, Süße, es wird Zeit, dass du den Ernst des Lebens für ein paar kostbare Momente vergisst."
Lächelnd hebt sie ihr Glas, eine stumme Aufforderung, es ihr gleichzutun. Die prickelnde kühle Flüssigkeit bitzelt auf meiner Zunge, angenehm fruchtig und doch nicht zu süß küsst sie meinen Gaumen. Wow, das Geschmackserlebnis ist der Hammer. Was auch immer das für eine Marke ist, in meinem Lieblingssupermarkt um die Ecke gibt es die bestimmt nicht. Bereits süchtig nach dem nächsten Schluck betrachte ich meine Umgebung genauer.

Die Eleganz und die Klasse dieses Restaurants sind nicht zu übersehen. Und doch strahlt der Raum eine gewisse Gemütlichkeit aus. Genüsslich schließe ich die Augen, nehme einen weiteren Schluck und spüre, wie die kostbare Flüssigkeit meinen Hals hinunterrinnt.

Hat Lisa recht? Vielleicht wird es wirklich Zeit, das Leben zu genießen, ich kann und will nicht die nächsten Jahre einem Mann hinterhertrauern, den ich selbst abgeschossen habe.

Langsam öffne ich meine Augen wieder, ich vergesse zu atmen, vergesse zu denken. Lässig und selbstsicher steht der Fremde an der kleinen Bar, redet mit dem Barkeeper und schreibt etwas auf einen Zettel. Arbeitet er hier?

Das kann ich mir eigentlich nicht vorstellen, dafür wirkt seine Kleidung viel zu kostspielig. Anscheinend hat er meine Blicke gespürt, denn er dreht sich langsam zu mir um und sieht mich eindringlich an. Ich versinke in dem düsteren Ausdruck seiner Augen.

Dieser Mann hat eine ungeheure Anziehungskraft. Ich fühle mich wie eine Mücke, die vom Licht angezogen wird. Die Sekunden verstreichen, doch die Magie bleibt.

Nervös beiße ich mir in die Unterlippe. Erst als ich Lisas Stimme höre, schaffe ich es, wegzusehen. Zum Glück ist sie so mit der Speisekarte beschäftigt, dass sie mein visuelles Tête-à-Tête nicht bemerkt hat. Ich spüre seine Blicke noch immer auf meinem Gesicht, sie fühlen sich an wie Flammen, die an meiner Haut lecken.

Ohne auf die Preise zu achten, bestelle ich mir ein paar Minuten später Riesengambas auf Nussreis. Lisa hat sich für Entenbrust auf Rucolasalat entschieden.

Der Ober serviert uns ein Amuse-Gueule, das ist eine kleine Gaumenfreude, ein Gruß aus der Küche, der uns das Warten auf die Hauptspeise versüßen soll.

Die Aromen sind göttlich. Die pikante Schärfe und ein süßer Nachgeschmack bescheren meinem Gaumen ein wahres Fest der Eindrücke. Lisa erzählt mir von ihrer neuen Arbeit als Assistenzärztin in der Münchner Uniklinik. Durch diese Stelle ist sie auf ihrem Zukunftsweg einen großen Schritt vorangekommen.

Schichtdienst, Doppelschichten und keine Wochenenden.

Doch es scheint nicht alles nur anstrengend zu sein, so, wie ich es heraushöre, gefällt ihr einer ihrer Kollegen mehr als nur ein bisschen. Lisa hat keine Probleme damit, sich für eine aufregende Zeit mit einem Mann einzulassen. Sie schafft es, ihr Herz nicht zu verlieren, ganz im Gegenteil, meistens sind es die Männer, die sich in sie verlieben. Manchmal beneide ich sie um ihre lockere Moraleinstellung.

Auch wenn ich mir sicher bin, dass ihre Art zu leben nichts für mich wäre, sitze gerade ich hier mit einem blutenden Herzen, während sie zwischen ihren „Bekannten“ wechselt, wie sie gerade Lust hat.

Mit einem vorsichtigen Seitenblick stelle ich fest, dass der geheimnisvolle Kerl nicht mehr da ist.

Nach dem einen oder anderen Glas Champagner beginne ich endlich damit, mich zu entspannen. Ein winzig kleiner Teil in mir scheint endlich zu verstehen, dass ich mit Adrian abschließen muss.

Jetzt muss nur noch mein Liebeskummer vergehen, vielleicht schaffe ich es ja dann auch, irgendwann mit einem Mann eine angenehme Zeit zu verbringen, ohne mich gleich in ihn zu verlieben.

Nachdem ich meine Riesengambas bis auf den letzten Rest aufgegessen habe, geht es mir schon viel besser. Lachend und tuschelnd beschließen wir, dass es Zeit wird für einen Cocktail.

Lisa hatte recht, so ein Ladys-Abend hat mir wirklich gefehlt ...

***

Eiskalte Mordlust glänzt in seinen Augen, durch die große Glasfassade des Restaurants, hat Adrian beste Sicht auf die beiden Frauen.

Francesco Zabro steht an der Bar, während sich Bella und ihre Freundin unterhalten, sie scheinen Spaß zu haben. Am Anfang wirkte Bella etwas unsicher, beinahe ängstlich, als würde sie die Gefahr instinktiv wittern, doch mittlerweile gibt sie sich glücklich und unbeschwert.

Sie scheint unter der Trennung nicht annähernd so zu leiden wie er. Immer wieder schweift ihr Blick zu Zabro, der seinerseits die Augen nicht von Bella lassen kann.

Wenn es nach Adrian gehen würde, würde er das Restaurant stürmen, eine Blendgranate zünden und dem durch die Explosion orientierungslosen Zabro die Kehle aufschlitzen.

Durch die auf Magnesium und Perchlorat beruhende Zündmischung ist die Blendgranate für Zivilisten meist ungefährlich.

Der laute Knall und das sehr helle Licht sorgen dafür, dass die Personen, die sich in der Nähe der Granate befinden, kurzzeitig orientierungslos sind. Ihre Seh- und Hörwahrnehmung wird stark beeinträchtigt. Der Knall und der Blitz der Explosion hinterlassen in der Regel keine bleibenden Schäden.

Somit wäre Bella dann seine Kriegsbeute, er würde sie sich über die Schulter schmeißen und für sich beanspruchen.

Adrian würde sie an einen sicheren Ort bringen, an dem nur er sie finden kann. Einen Ort, weit entfernt von Zabros Männern und den Gefahren, die hier auf sie lauern.

Doch anstatt seinem inneren Drang zu folgen, bleibt er sitzen, beobachtet den sich immer wiederholenden Flirt zwischen Zabro und Bella, auch wenn es ihn beinahe umbringt; vorerst scheint es nur bei Blicken zu bleiben.

2. Kapitel

Ein ganz besonderer Augenblick – Un momento molto speciale

Die Bar ist sehr modern, sie nimmt die komplette rechte Seite des Restaurants ein. Ein Wasserfall läuft über eine mit LED-Lichtern beleuchtete Glaswand, die die Bar und das Restaurant etwas voneinander trennt.
Lisa ist in die Cocktailkarte vertieft, während sie mir immer mehr von ihrem Arbeitskollegen erzählt.
Mittlerweile weiß ich, in welcher Abteilung er arbeitet, wie alt er ist und welche Sportarten er treibt. Aber seinen Namen hat sie mir immer noch nicht verraten. Woran das wohl liegt? Früher, noch zu Adrians Zeiten, habe ich immer einen Erdbeer-Daiquiri getrunken, doch angesichts meines Entschlusses, ein neues Leben anzufangen, wird es endlich Zeit für einen neuen Cocktail.
Eine ausgefallene Kreation jagt die andere, vom Virgin Piña colada bis zum Green Mamba ist wirklich alles dabei. Es gibt sogar eine, die Blowjob heißt, die Zutaten sind Baileys, Wodka und Sahne.
Sehr interessant, das hat sich bestimmt ein Mann ausgedacht, denn den Geschmack von Sperma würde ich jetzt nicht unbedingt mit den drei genannten Zutaten in Verbindung bringen. Gerade als ich mich für einen Ipanema mit Schuss entscheiden wollte, spüre ich ihn.
Seine Blicke sind so intensiv, dass meine Haut zu prickeln beginnt. Mein Herzschlag beschleunigt sich und wieder sehe ich ihm in seine traurig wirkenden Augen. Sie sind blau und erinnern mich an Eis und Kälte. Der Farbton seiner Iriden ist unheimlich faszinierend, genauso wie der Rest des Mannes. Jetzt, wo er immer näher auf mich zukommt, erkenne ich, wie groß er eigentlich ist. Trotz seines südländischen Aussehens ist er gute 1,90 Meter groß, er hat dunkle volle Haare in einem warmen Braunton. Ich hätte ihn ohne Probleme für einen Italiener gehalten, wenn er nicht diese blauen Augen gehabt hätte.

Seine markanten Gesichtszüge wirkten streng, doch das Lächeln, das sich auf seinen Lippen zeigt, als er so nah bei mir ist, dass ich seinen Geruch wahrnehmen kann, wirkt freundlich und interessiert. Vorsichtig lege ich meinen Kopf in den Nacken, auf dem Barhocker komme ich mir neben ihm klein und feminin vor, ein Gefühl, das ich schon beinahe vergessen habe.

„Buona sera, bella donna."

Seine dunkle volle Stimme und seine Nähe bringen mich völlig durcheinander.

Trotz seines Lächelns hat er etwas Melancholisches an sich.
Ich habe das Gefühl, dass er weiß, wie es in mir aussieht. Selbstsicher, beinahe arrogant lehnt er sich mit dem Ellenbogen auf die Bar. Ohne seinen Blick von mir abzuwenden, redet er mit dem Barkeeper.
„Bruzzo, qualunque bere le signore, è sulla casa."
Der antwortet, ohne seine Arbeit zu unterbrechen, mit einem einfachen: „Si capo."
Die weiche italienische Sprache und die Bewegungen seiner Zunge schicken einen angenehmen Schauer über meinen Rücken. Italienisch gefällt mir, sehr sogar.
„Hast du dich schon entschieden?" Im ersten Moment verstehe ich nicht, was er meint. „Wofür?"
Er hebt seine Hand und streicht mir zärtlich eine meiner Haarsträhnen hinters Ohr. *Himmel*, der geht aber ran, wir kennen uns noch keine fünf Minuten, und er berührt mich auf so eine persönliche Art ...
„Für einen Cocktail."
Oh, natürlich, unsicher schüttele ich den Kopf.
„Lass mich für dich bestellen, cucciolotta."
Ich nicke.
„Bruzzo, due Cenerentola per le signore."
Ohne dass ich es verhindern kann, muss ich an den Blowjob denken. Ob er den gerade bestellt hat? Erst als sich Lisa hinter mir räuspert, wende ich mich von dem Fremden ab.
„Süße, was machst du da? Du kannst nicht mit dem ersten Mann flirten, der sich seit Adrian für dich interessiert. Du musst dir alle Möglichkeiten offenhalten."
Prinzipiell muss ich ihr da zustimmen, doch der Kerl ist schon echt mega-hot.
„Du kennst noch nicht einmal seinen Namen, aber er bestellt schon deinen Cocktail?" Ohne auf Lisa einzugehen, drehe ich mich wieder zu dem mysteriösen Fremden um.
„Du hast dich mir noch gar nicht vorgestellt ..."
Das amüsierte Blitzen in seinen Augen vertreibt für einen kurzen Moment den kalten Ausdruck, der sich sonst immer in den blauen Tiefen befindet. „Mein Name ist Francesco Zabro, ich bin der Inhaber des Restaurants."
Oh Fuck! Für einen kurzen Moment wird mir schlecht.
So viel zur Mafia und den bösen Jungs.
Anscheinend muss sich mein Entsetzen in meiner Mimik widergespiegelt haben, denn er zieht fragend eine Augenbraue in die

Höhe. Der Barkeeper stellt zwei rosafarbene Cocktails vor uns ab. Lisa wirkt unsicher, sie scheint denselben Gedanken zu haben wie ich. Francesco sieht mir in die Augen - ein Blick, der so viel mehr zu sein scheint. Wieder spüre ich diese unheimlich starke Anziehungskraft, der ich einfach nicht widerstehen kann.

„Jetzt kennst du zwar meinen Namen, doch ich weiß noch immer nicht, wie du heißt."

Soll ich ihm meinen Namen nennen oder einfach bezahlen, Lisas Hand schnappen und flüchten?

Francesco steht geduldig vor mir, lässt mir genug Zeit zu entscheiden, was ich will. Auch ohne dass wir uns kennen, wir mehr als ein paar Sätze gesprochen haben oder auch nur irgendetwas Rationales zwischen uns passiert ist. Liegt es jetzt an mir ...

Instinktiv spüre ich, dass es hier um mehr als nur meinen Namen geht. Es geht um meine Zustimmung für etwas Unbekanntes, das mich lockt und mir leise Versprechungen zuflüstert.

Adrian war einer von den Guten, Francesco scheint auf der anderen Seite zu stehen. Ich kann nicht erklären, was hier gerade zwischen uns passiert, doch es ist intensiv, beinahe greifbar.

„Hallo, Francesco, mein Name ist Bella."

Seine vollen Lippen entblößen weiße Zähne, „Bella? Wie passend, du bist eine Bella Donna, eine schöne Frau."

Lisa ist ungewöhnlich still geworden. Spürt sie diese Magie, kann sie fühlen, was zwischen mir und diesem fremden Mann passiert?

Er streichelt mir leicht über die Schulter, lehnt sich nach vorne und schnuppert an mir. „Vorrei che entrambi avete una bella serata, ci incontriamo di nuovo Bella Donna. Ich wünsche euch beiden noch einen schönen Abend, wir sehen uns wieder, Bella Donna."

Froh und doch irgendwie traurig darüber, dass er sich jetzt schon verabschiedet, bleibe ich mit Lisa an der Bar und trinke den alkoholfreien Cocktail, den Francesco für uns bestellt hat.

Kann es sein, dass er weiß, wie viel Champagner ich getrunken habe und hat sich deshalb für eine alkoholfreie Variante entschieden?

***

Sie muss verrückt sein, lebensmüde oder unheimlich naiv. Welche Gründe kann Bella sonst haben, sich von einem fremden Mann derart vertraut berühren zu lassen? Adrian ist kurz davor, einen Mord zu begehen. Die Frage ist nur, auf wen er wütender ist?

Auf Zabro, dass er es wagt, ausgerechnet Bella zu berühren, oder auf Bella selbst, dass sie sich so benimmt.
Fassungslos, machtlos und verzweifelt bleibt Adrian nichts anderes übrig, als sich diese Katastrophe mit anzusehen. Hat Bella ihn tatsächlich vergessen? Oder stürzt sie sich blind in eine neue Beziehung, nur um ihn aus ihrem Kopf zu bekommen?
Beide Varianten gefallen Adrian nicht und doch sind sie möglich. Seine Motivation, Zabro auszuschalten, hat gerade einen unheimlich intensiven Schub bekommen.

***

Trotz des nicht vorhandenen Alkohols schmeckt der rosafarbene Cocktail wirklich gut. Nachdem Lisa mich wiederholt aufgefordert hat, vorsichtig zu sein, sieht sie so zufrieden aus wie eine Katze, die einen Topf voller Sahne ausgeleckt hat.

Ihr Plan ist schließlich in jeder Hinsicht aufgegangen. Sie hat nicht nur ihren Abend im Amador bekommen, wir wurden zusätzlich vom Inhaber persönlich eingeladen. Denn als wir bezahlen wollten, gab uns der Kellner zu verstehen, dass wir heute *Il signor Francesco Zabros* Gäste waren. Lisa hat es auch geschafft, Adrian aus meinem Kopf zu verbannen. Auch wenn Adrian noch immer den Großteil meines Herzens für sich beansprucht, hat es Francesco geschafft, meine Gedanken auszufüllen.

Seine Worte hallen noch immer durch meinen Kopf, *Wir sehen uns wieder, Bella Donna.* Wie soll das funktionieren? Er kennt nicht einmal meinen richtigen Namen, geschweige denn meinen Nachnamen. Wie soll er von Bella auf Annabella Meyer kommen?

Ist das seine normale Masche?

Wir sehen uns wieder, Bella Donna ...

Ein Teil von mir würde ihn tatsächlich gerne wieder treffen.

Aber was ist, wenn er wirklich zur Mafia gehört? Was dann?

Der Ladys-Abend neigt sich langsam dem Ende zu. Lisa ist müde, die Arbeit im Krankenhaus ist anstrengend und erfordert ihre volle Konzentration. Somit beschließen wir, uns ein Taxi zu rufen.

Da meine liebe Emma heute Abend streikt, bin ich in den Genuss von vier Gläsern Champagner gekommen, Champagner, den mir Francesco spendiert hat.

Mit einem dümmlichen Grinsen steige ich zu Lisa ins Taxi, eines muss ich fairerweise zugeben, sooooo schlecht war der Abend im Amador gar nicht.

Zu Hause angekommen muss ich immer wieder an den extrem attraktiven und so melancholisch wirkenden Italiener denken.

Eine bleierne Müdigkeit übermannt mich und schließe die Augen.

Das ist das erste Mal seit meiner Trennung von Adrian, dass ich nicht mit Tränen auf dem Gesicht einschlafe.

3. Kapitel

Mehr als nur ein Traum – Più che un sogno

Genauso unglaublich unbeschwert, wie ich gestern Abend eingeschlafen bin, wache ich heute an einem sonnigen Maisamstag auch wieder auf. Es ist schon ein ziemlicher Beweis für meine Niedergeschlagenheit, dass ich es als positiv empfinde, in neutraler Stimmung aufzuwachen.

Ich kann auf ein Lächeln ganz gut verzichten, Hauptsache, mir ist nicht zum Heulen. Mit Adrian hat das Aufwachen immer Spaß gemacht, entweder wurde ich von neckenden Küssen oder streichelnden Fingern geweckt. Wenn ich vor ihm wach geworden bin, habe ich ihn mit meinen Händen und meiner Zunge so lange verwöhnt, bis er knurrend über mich hergefallen ist.

Jetzt stehe ich einfach nur auf, unbefriedigt und einsam, koche mir einen heißen Tee und warte, dass der Tag wieder zur Nacht wird.

Den Nachmittag nutze ich, um die Aufsätze meiner kleinen Sprösslinge, wie ich meine Schüler immer nenne, zu korrigieren, doch am Abend fällt mir einfach die Decke auf den Kopf. Die Sonne scheint trotz der vorangeschrittenen Zeit immer noch warm und hell, also beschließe ich, eine Runde spazieren zu gehen.

Aus dem alten nördlichen Friedhof, der wie eine kleine Oase mitten in der Stadt etwas Ruhe bietet, ist seit dem Krieg ein schöner ruhiger Park geworden. Grabsteine, die von Efeu umrankt sind, schaffen zusammen mit der Botanik einen beinahe mystischen Ort, der eine einzigartige Ausstrahlung besitzt. Immer wenn ich dringend etwas frische Luft und Bewegung brauche, gehe ich dorthin, setze mich auf eine Bank und lasse meinen Gedanken freien Lauf.

Die frische Luft hat mir gutgetan. Auch wenn meine Gedanken noch immer wie Blitze durch die Gegend irren, fühle ich mich etwas besser. Die Begegnung mit Francesco hat mir gezeigt, dass ich mich in der Nähe eines Mannes noch immer sexy und begehrenswert fühle.

Die Anziehung, die er seit dem ersten Blick auf mich ausgeübt hat, fasziniert mich. Naiv wie ich bin, stelle ich mir vor, dass seine Floskel *Wir sehen uns wieder, Bella Donna*, nicht einfach nur ein lässiger Spruch war.

Ein unvernünftiger und sich nach Aufregung sehnender Teil von mir hofft darauf, dass er es ernst gemeint hat.

Ich schnappe mir mein Telefon und rufe meine Freundin Sarah an, es wird Zeit, auf die Jagd zu gehen. Wenn ich jetzt hier sitze und mir die ganze Zeit wünsche, dass sich irgend so ein Mafioso bei mir meldet, werde ich noch verrückt. Wir verabreden uns um 21.30 im Lounge Club, denn wie heißt es so schön: *Altre madri hanno anche bellissimi figli*. Andere Mütter haben auch schöne Söhne.

Die Musik ist grenzgenial, laut und rhythmisch wummern die Bässe aus den Verstärkern. Das Licht der Lounge wechselt passend zum Takt seine Farben, während Sarah und ich uns auf der Tanzfläche vollkommen verausgaben.
Trotz des knappen Minirocks und des engen, jedoch rückenfreien Tops laufen mir einzelne Schweißperlen über den Rücken.
Seit Adrian fehlt mir einfach die Möglichkeit, mich körperlich auszupowern. Nach dem Sex mit ihm war ich immer komplett erledigt, während sich die Glückshormone in meinem Kreislauf verteilt haben. Jetzt als Single muss ich mir eben eine andere Art der körperlichen Ausgeglichenheit suchen.
Nach dreißig Minuten Tanzen fühle ich, wie sich die Endorphine in jeder Zelle meines Körpers ausbreiten. Obwohl Sarah in einer glücklichen Beziehung ist, hat sie kein Problem damit, sich mit einem sehr attraktiven Mann zu den Beats zu schlängeln.
Wenn ich das gemacht hätte, wäre Adrian vor Eifersucht gestorben. Doch ihr Freund Max ist ja nicht da und was er nicht weiß, macht ihn nicht heiß. Die letzten Rhythmen des Songs hallen durch die Boxen und ich schließe zufrieden die Augen, hebe meine Arme in die Luft und lasse mich komplett fallen. Während mein Kopf in den Nacken fällt und sich meine Füße wie von alleine bewegen, träume ich von starken Männerhänden, die sich auf meine Hüfte legen und mich an einen muskulösen Brustkorb ziehen, der sich mit mir zum Takt der Musik wiegt.
Gott ...
Es ist echt frustrierend, aber ich bin sexuell so ausgehungert, dass ich langsam, aber sicher an nichts anderes mehr denken kann.
Mein Problem ist nur, dass ich nicht so einfach mit einem heißen Typen ein One-Night-Stand haben kann, denn ich habe die dumme Angewohnheit, mich in die Kerle, mit denen ich schlafe, zu verlieben. Nicht, dass es bis jetzt so viele Männer zu mir ins Bett geschafft haben, aber wenn, dann habe ich nach der ersten Nacht immer mein Herz an sie verloren. Immer langsamer endet das Lied, während sich die Ekstase des Tanzes in mir immer weiter aufbaut.

Mein ganzer Körper sehnt sich nach einem geilen Typen und einem harten Fick ...

Langsam öffne ich die Augen wieder, Sarah ist noch immer mit ihrem Unbekannten beschäftigt, als das neue Lied immer tiefer und lauter den Club erfüllt. Die Tanzfläche leert sich langsam, anscheinend leidet nicht jeder unter dem gleichen Bewegungsdefizit wie ich. Jetzt wären wir wieder bei den Menschen, die vom Glück geküsst werden ... Entschlossen schüttle ich den Gedanken ab und lasse mich in den neuen Song fallen.

Während ich beim letzten Tanz noch davon geträumt habe, dass mich zwei starke Hände berühren, wird mein Traum jetzt zur Wirklichkeit. Groß und hart spüre ich einen Männerkörper, der sich verlangend an meinen Rücken presst.

Suchende Hände fahren über meinen Bauch, Arme legen sich um meine Mitte. Ich mache mir gar nicht erst die Mühe, die Augen zu öffnen – wer auch immer hinter mir steht, er fühlt sich verdammt gut an. Immer aufreizender bewege ich meine Hüften, lasse sie kreisen und drücke mich an den Schritt des Unbekannten. Ich lasse meinen Kopf an seinen Brustkorb sinken, während sich unsere Körper immer verlangender aneinander reiben.

Seine Hände wandern immer höher, die Unterseite meines Busens drückt sich gegen seinen Handrücken. Wie sehr wünsche ich mir, dass er mich dort berührt, jetzt. Meine Körpersprache war wohl ziemlich eindeutig, denn ich spüre sein tiefes Knurren.

„Nicht hier, bellissimo tesoro, wenn ich dich nehme, wird es keine Zeugen geben ...“

Oh mein Gott! Er ist hier! Er hat es ernst gemeint, meinen Namen herausgefunden und mich gesucht. Allein das Wissen, dass Francesco nur wegen mir in diesem Club ist, turnt mich unheimlich an. Aufgeputscht von seiner Nähe, seinem Geruch und seinen Berührungen, kann ich mich nicht beherrschen. Und ich will es auch gar nicht, ich will leben, fühlen und Fehler machen.

Und zwar genau jetzt, hier mit ihm. Fordernd drücke ich meinen Hintern noch fester an seinen Schritt, reibe mich zur Musik und spüre die Reaktionen seines Körpers.

„Cielo e dannazione ...“

Ein Lächeln breitet sich auf meinem Gesicht aus, ich muss gar nicht verstehen, was er sagt, denn an seinem Tonfall kann ich sehr gut erkennen, dass es ihm nicht leichtfällt, sich zu beherrschen.

„Du kleines Biest, wie soll ich dir da widerstehen, wie soll ich so das Richtige tun?“ Seine linke Hand wandert über das weiche Fleisch meiner rechten Brust, sanft zwickt er in meinen bereits geschwollenen Nippel. „Ich will nicht, dass du das Richtige tust, ich will, dass du genau das tust, wonach dir ist.“

Erneut massiert er mein williges Fleisch, packt mich dann an der Taille und dreht mich zu sich um. Jetzt stehe ich genau vor ihm, sehe ihm in die Augen. „Bella Donna, du weißt nicht, worum du mich bittest, wenn ich dich jetzt nehme und in deinen willigen Körper eindringe, kann ich dich nicht mehr gehen lassen! Ich will dich, seit ich dich das erste Mal gesehen habe. Seit sich unsere Blicke im Amador getroffen haben, versuche ich dir zu widerstehen, doch ich schaffe es nicht.“

Ich lege ihm meine rechte Hand auf seine Brust, spüre das kraftvolle Schlagen seines Herzens, seine Wärme und seine Kraft.

„Und was ist so schlimm daran? Warum hältst du dich zurück?“

„Ich bin nicht wie dein Ex-Freund, ich halte nichts davon, dich immer alleine zu lassen. Ich will dich bei mir! Kein anderer Mann wird dich berühren, du wirst zu mir gehören, immer. Und die ganze Stadt wird es wissen. Wenn wir jetzt Sex haben, Bella Donna, dann bist du mein. Und ich sage dir eines, mich kannst du nicht so leicht abschütteln wie ihn. Ich behalte dich, schütze dich. Verstehst du mich, Bella? Für mich ist das kein Spiel.“

Fuck! Er meint es ernst, jedes einzelne Wort meint er absolut ernst ...

So animalisch das auch alles ist, genau so süß finde ich es.

Ein Mann, der mich will, der mich beschützt ... Welche Frau will das nicht?

„Woher weißt du von ihm?“

Meine Frage scheint ihn zu überraschen.

„Bella Donna, das ist genau das, was ich dir gerade sagen will, ich bin nicht wie er, für mich gibt es keine Regeln, keine Grenzen und kein Gesetz. Wenn ich etwas wissen will, finde ich es heraus. Ich weiß, wer du bist Bella, und ich weiß, dass ich dich begehre.“

Die laute Musik, die ich gerade so genossen habe, wird mir plötzlich zu viel. Was er mir sagt, ist ernst, doch ich will jetzt nicht reden, ich sehne mich nach ganz anderen Dingen.

„Und ich will dich,“ hauche ich leise. „Ich will dich genau jetzt. Bitte, Francesco ...“

Obwohl ich leise gesprochen habe, versteht er meine Worte. Während er mir tief in die Augen sieht, hebt er seinen rechten Arm, streckt den

Zeigefinger in die Luft und dreht sein Handgelenk genau einmal im Uhrzeigersinn. Es dauert keine Sekunde, da erscheint ein Dutzend in schwarze Anzüge gekleidete Männer, die innerhalb von einer Minute alle Gäste aus dem Club geworfen haben, alle inklusive Sarah. Auch wenn ich es gerade mit eigenen Augen gesehen habe, kann ich es nicht ganz glauben. Was war das?

„Aber Sar..." Er lässt mich nicht antworten, legt mir einen Finger auf die Lippen.

„Deine Freundin wird zu ihrem Freund nach Hause gebracht, am liebsten würde ich dem Narren von ihrem Benehmen erzählen. So etwas werde ich dir nicht durchgehen lassen ..."

Noch immer wechselt das Licht seine Farben, Musik, laut und rhythmisch, erfüllt den Club.

„Wir sind alleine, Bella Donna, es wird Zeit, deinen Wunsch zu erfüllen!"

Ohhhh ... Ohhhh ...

„Wie kannst du alle Leute rausschmeißen lassen?" Er grinst mich frech an. „Das ist mein Club, ich kann alles, und wenn du mich so ansiehst wie vorhin und mir sagst, dass du mich genau *jetzt* willst und brauchst, werde ich alles in meiner Macht stehende tun, um deiner Bitte nachzukommen."

WOW, ist das heiß!

Ich glaube, ich spiele gerne mit den bösen Jungs ...

Erneut dreht er mich um, presst seinen Körper wieder an den meinen und beginnt sich rhythmisch zur Musik zu bewegen. Es dauert eine Minute, bis ich locker genug bin, um mich fallen zu lassen. Francescos Nähe heizt mir ein, seine Hände sind nun forscher, kennen keine Grenzen und keine Gnade mehr. Innerhalb von Minuten hat er mein Top nach oben geschoben und seine Hände auf meine Brüste gelegt. Süß und schmerzlich intensiv reizt er meine Knospen, knabbert an meinem Nacken und fordert meine Hingabe. Seufzend schmiege ich mich an ihn, spüre seine Bewegungen und genieße, dass wir komplett alleine sind.

***

Für Adrian war es nicht schwer zu veranlassen, dass Zabros Bewachung ausgeweitet wird. Natürlich hat er seinem Einsatzleiter nicht gesagt, dass der Grund darin besteht, dass Zabro sich an Bella ranmacht. Aber mit den richtigen Schlagwörtern war es ein Leichtes für ihn, das Okay und mehrere Beamte für die enge Beschattung zu bekommen.

„Was ist da nur los los?“ Adrian versucht, über Funk mit einem der Beamten Kontakt aufzunehmen, der als verdeckter Ermittler in dem Club war. „Zabro hat den Club räumen lassen, er ist jetzt alleine im Club, alleine mit einer Frau.“ Adrians Puls beschleunigt sich, sein Herz rast und pure, grenzenlose Angst schießt ihm durch die Venen.

„Was für eine Frau?“ Auch wenn er versucht, ruhig zu bleiben, schreit er fast in das Mikro. „Das kann ich Ihnen nicht sagen, ich kenne ihren Namen nicht.“ Doch den braucht Adrian auch nicht, für wen würde Zabro schon den kompletten Club räumen lassen?

Verzweifelt rauft er sich die Haare, hat er Bella tatsächlich verloren?

Ist sie jetzt Zabros Gespielin? Und weiß sie, worauf sie sich da einlässt? In seinem Kopf sieht er, wie sie nackt und willig an der Wand des Clubs lehnt, Zabro zwischen ihren weichen Schenkeln und sein Schwanz bis zum Anschlag in ihr.

Übelkeit schwappt in einer überdimensionalen Welle in seiner Kehle hoch, stolpernd flüchtet er aus dem Van und übergibt sich in die Büsche. Mit dem Handrücken wischt er sich den sauren Geschmack von den Lippen, es wird Zeit für den Krieg ...

***

Das Wissen, dass Francesco das alles nur getan hat, weil ich ihn darum gebeten habe, und das, ohne dass ich es eigentlich wusste, lässt mein Herz schnell schlagen. Seine Berührungen werden fordernder und mein Atem geht immer schneller.

Der Club ist leer, Francesco zieht mir knurrend das Top über den Kopf, widmet sich wieder meinen Brustwarzen und zwirbelt sie gekonnt. Bittersüße Lust schießt durch meinen Bauch in meinen Unterleib. Feuchtigkeit durchdringt meinen Slip, lässt meine weichen Falten pochend anschwellen. Noch immer bewegen wir uns zur Musik, reiben uns aneinander, während er mich langsam Stück für Stück entkleidet. „Piccolo Oh, mi porti fuori della mia mente.“

Er beißt mir in den Nacken, während seine rechte Hand den Reißverschluss meines Rockes öffnet. Langsam fällt er auf den Boden, bunte Lichter tanzen durch den Club, hüllen uns in ihren Zauber.

Ich drücke mich seiner Hand entgegen, nur die dünne Spitze meines schwarzen Tangas trennt seine suchenden Finger von meiner Pussy. Die einzigen Kleidungsstücke, die mir geblieben sind, sind meine Stilettos und mein Slip.

Die Situation ist äußerst dekadent! Ich stehe mit einem Mann, der mir so gut wie fremd ist, in seinem Club, den er nur für mich hat räumen lassen, und trage nichts weiter am Leib als meinen Slip und meine Schuhe. Eigentlich sollte ich Furcht verspüren, doch das tue ich nicht. Um ehrlich zu sein kann ich es kaum erwarten, dass er mich endlich fickt.

Francesco hakt seine Daumen links und rechts in meinem Slip ein.

„Bück dich Bella."

Prüfend huscht mein Blick über die nähere Umgebung, was, wenn wir *doch* nicht alleine sind? Was, wenn ich *tatsächlich* mit ihm alleine bin?

Lieber Gott steh mir bei!

„Glaube mir, Dolcezza, wir sind ganz alleine, ich würde nie erlauben, dass dich jemand so sieht. Und niemand würde sich trauen, uns zu beobachten." Gehorsam beuge ich mich nach vorne, biete mich ihm an. Langsam, sehr langsam zieht er mir den Tanga aus, er kniet sich hinter mich, streichelt mir über meinen entblößten Po.

„Du bist so wunderschön." Der Stoff seiner Klamotten reibt über meine Haut, verdeutlicht mir, dass er im Gegensatz zu mir komplett bekleidet ist. Mit einer Hand streicht er mir über den Rücken, umfasst meinen Nacken und fährt mit seiner anderen Hand durch meine feuchte Spalte.

„Du bist so bereit für mich, dein Körper kann es kaum erwarten, von mir genommen zu werden."

Sehnsüchtig drücke ich mich noch fester an ihn, er hat recht. Ich will ihn, und zwar jetzt. Langsam stelle ich mich wieder aufrecht hin, drehe mich zu ihm um, sehe ihm in die Augen. Mit meinen Fingern streiche ich über sein weißes Hemd und öffne einen Knopf nach dem anderen. Langsam und bedächtig genieße ich unser erstes Mal.

Ob ich danach auch mein Herz an ihn verliere?

Wir werden sehen.

Gierig zupfe ich das Hemd aus seiner Hose und streife es ihm ab. Er ist so sexy, sein Brustkorb ist maskulin und trainiert. Dunkles, krauses Haar zeigt mir den Weg, dem meine Hände nur allzu gerne folgen.

Am Bund seiner Hose angekommen, lehne ich mich leicht vor, umkreise mit der Zungenspitze seine Brustwarze, öffne zeitgleich seinen Hosenknopf. Seine Hände krallen sich in meine Hüfte, halten mich in Position, während er meine Erkundung genießt.

Suchend treffen sich unsere Blicke, während ich langsam vor ihm auf die Knie sinke und seine Hose mit mir nach unten nehme.

Francesco steigt aus ihr heraus, wenige Sekunden später steht er nackt vor mir. Er ist erregt, hart und steif ragt sein Schwanz meinen Lippen entgegen. Erwartungsvoll verdunkeln sich seine Augen.

Ein grüner Lichtstrahl beleuchtet seine wohl definierten Bauchmuskeln, die Musik wird immer rhythmischer.

Seine Finger krallen sich in meinen Haaren fest.

Während sich unsere Blicke verfangen, öffne ich leicht meinen Mund und lecke ihm über die weichen Konturen seiner Eichel. Sauge daran und gebe sie wieder frei. Sein Aroma erfüllt meine Sinne, salzig warten die Tropfen seiner Lust darauf, von meiner Zunge abgeleckt zu werden.

Noch immer sehen wir uns an. Intim und ausgeliefert habe ich das Gefühl, dass er mir bis in die Seele sieht, den Schmerz und die Verletzungen der Vergangenheit erkennt und sie mit seiner Nähe zum Verheilen bringt.

Lasziv lecke ich mir über die Unterlippe, unterbreche unseren Blickkontakt und nehme sein hartes Glied komplett zwischen meine Lippen. Trotz der lauten Musik höre ich sein wildes Fauchen. Ich spüre, wie er auf meiner Zunge vor Erregung zuckt. Gierig sauge ich an ihm, während ich in dem leeren Club auf dem Boden knie. Immer wilder verwöhne ich sein Glied und lasse ihn meine Zähne spüren.

Keuchend ziehe ich mich zurück, nur um ihn erneut bis zum Anschlag in mir aufzunehmen. Ich schlucke ihn komplett, er steckt so tief in meiner Kehle, dass ich kaum noch atmen kann. Saugend genieße ich das Aroma der Spermatropfen, die meinen Gaumen benetzen. Ein tiefes Grollen ausstoßend, beginnt er seine Hüften zu bewegen. Seine Hände krallen sich immer fester in meine Haare.

Mit einer Hand massiere ich seine Hoden, spüre, wie sie sich zusammenziehen und immer praller werden.

Rein – raus – rein – raus, mein Rhythmus passt zum Takt der Musik, während sich das bunte Licht über unseren Köpfen wild und schnell auf die Oberflächen des leeren Clubs legt.

Ich spüre, wie sich seine Beine anspannen, und weiß, dass er kurz davor ist, sich in meinem Mund zu ergießen.

Gerade als ich mich bereit dafür mache, sein Sperma zu schlucken, entzieht er mir sein Glied.

„Bella, du saugst mich aus."

Er hilft mir hoch, hebt mich an und setzt mich auf die schwarze Platte der Bar. „Deine Lippen sind zum Blasen geschaffen, doch deine gierige kleine Pussy wartet auf meine Zuwendung."

Gierig wölbe ich ihm meinen Oberkörper entgegen, damit er meine Nippel noch härter zupft. Süßer Lustschmerz pulsiert durch meine Venen. „Du brauchst es, Bella, du brauchst mich."

Seine Finger teilen meine weichen Falten. Feucht und pochend umschließt mein gieriges Fleisch seine zwei Finger.

„Wie willst du es? Hart oder zart?"

Ich versuche ihm zu antworten, doch meine Lippen bringen gerade mal ein zittriges Stöhnen zusammen. Sein Daumen massiert meinen Kitzler, reibt ihn langsam und rhythmisch, während seine Finger immer tiefer in mich stoßen.

„Okay meine Schöne, wir werden es herausfinden ..."

Francesco zieht meinen Po an die Kante der Platte, ich lege mich mit dem Rücken auf die Bar.

Bestimmend spreizt er meine Beine, im Schein des pinkfarbenen Lichtstrahls betrachtet er meine Muschi, bespielt sie, dringt in mich ein und zupft fest an meinem Kitzler.

Süße Qual, süße Pein, süßer Schmerz ...

Mein heiserer Lustschrei hallt von den Wänden wieder.

Endlich spüre ich seinen großen Schwanz an meiner Öffnung.

Mit einem tiefen harten Stoß rammt sich Francesco bis zum Anschlag in meinen Körper. Er ist gut bestückt und vor allem ziemlich dick. Gekonnt nimmt er mich in Besitz, fickt mich hemmungslos, bespielt meinen Körper als würde er mich schon ewig besitzen.

Bebend und stöhnend liege ich unter ihm. In dem Versuch, leise zu sein, beiße ich mir auf die Lippe.

„Lass dich gehen, Bella, wir sind alleine, ich will, dass du nichts zurückhältst, nicht denkst, sondern nur fühlst."

Seine Stöße sind langsam, aber sehr tief. Immer wieder nimmt er mich, während mich seine Hände streicheln, meine Klitoris reizen und meine Brustwarzen zum Glühen bringen.

Es dauert nicht lange und ich komme, laut und hemmungslos auf der Bar, in dem leeren Club.

Francesco gönnt mir keine Pause, er genießt meine Zuckungen – mein weiches Fleisch zieht sein Glied noch tiefer in mich. Immer härter rammt er sich in mich. Seine Hände krallen sich in mein Fleisch damit ich durch die Wucht seiner Stöße nicht noch weiter nach oben rutsche. All meine Sinne sind auf ihn konzentriert, in meinem Kopf herrscht totale Leere. Immer gnadenloser benutzt er meinen Körper.

Seine Hände streicheln sanft meinen Bauch, erneut gleitet er bis zum Anschlag in mich, so weit, dass ich ihn unendlich tief in mir spüren kann.

Plötzlich bleibt er so, bewegt sich nicht und sieht mir direkt in die Augen. „Spüre ihn, spüre mich ...“ Ich verschränke meine Beine hinter seinem Rücken. Von ihm aufgespießt liege ich vor ihm. Meine Brustwarzen prickeln durch seine süße Folter. Mein Atem kommt schwer und laut. Leicht, und ohne seinen Rhythmus zu unterbrechen, streicht er immer wieder über meinen empfindlichen Kitzler.

Zuckend und pumpend versucht meine Scheide, seinen Schwanz auszusaugen, während ich schreiend in einem weiteren Orgasmus versinke.

Erst als meine letzten Kontraktionen ausklingen, bewegt er sich wieder, zärtlich beginnt er mich erneut zu nehmen, langsam und intensiv spüre ich, wie er seinem Höhepunkt immer näher kommt. Kurz bevor er so weit ist, entzieht er sich mir, sein Schwanz entleert sich pumpend auf meinem Bauch. Feucht und warm bedeckt sein Sperma meine Haut. Einerseits bin ich froh, dass er an meine Sicherheit denkt, aber andererseits wollte ich alles von ihm, tief in mir. Das schnelle Trommeln seines Herzens, unser vermischter Atem und seine Wärme lassen mich wohlig aufseufzen.

Das war unglaublich, er was unglaublich ...

„Vieni con me, piccola Stella, ti porterò via di casa.“

Lachend drücke ich ihm einen zärtlichen Kuss auf die Schulter, „ich mag es, wenn du italienisch mit mir sprichst, aber ich verstehe dich leider nicht.“ Sein Blick ist unergründlich, die Melancholie, die ich bisher in seinen Augen gesehen habe, scheint vergessen zu sein.

Zum ersten Mal sieht er entspannt und zufrieden aus. Meine Lippen formen sich zu einem mehr als glücklichen Lächeln.

„Das mit dem Italienisch müssen wir dir dringend beibringen. Ich habe gesagt, dass ich dich jetzt nach Hause bringe.“

Traurig darüber, dass er mich so schnell wieder loswerden möchte, lasse ich mir von ihm aufhelfen. Es dauert nicht lange, bis wir uns wieder angezogen haben. Francesco reicht mir seine Hand, zieht mich ganz nahe an seinen Körper, drückt seine Nase in meinen Scheitel und atmet meinen Geruch tief ein.

„Du riechst nach mir, Cara Mia, nach mir und nach Sex.“

Nach einem letzten Blick durch den leeren Club und auf die Bar lasse ich mich von ihm Richtung Ausgang führen.

Ich fühle mich irgendwie seltsam. Wenn wir den Club verlassen, weiß jeder, dem wir dort begegnen, was wir gerade getan haben.

„Relax Poco, io ti proteggerò.“

Erst als er meinen verwirrten Blick bemerkt, übersetzt er. „Entspann dich Kleines, ich beschütze dich.“

Draußen ist es kalt, die Temperaturen in der Nacht sind nicht wirklich angenehm für mein sexy Outfit. Francesco bemerkt meine Gänsehaut und legt seinen Arm wärmend und schützend um meine Schultern. Einer der zwölf schwarz gekleideten Anzugträger kommt auf uns zu. Er sieht meinen postkoitalen Zustand und wendet seinen Blick sofort von mir ab.

Ist es das, was Francesco vorhin zu mir gesagt hat? Dass kein Mann mich je anfassen oder länger als nötig ansehen wird?

„Prendi la macchina, aprire il Club indietro e fare in modo che ci è dato qualcosa da mangiare."

Sein Ton ist kalt und hart, hoffentlich wird er nie mit mir so sprechen. Der Anzugträger dreht ohne eine Erwiderung um und erledigt, was ihm gerade aufgetragen wurde. Eine schwarze Limousine hält direkt vor uns, Francesco öffnet mir die Tür und gibt mir zu verstehen, dass ich einsteigen soll. Im Auto ist es warm, die Heizung scheint bis gerade eben auf Hochtouren gelaufen zu sein. Er setzt sich ganz nah zu mir, legt mir eine warme Decke über die Beine und zeichnet mit seinen Fingerspitzen sanfte Kreise auf meine nackte Schulter.

Gehört er wirklich der Mafia an?

Seinem Verhalten nach tut er das. Und die Tatsache, dass all die Männer hier sofort springen, wenn er etwas sagt, verrät mir, dass er der Chef ist. Nach und nach wird mir erst die Tragweite dieser Erkenntnis bewusst.

Ach du Heilige Scheiße!

Ich hatte gerade phänomenalen Sex mit einem Mafiaboss!

Was soll ich jetzt tun? Wie soll ich mich verhalten?

Abhauen? Bleiben? Nach Hilfe schreien? Oder ihn küssen?

Es ist verrückt, aber ich fühle mich so unglaublich wohl bei ihm, dass ich einfach nicht wahrhaben will, dass er ein gefährlicher Mann ist. All meine Bedenken beiseiteschiebend, kuschle ich mich entspannt in seine Armbeuge. Der Geruch, der ihn umgibt, lässt mich erregt die Schenkel zusammenpressen. Keiner von uns verspürt das Bedürfnis die Stille, die uns umgibt, mit sinnlosem Gerede zu füllen.

Meine Lider werden immer schwerer, ich seufze leise und schließe für ein paar Sekunden meine Augen.

***

Das Warten hat sich gelohnt und Adrians schlimmste Befürchtungen werden wahr. Zabro hat tatsächlich den Club für Bella räumen lassen.

Sein gesunder Menschenverstand sagt ihm auch, warum. Ihr ziemlich mitgenommenes Äußeres hat seine Vermutung nur bestätigt.
All seine Sorgen haben sich bewahrheitet, Bella ist tatsächlich Zabros neue Gespielin. Wie konnte sie sich nur auf so einen Mann einlassen? Wie kann sie die Gefahr nicht erkennen?
Sieht sie denn nicht, dass der Mann gefährlich ist?
Wenn nicht so viele von Zabros Handlangern in der Nähe wären, würde er ihn einfach umlegen, Bella schnappen und sie wieder zu Verstand bringen.

Ihn hat sie verlassen, angeblich wegen seiner Sicherheit, da sie sich so viele Sorgen um ihn gemacht hat. Doch jetzt ist sie mit einem Mann zusammen, der eben genau diese Gefahr darstellt.

Zabro ist der Kopf, der Chef der gefährlichsten Gang in ganz Deutschland. Und wenn Zabro so weitermacht, schafft er es auf Platz eins in ganz Europa.

Verzweifelt versucht Adrian, gegen die Wut anzukämpfen, die ihn zu verschlingen droht. Er muss jetzt ruhig bleiben, einen kühlen Kopf bewahren und sich einen Plan zurechtlegen.

Bella aus Zabros Händen zu befreien, ist nahezu unmöglich.

Er wird sie nicht mehr aus den Augen lassen, sie beschützen und bewachen. Ob Bella ahnt, in was für eine Situation sie sich gebracht hat? Nicht nur das Zabro sehr gefährlich ist, ein Mann in seiner Position hat unzählige Feinde, Feinde, die sich nur zu gern auf Bella stürzen, um Zabro anzugreifen und zu schwächen.

Fluchend setzt er sich in Bewegung, Adrian wird sich kein Taxi rufen, die Kilometer bis zu sich nach Hause wird er brauchen, um seinen unbändigen Zorn zu zügeln. Noch ein letztes Mal tief einatmend, beginnt er zu laufen. Nach wenigen Minuten verschwindet er in der Dunkelheit.

Für einen Moment könnte man glauben, dass er dasselbe Schicksal erlitten hat, das sonst Zabros Opfern zuteilwird.

4. Kapitel

Leidenschaft oder Liebe – Passione o amore

Starke, kräftige Hände heben mich hoch und ich spüre einen warmen Körper, der sich unter mir bewegt.

Blinzelnd öffne ich meine unglaublich schweren Lider, „ich kann selbst laufen." Mehr gemurmelt als gesprochen versuche ich, mich aus der Umarmung zu winden. Doch die Arme, die mich halten, spannen sich nur noch mehr an.

„Sei nachsichtig mit mir, Cara Mia, ich bin gerade nicht bereit, dich gehen zu lassen."

Seine Antwort gefällt mir, vor allem in zweideutiger Hinsicht.

„Ich bin so schrecklich müde ..."

Mein Kopf sucht sich eine bequeme Stelle in seiner Halsbeuge und ich schließe genüsslich meine Augen. *Gott, bin ich erledigt.*

Die letzten Wochen waren anstrengend, letzte Nacht ist es spät geworden und die Tanzerei mit Sarah hat ihr Übriges dazu getan.

Ganz zu schweigen von dem unglaublich heftigen Sex in dem leeren Nachtclub. Ein weiches Kissen, eine warme Decke und ein gedimmtes Licht – es ist viel zu gemütlich, um mein eigenes Schlafzimmer zu sein. „Francesco." Gerade als er seine Arme von mir nehmen will, schlage ich meine müden Augen auf. „Bitte geh nicht."

Seine Hand streicht mir zärtlich über die Wange.

„Non potrò mai andare senza di te! - Ich werde nie gehen, nicht ohne dich!"

Beruhigt kuschle ich mich in die Kissen, betrachte den riesigen Raum, der Francescos Schlafzimmer zu sein scheint.

Das große lederne Bett mit den gemütlichen Polstern, an die man sich lehnen kann, ist einfach himmlisch. Der Boden ist aus sehr dunklem Holz, der von einem runden cremefarbenen Teppich bedeckt wird.

Ein überdimensionaler Flachbildfernseher hängt an der Wand, davor stehen zwei breite Sessel, die nur darauf warten, benutzt zu werden. Der Raum ist maskulin und herb und doch strahlt er eine angenehme Behaglichkeit aus. Das Ambiente spiegelt Francesco perfekt wider. Eigentlich sollte ich Angst haben oder zumindest verunsichert sein. Doch das bin ich nicht.

Ich befinde mich in seiner Wohnung, an einem mir unbekannten Ort, und liege mit hochgeschobenem Rock und gelösten Haaren in seinem Bett und genieße das angenehme Nachglühen der Höhepunkte, die er mir geschenkt hat.

Francesco ist keiner von den Guten. Wenn die Gerüchte stimmen, gehört ihm die halbe Stadt. Es ist unglaublich, dass er mich so dringend wollte, dass er mich erst gesucht und anschließend seinen Club für mich räumen lassen hat.

Er ist selbstsicher, bestimmend und auf eine lässige Art und Weiße arrogant. Wie er sich bewegt, wie er spricht und die Kontrolle übernimmt, sobald er einen Raum betritt, turnt mich unheimlich an.

Ich komme mir so dumm und naiv vor, wie eine der Frauen aus meinen romantischen Schundbüchern. Auf denen meist ein halb nackter Highlander abgebildet ist. Und doch kann ich nichts daran ändern, zwischen uns besteht eine starke Anziehung, der ich nicht widerstehen kann, noch widerstehen will.

Auch auf die Gefahr hin, dass ich mir mit dieser Leichtsinnigkeit die Finger verbrenne und mein Herz erneut verliere, will ich das zwischen uns genießen.

Völlig entspannt und wieder einigermaßen wach, lehne ich mich an die weichen, kalten Lederpolster des Bettes. Die Nachttischlampe erhellt angenehm den Raum, während Francesco sein Schlafzimmer betritt. „Warum hast du mich mit zu dir genommen? Du hast doch gesagt, du fährst mich nach Hause."

Die Melancholie ist in seine Augen zurückgekehrt, er setzt sich zu mir auf die Matratze und öffnet die oberen Knöpfe seines Hemdes.

Brummend lässt er seinen Kopf im Nacken kreisen, seine Hände ballen sich zu Fäusten und das erste Mal spüre ich einen Hauch von Angst. Auch wenn es den Anschein hat, als versuche er, seine Muskulatur zu lockern, weiß ich, dass er einer Antwort auf meine Frage ausweicht. Unsicher schlinge ich die Arme um meinen Oberkörper. Hätte ich ihn das nicht fragen sollen?

„Bella Donna, du machst mich verrückt. Ich kenne dich gerade mal einen Wimpernschlag lang und schon sitzt du hier in meinem Bett. Verdammt! Ich habe für dich meinen Club räumen lassen. Für dich breche ich sogar die wenigen Regeln, an die ich mich normalerweise halte."

Langsam ergreift er meine Arme, löst sie aus der Verkrampfung,

„Per il nuovo Diavoli."

Diavoli? Ich kann zwar kein Italienisch, aber das klingt schon sehr nach Teufel. Ich lächle ihn unsicher an. „Kein Italienisch, schon vergessen?" Meine kleinen Hände verschwinden in den seinen, braun und lebendig umfassen sie meine kalten Finger.

„Ich vergesse in deiner Nähe einfach alles ..."

Langsam kommt er mir näher, unser Atem vermischt sich, mixt sich zu einer explosiven Mischung aus Lust und Begehren.

Und trotz der Situation, in der wir uns befinden, bittet er mich mit einem kurzen Blick um meine Zustimmung.

Leicht nicke ich, lege meine Finger in seinen Nacken und küsse ihn, als gäbe es kein Morgen mehr.

Mein Herz hat nicht gezögert, nicht gewartet und nicht gezweifelt.

Es hat sich entschieden, dankbar, den Schmerz endlich vergessen zu können. Küssend und ihn an mich drückend, locke ich ihn in sein eigenes Bett.

Knurrend stützt er sich mit seinen Händen neben meinen Kopf ab, legt seinen Körper schwer auf den meinen und erobert meinen Mund. Ich komme mir vor wie Aphrodite höchstpersönlich, ich lechze nach seiner Nähe, seinen Berührungen und seinem harten Glied.

Immer stürmischer lassen wir uns fallen, verlangen nach mehr und verführen uns mir zärtlichen Berühungen, die immer fordernder werden.

***

Das Training ist hart, ausdauernd und schmerzt in den Muskeln.

Jede Faser seines Körpers ist bereit, trainiert und für den Einsatz gestählt. Schweiß perlt über seine Schläfe, tropft auf sein ausgefranstes T-Shirt. Der nächste Schlag trifft ihn an den Rippen.

Ein stechender Schmerz, den er einfach veratmet. Es gibt nichts, wofür es sich lohnt aufzuhören, nichts und niemand, der auf ihn wartet.

Adrian überlegt sich eine Strategie nach der anderen, jede effektiver als die andere. Doch was dann?

Was, wen sein Plan aufgeht, er Bella in seinen Armen hält und Zabro ausgeschaltet ist. Was, wenn Bella ihn wirklich nicht mehr will, ihre Gefühle und ihr Herz jetzt Zabro gehören ...

Pechschwarze Wut stürzt über ihn ein. Mit einem leisen Schrei holt er aus, sein Trainingspartner fliegt im hohen Bogen auf den Gummiboden. Das Training ist beendet.

***

Sanft streicht eine warme Männerhand über meinen Hüftknochen, umkreist meinen Nabel und wandert langsam zwischen meine leicht geöffneten Schenkel. Meine Lippen öffnen sich für ein genüssliches Seufzen, während ich meine Beine langsam immer weiter spreize.

Francescos Daumen berührt meine weichen Falten, teilt das erwartungsvoll pochende Fleisch und bespielt meinen Kitzler ...

Feucht und heiß begrüßt ihn mein Körper, empfängt seinen vordringenden Finger zuckend und bebend.

„Sei così sensibile, così disposto e pronto“, raunt er mir beinahe geknurrt ins Ohr.

In meiner Leidenschaft gefangen, frage ich ihn nicht nach der Bedeutung dieser Worte, sondern erwarte zitternd den nächsten sanften Druck auf meiner Klitoris.

Jede Berührung steigert die Welle der Lust, die sich immer höher in mir aufbaut. Ich liege mit geschlossenen Augen in seinem Bett und liefere mich ihm aus. Sanft und zärtlich, süß und schmerzlich intensiv erforscht er meine erogenen Zonen. Jede Falte, jede leichte Wölbung und jeder Zentimeter meiner Haut glüht unter seinen sanften Fingern. Hart und himbeerrot strecken sich meine Nippel seinen Lippen entgegen. Rau und feucht leckt er über meine Brustwarze, saugt sie ein und massiert sie mit der Zunge. Immer unruhiger rekle ich mich auf den weißen Laken, gebe mich meinem Mafiaboss hin. Verzweifelt krallen sich meine Hände in die weiche Decke.

„Du bist so wunderschön, - sei così bella, perfetta.“

In den violetten Strahlen der aufgehenden Sonne betrachtet er mich, tabulose Begierde spiegelt sich in seinen Iriden, vertreibt die Melancholie, während mein erlösender Schrei die Stille durchbricht.

Köstliche Sekunden später beginne ich, das eben Passierte zu verstehen. Francesco liegt noch immer neben mir, seine Finger ruhen auf meiner pochenden Scham.

„Du bist umwerfend!“ Dunkel und verrucht bedeckt ein leichter Bartschatten seinen markanten Kiefer.

„Und was ist mit dir?“

Ich sehe, wie sich ein schelmisches Lächeln auf seinen Lippen ausbreitet. „Bella Donna, ich habe kein Kondom mehr.“

Dieser Mafiosi ist schon sehr merkwürdig, er lässt von seinen Gorillas den Club räumen, aber keine Gummis kaufen.

„Aber ...“ Sein Finger legt sich auf meine Lippen.

„Ich will dich spüren, ohne Kondom! Ich will dich mit meinem Saft vollpumpen und deine Pussy damit einreiben. Alles in mir schreit danach dich als mein Eigentum zu kennzeichnen.“

Wow!

Das ist ziemlich heftig und verdammt besitzergreifend, doch mir gefällt es. Sein eindringlicher Blick ruht auf meinem Gesicht, sodass ihm keine meiner Regungen entgeht.

Immer wieder bewegen sich seine Finger, streicheln und reizen mein feuchtes Fleisch. Francescos Augen gleiten zu der Stelle hinab, an der sich meine Schenkel verbinden.

Mit jeder noch so leichten Berührung steigert sich meine Begierde. Nackt und unheimlich sexy liegt er neben mir, ich sehne mich nach mehr. Unersättlich und süchtig nach seiner Nähe, knabbere ich sanft an seiner Oberlippe.

„Ich will dich schmecken, darf ich?"

Betont unschuldig sehe ich ihn an, seine Finger bespielen unentwegt meine Spalte. Dringen für ein paar Zentimeter in mich ein, nur um dann wieder aus mir zu heraus zu gleiten. Die Säfte meines Körpers laufen über meinen Anus, ich bin so feucht, so bereit und kurz vorm Durchdrehen.

Sein hartes Glied drückt sich an meinen Oberschenkel, pocht und will endlich in mich stoßen. Sein Daumen legt sich auf meine Unterlippe und schiebt sich langsam in meinen Mund.

Mit meiner Zungenspitze bespiele ich die Spitze seines Fingers, sauge daran, knabbere leicht. Stöhnend schließt er die Augen, seine Lippen öffnen sich, er stößt ein wildes Knurren aus. Ich weiß, dass er sich gerade vorstellt, wie sich meine Lippen um die samtige Haut seines Schwanzes schließen und ihn verwöhnen.

„Francesco, ich will dich befriedigen, dich in den Mund nehmen und in meiner Kehle spüren. Hart und wild ... bitte ..."

Ohne auf seine Zustimmung zu warten, lege ich mich auf ihn, küsse mir eine unsichtbare Spur über seinen Körper, hinab zu meinem eigentlichen Ziel. Sein dunkles Schamhaar, der moschusartige Geruch seiner Erregung. Hart und prall steht seine Erektion bereit. Seidig und glatt, warm und weich spüre ich ihn auf meiner Lippe. Mit der Zunge bespiele ich das kleine Loch an der Spitze seines Gliedes.

Auf Francescos Reaktion muss ich nicht lange warten, seine Oberschenkel spannen sich an, sein Atem wird schneller und seine Hände legen sich bestimmend auf meinen Hinterkopf.

Neugierig sehe ich nach oben, unsere Blicke treffen sich, er beobachtet, wie sich sein Glied in meinem Mund bewegt.

Wie sich meine Lippen für ihn öffnen und wie ich kniend zwischen seinen Beinen sitze. Ungeduldig nehme ich ihn immer tiefer und schneller in mir auf, meine Vagina pocht gierig, sehnt sich nach einem harten Fick. Pochend wird er auf meiner Zunge immer noch härter. Francescos Beherrschung hängt am seidenen Faden. Und ich will, dass dieser reißt, dass er sich rücksichtslos nimmt, wonach ihm ist. Ergeben lege ich meine Finger auf seine Schenkel und sauge so fest ich kann.

Meine Nase berührt seine Haut, ich entspanne meinen Kiefer, atme flach und beginne, ihn mit meiner Kehle und meiner Zunge zu massieren.

Ich bleibe in dieser Stellung mit seinem Penis bis zum Anschlag zwischen meinen Lippen. Ich liefere mich ihm aus – bedingungslos.

Francesco spürt meine Hingabe, es gefällt ihm, dass ich mich ihm und seiner Lust unterwerfe.

Mit einer Hand in meinem Nacken hält er mich in Position, während er seine Hüfte erst leicht und dann immer fester bewegt.

Er fickt meinen Mund, hart und erbarmungslos. Der heiße Schwall seines salzigen Spermas schießt in meinen Hals, er ist so tief in mir, dass ich es nicht einmal schlucken muss. Sein kehliger Schrei begleitet seinen Höhepunkt.

Der Griff in meinem Nacken löst sich, ich hebe den Kopf und lecke mir zufrieden über die Lippen. *Himmel, war das geil!*

„Oh Bella, le tue labbra, la tua devozione e il tuo corpo. Oh mio Dio, sei incredibile. Profondo voglio prendere voi, così profonda che urlare e con le lacrime agli occhi godendo la vostra devozione."

Genüsslich und noch immer höchst erregt lege ich mich neben ihn auf den Bauch. „Ich verstehe kein Wort. Heißt das, dass du gerade gesagt hast, dass es gut war?"

Er dreht sich auf die Seite, seine Hand schlägt mir auf den Po.

„Fuck Bella! Deine Lippen, deine Hingabe und dein Körper ... Du bist unglaublich. Ich will dich so hart bumsen, dass du bis in den letzten Winkel deines Herzens spürst, dass du mir gehörst!"

So erregt wie ich bin, helfen mir seine Worte nicht gerade, mich abzukühlen.

„Ich brauche dich, ich will, dass du deine Worte wahr machst." Dunkelblaue, beinahe schwarze Augen sehen mich direkt an.

„Bella, in meiner Fantasie sehe ich dich erregt und zutiefst befriedigt, mit Tränen der Lust in den Augen. Ich will dich nicht verletzen, aber ich will dich spüren lassen, wie sehr ich dich begehre."

Meine Hand wandert erneut zu seinem noch halb erigierten Schwanz. „Und ich will es spüren ..."

Langsam massiere ich sein Glied, Francesco schließt die Augen und genießt meine fordernden Bewegungen. Immer härter drückt er sich gegen meine Finger, immer schneller pumpe ich über die komplette Länge. Es dauert nicht lange und er ist erneut dick, groß und bereit.

Ich will, dass er in mich eindringt, tief und hart in mich stößt und mich fickt. Heute ist Sonntag, wenn ich danach nicht mehr laufen kann, ist es egal, den restlichen Tag kann sich mein Körper erholen.

„Kleine Bella, du weißt nicht, was du gerade herausforderst."

Er sieht mich nachsichtig an, „wir sollten es langsam angehen lassen, ich will dich nicht verschrecken."

Verschrecken? Ich bin keine Jungfrau mehr, die beim Anblick der einäugigen Schlange schreiend davonläuft.

„Nimm mich, ich gehöre dir!"

Mehr Aufforderung braucht mein Mafiaboss nicht.

Innerhalb einer Sekunde liege ich unter ihm, das Gewicht seines Körpers drückt mich tief in die Matratze. Seine Hände schnappen sich meine Handgelenke, und pressen sie fest in das Kopfkissen.

Schwarz und wild sehen mich seine Augen an, sein Mund ist angespannt. Mit einer schnellen Bewegung stößt er gnadenlos in mich. Immer fester und weiter drückt sein breites Glied meine Schamlippen auseinander. Mein weiches Fleisch gibt nach, passt sich seiner Härte an. Erst als er bis zum Anschlag in mir ist, stoppt er. Doch der Druck seiner Hüfte bleibt. Es verschlägt mir den Atem, unsere Lippen treffen sich, seine Zunge nimmt die meine in Besitz.

„Jetzt gibt es kein Zurück mehr, Bambina!"

Kraftvoll und wild rammt sich sein Schwanz in meine Pussy. Er nimmt mich in Besitz, formt meinen Körper nach seinen Bedürfnissen. Seine Lippen geben nicht nach, fordern meine Hingabe. Seine Zunge beginnt, langsam und träge mit meiner zu tanzen.

Während er durch die Nase atmet, gibt er mir keine Möglichkeit, Luft zu holen. Immer tiefer nimmt er mich, stößt an meine Gebärmutter, schickt einen süßen Lustschmerz durch meine Venen. Sterne tanzen vor meinen Augen, pochend umschließt mein weit geöffnetes Fleisch seinen Schwanz. Wie Wachs passt sich mein Unterleib dem seinen an, zerfließt unter seinem Rhythmus.

Ein lautes Knurren und ein spitzer Schrei hallen in meinen Ohren. Gleichzeitig erreichen wir die vollkommene Ekstase.

„Ab jetzt bist du mein!" Seine geflüsterten Worte entsprechen der Wahrheit. Ich spüre bis in meine Seele, dass es so ist.

Tief und kraftvoll pulsiert seine Härte in meiner Weichheit.

Wie lange ich geschlafen habe, kann ich beim besten Willen nicht sagen. Mein Körper fühlt sich wund und warm an. Ich glaube, ich mag dieses Gefühl. Das war der härteste Sex meines Lebens.

Schmerz und Dominanz in Kombination mit Lust und bittersüßer Hingabe. Vorsichtig strecke ich mich, bemerke den Muskelkater und das Brennen zwischen meinen Beinen.

Die weiche Decke scheuert über meine wunden Brustwarzen. Francesco hat sich auf meinem Körper verewigt. Ich fühle mich unheimlich begehrt. Langsam lasse ich meine Hand zwischen meine Beine gleiten, vorsichtig taste ich meine geschwollenen Schamlippen ab. Gerade als ich mich seufzend zurück in die Kissen legen will, bemerke ich ihn. Er sitzt, mit einem schwarzen Bademantel bekleidet, auf einem der ledernen Sessel, die auf der anderen Seite des Zimmers stehen. Sein Blick ist undefinierbar.

„Du bist wund, hast du Schmerzen?“

Verlegen nicke ich, irgendwie ist mir die Situation peinlich.

„Oh Bella, ich habe dich gewarnt, du bist einfach zu viel für meine Selbstbeherrschung.“ Möglichst lässig lehne ich mich zurück. „Ich fand es wirklich schön, es ist ein gutes Gefühl und bis morgen ist das sicherlich wieder okay.“

„Bis morgen?“ Sein fragender Blick irritiert mich.

„Ja, ich muss um halb acht in der Schule sein.“

Abrupt steht er auf, streicht sich nervös durch die Haare und stellt sich breitbeinig vor das Bett.

„Das sehen wir ja dann. Lust auf eine heiße Dusche?“

„Zusammen?“ Das könnte interessant werden ...

5. Kapitel

Kleine Zweifel, Sorge oder Glück? – Pochi dubbi, preoccupazione o felicità?

Der Sonntag verging wie im Flug.
Francesco hat mich alles Mögliche gefragt, warum ich ausgerechnet Lehrerin geworden bin, nach meinem Lieblingsessen und meinen Vorlieben, wenn es um Musik und Kunst geht.
Ich liebe es, mich mit ihm zu unterhalten, er ist intelligent, gebildet und witzig. Das einzige Thema, bei dem er mir ausweicht, ist seine Arbeit. Nach dem dritten Versuch, etwas in Erfahrung zu bringen, hat er mich so leidenschaftlich geküsst, dass ich alle Fragen vergessen habe. Zum Abendessen lädt er mich ins Amador ein.

Nach unserem heißen Guten-Morgen-Sex, der verspielten Dusche und einem ausgiebigen Frühstück habe ich festgestellt, dass wir im selben Haus sind, in dem das Amador untergebracht ist. Gestern, als wir heimgefahren sind, war ich zu müde, um etwas zu merken, und heute Morgen, na ja, da war ich ebenfalls etwas abgelenkt.

Die komplette oberste Etage ist ein riesiges Loft, in dem sich seine gigantische Wohnung und sein Büro befinden. Die Aussicht ist unglaublich schön, ganz München liegt uns zu Füßen ...

Die vielen Fensterscheiben und die eher karge Einrichtung lassen einem viel Raum. Meiner Meinung nach fehlen ein paar Accessoires, große weiche bunte Kissen. Ein paar Farbkleckse und Eyecatcher, aber alles in allem gefällt mir seine Einrichtung. Über mich selber belustigt, schüttle ich den Kopf, ich mache mir über die mangelnde Gemütlichkeit einer Wohnung Gedanken, in der Francesco Zabro lebt. Ich kann froh sein, dass hier keine Waffen und Leichen in den Schränken versteckt sind.

Das Abendessen war köstlich. Francesco ist ein sehr aufmerksamer Mann. In seiner Nähe fühle ich mich wohl, sicher und beschützt.
In den letzten 48 Stunden ist so viel passiert, dass ich die heutige Nacht lieber in meinem eigenen Bett verbringen möchte. Francesco ist zwar nicht begeistert, doch darauf kann ich keine Rücksicht nehmen.
Ich brauche dringend ein paar Stunden für mich, ich brauche Abstand, um einen klaren Kopf zu bekommen.

Doch auch seine Geduld ist irgendwann einmal zu Ende, mein Vorschlag, dass ich mir ein Taxi nehme, wurde von ihm überhört.

Ohne meine Einwände zu beachten, hat er entschieden, dass mich einer seiner Männer sicher nach Hause bringt.

Der süße und so vielversprechende Abschiedskuss brennt noch immer leicht auf meinen Lippen, während mich sein Fahrer sicher durch München und zu meiner Wohnung chauffiert.

Ich muss dringend Sarah anrufen. Seit Francesco sie hat heimbringen lassen, habe ich nichts mehr von ihr gehört. Ihre sehr kryptische SMS habe ich nicht wirklich verstanden. Das Brennen zwischen meinen Beinen wird langsam weniger, morgen bin ich mit Sicherheit wieder völlig einsatzbereit.

Noch während ich das Telefon in meiner chaotischen Wohnung suche, klingelt es an der Tür. Die Mühe nachzufragen, wer davor steht, spare ich mir, nach einer heißen Nacht mit dem Chef der bösen Jungs kann mich nichts mehr schocken.

Die Schritte, die durch das Treppenhaus hallen, sind schnell und laut. Noch ehe ich auf die Idee gekommen bin, dass es vielleicht Adrian sein könnte, steht er auch schon vor mir. In Gedanken bin ich hunderte Male diese Situation durchgegangen. Doch jetzt, wo es so weit ist, weiß ich einfach nicht mehr, was ich empfinde.

Liegt das an Francesco?

Oder an Adrians extrem wütenden Gesichtsausdruck. Ich kenne ihn, seine Stimmungen und seine Willensstärke, ihn einfach abzuwiegeln, scheint nicht umsetzbar.

„Was machst du hier, Adrian?“ Vor ein paar Tagen noch dachte ich, dass ich niemandem so sehr vertraue wie ihm, doch jetzt, wo er vor mir steht, bin ich mir dessen nicht mehr sicher. Er wirkt sehr aggressiv, vorsichtig gehe ich einen Schritt zurück, weiche ihm aus.

„Was ich mache? Du fragst mich allen Ernstes, was ich mache? Die Frage ist doch: Was machst du, Bella?“

Mit seiner linken massiert er die Knöchel seiner rechten Hand, sie sind blutig und blau.

„Was ist denn nur los mit dir? Was ist mit deinen Fingern passiert?“

Ohne um Erlaubnis zu fragen, kommt er rein und schließt die Tür hinter sich. Er packt mich grob am Arm und zieht mich in die Küche. „Setz dich, Bella, sofort.“

Trotzig bleibe ich stehen, ist er jetzt komplett übergeschnappt? „Weißt du eigentlich, mit wem du dich da triffst? Weißt du, wie dumm das ist?“

Bis gerade eben habe ich versucht, ruhig zu bleiben, doch damit ist jetzt Schluss.

Er wagt es tatsächlich, mich in meiner eigenen Wohnung anzuschreien und mich zu beleidigen.

„Dumm? Ich will, dass du jetzt gehst! Ganz egal, was ich wie, wo und mit wem auch immer mache. Es geht dich nichts mehr an, Adrian."

Er packt mich grob an den Schultern und drückt mich auf den einsamen Küchenstuhl. Da ich Single bin, kann er sich nicht setzen, denn ich habe seit unserer Trennung nur noch diesen einen.

„Bella, bitte hör auf, so stur zu sein, und höre mir nur einen Moment lang zu. Du hast die Nacht mit Francesco Zabro verbracht. Dieser Mann ist gefährlich, er ist der Chef der Maravilla-Gang, er ist verantwortlich für zahlreiche Morde, Frauen werden von ihm zur Prostitution gezwungen und die meisten Drogen, die im Umlauf sind, werden von seinen Dealern verkauft."

Mir wird schlecht, jedes seiner Worte hallt wie ein Peitschenschlag durch meinen Kopf, das immer wiederkehrende Echo verursacht mir Übelkeit ... Seine Stimme ist laut, er brüllt mich an und mir ist einfach nur schlecht.

„Adrian, bitte ..."

„Was bitte? Soll ich dich in dein Unglück laufen lassen? Hast du unsere gemeinsame Zukunft wirklich beendet, um mit ihm zusammen zu sein? Ist es das, was du willst?"

Er klingt nicht nur besorgt, sondern auch extrem eifersüchtig. In meinem Hirn herrscht ein ziemliches Durcheinander, hinter meinen Schläfen pocht es.

„Woher weißt du von ihm und mir?"

Adrian lehnt sich an die Wand, er sieht schlecht aus, ungepflegt und übermüdet. „Das kann ich dir nicht sagen, ich habe dir schon zu viel verraten. Aber eines musst du verstehen, Bella, du musst dich von ihm fernhalten! Hast du mich verstanden?"

Er kann es mir nicht sagen?

Ich fühle mich wieder wie früher, alleine und unwissend. Ich weiß nicht, ob es stimmt, was er über Francesco sagt, ich kann mir nicht vorstellen, dass er so etwas macht. Okay, dass er sein Geld nicht als Buchhalter verdient, ist mir klar, aber ein Mörder und Zuhälter? Das kann ich mir nicht vorstellen. Er ist so sanft, so zärtlich, so aufmerksam und freundlich. Es mag ja sein, dass er nicht auf der legalen Seite der Geschäftswelt lebt, aber es muss doch noch etwas anderes als Gut und Böse geben, mehr als Schwarz und Weiß.

Adrian kommt auf mich zu, beugt sich zu mir und sieht mich flehend an, „Bella, hast du uns wirklich schon vergessen?"

In meinem Herzen herrscht totales Chaos, ein Wirbelsturm aus Gefühlen hat Besitz von mir ergriffen.

Seine schönen Augen, sein allzu bekannter Geruch und der Klang seiner Stimme, alle Erinnerungen, egal, ob gut oder schlecht, steigen in mir hoch. Ja, ich habe ihn geliebt, ich wollte ihn für immer, aber ist das immer noch so?

An seinem Blick erkenne ich, was er vorhat, doch ich halte ihn nicht davon ab. Vertraut und süß berühren sich unsere Lippen zu einem keuschen Kuss. Bittere Tränen steigen in mir hoch, das zwischen uns ist vorbei, seine Arbeit lässt keine Zukunft und keine Liebe zu.

Adrian hat sich entschieden und seine Entscheidung galt nicht mir. Es mag sein, dass er der Gute ist, doch was nützt mir das, wenn ich alleine und voller Sorge zuhause sitze und auf ihn warte?

Da bleibe ich doch lieber bei meinem Mafiaboss.

Auch wenn er der Böse ist, so hat er zumindest Zeit für mich. Es mag sein, dass Adrian recht hat und das Francesco ein Killer ist, doch das geht mich nichts an. Oder?

Ich zittere und mir ist kalt. Ich versuche wirklich tapfer zu sein, doch es gelingt mir nicht. Salzige Tropfen rinnen mir über die Wange, „bitte geh jetzt ...“

„Halt dich von ihm fern, Bella, er ist nicht gut für dich!“

Mit einem letzten Blick auf meine Tränen dreht er sich um und geht. All meine postkoitale Glückseligkeit ist verschwunden, Adrian hat alles zerstört.

Mit einem Mal ist mir meine Wohnung zu klein, zu eng.

Ich schnappe mir eine Jacke und beschließe, einen Spaziergang zu machen. An der Tür atme ich die kalte Nachtluft ein, der Himmel ist klar und auf der Straße vor mir herrscht reger Verkehr.

Ohne genaues Ziel laufe ich durch die Gegend, fremde Gesichter huschen an mir vorbei. Das Geräusch der Motoren erfüllt meinen wirren Kopf. Es dauert nicht lange und ich bin in einer abgelegenen Gasse gelandet. Zu sehr mit meinem inneren Monolog beschäftigt, habe ich nicht darauf geachtet, wo ich hingehe.

Die Häuser sehen dreckig und runtergekommen aus. Obdachlose sitzen auf dem kalten verschmutzten Boden, in Decken und Klamottenfetzen gehüllt. Sie sehen mich aus ihren matten Augen an. Im Gegensatz zu ihrer Zukunft sieht mein Leben sehr rosig aus.

Nach wenigen Schritten erreiche ich eine Kreuzung, die Straßenlampen brennen nicht, Dunkelheit umgibt mich.

Der bittere metallene Geschmack von Angst breitet sich in meinem Mund aus. *Scheiße!* Normalerweise achte ich immer auf meine Sicherheit, doch Adrians Besuch hat mich komplett aus der Bahn geworfen.

Noch während ich überlege, wie ich am schnellsten aus dieser Gegend verschwinden kann, bemerke ich einen schwarzen Mercedes-Jeep, der viel zu schnell auf mich zurast, erschrocken weiche ich zurück. Mit quietschenden Reifen bleibt er direkt vor mir stehen.

Wie ein Racheengel kommt Francesco auf mich zu, sein Blick ist düster und unheilvoll. In diesem Moment kann ich mir gut vorstellen, dass Adrian doch recht hat. „Steig ein, Bella, sofort."

Sein Griff an meinem Oberarm ist hart, er schmerzt und ich habe keine Chance mich daraus zu befreien.

Francesco lenkt uns durch die Straßen Münchens. Bis auf seine rauen Atemzüge herrscht absolute Stille. Die Arnulfstraße schlängelt sich wie eine riesige Schlange durch die Häuser.

Ich lasse meine Stirn gegen die kalte Scheibe sinken und versuche zu verstehen, was genau mit mir passiert ...

Es ist mir egal, woher dieser Mafiosi wusste, wo ich war.

Mir ist egal, was er arbeitet und welche Argumente Adrian dagegen vorbringt. Ich will ihn, so einfach ist das!

Dass ich Francesco liebe, kann ich noch nicht sagen, und doch fühle ich mich in seiner Nähe lebendig und frei.

Er erweckt das böse Mädchen in mir, beflügelt all meine verborgenen Wünsche und die unausgelebten Sehnsüchte, die sich tief in mir versteckt haben. Mit einem Blick auf ihn stelle ich fest, dass er wütend ist, und zwar so richtig wütend. Auf mich?

Die Ader an seiner Schläfe pocht und das düstere Blau seiner Augen hat sich in ein eisiges Grau verwandelt.

Sind denn heute alle Männer wütend auf mich?

Ich atme tief ein und lasse den Kopf resigniert an die Nackenlehne sinken. Warum muss immer alles so schrecklich kompliziert sein?

Ist Francesco die nächste Liebe meines Lebens?

Die nächste endgültige Wahl?

Ich wollte schon immer Lehrerin werden, in meinem Lebensplan war alles so einfach. Ich wollte mir einen anständigen Mann suchen, ein kleines Häuschen kaufen und eine spießige, typisch deutsche Familie gründen. Und jetzt?

Jetzt stehe ich zwischen zwei Männern, einem GSG9-Cop und einem Mafiaboss. *Das habe ich ja wirklich ganz toll hinbekommen!*

Meine Tante würde im Angesicht meiner Situation einen Lachanfall bekommen und ihren Lieblingssatz sagen:

„Typisch Bella, von einem Extrem ins andere ...“

Francesco fährt uns Richtung Amador ...

So viel zu meinem Plan, einen ruhigen und einsamen Abend in meiner Wohnung zu verbringen. Wenn das so weitergeht, drehe ich noch durch. Anscheinend hat mein heißer Mafioso beschlossen, dass es jetzt dann doch einmal Zeit wird, das unangenehme Schweigen zu brechen. „Was soll ich mit dir machen, Bella?“

Was ist das denn für eine dämliche Frage?

Ich beschließe, einfach die Klappe zu halten, wer weiß, vielleicht steigt das Niveau unserer Unterhaltung ja doch noch um ein paar Grad. „Du erzählst mir, dass du zu dir nach Hause willst – dass du alleine nachdenken möchtest. Aber Bullshit! Denn zuerst steht dieser Cop vor deiner Türe und anschließend läufst du völlig apathisch durch Münchens dunkelste Straßen.“

Woher weiß er davon?

Genervt beschleunigt er, rast wie ein Irrer durch den Verkehr, die Häuser vor der Scheibe ziehen immer schneller an uns vorbei.

„Bella. Ich kenne dich noch nicht lange, aber ich habe dennoch das Gefühl, dass du etwas durcheinander bist.“

Durcheinander? Wie lustig ...

Dieses Wort beschreibt meinen derzeitigen Zustand nicht annähernd! So wütend wie er ist, bemerkt er gar nicht, dass er die Sprache gewechselt hat. Laut und dunkel erfüllen italienische Wörter das Auto.

„Volevo vernhaten di voi, non mettere la tua vita in normale testa dn innocuo. Ma mi sento sicuramente che avete urgente bisogno di un uomo che si prende cura di voi. Non so come giudicare voi, che cosa vuoi Bella?“

Erwartungsvoll sieht er mich an.

Glaubt er wirklich, dass ich auch nur ein Wort verstanden habe? „Francesco, ich weiß nicht, was du von mir willst. Ich verstehe dich nicht!“ Und dieser Umstand hat nichts mit seinem Wechsel ins Italienische zu tun.

Verzweifelt fährt er sich durch sein dunkles Haar.

„Was ich von dir will, Bella? Ich dachte, das hätten wir schon im Club geklärt. Ich will dich. Ich will einfach alles von dir!“

Ohne auf die Straßenschilder zu achten, bleibt er direkt vorm Amador stehen, es ist mittlerweile 22.38 Uhr und dennoch ist das Restaurant voll. Seine Tür knallt laut und endgültig zu, einsam und verwirrt sitze ich noch immer auf dem Beifahrersitz. Was jetzt?

Eine Minute später öffnet er meine Tür, reicht mir seine Hand und hilft mir aus dem hohen SUV.

„Steig aus, Süße. Es wird Zeit, diese ganze Angelegenheit endgültig zu klären."

Hand in Hand durchqueren wir das Amador, Francesco schnappt sich eine Flasche Rotwein und zieht mich Richtung Lift. Wenn er doch nur nicht so unheimlich attraktiv wäre.

Seine Haare stehen unkontrolliert ab, sein Hemd sitzt schief und sein Gesicht wirkt angespannt. Lässig hält er die Flasche Principe Guerriero 2009 PAGANI DE MARCHI in der Hand. Am liebsten würde ich unsere Streitereien einfach vergessen, in seine Hose greifen und mich von ihm hart ficken lassen. Doch die kalte Realität hat nichts mit meinen Tagträumen gemeinsam, wir halten uns nicht wild küssend in den Armen, seine Hände liegen nicht schwer und warm auf meiner Haut. Sondern wir stehen nebeneinander, er ist distanziert und ich bin verwirrt, verwirrter denn je ...

„Siediti, fastidioso donna."

Unsicher, was er von mir will, suche ich seinen Blick.

„Setz dich, Bella, sofort."

Sein Tonfall ist dunkel und kalt, *oh Mist*, er scheint wirklich extrem zornig auf mich zu sein. „Das mit uns ergibt keinen Sinn und doch besteht zwischen dir und mir eine starke Verbindung."

Während er redet, entkorkt er die Flasche, anscheinend muss er sich beschäftigen, um nicht vollends die Beherrschung zu verlieren.

„Ich bin es nicht gewöhnt, dass man sich mir widersetzt, ich habe immer und über alles die Kontrolle! Abgesehen von dir, du tust nie das, was ich von dir erwarte. Mit Ausnahme im Schlafzimmer, wenn wir Sex haben, hast du kein Problem damit, dich mir hinzugeben, da unterwirfst du dich mir bedingungslos."

Er stellt zwei dickbauchige Weingläser auf den Glastisch, der vor der Couch steht. „Bella, du bist so völlig unerwartet in mein Leben geplatzt und jetzt, wo ich dich habe, werde ich dich nicht wieder gehen lassen."

Die funkelnde, samtig rote Flüssigkeit ergießt sich in das Weinglas, lockt mich, einen Schluck zu nehmen.

„Du hörst mir jetzt gut zu, Bella Donna, ich habe dich gewarnt, habe dir gesagt, dass es nach unserer letzten Nacht kein Zurück mehr gibt. Und dennoch wolltest du es, du hast dich mir geöffnet, dich mir geschenkt. Ich weiß nicht, wie das bei euch Deutschen ist, aber bei uns Italienern bedeutet das noch etwas! Wir hatten nicht einfach nur Sex, wir haben uns verbunden und dieses Bündnis beinhaltet, dass du bei mir bist, dass du keine anderen Männer triffst und dass schon gar nicht alleine in deiner Wohnung. Es liegt an mir, für deine Sicherheit zu sorgen, nur wie soll ich das, wenn du nachts alleine durch die Stadt spazierst?"

Das klingt mal ziemlich heftig!

Um meine blank liegenden Nerven zu beruhigen, genehmige ich mir einen großen Schluck Rotwein und, nur um ganz sicherzugehen, beschließe ich, das Glas ganz zu leeren.

Missbilligend steht Francesco vor mir, eine Augenbraue nach oben gezogen, sieht er mich an.

„Hier." Er schenkt mir noch mehr Wein ein, „den wirst du gleich brauchen!" Anschließend setzt er sich mir gegenüber, er versucht, möglichst entspannt zu wirken, doch er kann mich nicht täuschen.

„Du wirst in Zukunft bei mir bleiben, genauer gesagt, ab heute! Und erst wenn ich entschieden habe, wie das mit uns weitergeht, werde ich dir deine Freiheiten zurückgeben."

Hierbleiben? Freiheiten? Er entscheidet?

Benommen greife ich nach dem Rotwein, er hatte recht, den Alkohol brauche ich jetzt tatsächlich dringend.

„Das ist nicht dein Ernst, ich muss morgen arbeiten. Ich habe mein eigenes Leben. Und wenn ich jetzt so genauer darüber nachdenke, wird es in Zukunft ohne dich stattfinden."

Ganz der arrogante Mafiaboss, lässt sich Francesco nicht von mir aus der Ruhe bringen.

„Du wirst es sehen, la mia vita, du wirst dich daran gewöhnen. Wenn du darauf bestehst, arbeiten zu gehen, werden wir das regeln."

Verzweifelt und ungläubig stehe ich auf, ich muss hier raus! Erst langsam und dann immer schneller laufe ich Richtung Aufzug, doch einer seiner schwarz gekleideten Gorillas steht davor.

„Lass mich durch!" Möglichst selbstsicher versuche ich, ihn dazu zu bewegen, auf die Seite zu gehen. „SOFORT!" Meine Beine beginnen zu zittern, das ist doch nicht sein Ernst. „Lass mich durch!"

Mein wütender Schrei hallt durch das große Loft, das, wenn es nach Francesco geht, zu meinem goldenen Käfig werden soll. Verzweifelt versuche ich an dem Wachmann vorbeizukommen, doch ich habe nicht den Hauch einer Chance. „Bitte ..."

Ohne auf mich zu achten, sieht er ungerührt an mir vorbei und nimmt meinen Wutausbruch gar nicht wahr. Schnaubend vor Zorn kehre ich ins Wohnzimmer zurück, Francesco sitzt noch immer auf der Couch. Schreiend und tobend werfe ich ihm alle Beleidigungen an den Kopf, die ich kenne. Das Glas, das er in seiner Hand hält, ist beinahe leer.

Ich sehe rot, was jetzt?

Erst als ich ihm mit der flachen Hand ins Gesicht schlagen will, reagiert Francesco blitzschnell, er fängt meinen Angriff ab, umfasst mein Handgelenk und dreht es mir schmerzhaft auf den Rücken.

Mein Atem geht schnell, kommt stoßweise, wir stehen uns so nah gegenüber, dass sich unsere Körper berühren.

„Fordere mich nicht heraus, Bella, du wirst nicht gewinnen!"

Das werden wir ja sehen ...

So schnell ich kann, wiederhole ich den Versuch mit meiner anderen noch freien Hand. Doch Francesco ist schneller, meine Situation hat sich nicht verbessert. In seinen Armen gefangen, meine Handgelenke in seiner Hand, stehe ich jetzt schutzlos vor ihm. An seinem Blick kann ich erkennen, dass ihn unser Streit erregt. Dunkel und vor Leidenschaft glühend sehen mich seine Augen an, er presst seinen Unterleib an meinen Bauch. „Akzeptiere es, akzeptiere mich, Bella, ich werde dir das Leben bieten, von dem du immer geträumt hast!"

Salzig und feucht spüre ich die Feuchtigkeit meiner Tränen auf meiner Oberlippe. „Tue das nicht, bitte!"

„Ich tue das für uns, gib mir nur einen Monat, Bella, einen Monat, um dir zu beweisen, dass ich recht habe!"

Einen Monat? 30 Tage als seine Gefangene?

„Wirst du mich hier einsperren?"

Er lockert seinen Griff um meine Handgelenke, das frische Blut prickelt in meinen Fingern. „Nicht, wenn du mir versprichst, dich an diese Vereinbarung zu halten! Du wirst nicht versuchen, vor mir zu fliehen? Oder?"

Da ich ohne seine Zustimmung keine Chance sehe, ihm zu entkommen, willige ich ein.

„Wenn du mich hintergehst, werde ich dich holen kommen!"

„Was passiert nach dieser Zeit? Wirst du mich freilassen?" „Du wirst nicht gehen, nicht nach einem Monat und nicht nach einem Jahr!"

Er wirkt so selbstsicher, so zufrieden. Er hat endlich das bekommen, was er wollte, nämlich mich und die Kontrolle über mein Leben. Die Aussicht, in dieser Zeit ihm zu gehören, ängstigt mich, und doch pocht mein Herz bei dem Gedanken daran noch etwas schneller ...

***

Bella zu schmecken, ihre Lippen auf den seinen zu spüren – er war ein Narr. Wie hat er sie nur jemals gehen lassen können? Zabro scheint sie um seinen Finger gewickelt zu haben, was will sie nur von diesem

Monster? Das Einzige, was ihn beruhigt, ist das Wissen darum, dass die Auktion der entführten Frauen nächste Woche stattfinden soll, in einem Lagerhaus außerhalb der Stadt.
Wenn alles nach Plan läuft, wird nach dieser Woche Zabro vom Erdboden verschluckt. Und wenn es nach Adrian geht, wird eine Kugel seinen Kopf zieren.

***

„Wird er bleiben?"
Ich muss erst gar nicht erklären, wen ich meine. Francesco versteht, dass ich mich nicht wohlfühle, wenn wir beobachtet werden.
„Bella, wenn du dich nicht an unsere Vereinbarung hältst, werde ich dich holen kommen, hast du mich verstanden?"
In meinem Inneren herrscht totales Chaos, dieser unheimlich faszinierende Mann will mich, er will mich so sehr, dass er mich holen kommt. Ein winzig kleiner Teil von mir freut sich über seine Bestimmtheit. Mein Körper prickelt und pocht und doch versucht mein Verstand, die ganze Sache rational zu bewerten. Aber was ist an meiner jetzigen Situation schon rational?
Erst hatte ich einen Mann, der auf der Seite der Guten stand, doch der war nie für mich da. Und jetzt habe ich einen Mafiosi, der mich begehrt und der mich in seiner Nähe will und das, obwohl ich ihn nicht will. Die Frage ist nur: Will ich ihn wirklich nicht?
Schnurrend und flüsternd meldet sich mein Unterbewusstsein zu Wort. *Du willst ihn, wir wollen ihn!*
Francesco stellt sein geleertes Weinglas ab.
„Zieh dich aus! Mir bleibt schließlich nur ein Monat, um dich zu überzeugen!"
Wie bitte was?
„Du willst, dass ich mich jetzt hier ausziehe?"
Er fängt meinen Blick ein, „Ja, jetzt!"
„Schick ihn erst weg ... bitte, Francesco!"
Er dreht mir den Rücken zu, geht Richtung Aufzug und redet mit seinem Gorilla. „Don aspettare giù davanti all'ascensore, mi aspettavo una guardia di sicurezza tutto il giorno."
Auch wenn ich alles hören kann, verstehe ich doch kein Wort. Als er zurückkommt, sind wir alleine, er stellt sich breitbeinig vor mich, stützt seine Hände in die Hüften und sieht mir zu, wie ich mich langsam entkleide. Francescos gefährliche Ausstrahlung erregt mich, er ist stark und dominant.

Dass er die Kontrolle übernommen hat, ist eine vollkommen neue Situation für mich. Es fühlt sich beängstigend und erregend zugleich an. Da ich keine andere Wahl habe, spiele ich sein Spiel mit.

Was habe ich schon zu verlieren?

Alles in meinem Leben war bisher vollkommen spannungslos, jetzt bietet sich mir endlich ein Abenteuer ...

Ich muss nur bereit sein, ein Wagnis einzugehen. Francesco will mich und wie sehr, hat er mir gerade mehr als deutlich demonstriert. Alles, was ich tun muss, ist einen Monat bei ihm zu bleiben.

Das letzte Wochenende an seiner Seite habe ich sehr genossen, er ist aufmerksam, fürsorglich und absolut genial im Bett.

Vielleicht hat es auch seine Vorteile, die Kontrolle zumindest teilweise abzugeben, vielleicht gefällt es mir ja, mich fallen zu lassen? In meinem Kopf herrscht ein fürchterliches Durcheinander, ich weiß, dass ich die Zeit an seiner Seite mehr als nur genießen werde, und doch fällt es mir schwer, die Führung an ihn zu übergeben ...

Zeitgleich mit meinem letzten Kleidungsstück fällt auch meine Entscheidung. Ich werde es tun, werde ihm einen Monat lang die Chance geben, mich für sich zu gewinnen.

Nackt und entblößt stehe ich vor ihm, sein Blick wandert über meine Brüste, über meinen Bauch hinab zu der Stelle, an der sich meine Beine treffen ...

„Zeit zu beginnen, Bella Donna!“

6. Kapitel

Lippen, die verführen – Lips sedurre

Die ersten 13 Tage sind wie im Nu vergangen.
Die Tatsache, dass meine Emma noch immer nicht anspringt, spielt Francesco in die Hände. So hat er einen plausiblen Grund, dass mich einer seiner schwarzen Anzugträger zur Arbeit fährt und nach Unterrichtsschluss wieder abholt.
In meiner Wohnung war ich seit der verhängnisvollen Nacht genau ein Mal. Seitdem verbringe ich meine Freizeit mit Francesco, treffe mich mit Sarah und lasse mich nach Strich und Faden verwöhnen.
Für diesen einen Monat habe ich beschlossen, Francescos Aufmerksamkeiten zu genießen.
Es hat definitiv etwas für sich, im besten Restaurant der Stadt zu Abend zu essen. Außerdem genieße ich unsere leidenschaftlichen Nächte. Im Bett, auf dem Küchentisch, im Auto oder in seinem Büro ...
Mein Mafiaboss ist in sexueller Hinsicht mehr als einfallsreich.
Mal sanft und zärtlich, mal hart und kraftvoll. Seit ich ihn kenne, seit ich ihm gehöre, habe ich so viel Sex gehabt, dass ich den Überblick verloren habe.
Doch diese ganzen Tatsachen lenken nicht vom eigentlichen Sinn dieses Monats ab. Und so ungern ich es auch zugebe, Francesco scheint zu gewinnen.
Wenn wir nur ein paar Stunden voneinander getrennt sind, sehnt sich mein dummes Herz nach ihm. Wann immer er mich küsst, wirbeln unzählige kleine Sternschnuppen in meinem Bauch hin und her.
Also was nun?

Francesco ist ein sehr dominanter Mann, die Gnadenlosigkeit, die in seinem Blick und in seiner Stimme liegt, wenn er mit anderen redet, ist mir nicht entgangen. Der traurige, melancholische Ausdruck, der früher immer in seinen Augen lag, hat sich beinahe in Luft aufgelöst. Mehrmals täglich sagt er mir, wie glücklich ich ihn mache und wie sehr er meine Nähe genießt.

Doch was macht er in den Stunden, in denen wir nicht zusammen sind? Womit verdient er sein Geld?

In den nächsten Tagen scheint irgendein größerer Deal über die Bühne zu gehen. Immer mehr Anrufe und fremde Gesichter beanspruchen seine Zeit. Meine Fragen und mein Interesse an seiner Arbeit wiegelt er grundsätzlich ab. Die Tür seines Büros ist stets verschlossen, ich habe noch nie einen Fuß über die verbotene Schwelle gesetzt. Langsam glaube ich, dass ich den Verstand verliere. Wie kann ich mich immer mehr in einen Mann verlieben, der mit dem Leid anderer sein Geld verdient?

Vielleicht verbringe ich einfach zu viel Zeit mit ihm?!
Ich muss hier raus, ich brauche einen Abend mit Sarah, und zwar dringend. Nur, wie soll ich dafür Francescos Erlaubnis bekommen? Während ich in Gedanken meine Worte formuliere, sehe ich, wie er mit einem mehr als düsteren Gesichtsausdruck aus seinem Büro kommt.

„Amore mio, ich muss heute Abend dringend zu einer Besprechung. Unser gemeinsames Abendessen müssen wir verschieben."

Innerlich jubilierend versuche ich, eine unbewegte Miene aufzusetzen. Ich gehe ihm entgegen, lege meine Hand um seinen Nacken und ziehe ihn zu mir runter.

„Du solltest aufpassen, dass ich mich nicht vernachlässigt fühle ..."

Besitzergreifend legen sich seine Hände um meine Taille und umfassen meinen Po.

„Ich glaube, deinem Körper kann etwas Pause nicht schaden."

Verlegen beiße ich mir auf die Unterlippe, während sich unsere Blicke treffen. Er hat recht. Meine Brustwarzen schmerzen, auf meiner Hüfte habe ich zwei blaue Flecken und meine Pussy ist wund und empfindlich. Wann immer ihm der Sinn danach steht, verführt er mich, mal sanft und mal hart. Er schafft es, dass ich in pure Ekstase verfalle. Francesco kann ein zärtlicher Liebhaber sein, er verwöhnt meinen Körper mit süßen Berührungen, bis ich unter ihm vergehe.

Er kann aber auch ziemlich gnadenlos sein. Ich genieße beide Arten unserer Vereinigung und doch hinterlässt unser wildes Sexleben seine Spuren. Kräftemäßig ist mein Körper dem seinen eben einfach nicht gewachsen. Abgesehen von der letzten Nacht ... In der hat er mich mit seiner Zunge so lange in den Wahnsinn getrieben, bis ich kreischend gekommen bin, mein Schrei und mein Höhepunkt waren laut und gnadenlos. Die Kratzspuren auf seinen Schulterblättern sind der beste Beweis dafür. „Ich denke, dein Rücken braucht ebenfalls eine kleine Schonzeit." Meine Brüste drücken sich fest an seinen Brustkorb, süßes Verlangen schießt durch meine Venen.

„Gattini selvatici – du wildes Kätzchen, sieh mich nicht so an, ansonsten bist du innerhalb von einer Sekunde vor mir auf den Knien, mit meinem Schwanz zwischen deinen Lippen."

Ich grinse ihn herausfordernd an.

„Wie viel Zeit bleibt uns noch?"

Ohne seine Antwort abzuwarten, sinke ich vor ihm auf den Boden, öffne seinen Ledergürtel, seinen Knopf und den Reißverschluss.

Bestimmend umfasse ich sein Glied. Seine Eichel ist beinahe violett. Die Adern, sehen aus wie Schlangen, die sich um seinen beeindruckenden Penis winden. Mit einem möglichst unschuldigen Gesichtsausdruck sehe ich zu ihm hoch, öffne meine Lippen und beginne, ihn in mich aufzunehmen. Immer tiefer sauge ich ihn in meinen Mund, genieße sein Aroma und das Gewicht seines Schwanzes auf meiner Zunge. Francescos Augen werden dunkel, sind nun beinahe schwarz. Es ist offensichtlich, dass er meine devote Stellung genießt, dass er es mag, wenn ich ihn so befriedige.

„Beweise es, Kleines, zeig mir, dass du ihn komplett in deinen Mund nehmen kannst!“ Unter seinem intensiven Blick beginne ich, ihn noch weiter in mich einzusaugen, Millimeter für Millimeter passt sich mein Gaumen seiner breiten saftigen Eichel an. Das Gefühl, ihn so tief in mir zu haben, ist unheimlich intim. Mit der Zunge spure ich die Adern entlang, mit meinem Gaumen massiere ich seine Länge, während ich meine Lippen so fest es geht um ihn schließe.

Sein kehliges Stöhnen ist mir Zustimmung genug. Seine Hand auf meinem Hinterkopf hält mich in Position, während er seine Hüfte immer weiter in meine Richtung drückt. Er benutzt meinen Mund, als wäre er meine Vagina. Hemmungslos und wie es ihm beliebt, bewegt er sich, ohne mir die Möglichkeit zu geben, ihm auszuweichen. Er hält mich fest. In einem steten Rhythmus fickt er meine Lippen, meine Zunge und meine Kehle. Ich genieße es, genieße seine Kraft, seinen Geschmack und seine Härte.

Wenige Stöße später schmecke ich seinen Saft, schlucke sein Sperma und lehne mich mit der Stirn an seinen Bauch.

Francesco ist seit 30 Minuten aus dem Haus, ich bin fertig gestylt und in einer Stunde mit Sarah verabredet.

Wir gehen heute nicht in denselben Club wie das letzte Mal. Ich habe keine Lust, von Francescos Gorillas beobachtet zu werden.

Obwohl mir in letzter Zeit immer wieder einer oder mehrere begegnet sind, kenne ich keinen beim Namen, es fällt mir ja schon schwer, sie auseinanderzuhalten. Ob sie mich überhaupt erkennen würden, wenn ich an ihnen ohne Francesco vorbeilaufen würde?

Mit ein bisschen Glück bin ich heute Abend einfach nur ich, eine Frau unter vielen, die sich mit ihrer Freundin einen schönen Abend gönnt.

Übermütig und beschwingt von der Tatsache, dass ich es tatsächlich geschafft habe, mich ohne einen der Klon-Gorillas an der Ferse mit Sarah zu treffen, genieße ich den Zombie, der vor meiner Nase steht. Die Mischung aus sechs verschiedenen Sorten Rum, deren Geschmack von den süßen Fruchtsäften abgemildert wird, erfüllt meinen Gaumen. Sarah ist wie immer visuell auf der Jagd. Manchmal frage ich mich wirklich, wieso sie in einer Beziehung lebt?

Gehört sie zu den Menschen, die einfach nicht alleine sein wollen? Gerade als ein absolut heißer Kerl an uns vorbeigeht, schnappt sie sich meine Hand und zieht mich auf die Tanzfläche.

Ich bin froh, dass wir unsere unangenehme Unterhaltung hinter uns gelassen haben. Sie war richtig besorgt um mich. Und ich glaube, dass sie einen Schock erlitten hat, als ich ihr erzählt habe, dass ich jetzt sozusagen in einer Fickbeziehung mit Francesco Zabro stecke.

Auch wenn meine Wortwahl etwas unromantisch klang, anders kann ich unsere derzeitige Situation einfach nicht beschreiben.

Drehend und lachend genieße ich die unbeschwerte Zeit mit ihr. Warum kann das Leben nicht immer so leicht und unkompliziert sein, als hätte man gerade zwei sehr gut gemixte Zombies im Blut.

Die Bar „Nah genug“ in der wir heute Nacht unseren Mädels-Abend zelebrierten, ist mir unbekannt, doch sie gefällt mir gut. Es sind wirklich süße Typen hier, das Durchschnittsalter ist um die dreißig und ich habe nicht das Gefühl, als würden sich hier Singles auf der Suche nach einem Sex-Date treffen.

Es gibt nichts Schlimmeres als Clubs oder Bars, in denen es zugeht wie auf einer Fleischbeschau. Im „Nah genug“ ist die Stimmung ausgelassen. Gut, ein paar heiße Blicke, aber ansonsten wurden wir in Ruhe gelassen.

Sarah hat es natürlich mal wieder geschafft, der heiße Kerl von eben sieht sie an, als wäre sie ein heißes Steak, das nur darauf wartet, so blutig wie möglich gefressen zu werden.

Somit wären wir mal wieder beim Anfangsthema, nämlich bei denen, die vom Glück geküsst werden…

Ich gönne ihr den Spaß, genieße meine kurzweilige Freiheit, die laute Musik und das Gefühl, als wäre für kurze Zeit alles super.

Ein breites Lächeln hat sich auf meine Lippen gelegt, eines, das sich hoffentlich so schnell nicht vertreiben lässt! Der DJ legt meinen Lieblingssong von *Kevin Lyttle – Turn me on* auf und ich kann nicht widerstehen. Kreisend und mit meiner Hüfte schwingend lasse ich mich gehen. Das Lied ist zwar schon älter, aber ich liebe es heiß und innig.

Mit einem Seitenblick auf Sarah stelle ich fest, dass sie mich verschwörerisch anlächelt. Ihr kleines Zwinkern sagt mir, dass der DJ anscheinend einen kleinen Wink bekommen hat, was dieses Lied angeht.

Ein süßer Kerl mit blonden Haaren und blauen Augen tanzt mich an. Obwohl er nicht wirklich meinem Geschmack entspricht, gehe ich darauf ein. Immerhin bin ich nicht auf der Suche nach einem Mann, sondern auf der Suche nach Spaß und Ablenkung. Und was kann eine Frau besser ablenken als ein süßer Kerl.

Ich wiege mich an ihm, sein Bein verschwindet zwischen meinen Schenkeln, seine Hand liegt auf meinem Hintern.

„Let me hold you Girl caress my body. You got me going crazy. You turn me on -Turn me on ..."

Laszіv lächelnd sieht er mir in die Augen, er singt den Song mit, mehr zweideutig als eindeutig, während sich seine Hand auf meinen nicht bekleideten Oberschenkel legt.

Oh oh, vielleicht war der kurze schwarze Rock doch keine so gute Idee? Als der Song zu Ende ist, verabschiede ich mich von meinem Tanzpartner und gehe zurück zur Bar. Ich nehme einen großen Schluck von meinem Zombie, beobachte die tanzenden Körper, die sich, je später der Abend wird, immer näher und deutlich herausfordernder bewegen. Auch wenn es nicht unbedingt fair war, Francesco nichts zu sagen, genieße ich den Moment. Dass ich genug Glück habe, vollkommen unerkannt zurück in seine Wohnung zu kommen, glaube ich allerdings weniger. Da der Ärger eh schon vorprogrammiert ist, beschließe ich, dass es Zeit wird, so richtig loszulegen.

Mit zwei in die Luft gestreckten Fingern signalisiere ich der hübschen rothaarigen Barfrau, dass ich zwei Tequilas bestellen möchte ...

Der Gang zu den Toiletten ist ziemlich schlecht beleuchtet, gerade als ich die Tür öffnen will, spüre ich eine Hand an meiner Schulter.

Oh nein, Francesco hat mich also doch gefunden!

Gerade als ich mich zu ihm umdrehen will, werde ich gepackt und schmerzhaft gegen die Wand geschleudert. Mein rechter Arm schmerzt in dieser Position. „Lass mich sofort los, du tust mir weh!"

Das Lachen, das jetzt an meine Ohren dringt, ist viel zu hell, um meinem Mafiaboss zu gehören. Ach du Scheiße, jetzt stecke ich ziemlich in der Tinte. Panisch sehe ich mich um, der Flur ist leer, dunkel und viel zu weit von der Bar entfernt.

Egal, wie laut ich schreie, es wird mich niemand hören.

Übelkeit steigt in mir auf, auch wenn ich es genieße, wenn mich Francesco etwas härter anpackt.

Ich gehöre nicht zu den Frauen, die Vergewaltigungsfantasien heiß finden. Vielleicht sollte ich so tun, als würde ich es geil finden, vielleicht wird er dann unaufmerksam und ich bekomme meine Chance, ihm zu entkommen. Verkrampft versuche ich, meine Panik zu unterdrücken, Adrenalin pumpt durch meine Venen. Wie dringend wünschte ich mir jetzt Adrian oder Francesco an meine Seite.

Sogar über das Auftauchen von einem der blöden Gorillas würde ich mich im Augenblick freuen ...

„Süßer, lass mich los, wenn du etwas sanfter bist, könnten wir uns eine heiße Nacht machen.“

Ich spüre, wie das Arschloch seinen Griff etwas lockert und mich zu sich dreht. Jetzt habe ich die Wand im Rücken, während der Angreifer viel zu dicht vor mir steht. Seine Hände hat er neben meinem Kopf an die Wand gestützt, ich bin zwischen seinem Körper und der Mauer gefangen.

Auch wenn er nicht annähernd so groß wie Francesco oder Adrian ist, körperlich habe ich nicht die geringste Chance gegen ihn. Sein Atem stinkt säuerlich, seine Pupillen sind unnatürlich geweitet.

Trotz des schlechten Lichts erkenne ich ihn sofort wieder, er ist der Typ, mit dem ich zu Kevin Lyttle getanzt habe. Ich ringe mir ein gequältes Lächeln ab, versuche, interessiert zu wirken, und lege ihm meine Hand auf die Brust, „Berühr mich.“

Es funktioniert!

Er nimmt eine Hand von der Wand. In dem Moment, als er sie auf meine Brust legen will, ducke ich mich und laufe, so schnell ich kann. Die Absätze meiner Schuhe sind nicht unbedingt für die Flucht vor einem Mann ausgelegt, wohl eher, um einen anzulocken. Ich schaffe es ein paar Schritte, doch dann greift er meine Haare. Mit einem Schmerzensschrei gehe ich zu Boden.

Mir ist schlecht, panisch schreie ich, so laut ich kann. Ich sehe die Knöchel seiner Faust, die sich meinem Gesicht blitzschnell nähern. Verängstigt kneife ich die Augen zusammen, und warte auf den Schmerz. Er kommt nicht ... Stattdessen höre ich einen dumpfen Knall. Unsicher riskiere ich einen Blick, und sehe einen von Francescos Gorillas, der in seinem schwarzen Anzug neben mir kniet.

Seine Mimik ist ausnahmsweise einmal nicht gleichgültig und kalt, und doch macht er keine Anstalten, mir zu helfen. Ich höre ein knackendes Geräusch, das von einem leisen Schmerzensschrei begleitet wird. Mit dem Ellenbogen stütze ich mich auf, Francesco beugt sich über den am Boden liegenden Angreifer.

In dem diffusen Licht kann ich nicht alles erkennen, doch ich sehe, wie er mit ihm spricht. Sein Körper ist angespannt und seine Haltung erschreckend aggressiv. „Francesco." Ich weiß nicht, was ich sagen soll, in meinem Kopf herrscht ein heilloses Durcheinander.

„Woher wusstest du es?"

Mit einem letzten Blick auf sein Opfer steht er auf und kommt zu mir. Seine Mimik bleibt rätselhaft, doch seine Körperhaltung ändert sich merklich.

„Diese Frage ist nicht wirklich ernst gemeint, oder?"

Er streicht mir mit dem Handrücken federleicht über meine Wange. „Wie geht es dir, Bella?"

Tja, das ist eine wirklich gute Frage, auf die ich keine Antwort weiß. „Ich bin so froh, dass du bei mir bist."

Ein letztes Mal sieht er zu dem Angreifer, der verletzt auf dem Boden liegt. Dann hebt er mich in seine Arme und steht auf. Seine Gestik ist unverwechselbar besitzergreifend und schützend. Mit einem Kopfnicken gibt er dem dunkel gekleideten Mann, der ihn immer begleitet, eine Anweisung.

„Kümmere dich um ihn, er hat meine Frau verletzt. Du weißt, was das bedeutet!"

Ich spüre sein wildes Knurren, er wendet sich ein weiteres Mal an seinen Gorilla und wiederholt die Anweisung auf Italienisch.

„Abbi cura di lui, ha fatto male a mia moglie. Sai cosa devi fare!"

Die bunten Lichter der Bar, die laute Musik und die Schmerzen in meinem Kopf, all das ist einfach zu viel für mich!

Verzweifelt und zitternd drücke ich mich noch fester an meinen Mafiaboss, vergrabe mein Gesicht in seinen Armen und lasse mich von ihm nach draußen tragen. „Ich muss Sarah Bescheid geben."

In seinen Augen erkenne ich, dass er sich gerade nicht mit ihr auseinandersetzen will.

„Ich werde Antonio sagen, dass er sich um deine Freundin kümmern soll." Vorsichtig stellt er mich ab, stützt mich und hilft mir ins Auto. „Bleib, wo du bist! Hast du mich verstanden?"

Ich nicke, er ist wütend, richtig wütend. Doch erstaunlicherweise macht mir das keine Angst, ich bin gerade einfach nur heilfroh, dass er mich gerettet hat. Wer weiß, was dieser Verrückte mit mir vorgehabt hat?

Während der Fahrt spricht er mal wieder kein Wort mit mir, konzentriert sich ganz auf die Straße. Auch im Aufzug dauert sein Schweigen an. Mein Körper und meine Nerven haben das gerade Erlebte noch nicht so ganz verarbeitet. Mir ist kalt, schlecht und ich fühle mich schrecklich. Ein Zittern durchfährt meine Arme, eine Träne verschleiert mir die Sicht.

„Eigentlich sollte ich dich anschreien, il mio Amore, aber so wie du aussiehst, hast du für heute genug erlebt."

Verzweifelt beiße ich mir auf die Lippe, ich will zu ihm, mich an seinen Körper lehnen und seine Nähe spüren, doch ich traue mich nicht.

„Wenn du noch einmal heimlich ausgehst, dich so leichtfertig in Gefahr begibst, kann ich für nichts mehr garantieren."

Er meint es ernst, jedes Wort, doch ich spüre, dass er mich nicht einschränken, sondern mich beschützen will.

„Il mio Amore, wenn du dich mit deiner Freundin treffen willst, ist das okay, aber lass mich dich dabei beschützen. Vor allem, wenn du solche Kleidung trägst, *Buon Dio*. Auch wenn ich sein Verhalten nicht verzeihen kann, ich kann verstehen, dass der Mann die Kontrolle über sich verloren und dich angegriffen hat. Ich werde dir nicht auf Schritt und Tritt folgen, aber ich werde für deine Sicherheit sorgen, Bella, das kann und muss ich einfach!"

Zustimmend nicke ich, in Zukunft werde ich, was das Thema Sicherheit angeht, bestimmt nicht mehr so leichtsinnig sein.

Langsam gehe ich auf Francesco zu, drücke mich an ihn und genieße seine Kraft und seine Wärme.

7. Kapitel

Eine gefährliche Entscheidung – Una decisione pericolosa

Groß und warm legt sich Francescos Hand auf meinen Rücken.
„Alles Geld der Welt für einen Einblick in deine Gedanken."
Der Tag neigt sich dem Ende zu und die Dunkelheit beginnt, die Sonne zu vertreiben. Letzte Nacht hat alles verändert. Sie hat mich verändert. Was auch immer Francesco ist oder eben auch nicht. Für mich ist er ein unglaublich interessanter Mann, der sich immer mehr in mein Herz stiehlt.
Meine Sicherheit, mein Glück und meine Zukunft, diese drei Dinge und viele mehr liegen Francesco sehr am Herzen.
Unsicher, was ich sagen soll, stehe ich auf und reibe mich an seinem harten Körper – alle Zweifel und alle Sorgen, ich will sie vergessen.
Überrascht von meinem Abgriff, legt er seine Arme um mich.
„Diese Gedanken gefallen mir, Amore mio!"
Heiß und ohne groß darüber nachzudenken, dringt meine Zunge in seinen Mund ein, schürt sein Verlangen und beginnt ein Vorspiel, das sich nicht mehr stoppen lässt.
„Sag mir, wie du es willst."
Seine Finger legen sich um meinen Nacken, kreisen über meine empfindliche Halsschlagader. Vertrauensvoll lehne ich mich in seine Handfläche. Schließe die Augen und überlasse mich ihm.
„Langsam und tief, ich will dich spüren, dich in mir fühlen und deinen Geschmack auf meiner Zunge genießen."
Zart beginnt er, an meinem Kiefer zu knabbern, während seine Hand meine Jeans öffnet. Das dunkle Rot des Sonnenuntergangs beginnt, den Himmel zu verfärben. Während er mich küsst, streife ich mir die Hose ab, meine Venuslippen pochen verlangend, sehnen sich nach seiner Härte. Er führt mich zu der großen Glasscheibe, die die komplette linke Wohnzimmerhälfte einnimmt.
„Stütz dich mit den Händen an dem Glas ab."
Ich befolge seine Anweisung, die Tiefe, die sich vor mir auftut, ist unheimlich. So nah an der Scheibe stehend, habe ich das Gefühl, dass mich der freie Fall nur zu greifen braucht, um mich in die tödliche Tiefe zu ziehen.
„Bleib genau so stehen, dreh dich nicht um."
Ich höre, wie er sich entkleidet, sein Atem geht schwer. Weich und unnachgiebig legt sich ein roter Stoff um meine Kehle.

Francesco massiert meinen Hintern, fährt den Spalt entlang und verteilt mit seinen Fingern die Feuchte, die sich bereits angesammelt hat.

„Sempre pronto per me, umida e morbida. Il tuo corpo è un paradiso. Immer bereit für mich, feucht und weich. Dein Körper ist das Paradies.“

Er dringt in mich ein, bereitet mich vor. Ein bittersüßer Schmerz zuckt durch meine Venen. Seine Zähne graben sich in das weiche Fleisch an meinem Hals, mit der Zunge nimmt er mir den Schmerz, liebkost die geschundene Stelle.

„Ich fordere deine Hingabe!“

Die Schlinge an meiner Kehle zieht sich zu.

Sein Glied drückt sich hart gegen meine Rückseite.

„Ich fordere deinen Körper!“

Immer härter dringen seine Finger in mich ein. Lust und Verzweiflung vermischen sich in meinen Adern. Das Gefühl, gleich in die Tiefe zu stürzen, seine fordernden Finger und das Tuch um meinen Hals.

„Und zwar für immer!“

Zirkelnd reibt er über meinen Kitzler. Immer höher und immer verzehrender versinke ich in meiner Lust. Welle für Welle baut sich der Orgasmus in meinem Inneren auf, Sterne tanzen vor meinen geschlossenen Lidern.

Und wieder zieht sich der Stoff um meinen Hals etwas fester zu. Ich bekomme zwar noch Luft und doch fühle ich mich ausgeliefert.

Pochend und pulsierend sehnt sich mein Körper nach dem bittersüßen Finale. „Francesco, bitte ...“ Worum ich genau flehe, kann ich nicht sagen, aber ich brauche ihn, seinen harten Schwanz und den so nahen Höhepunkt.

„Jedes Mal, wenn ich in dich eindringe, werde ich den Schal um deinen Hals etwas strammer ziehen. Für jedes verzweifelte Seufzen, das sich aus deinem Mund löst, bekommst du mehr – mehr Lust und mehr Verzweiflung.“

Angst und Erregung kämpfen in meinem Herzen um die Vorherrschaft. Er kneift mir hart in den Kitzler, während er mit einem langsamen Stoß tief in mich eindringt.

Willig und heiß empfängt meine Pussy sein Glied.

Er ist unglaublich hart, das Spiel, das wir gerade spielen, macht ihn unheimlich an. In dieser Stellung dringt er unfassbar tief in mich ein, machtvoll dominiert er meinen Körper. So sehr ich auch versuche, leise zu sein, ich schaffe es nicht, meinen Lustschrei zu unterdrücken.

„Ja, Baby“, seine geknurrte Zustimmung schickt einen weiteren Lustschauer über meine Haut. Butterweich fühlen sich meine Beine an, und doch muss ich mich in dieser Position halten, das Tuch um meinen Hals ist unnachgiebig und stramm.

Ich spüre, wie sich der Schal immer enger um meine Kehle legt, das Atmen wird schwerer und doch bekomme ich gerade noch genug Sauerstoff. Tief, hart und unerbittlich dringt er in mich ein, presst mich an die Scheibe, an das dünne Glas, das mich vor dem Absturz bewahrt. Sein Finger massiert meine Klit, leicht und rhythmisch, genauso, wie ich es brauche.

Und wieder verengt sich das Tuch, ich lege meinen Kopf in den Nacken, versuche so, besser zu atmen.

„Ich werde es erst lockern, wenn du gekommen bist. Ich spüre, wie sich dein Körper langsam ergibt, jetzt fehlt nur noch dein Geist. Schenk dich mir, Bella.“

Ich höre seine Stimme wie aus weiter Ferne, der Rausch meiner Lust und der nahende Orgasmus haben mich fest im Griff.

Vergessen sind alle Sorgen und alle Zweifel.

Der mangelnde Atem, seine Finger und sein hartes Glied, das sich immer tiefer und immer erbarmungsloser in meinem Schoß vergräbt, raubt mir den letzten Rest Verstand.

Der immer stärkender werdende Druck in meiner Lunge, die intensive Reizung meines Kitzlers und das Gefühl der Hilflosigkeit berauschen mich. Ich bin mittlerweile so schwach, dass ich mich nicht mehr länger gegen ihn wehre. Seufzend nehme ich seine Kraft und seine Stärke an. Und spüre, wie sich der stärkste Orgasmus, den ich je erlebt habe, in meinem Unterleib aufbaut. Stumm zuckend und in einer anderen Sphäre, presst Francesco meinen bebenden Körper an die harte Scheibe. Ein Höhepunkt und eine Welle der Glückseligkeit nach der anderen ergreift von mir Besitz. In meinem Leben habe ich noch nie einen so allumfassenden Orgasmus erlebt. Das Bedürfnis nach Sauerstoff hat sich aufgelöst, hilflos spüre ich, wie ich in Francescos starken Armen zusammensinke.

Oh mein Gott, das war der Wahnsinn.

Das gerade eben Erlebte war dunkel, gefährlich und pervers, und gerade das hat es so geil gemacht. Ich habe mich ihm hingegeben, meine Kontrolle verloren und es mehr als nur genossen.

Francesco liebt das Spiel mit der Gefahr, liebt es, meine Grenzen zu erforschen und mich zu dominieren.

Mit jedem hingebungsvollen Akt verfalle ich ihm ein Stückchen mehr.

So seltsam es auch klingen mag, ich vertraue diesem Mafiosi.

Mit jeder zärtlichen Berührung, mit jedem Kuss und jeder Minute, die ich länger in seiner Nähe verbringe, werde ich süchtiger nach ihm.

Was passiert nur mit mir?

Francesco hat eine dunkle Seite, eine Seite, die gnadenlos und kalt sein kann. Letzte Nacht hat er nicht eine Sekunde lang gezögert, er hat mich gerettet und mich beschützt.

Ein anderer Mann hätte diese Aufgabe einem Handlanger aufgetragen, doch für Francesco war es wichtig, dass *er* mich beschützt, dass *er* es ist, der für meine Sicherheit sorgt und den Täter unschädlich macht. Ich will gar nicht erst wissen, was der Gorilla mit dem Arschloch gemacht hat, nachdem wir weg waren ...

Unzählige Menschen hören auf Francesco, befolgen seine Anweisungen und ordnen sich ihm unter.

Und genau dieses Verhalten erwartet er auch von mir – mit einem Unterschied: Er verwöhnt mich, beschützt mich und sorgt für mich. Sein besitzergreifendes Wesen ist in manchen Situationen ziemlich anstrengend und doch genieße ich es, ich genieße das Gefühl, zu ihm zu gehören.

Es macht mir unheimlichen Spaß, seine Geduld auf die Probe zu stellen, ihn um meinen Finger zu wickeln und seine düstere Seite zu reizen. Doch das geht alles nur, weil ich ihm vertraue – weil ich tief in meinem Herzen weiß, dass ich bei ihm sicher bin, dass er mich zwar dominiert, aber immer auf mein Wohlergehen achtet.

Wenn das so weitergeht, bin ich ihm bald endgültig verfallen, es ist wie eine Sucht.

Je tiefer er in meine Seele vordringt, je dringender will ich ihn, seine Kraft, seine Stärke und seinen Körper ...

Ganz egal, was der Rest unseres Monats auch bringen wird, ich werde nach Ablauf der Frist nicht gehen, ich kann es gar nicht mehr.

Innerlich hoffend und betend flehe ich alle Mächte dieser Welt an, dass Adrian sich täuscht, dass Francesco nicht annähernd so böse ist, wie er behauptet. Denn eines wird mir immer klarer, ich werde Francesco nicht verlassen, weder heute noch morgen noch in absehbarer Zeit.

Buchempfehlung

Kennt Ihr schon alle Rocker Romane von Bärbel Muschiol?

Die Rocker Serie besteht aus:

1. Rocker Dämon – Ace und Amy
2. Rocker Devil – Slide und Ellen
3. Rocker Bastard – Razzor und Nicki
4. Rocker Heart – Spider und Abigail
5. Rocker Ghost – Ghost und Angel

Ihr könnt die Rocker Romane als Taschenbücher und eBooks lesen!

„Rocker Dämon – Ace und Amy“

Klappentext:
Es ist ein Deal, um ihren Vater zu retten. Amy liefert sich Ace, dem dämonischen Präsidenten der Dead Riders aus. Doch schon bald genießt sie diese neue und gefährliche Welt des gefürchteten Rockerclubs. Das vollkommene Ausgeliefertsein, Aces Gier und der harte, bedingungslose Sex führen sie in immer neue Höhen. Aber die Schatten der Vergangenheit drohen das neue Glück zu zerstören. Gewalt bricht über die Familie der Riders herein und führt in ein tödliches Blutbad. Prickelnde Erotik, gnadenlose Härte und Dominanz und wahre Freundschaft zeichnen diese spannende Geschichte aus, die mehr als eine Lovestory ist: furchteinflößend, dabei sexy, verdammt heiß und voller Gefühl!

Taschenbuch ISBN: 978-3-95573-549-4
eBook ISBN: 978-3-95573-550-0

Klarant Verlag

Lernen Sie die Titel des Klarant Verlages kennen und besuchen Sie uns im Internet unter:

www.klarant.de

Sie können dort Näheres über unsere Autoren erfahren, viele weitere interessante Bücher und eBooks finden und Leseproben herunterladen.

Mit dem kostenlosen Newsletter unter

www.liebe-lesen.de

erhalten Sie aktuelle Informationen rund um das Verlagsprogramm, wie beispielsweise spannende Neuerscheinungen und Gewinnspiele.